É Chegada a Hora

Do autor:

O Quarto Poder
O Décimo Primeiro Mandamento
O Crime Compensa
Filhos da Sorte
Falsa Impressão
O Evangelho Segundo Judas
Gato Escaldado Tem Nove Vidas
As Trilhas da Glória
Prisioneiro da Sorte

As Crônicas de Clifton
Só o Tempo Dirá
Os Pecados do Pai
O Segredo Mais Bem Guardado
Cuidado Com o Que Deseja
Mais Poderosa Que a Espada
É Chegada a Hora

JEFFREY ARCHER

É Chegada a Hora

AS CRÔNICAS DE CLIFTON
(VOLUME 6)

Tradução:
Wendy Campos

1ª edição

BERTRAND BRASIL
Rio de Janeiro | 2020

EDITORA-EXECUTIVA
Renata Pettengill

SUBGERENTE EDITORIAL
Marcelo Vieira

ASSISTENTE EDITORIAL
Samuel Lima

ESTAGIÁRIA
Georgia Kallenbach

COPIDESQUE
Tássia Carvalho

REVISÃO
Rejane Alves
Camila Figueiredo

DIAGRAMAÇÃO
Beatriz Carvalho

CIP-BRASIL. CATALOGAÇÃO NA PUBLICAÇÃO
SINDICATO NACIONAL DOS EDITORES DE LIVROS, RJ

A712c
v. 6

Archer, Jeffrey, 1940-
É chegada a hora / Jeffrey Archer; tradução Wendy Campos. – 1ª ed. – Rio de Janeiro: Bertrand Brasil, 2020.
434 p. (As crônicas de Clifton; 6)

Tradução de: Cometh the Hour
Sequência de: Mais poderosa que a espada
Continua com: This was a man
ISBN 9788528623833

1. Ficção inglesa. I. Campos, Wendy. II. Título. III. Série.

20-63256
CDD: 823
CDU: 82-3(410.1)

Meri Gleice Rodrigues de Souza – Bibliotecária – CRB-7/6439

Copyright © Jeffrey Archer 2016

Publicado originalmente pela Macmillan, um selo da Pan Macmillan, divisão da Macmillan Publisher Limited. Os direitos do autor foram assegurados.

Título original: Cometh the Hour

Texto revisado segundo o novo Acordo Ortográfico da Língua Portuguesa

2020
Impresso no Brasil
Printed in Brazil

Todos os direitos reservados. Não é permitida a reprodução total ou parcial desta obra, por quaisquer meios, sem a prévia autorização por escrito da Editora.

Direitos exclusivos de publicação em língua portuguesa somente para o Brasil adquiridos pela:
EDITORA BERTRAND BRASIL LTDA.
Rua Argentina, 171 – 3º andar – São Cristóvão
20921-380 – Rio de Janeiro – RJ
Tel.: (21) 2585-2000 – Fax: (21) 2585-2084

Atendimento e venda direta ao leitor:
sac@record.com.br

Para Umberto
e
Maria Teresa

Meus profundos agradecimentos pelos conselhos inestimáveis e pela ajuda no trabalho de pesquisa a:

Simon Bainbridge, Alison Prince, Catherine Richards, Mari Roberts, Dr. Nick Robins, Natasha Shekar, Susan Watt e Peter Watts.

OS BARRINGTON

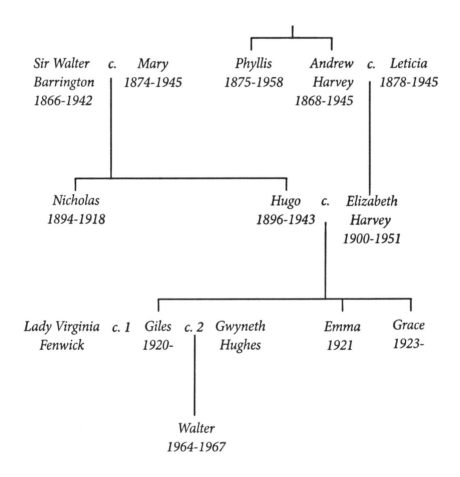

OS CLIFTON

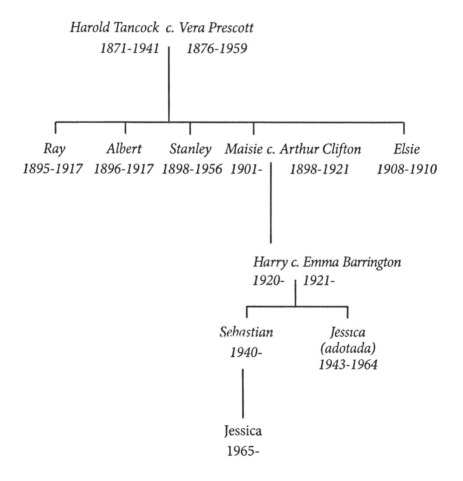

Prólogo

O SISTEMA DE ALTO-FALANTES cortou o silêncio.
— Por favor, queiram todos os envolvidos no litígio entre Lady Virginia Fenwick e senhora Emma Clifton...
— O júri deve ter chegado a um veredito — observou Trelford, já se levantando.
Enquanto olhava em volta para se certificar de que todos o acompanhavam, Trelford trombou em alguém. Embora o advogado tenha se desculpado, o jovem rapaz atingido sequer olhou para trás. Sebastian, que tinha seguido na frente, segurou a porta da sala de audiências catorze para que a mãe e o advogado reassumissem os lugares na primeira fila.
Nervosa e ansiosa demais, Emma permaneceu muda e, temendo o pior, olhava de relance para a fileira de trás, onde estava Harry, enquanto todos aguardavam a entrada dos jurados.
Quando a juíza Lane entrou na sala de audiências, todos se levantaram. Ela cumprimentou os presentes com um leve aceno antes de reassumir o posto na cadeira de couro vermelho de espaldar alto. Emma passou a concentrar a atenção na porta fechada que havia atrás da bancada dos jurados. Não precisou esperar muito para que ela se abrisse e logo aparecesse o oficial de justiça, que entrou na sala à frente de seus doze seguidores. Os jurados retomaram os respectivos lugares sem pressa alguma, pisando nos pés uns dos outros, como se

fossem espectadores de teatro atrasados. O oficial de justiça esperou que todos se sentassem antes de bater três vezes no piso com a ponta de seu bastão e clamar:

— O presidente do júri queira se levantar, por favor?

O presidente do júri, um homem de baixa estatura, levantou-se e olhou para a juíza Lane, que se inclinou para a frente e perguntou:

— Os senhores conseguiram chegar a um veredito unânime?

Emma achou que seu coração fosse parar de bater enquanto esperava a resposta.

— Não, milady.

— Então, chegaram a um veredito com uma maioria de pelo menos dez a dois?

— Chegamos, milady — respondeu o presidente do júri —, mas, infelizmente, no último minuto, um dos membros mudou de ideia, e não conseguimos sair de uma proporção de nove votos a três nesses últimos sessenta minutos. Como não estou convicto de que isso mudará, mais uma vez peço a sua orientação sobre como proceder.

— O senhor acredita que poderiam chegar a uma maioria com uma proporção de dez para dois se eu lhes desse um pouco mais de tempo para deliberar?

— Creio que sim, milady, pois, com relação a uma questão, todos nós estamos de acordo.

— E qual seria ela?

— Se tivéssemos autorização para conhecer o conteúdo da carta enviada pelo major Fisher ao sr. Trelford antes de cometer suicídio, talvez conseguíssemos chegar a uma decisão com rapidez.

Todos os olhares se voltaram para a juíza, com exceção de sir Edward Makepeace, que se manteve olhando atentamente para o sr. Trelford. O advogado de Virginia achava que ou o colega era um jogador de pôquer formidável, ou não queria que o Tribunal do Júri soubesse o conteúdo daquela carta.

Trelford se levantou e, ao enfiar a mão no bolso interno do paletó, descobriu que a carta não estava mais lá. Numa atitude instintiva, olhou para o outro lado da sala, onde viu Lady Virginia sorrindo para ele.

Trelford sorriu de volta.

HARRY E EMMA CLIFTON

1970–1971

1

O júri estava em recesso.

A magistrada havia pedido aos sete homens e cinco mulheres uma última tentativa de chegar a um veredito. A meritíssima juíza Lane os instruíra a retornar na manhã seguinte. Ela já começava a pensar que um impasse seria o resultado mais provável. No momento em que se levantou, todos no tribunal fizeram o mesmo, com uma leve reverência. A sra. Lane retribuiu a lisonja e, depois que se retirou, o burburinho de vozes irrompeu no recinto.

— Poderia fazer a gentileza de me acompanhar ao meu escritório, sra. Clifton — perguntou Donald Trelford —, para que possamos discutir o conteúdo da carta do major Fisher e se ele deveria se tornar público?

Emma assentiu.

— Como sei que Sebastian precisa voltar ao trabalho, gostaria, se possível, que meu marido e meu irmão se juntassem a nós.

— Claro — concordou Trelford, recolhendo seus documentos e silenciosamente os conduzindo para fora do tribunal. Em seguida, desceu a ampla escada de mármore até o térreo. Ao pisar na Strand, foram recebidos novamente por uma horda de jornalistas alvoroçados e uma chuva de flashes de câmeras que os acompanharam enquanto abriam caminho até o gabinete do advogado.

Por fim, conseguiram ficar a sós ao chegarem à Lincoln Inn, uma antiga praça cercada de apartamentos charmosos que, na verdade, eram escritórios de advogados e seus assistentes. O sr. Trelford os conduziu por uma ruidosa escada de madeira até o último andar do número 11, passando por uma fila de nomes cuidadosamente impressos em preto, os quais contrastavam com as paredes brancas como neve.

Quando Emma entrou no escritório do sr. Trelford, surpreendeu-se ao ver como o local era pequeno; não há escritórios grandes em Lincoln Inn, mesmo quando se é o chefe.

Assim que estavam todos acomodados, o sr. Trelford fitou a mulher sentada do outro lado da mesa. A sra. Clifton parecia calma e composta, quase impassível, algo raro para alguém diante da possibilidade da derrota e da humilhação, a menos que... Ele destrancou a gaveta superior da mesa, retirou uma pasta e entregou cópias das cartas do major Fisher para o sr. e a sra. Clifton e para sir Giles Barrington. A original permanecia trancada no cofre, embora ele não tivesse dúvida de que Lady Virginia havia de algum modo conseguido colocar as mãos na cópia que ele levara consigo ao tribunal.

Quando terminaram de ler a carta, escrita de próprio punho em papel timbrado da Câmara dos Comuns, Trelford disse com firmeza:

— Se me permitirem apresentar essa prova no julgamento, sra. Clifton, estou confiante de que podemos vencer.

— Isso está fora de questão — retrucou Emma, devolvendo a cópia para Trelford. — Eu nunca permitiria isso — acrescentou, com a dignidade de uma mulher que sabia que sua decisão poderia não só arruinar sua vida como também entregar a vitória de bandeja para a adversária.

— A senhora consentiria ao menos que seu marido e sir Giles opinassem a respeito?

Giles interveio sem esperar a permissão de Emma:

— Não há dúvidas de que o júri precisa ver isso; se lerem a carta, a decisão será unânime a nosso favor e, ainda mais importante, Virginia jamais poderá voltar a dar as caras em público.

— É possível — disse Emma, calmamente —, mas, ao mesmo tempo, você teria que retirar sua candidatura para a eleição suplementar, e dessa vez o primeiro-ministro não lhe oferecerá um cargo na Câmara dos Lordes como compensação. E pode ter certeza de que sua ex-esposa considerará a destruição de sua carreira política um prêmio muito maior do que a minha derrota. Não, sr. Trelford — emendou, sem olhar para o irmão. — Essa carta permanecerá um segredo de família, e todos teremos que viver com as consequências disso.

— É muita teimosia de sua parte, irmãzinha — disparou Giles.

— Talvez eu não queira passar o resto de minha vida me sentindo responsável por você perder esse processo e ter que renunciar ao cargo de presidente da Barrington. E não se esqueça de que ainda precisará pagar as custas judiciais de Virginia, sem falar em quaisquer indenizações que o júri decida conceder a ela.

— É um preço que estou disposta a pagar — afirmou Emma.

— Teimosa! — repetiu Giles, elevando a voz. — Aposto que Harry concorda comigo.

Todos se viraram para Harry, que não precisava ler a carta uma segunda vez para repetir palavra por palavra o que dizia. Entretanto, sentia-se dividido entre o desejo de proteger o velho amigo e não querer que a esposa perdesse o processo por calúnia. Algo que John Buchan certa vez descreveu como "estar entre a cruz e a espada".

— A decisão não é minha — comentou Harry. — Mas, se fosse o meu futuro que estivesse em jogo, eu gostaria que a carta do Fisher fosse lida no julgamento.

— Dois a um — disse Giles.

— Meu futuro não está em jogo — retrucou Emma. — E você tem razão, querido: a decisão é minha. — Sem dizer uma palavra, ela se levantou da cadeira, apertou a mão do advogado e disse: — Obrigada, sr. Trelford. Até amanhã de manhã no tribunal, quando o júri decidirá nosso destino.

Trelford fez uma leve mesura e esperou que a porta se fechasse atrás deles antes de murmurar: "Ela deveria se chamar Portia."

⁂

— Como você conseguiu isso? — perguntou sir Edward.

Virginia sorriu. Sir Edward lhe ensinara que, ao ser interrogada no tribunal, se uma resposta não fosse favorável à causa, o melhor era se calar.

Sir Edward não sorriu de volta.

— Se o juiz permitir que o sr. Trelford apresente isso como prova — disse sacudindo a carta na mão —, eu não estarei mais confiante de nossa vitória. Na verdade, tenho certeza de que perderemos.

— A sra. Clifton nunca permitiria que isso fosse apresentado como prova — afirmou Virginia com confiança.

— Como pode ter tanta certeza?

— O irmão dela pretende disputar a eleição suplementar da zona portuária de Bristol em razão da morte do major Fisher. Se esta carta fosse a público, ele teria que retirar a candidatura. Seria o fim da carreira política de Giles.

Advogados, supostamente, deveriam ter opinião sobre tudo, menos sobre os próprios clientes. Mas não nesse caso. Sir Edward sabia exatamente o que pensava de Lady Virginia, mas não podia se dar o luxo de falar, dentro ou fora do tribunal.

— Se a senhora estiver certa, Lady Virginia — disse o advogado —, e eles não apresentarem a carta como prova, o júri presumirá que o conteúdo dela é prejudicial à defesa da sra. Clifton. Isso, sem dúvida, penderia a balança a nosso favor.

Virginia rasgou a carta e jogou os pedacinhos no lixo.

— Concordo, sir Edward.

Mais uma vez, Desmond Mellor havia reservado uma pequena sala de reuniões em um hotel antiquado e discreto, onde não seria reconhecido.

— Lady Virginia é a barbada desse páreo — disse Mellor de seu lugar à cabeceira da mesa. — Parece que, para variar, Alex Fisher acabou sendo útil.

— O *timing* de Fisher não poderia ter sido melhor — comentou Adrian Sloane. — Mas ainda precisamos ter tudo sob controle se quisermos assumir o controle da Barrington Shipping sem incidentes.

— Estou de pleno acordo — disse Mellor —, e é por isso que já elaborei um comunicado à imprensa, que deve ser publicado assim que o veredito for anunciado.

— Mas tudo isso pode mudar se a sra. Clifton permitir a leitura da carta de Fisher no tribunal.

— Posso lhe assegurar — retrucou Mellor — que a carta nunca virá a público.

— Você conhece o conteúdo da carta, não é? — perguntou Jim Knowles.

— Digamos que estou confiante de que a sra. Clifton não vai querer que o júri tenha acesso à carta. E isso só servirá para convencer os jurados de que nossa amada presidente tem algo a esconder. Assim, todos certamente passarão para o lado de Lady Virginia, e isso encerrará a questão.

— Como eles devem chegar ao veredito em algum momento de amanhã — disse Knowles —, convoquei uma assembleia geral de acionistas em caráter de emergência para segunda-feira às 10 horas da manhã. Haverá apenas dois itens na pauta, a aceitação da renúncia da sra. Clifton e a nomeação de Desmond como presidente da nova companhia.

— E minha primeira decisão como presidente será a nomeação de Jim para vice-presidente. — Ao ouvir isso, Sloane franziu a testa. — Em seguida, pedirei a Adrian que se junte à diretoria, o que deixará bem claro para toda a cidade e para os acionistas que a Barrington está sob nova administração.

— Depois que os membros da diretoria lerem isso — disse Knowles, balançando o comunicado à imprensa como se fosse sua cartada final —, não demorará muito para que o almirante e seus colegas decidam que não têm escolha a não ser entregar as cartas de renúncia.

— O que relutantemente aceitarei — observou Mellor. — Com profundo pesar.

— Não tenho certeza de que Sebastian Clifton agirá conforme nossos planos tão facilmente — disse Sloane. — Se ele decidir permanecer na diretoria, a transição pode não ser tão tranquila como imaginamos, Desmond.

— Não acredito que Clifton vá querer continuar na diretoria da Mellor Shipping depois de sua mãe ser publicamente humilhada por Lady Virginia, não apenas no tribunal, mas em todos os jornais do país.

— Você deve mesmo saber o que há naquela carta — repetiu Knowles.

Giles desistiu de tentar convencer a irmã, pois percebeu que seria inútil.

Entre as muitas qualidades de Emma, havia uma lealdade feroz à família, aos amigos e a qualquer causa em que acreditasse. O outro lado da moeda, porém, era uma teimosia que, às vezes, permitia que seus sentimentos levassem a melhor sobre o bom senso, mesmo com a possibilidade de sua decisão resultar na derrota no processo por calúnia ou significar sua renúncia à presidência da Barrington. Giles sabia disso, pois ele próprio seria capaz da mesma obstinação. Deve ser uma característica de família, concluiu. Harry, por outro lado, era mais pragmático. Conseguia ponderar as opções e considerar as alternativas para só então tomar uma decisão. Entretanto, Giles suspeitava que Harry estava dividido entre o apoio à esposa e a lealdade ao amigo mais antigo.

Quando os três saíram de Lincoln Inn, o lanterneiro acendia as primeiras lamparinas a gás.

— Vejo vocês em casa para o jantar — disse Giles. — Tenho algumas coisas a resolver. E, a propósito, obrigado, irmãzinha.

Harry chamou um táxi e sentou-se, com a esposa, no banco traseiro. Giles não se moveu até o carro dobrar a esquina e sair de sua vista. Então, dirigiu-se a passos apressados para Fleet Street.

2

Sebastian levantou cedo na manhã seguinte e, depois de ler o *Financial Times* e o *Daily Telegraph*, não via como a mãe poderia vencer o processo de calúnia.

O *Telegraph* ressaltava aos leitores que, se o conteúdo da carta de major Fisher permanecesse em segredo, a causa da sra. Clifton estaria em risco. O *Financial Times* se concentrava nos problemas que a Barrington Shipping enfrentaria se sua presidente perdesse a causa e fosse obrigada a renunciar. As ações da empresa já tinham desvalorizado em um xelim, pois muitos acionistas claramente haviam decidido que Lady Virginia seria a vitoriosa. Seb sentia que um impasse do júri era o melhor que a mãe poderia esperar. Como todos, ele não conseguia parar de imaginar o conteúdo da carta que o sr. Trelford não o permitira ler e a qual dos lados ela favoreceria. Quando ligou para a mãe, depois de retornar do trabalho, ela tratou o assunto de modo muito vago, o que o fez crer que seria perda de tempo perguntar algo ao pai.

Sebastian chegou ao banco ainda mais cedo do que de costume, mas, no instante em que se sentou à mesa e começou a ler a correspondência matinal, percebeu que não conseguia se concentrar. Depois de várias perguntas que permaneceram sem resposta, Rachel, a secretária, desistiu e sugeriu que ele fosse ao tribunal e não retornasse até o júri proferir o veredito. Embora relutante, Sebastian concordou.

Conforme o táxi seguia para o centro da cidade e entrava em Fleet Street, Seb avistou a manchete estampada em letras garrafais na tabuleta do *Daily Mail* e gritou:

— Pare!

O taxista desviou para a sarjeta e pisou no freio. Seb saltou e correu até o garoto que vendia os jornais. Entregou-lhe quatro centavos e pegou apressado uma cópia. Parado na calçada, lendo a matéria de capa, suas emoções eram conflitantes: satisfação pela mãe, que agora certamente venceria a causa e seria inocentada, e tristeza pelo tio Giles, que claramente sacrificara a carreira política para fazer o que considerava honrado, pois Seb sabia que a mãe jamais teria permitido que qualquer pessoa de fora da família pusesse os olhos naquela carta.

De volta ao táxi, Sebastian ponderou, olhando fixamente pela janela do automóvel, como reagiria se enfrentasse o mesmo dilema. Será que a geração pré-guerra se norteava por um senso de moral diferente? Não duvidou nem por um minuto do que o pai teria feito, ou do quanto a mãe ficaria furiosa com Giles. Seus pensamentos transportaram-se para Samantha, que retornara aos Estados Unidos depois da decepção sofrida. O que ela faria nas mesmas circunstâncias? Se ao menos lhe desse uma segunda chance, certamente ele não cometeria o mesmo erro.

Seb verificou o relógio. Como a maioria das pessoas de bem de Washington ainda estaria dormindo nesse horário, percebeu que não poderia ligar para a diretora do colégio de sua filha Jessica, dra. Wolfe, para descobrir por que ela queria falar com ele com tanta urgência. Seria possível que...?

O táxi encostou em frente ao Palácio Real da Justiça, na Strand.

— São quatro xelins e seis centavos, senhor — disse o motorista, interrompendo os pensamentos de Seb. O rapaz entregou o dinheiro ao taxista.

Assim que desceu do táxi, foi recebido por uma chuva de flashes. As primeiras palavras que conseguiu ouvir em meio ao burburinho foram:

— O senhor leu a carta do major Fish?

Ao entrar na sala de audiências catorze e assumir seu lugar na cadeira de espaldar alto no centro da bancada principal, a juíza Lane não parecia nada satisfeita. Ela estava certa de que, apesar de sua instrução de que o júri não devesse ler os jornais durante o julgamento, a única coisa que discutiriam na sala de deliberação do júri naquela manhã seria a matéria de capa do *Daily Mail*. A juíza não fazia ideia de quem fora o responsável pelo vazamento da carta do major Fisher, mas isso não a impedia de, como todos demais presentes, ter um palpite.

Embora o sr. Trelford fosse o destinatário da carta, a magistrada estava certa de que não havia sido ele. O advogado jamais se envolveria em táticas tão ardilosas. Ela conhecia alguns advogados que fariam vista grossa, e até teriam coadunado com esse comportamento, mas não Donald Trelford. Ele preferiria perder o caso a ter de se sujar dessa maneira. A magistrada estava igualmente certa de que não fora Lady Virginia Fenwick, pois a carta prejudicaria sua causa. Se o vazamento do conteúdo da carta a favorecesse, Lady Virginia certamente seria a primeira suspeita da magistrada.

A juíza Lane olhou para a sra. Clifton, que permanecia cabisbaixa. Durante a última semana, a magistrada vira nascer uma admiração pela acusada e pensou que gostaria de conhecê-la melhor uma vez terminado o julgamento. Isso, porém, não seria possível. Na verdade, ela nunca mais falaria com Emma de novo. Caso contrário, criaria fundamentos para um novo julgamento.

Se a juíza tivesse de adivinhar quem fora o responsável pelo vazamento da carta, apostaria em sir Giles Barrington. Ela, porém, nunca adivinhava nem apostava. Apenas analisava provas. No entanto, o fato de que sir Giles não estava no julgamento naquela manhã poderia muito bem ser considerado uma prova, ainda que circunstancial, de sua culpa.

A atenção da magistrada se voltou para sir Edward Makepeace, que, como sempre, permanecia impassível. O eminente advogado conduziu o julgamento de maneira brilhante e sua defesa eloquente sem dúvida ajudou muito a causa de Lady Virginia. Isso, porém, foi antes de o sr. Trelford trazer ao conhecimento do tribunal a carta do major Fisher. A juíza entendia por que nem Emma Clifton nem Lady Virginia queriam que o conteúdo da carta viesse a público, mas tinha certeza de que o sr. Trelford pressionara Emma para que autorizasse a inclusão da carta como evidência no processo. Afinal, sua cliente era a sra. Clifton, não o irmão. A magistrada supunha que não demoraria muito para o júri retornar e apresentar o veredito.

Ao telefonar para seu distrito eleitoral em Bristol naquela manhã, Giles e seu chefe de campanha, Griff Haskins, não precisaram de muita conversa. Depois de ler a matéria de capa do *Mail*, Griff, embora relutante, concordou que Giles teria de retirar seu nome como candidato do Partido Trabalhista para a próxima eleição suplementar pela zona portuária de Bristol.

— Típico de Fisher — disse Giles. — Cheio de meias verdades, exageros e insinuações.

— Não me surpreende — retrucou Griff. — Mas você é capaz de provar isso até o dia da eleição? Pois uma coisa é certa, a mensagem dos conservadores na véspera da eleição será a carta de Fisher, e eles vão distribuí-la em todas as caixas de correio do distrito eleitoral.

— Nós faríamos o mesmo, se tivéssemos a oportunidade — admitiu Giles.

— Mas se você pudesse provar que não passam de mentiras... — retrucou Griff, recusando-se a desistir.

— Eu não tenho tempo hábil para fazer isso e, mesmo se tivesse, não estou certo de que alguém acreditaria em mim. As palavras dos mortos são muito mais poderosas do que as dos vivos.

— Então, só nos resta uma coisa — disse Griff. — Vamos beber para afogar as mágoas.

— Foi o que fiz ontem à noite — admitiu Giles. — E só Deus sabe o que mais.

— Assim que escolhermos um novo candidato — emendou Griff, retomando rapidamente o modo eleição. — Eu gostaria que você fornecesse a ele todos os detalhes, pois o escolhido precisará do seu apoio e, ainda mais importante, de sua experiência.

— Talvez isso não seja de grande vantagem dadas as circunstâncias — lembrou Giles.

— Pare de ser tão patético — repreendeu Griff. — Tenho a sensação de que não nos livraremos de você com tanta facilidade. O Partido Trabalhista está em seu sangue. Não foi Harold Wilson que disse que uma semana é um longo tempo na política?

Quando a discreta porta se abriu, todos na sala de audiências se calaram e voltaram a atenção para o oficial de justiça que abria caminho a fim de que os sete homens e as cinco mulheres adentrassem o recinto e tomassem seus assentos na bancada de jurados.

A juíza esperou que se acomodassem e então se inclinou e perguntou ao presidente do júri:

— Ilustre presidente do júri, os senhores chegaram a um veredito?

O presidente do júri levantou-se lentamente, ajustou os óculos, encarou a juíza e disse:

— Sim, milady, chegamos.

— E o veredito é unânime?

— Sim, milady.

— A decisão dos senhores é em favor da querelante, Lady Virginia Fenwick ou da acusada, sra. Emma Clifton?

— A decisão é em favor da acusada, milady — respondeu o presidente do júri, que, dando sua tarefa por concluída, voltou a seu assento.

Sebastian deu um salto e estava prestes a aplaudir quando notou os olhares de repreensão da mãe e da juíza. Rapidamente retornou ao assento e olhou para o pai, que acolheu seu olhar com uma piscadela.

Do outro lado do recinto, uma mulher encarava o júri, incapaz de esconder o descontentamento, enquanto seu advogado mantinha-se impassível sentado ao seu lado com os braços cruzados. Depois de ler a matéria de capa do *Daily Mail* naquela manhã, sir Edward sabia que sua cliente não tinha qualquer chance de vencer a causa. Ele poderia ter solicitado um novo julgamento, mas, na verdade, ele próprio desaconselharia sua cliente, dadas circunstâncias tão desfavoráveis.

Giles sentou-se sozinho à mesa do café da manhã em sua casa em Smith Square, abandonando a rotina habitual. Nada de tigela de cereais, nada de suco de laranja, nada de ovo cozido, nada de *Times*, nada de *Guardian*, apenas um exemplar do *Daily Mail* na mesa à sua frente.

CÂMARA DOS COMUNS
LONDRES SW1A 0AA

12 de novembro de 1970

Prezado sr. Trelford,

Deve achar curioso o fato de eu escrever para o senhor, e não para sir Edward Makepeace. A resposta é, de modo bem simples, que não tenho dúvidas de que o senhor agirá em prol dos interesses de seus clientes. Permita-me começar pela cliente de sir Edward, Lady Virginia, e sua fantasiosa alegação de que eu não passava de um consultor profissional que sempre trabalhou de modo independente. Nada pode estar mais distante da verdade. Jamais tive outra cliente com participação tão ativa, e, no que tange à compra e venda das ações da Barrington, o objetivo dela era apenas um, destruir a reputação da presidente, sra. Clifton.

Alguns dias antes da data prevista para o início do julgamento, Lady Virginia me ofereceu uma soma substancial de dinheiro para dizer que ela havia me dado carta branca para agir em seu nome, para transmitir ao júri a impressão de que ela realmente não entendia o funcionamento do mercado de ações. Posso lhe assegurar que, em resposta à pergunta de Lady Virginia à sra. Clifton na assembleia geral de acionistas, "É verdade que um de seus diretores vendeu um grande lote de ações na tentativa de levar a empresa à falência?", o fato é que isso foi exatamente o que a própria Lady Virginia fez em pelo menos três ocasiões, e quase conseguiu, de verdade, arruinar a Barrington. Não posso ir para o túmulo com essa injustiça em minha consciência.

Entretanto, há outra injustiça igualmente repulsiva, e que também sou incapaz de ignorar. Minha morte provocará uma eleição suplementar no distrito eleitoral da zona portuária de Bristol, e sei que o Partido Trabalhista considerará a reeleição do antigo membro do parlamento, sir Giles Barrington, como candidato. Mas, assim como Lady Virginia, sir Giles esconde um segredo que não deseja ver revelado, mesmo para a própria família.

Quando sir Giles visitou recentemente Berlim Oriental, como representante do Governo de Vossa Majestade, ele teve o que mais tarde foi descrito em um comunicado à imprensa como uma aventura de uma noite com a srta. Karin Pengelly, sua intérprete oficial. Mais tarde, ele disse que esse era o motivo de sua esposa tê-lo deixado. Embora esse tenha sido o segundo divórcio de sir Giles sob alegação de adultério, não considero que apenas isso seja razão suficiente para um homem retirar-se da vida pública. Nesse caso, porém, seu trato insensível com a dama em questão tornou impossível que eu permanecesse calado.

Depois de conversar com o pai da srta. Pengelly, sei com absoluta certeza que a filha dele escreveu a sir Giles em diversas ocasiões para comunicá-lo de que ela não apenas havia perdido o emprego como resultado do envolvimento entre os dois, como também de que estava grávida de um filho dele. Apesar desse fato, sir Giles nem sequer se dignou a responder suas cartas, ou a mostrar o mínimo de preocupação pelo infortúnio dela. A srta. Pengelly não reclama. Entretanto, faço isso em seu nome e sinto-me obrigado a perguntar, é esse tipo de pessoa que deve representar seus constituintes na Câmara dos Comuns? Não me resta dúvida de que os cidadãos de Bristol expressarão sua opinião nas urnas.

Sinto muito, senhor, por impor o fardo da responsabilidade em seus ombros, mas sinto que não me restava alternativa.

Atenciosamente,

Major Alexander Fisher (ref.)

Giles permaneceu olhando fixamente para seu obituário político.

3

— Bem-vinda de volta, presidente — disse Jim Knowles assim que Emma adentrou a sala da diretoria. — Não que tenha duvidado por um minuto sequer que a senhora retornaria em triunfo.

— Certamente — anuiu Clive Anscott, puxando a cadeira para Emma tomar seu assento na cabeceira da mesa.

— Obrigada — agradeceu Emma, reassumindo sua posição. Então olhou ao redor da mesa de diretoria e sorriu para os companheiros diretores, que prontamente retribuíram o sorriso. — Item número um. — Emma checou a pauta como se nenhum inconveniente tivesse ocorrido no último mês. — Como o sr. Knowles convocou a presente reunião com pouca antecedência, o diretor jurídico-administrativo não teve tempo hábil para distribuir as atas da última reunião de diretoria, portanto, pedirei que as leiam agora.

— Será mesmo necessário, dadas as circunstâncias? — perguntou Knowles.

— Não tenho certeza de que estou ciente dessas circunstâncias — respondeu Emma. — Mas desconfio que logo descobriremos.

Philip Webster, diretor jurídico-administrativo, levantou-se da cadeira, tossiu nervosamente — algumas coisas nunca mudam, pensou Emma — e começou a ler as minutas em voz alta como se anunciasse qual trem estava prestes a chegar à plataforma quatro.

— Uma reunião de diretoria foi realizada na Barrington House na terça-feira, 10 de novembro de 1970. Todos os diretores estavam presentes, com exceção da sra. Emma Clifton e do sr. Sebastian Clifton, que enviaram suas escusas, explicando terem outro compromisso. Após a renúncia do vice-presidente, sr. Desmond Mellor, e na ausência da sra. Clifton, ficara mutuamente acordado que o senhor Jim Knowles deveria assumir a posição. Então, seguiu-se uma longa discussão sobre o futuro da empresa e as medidas que deveriam ser tomadas se Lady Virginia Fenwick vencesse o processo contra a sra. Clifton. O almirante Summers registrou em ata sua opinião de que nada deveria ser feito até que se conhecesse o resultado do julgamento, pois estava confiante de que a presidente seria inocentada. — Emma sorriu para o velho lobo do mar. Se o navio tivesse afundado, ele teria sido o último a abandonar a ponte de comando. — Entretanto, o sr. Knowles não compartilhava da confiança do almirante e informou à diretoria que vinha acompanhando o caso de perto e que chegara à relutante conclusão de que a sra. Clifton não tinha a mínima chance e que não apenas Lady Virginia venceria, como também o júri a concederia uma substancial indenização por danos morais. O sr. Knowles então lembrou à diretoria que a sra. Clifton deixara claro que renunciaria ao cargo de presidente se esse fosse o resultado. Ele disse ainda que considerava nada mais do que um dever da diretoria pensar no futuro da empresa caso o fato se concretizasse, e especialmente quanto a quem deveria substituir a sra. Clifton como presidente. O sr. Clive Anscott concordou com o presidente em exercício e propôs o nome do sr. Desmond Mellor, que recentemente lhe escrevera explicando os motivos pelos quais precisava renunciar à diretoria. Em especial, afirmara que não poderia conceber continuar na diretoria enquanto "aquela mulher" estivesse no comando. Então, seguiu-se uma longa discussão no curso da qual ficou claro que os diretores estavam divididos sobre como lidar com o problema. O sr. Knowles, em seu resumo, concluiu que duas declarações deveriam ser preparadas e, uma vez que o resultado do julgamento fosse conhecido, a mais apropriada seria fornecida à imprensa. O almirante Summers declarou que não haveria necessidade para um comunicado à imprensa, pois, uma vez que a sra. Clifton fosse exonerada da acusação, os negócios retomariam a normalidade. O sr. Knowles perguntou ao almirante Summers o que ele faria se Lady Virginia vencesse o processo. O almirante respondeu que renunciaria como membro da diretoria, pois em circunstância alguma ele estaria disposto a continuar sob o comando do sr. Mellor. O sr. Knowles pediu que as palavras do almirante fossem registradas nas atas. Ele, então, passou a descrever sua estratégia para o futuro da empresa, caso acontecesse o pior.

— E qual era sua estratégia, sr. Knowles? — perguntou Emma inocentemente.

O sr. Webster passou à leitura da página seguinte da ata.

— Não tem mais importância — respondeu Knowles, oferecendo à presidente um sorriso tépido. — Afinal, o almirante estava certo. Mas julguei que não era mais do que meu dever preparar a diretoria para qualquer eventualidade.

— A única eventualidade para a qual deveria ter se preparado — rugiu o almirante Summers — era entregar sua renúncia antes que esta reunião fosse realizada.

— O senhor não acha isso um tanto rude? — retrucou Andy Dobbs. — Afinal, Jim acabou em uma posição um tanto indesejável.

— Lealdade nunca é indesejável — disse o almirante. — A menos, é claro, que você seja uma cavalgadura.

Sebastian reprimiu um sorriso. Não acreditava que alguém ainda usasse a palavra "cavalgadura" na segunda metade do século XX. Em sua opinião, "um hipócrita de merda" teria sido muito mais apropriado, embora, na verdade, não tivesse o mesmo efeito.

— Talvez o diretor jurídico-administrativo devesse ler a declaração do sr. Knowles — sugeriu Emma. — A que deveria ter sido liberada à imprensa, caso eu perdesse a causa.

O sr. Webster extraiu uma única folha de papel de sua pasta, mas, antes que tivesse a chance de pronunciar uma palavra, Knowles levantou-se, agarrou a folha de papel e disse:

— Isso não será necessário, presidente, pois eu ofereço minha renúncia.

Sem mais nada a dizer, Knowles se virou e saiu, mas não antes de o almirante Summers resmungar:

— Já não era sem tempo. — Em seguida, fixou o olhar nos outros dois diretores que apoiaram Knowles.

Após um momento de hesitação, Clive Anscott e Andy Dobbs também se levantaram e silenciosamente saíram da sala.

Emma esperou que a porta se fechasse antes de retomar a palavra.

— Talvez eu tenha me mostrado impaciente com o meticuloso registro das atas da diretoria por parte do sr. Webster. Agora preciso reconhecer que ele tinha toda razão, e me desculpo sinceramente.

— A senhora deseja que eu registre seus sentimentos nas atas, senhora presidente? — perguntou Webster sem qualquer traço de ironia.

Dessa vez, Sebastian se permitiu um sorriso.

4

Depois de revisar a quarta prova do extraordinário relato da Rússia de Stalin, por Anatoly Babakov, tudo que Harry queria fazer era pegar o primeiro voo para Nova York e entregar o manuscrito de *Tio Joe* para seu editor, Harold Guinzburg. No entanto, algo ainda mais importante o impedia de partir. Um evento que Harry não tinha a menor intenção de perder, sob nenhuma hipótese. A festa de aniversário de setenta anos de sua mãe.

Maisie vivia em um chalé dentro de Manor House desde a morte do segundo marido, três anos antes. Ela continuava ativamente envolvida em diversas obras de caridade local e, embora raramente perdesse sua caminhada terapêutica matinal de quatro quilômetros, agora ela levava mais de uma hora para concluí-la. Harry nunca esqueceria os sacrifícios pessoais que a mãe fizera para lhe garantir a bolsa no coral de St. Bede e, com ela, a chance de competir em igualdade com todos os outros garotos, independentemente da condição social, incluindo seu mais antigo amigo, Giles Barrington.

Harry e Giles se conheceram em St. Bede havia quarenta anos e formavam uma dupla improvável de melhores amigos. Um nascera nas ruas atrás da zona portuária, o outro, na ala particular da Maternidade Bristol Royal. Um, acadêmico, o outro, esportista. Um, tímido, o outro, extrovertido. E certamente ninguém havia previsto que Harry se apaixonaria pela irmã de Giles, exceto a própria Emma, que alegava ter planejado tudo logo depois que eles se conheceram na festa de aniversário de doze anos de Giles.

Tudo que Harry lembrava dessa ocasião era uma pequena criatura magrela — segundo a descrição de Giles — sentada na janela, de cabeça baixa, lendo um livro. Ele se lembrava do livro, mas não da garota.

Harry conheceu uma jovem diferente sete anos mais tarde, quando sua escola se juntou à Red Maids — para uma produção conjunta de *Romeu e Julieta*. Foi Elizabeth Barrington, mãe de Emma, quem percebeu que eles continuaram de mãos dadas mesmo depois de saírem do palco.

Quando a cortina fechou ao fim da apresentação, Harry admitiu para a mãe que se apaixonara por Emma e que queria se casar com ela. Ele chocou-se quando Maisie não pareceu feliz com a ideia. O pai de Emma, sir Hugo Barrington, sequer tentou esconder seus sentimentos, embora sua esposa não soubesse explicar por que ele se opunha tão veementemente à ideia de os dois se casarem. Como podia ser tão esnobe? No entanto, apesar da apreensão dos pais, Harry e Emma ficaram noivos um pouco antes de irem para Oxford. Ambos eram virgens e não dormiram juntos até algumas semanas antes do casamento.

O casamento, porém, terminou em lágrimas, pois, quando o padre disse: "Se alguém tiver algo contra esse matrimônio, fale agora ou cale-se para sempre", o Velho Jack, mentor e amigo de Harry, não se calou e contou a todos os presentes por que eles não deviam se casar.

Quando Harry soube a verdade sobre quem seu pai poderia ser, ficou tão perturbado que abandonou Oxford imediatamente e se juntou à Marinha Mercante, sem saber que Emma estava grávida nem que, enquanto ele atravessava o Atlântico, a Inglaterra declarara guerra à Alemanha.

Somente depois de ser libertado da prisão, se juntar ao Exército dos Estados Unidos e ser atingido por uma mina terrestre alemã, retornou à Inglaterra para reencontrar Emma, descobrindo que tinha um filho de 3 anos chamado Sebastian. Mesmo assim, foram necessários mais dois anos para que a Suprema Corte decidisse que sir Hugo não era pai de Harry. Apesar da decisão, tanto ele quanto Emma estavam cientes de que sempre haveria uma dúvida pairando sobre a legitimidade do casamento, mesmo que a mais alta Corte tivesse decidido sobre o assunto.

Harry e Emma quiseram desesperadamente ter um segundo filho, mas acabaram concordando em não contar a Sebastian por que optaram por não tê-lo. Harry nunca, nem por um momento, culpou a adorada mãe. Não foi preciso muita investigação para descobrir que Maisie não havia sido a primeira operária da fábrica a ser seduzida por Hugo Barrington durante uma excursão da fábrica a Weston-super-Mare.

Quando sir Hugo morreu em circunstâncias trágicas, Giles herdou seu título e suas propriedades, e a ordem natural das coisas finalmente se restabeleceu. Entretanto, enquanto Harry permanecia feliz casado com Emma, Giles enfrentara dois divórcios, e sua carreira política estava em frangalhos.

―

Emma passara os últimos três meses se preparando para o "grande evento", e nada poderia ser deixado ao acaso. Na véspera, Harry foi obrigado a fazer um ensaio geral de seu discurso no quarto do casal.

Trezentos convidados se dirigiam a Manor House para o jantar de gala em comemoração às sete décadas de Maisie, e, quando ela adentrou o recinto de braço dado com Harry, não foi difícil para todos os presentes imaginarem que ela deveria ter sido uma das grandes beldades de sua época. Harry se sentou ao lado da mãe e irradiava orgulho, embora ficasse cada vez mais nervoso conforme se aproximava o momento de fazer o brinde a ela. Apresentar-se diante de uma plateia lotada não era mais problema para ele, mas diante da mãe...

Ele começou recordando os convidados dos extraordinários feitos da mãe, contrariando todas as possibilidades. Ela passara de garçonete na casa de chá Tilly's a gerente do Grand Hotel da cidade — a primeira mulher a exercer o cargo. Depois de relutantemente se aposentar aos sessenta anos, Maisie ingressara numa turma de Inglês para a terceira idade na Universidade de Bristol e três anos mais tarde se formou com mérito, feito que Harry, Emma e Sebastian não conseguiram alcançar — por diferentes razões.

Quando Maisie se levantou para responder, todo o recinto se pôs de pé. Ela começou seu discurso como uma oradora experiente, sem qualquer anotação, sem qualquer tremor.

— As mães sempre acreditam que os filhos são especiais — começou Maisie —, e eu não sou uma exceção. É claro que tenho muito orgulho das várias conquistas de Harry, não apenas como escritor, mas, ainda mais importante, como presidente do PEN Club da Inglaterra e como defensor de seus colegas menos afortunados de outros países. Em minha opinião, a campanha dele pela libertação de Anatoly Babakov de um gulag siberiano é um feito muito maior do que encabeçar a lista de best-sellers do *New York Times*. Mas a coisa mais sábia que Harry já fez foi se casar com Emma. Por trás de um grande homem... — Risos e aplausos sugeriam que os presentes concordavam com Maisie. — Emma é uma mulher extraordinária pelos próprios méritos. A primeira mulher a se tornar presidente de uma empresa de capital aberto e ainda assim conseguir de algum modo ser uma esposa e mãe exemplar. E por fim, é claro, tem meu neto, Sebastian, que, me disseram, será o próximo presidente do Banco Central da Inglaterra. Deve ser verdade, pois foi o próprio Sebastian quem me contou.

— Prefiro ser presidente do Farthings Bank — sussurrou Seb para a tia Grace, sentada ao seu lado.

— Tudo a seu tempo, meu garoto — retrucou a tia.

Maisie encerrou o discurso com as palavras:

— Este é o dia mais feliz de minha vida e me considero uma pessoa de sorte por ter tantos amigos.

Harry esperou que os aplausos cessassem antes de se levantar novamente para propor um brinde desejando vida longa e felicidades para Maisie. Os convidados levantaram as taças e continuaram a ovacioná-la como se fosse a última noite do festival de música Proms.

— Lamento vê-lo sozinho novamente, Seb — disse Grace assim que os aplausos cessaram e todos retornaram aos seus assentos. Seb não respondeu. Grace tomou as mãos do sobrinho nas suas. — Já não é hora de você finalmente aceitar que Samantha está casada e tem outra vida?

— Queria que fosse assim tão fácil — respondeu Seb.

— Eu me arrependo de não ter me casado nem tido filhos — confidenciou Grace. — E isso é algo que nunca contei nem mesmo à minha irmã. Mas sei que Emma quer muito ser avó.

— Ela já é — sussurrou Seb —, e, assim como você, eu nunca contei isso a ela. Grace abriu a boca, mas as palavras se recusaram a sair.

— Sam tem uma menininha chamada Jessica. Eu só precisei vê-la uma vez para saber que é minha filha.
— Agora as coisas estão começando a fazer sentido — disse Grace. — Acha que existe mesmo uma chance de você e Samantha se reconciliarem?
— Não enquanto o marido dela estiver vivo.
— Sinto muito — disse Grace, apertando a mão do sobrinho.

Harry alegrou-se ao ver o cunhado conversando com Griff Haskins, o chefe de campanha do Partido Trabalhista da zona portuária de Bristol. Talvez o astuto e experiente assessor ainda conseguisse persuadir Giles a continuar sua candidatura, apesar da venenosa interferência do major Fisher. Afinal, Giles havia conseguido provar que a carta estava repleta de meias verdades e não passava de uma clara tentativa de vingança.
— Então, você finalmente tomou uma decisão sobre a eleição suplementar? — indagou Harry, quando Giles deixou Griff para se juntar a ele.
— Não me deixaram muita escolha — respondeu Giles. — Dois divórcios e uma aventura com uma alemã-oriental, que pode ter sido espiã da Stasi, não tornam alguém um candidato ideal.
— Mas a imprensa parece certa de que, independentemente de quem seja o candidato do Partido Trabalhista, terá uma vitória esmagadora, se o Partido Conservador permanecer tão impopular.
— Não é a imprensa nem mesmo o eleitorado que escolhe o candidato, mas um grupo de homens e mulheres que compõem o comitê de seleção local, e posso lhe dizer, Harry, não há nada mais conservador do que o comitê de seleção do Partido Trabalhista.
— Continuo convencido de que eles o apoiarão agora que sabem a verdade. Por que você não lança seu nome na disputa e deixa que eles decidam?
— Porque, se me perguntarem como me sinto com relação a Karin, eles podem não gostar da resposta.

— Foi muita gentileza me convidar para uma ocasião tão ilustre, sra. Clifton.

— Não seja bobo, Hakim, seu nome foi um dos primeiros em minha lista de convidados. Ninguém poderia ter feito mais pelo Sebastian, e, depois daquela experiência bastante desagradável com Adrian Sloane, estarei para sempre em dívida com você, e sei que homens do campo levam isso muito a sério.

— Quando precisamos desconfiar da própria sombra o tempo todo, é preciso saber quem são nossos amigos, sra. Clifton.

— Emma — insistiu ela. — Diga-me, Hakim, o que exatamente você vê quando olha a própria sombra?

— Uma trindade profana que, suspeito, pretende se levantar dos mortos e tomar o controle do Farthings novamente, e possivelmente até da Barrington.

— Mas Mellor e Knowles não estão mais na diretoria da Barrington, e Sloane perdeu toda a reputação que tinha na cidade.

— Verdade, mas isso não os impediu de fundar uma nova empresa.

— A Mellor Travel?

— Que, imagino, não recomendará aos seus clientes que reservem as férias com a Barrington.

— Nós sobreviveremos — disse Emma.

— E presumo que saiba que Lady Virginia Fenwick está considerando vender suas ações da Barrington? Meus espiões me disseram que ela está precisando de dinheiro no momento.

— Está? Ora, eu não gostaria que essas ações caíssem nas mãos erradas.

— Você não precisa se preocupar quanto a isso, Emma. Já instruí Sebastian a comprá-las assim que entrarem no mercado. Tenha certeza de que, se alguém sequer pensar em atacá-la novamente, Hakim Bishara e sua caravana de camelos estarão ao seu dispor.

— É Deakins, não é? — perguntou Maisie, quando um homem magro de meia-idade com cabelos prematuramente grisalhos, vestindo o mesmo terno que deve ter usado em sua formatura, aproximou-se para cumprimentá-la.

— Estou lisonjeado que se recorde de mim, sra. Clifton.

— Como poderia me esquecer? Afinal, Harry não parava de repetir "Deakins está em minha classe, mas, francamente, ele é de uma classe diferente".

— E eu estava certo, mãe — disse Harry se juntando a eles. — Porque Deakins hoje é regius professor de Grego em Oxford. E, como eu, desapareceu misteriosamente durante a guerra. Mas, enquanto eu estava na cadeia, ele estava em um lugar chamado Bletchley Park. Não que tenha revelado o que se passava por trás daquelas paredes cobertas de musgo.

— E duvido que algum dia conte — observou Maisie, olhando atentamente para Deakins.

— "Nunca viste o retrato de 'Nós Três'?" — perguntou Giles, surgindo ao lado de Deakins.

— Que peça? — indagou Harry.

— *Noite de Reis* — respondeu Giles.

— Nada mal, mas qual personagem diz essas palavras e para quem?

— O Bobo para sir Andrew Aguecheek.

— E quem mais?

— Sir Toby Belch.

— Impressionante — disse Deakins sorrindo para o velho amigo. — Mas para um dez, que ato e que cena?

Giles permaneceu em silêncio.

— Ato dois, cena três — interveio Harry. — Mas você percebeu o erro de uma palavra?

— Nunca *viste* — respondeu Maisie. Foi o suficiente para os três se calarem, até que Emma o interrompeu e disse:

— Parem de se exibir e circulem, rapazes. Esta não é uma reunião de colegas de escola.

— Ela sempre foi mandona — comentou Giles enquanto o grupo de amigos de colégio se separava e começava a se misturar aos outros convidados.

— Quando uma mulher mostra um pouco de liderança, imediatamente é tachada de mandona, mas, quando um homem faz o mesmo, ele é descrito como um líder nato e decidido — declarou Maisie.

— E assim sempre será — disse Emma. — A menos que façamos algo a respeito.

— Você já fez, minha querida.

Depois que os últimos convidados partiram, Harry e Emma acompanharam Maisie até o chalé dela.

— Obrigada pelo segundo dia mais feliz de minha vida — agradeceu Maisie.

— Em seu discurso, mãe — recordou Harry —, você disse que hoje era o dia mais feliz de sua vida.

— Não, nem se compara — retrucou Maisie. — Esse mérito será para sempre reservado ao dia em que eu descobri que você ainda estava vivo.

5

Harry sempre gostou de visitar seu editor de Nova York, mas imaginou se algo havia mudado agora que Aaron Guinzburg assumira o lugar do pai como presidente.

Ele pegou o elevador até o sétimo andar e, quando as portas se abriram, encontrou Kirsty, a paciente ex-secretária de Harold, esperando por ele. Pelo menos isso não havia mudado. Kirsty o conduziu rapidamente pelo corredor até o escritório do presidente. Após uma leve batida na porta, ela a abriu, permitindo a Harry entrar em outro mundo.

Aaron, e antes dele seu pai, considerava um erro administrativo do Todo-Poderoso o fato de ter nascido do lado errado do Atlântico. Ele vestia um terno risca de giz de botões duplos, provavelmente de um alfaiate de Savile Row, uma camisa branca com o colarinho engomado e uma gravata listrada nas cores de Yale. Ninguém poderia culpar Harry por pensar que o pai de Aaron havia sido clonado. O editor levantou-se de um salto da cadeira para cumprimentar seu autor favorito.

Ao longo dos anos, os dois se tornaram bons amigos e, assim que Harry se sentou na antiga poltrona de couro em frente à ampla mesa do editor, passou um momento absorvendo o ambiente familiar. As paredes recobertas por painéis de carvalho ainda exibiam fotografias em tom de sépia — Hemingway, Faulkner, Buchan, Fitzgerald, Greene e mais recentemente Saul Bellow. Harry não pôde evitar imaginar se algum dia se juntaria a eles. Já vendera mais do que a maioria dos autores na parede, mas os Guinzburgs não mediam o sucesso apenas pelas vendas.

— Parabéns, Harry. — A mesma voz cordial e sincera. — Número um de novo. William Warwick se torna mais popular a cada livro, e, depois de ler as revelações de Babakov de que Khrushchev estava envolvido na morte de Stalin, mal posso esperar para publicar *Tio Joe*. Estou confiante de que o livro também será um sucesso de vendas, embora na lista de não ficção.

— É uma obra realmente fantástica — concordou Harry. — Quisera eu mesmo tê-la escrito.

— Suspeito que tenha escrito boa parte dela, porque percebo sua mão em quase todas as páginas — disse Aaron, olhando inquisitivamente para Harry.

— Cada palavra é de Anatoly. Não sou nada além de seu fiel escriba.

— Se prefere assim, tudo bem. Entretanto, seus fãs mais ardorosos podem perceber seu estilo e fraseologia espreitando aqui e ali.

— Então, nós dois teremos que contar a mesma versão, não?

— Se prefere assim...

— Prefiro — afirmou Harry.

Aaron assentiu.

— Elaborei uma minuta de contrato para *Tio Joe* que necessitará da assinatura da sra. Babakova como representante do marido. Estou disposto a oferecer cem mil dólares a ela como adiantamento no momento da assinatura, mais dez por cento de royalties.

— Quantas cópias você acha que venderá?

— Um milhão, possivelmente mais.

— Então, quero que os royalties sejam de 12,5 por cento depois da venda das primeiras cem mil cópias e de quinze por cento depois de atingir 250 mil cópias vendidas.

— Eu nunca ofereci condições tão boas para um primeiro livro — protestou Aaron.

— Este não é um primeiro livro, é um último livro, um livro único, sem igual.

— Aceito seus termos — cedeu Aaron —, mas com uma condição. — Harry esperou até que Aaron continuasse: — Quando o livro for publicado, você fará uma turnê de autor, pois o público ficará fascinado em saber como você foi capaz de contrabandear o manuscrito da União Soviética.

Harry assentiu, e os dois homens se levantaram e apertaram as mãos. Outra coisa que Aaron tinha em comum com o pai: um aperto de mão era o suficiente para mostrar que o negócio estava fechado. Um contrato com os Guinzburgs não tinha cláusula de escape.

— Enquanto você está por aqui, preciso finalizar um novo contrato para três livros da série William Warwick.

— Nos mesmos termos que o do Babakov — disse Harry.

— Por quê? Você escreverá esses também? — Os dois riram, antes de apertar as mãos novamente.

— Quem vai publicar o *Tio Joe* na Inglaterra? — perguntou Aaron, depois de se sentar.

— Billy Collins. Fechamos negócio na semana passada.

— Nos mesmos termos?

— Você gostaria de saber mesmo? Pois saiba que, quando eu chegar em casa, ele certamente me fará a mesma pergunta.

— E não tenho dúvidas de que receberá a mesma resposta. Agora, Harry, sua presença aqui não poderia ser mais oportuna, pois preciso falar com você sobre outro assunto no mais absoluto sigilo.

Harry recostou-se na poltrona.

— Eu sempre quis que a Viking se associasse a uma editora de livros comerciais de prestígio, para que eu não precisasse fazer contratos isolados o tempo todo. Muitas outras empresas, como você deve saber, estão indo por esse caminho.

— Mas, se me lembro corretamente, seu pai sempre foi contra a ideia. Ele temia que isso prejudicasse sua independência.

— E ele continua com a mesma opinião. Mas ele não é mais o presidente, e decidi que está na hora de ousar. Recentemente, Rex Mulberry, da Mulberry House, me fez uma proposta interessante.

— "A velha ordem mudou, concedendo lugar para o novo."

— Refresque minha memória.

— Tennyson, *Morte d'Arthur*.

— Então, você está preparado para conceder lugar ao novo?

— Embora eu não conheça Rex Mulberry, apoiarei sua decisão — disse Harry.

— Bom. Então, solicitarei a elaboração dos dois contratos imediatamente. Se você conseguir fazer a sra. Babakova assinar o dela, terei o seu pronto quando você voltar de Pittsburgh.

— Ela provavelmente relutará em aceitar o pagamento antecipado, ou mesmo os royalties, então precisarei lembrá-la de que a última fala de Anatoly antes de o arrastarem foi: "Certifique-se de que Yelena não tenha que passar o resto da vida em um tipo diferente de prisão."

— Isso deve funcionar.

— Possivelmente. Mas sei que ela considera dever dela sofrer o mesmo tipo de privação que o marido.

— Aí você vai explicar que não podemos publicar o livro se ela não assinar o contrato.

— Ela vai assinar, mas apenas por querer que o mundo todo saiba a verdade sobre Joseph Stalin. Só não estou convencido de que ela vai descontar o cheque.

— Experimente usar o irresistível charme Clifton — disse Aaron, levantando-se. — Vamos almoçar?

— No Yale Club?

— Não, lá não. Papai ainda almoça lá todos os dias, e não quero que ele descubra meus planos.

Harry raramente lia a editoria de negócios de qualquer jornal, mas naquele dia abriu uma exceção. O *New York Times* dedicou meia página para a fusão entre a Viking Press e a Mulberry House, exibindo uma fotografia de Aaron apertando as mãos de Rex Mulberry.

A Viking teria 34 por cento da nova empresa, enquanto a Mulberry, uma editora muito maior, controlaria os 66 por cento restantes. Quando o *Times* perguntou a Aaron como seu pai se sentia a respeito do negócio, ele simplesmente respondeu: "Curtis Mulberry e meu pai são bons amigos há vários anos. Estou muito feliz em ter criado essa parceria com seu filho, e prevejo que esse também será um relacionamento igualmente longo e frutífero."

— Que assim seja! — disse Harry, enquanto o garçom passava com o carrinho de serviço e oferecia uma segunda xícara de café. Ele olhou pela janela e observou os arranha-céus de Manhattan cada vez menores à medida que o trem continuava sua jornada até Pittsburgh.

Harry recostou, fechou os olhos e pensou em sua reunião com Yelena Babakova. Esperava que ela cumprisse os desejos do marido. E tentou se lembrar das exatas palavras de Anatoly.

Aaron Guinzburg acordou cedo, empolgado pela perspectiva do primeiro dia como vice-presidente da nova companhia.

— Viking Mulberry — murmurou para o espelho de barbear. Gostava da imponência do nome.

A primeira reunião naquele dia estava marcada para o meio-dia, momento em que Harry relataria como fora a reunião com a sra. Babakova. Ele planejava publicar *Tio Joe* em abril, e estava feliz por Harry ter concordado com a turnê. Depois de um leve café da manhã, torradas com geleia Oxford, ovos moles e uma xícara de chá Earl Grey, Aaron leu o artigo no *New York Times* uma segunda vez. Achou que refletia bem o seu acordo com a Rex Mulberry e ficou satisfeito em ver seu novo sócio repetindo o mesmo que lhe dissera muitas vezes: *Estou orgulhoso de me unir a uma editora com admirável tradição literária.*

Como a manhã estava limpa e fresca, Aaron decidiu caminhar para o trabalho e saborear a ideia de começar uma vida nova. Imaginou quanto tempo levaria até o pai admitir que ele havia tomado a decisão certa quando a empresa figurasse entre as grandes. Atravessou a Sétima Avenida, o sorriso iluminando-se a cada passo. Ao caminhar na direção do prédio tão familiar, percebeu dois porteiros bem-vestidos parados diante da entrada. Uma despesa que o pai não aprovaria. Um dos homens se aproximou e o saudou.

— Bom dia, senhor Guinzburg. — Aaron impressionou-se pelo fato de o homem saber seu nome. — Fomos instruídos a não permitir sua entrada no prédio, senhor.

Aaron emudeceu de espanto.

— Deve haver um equívoco — conseguiu por fim falar. — Sou vice-presidente da companhia.

— Sinto muito, senhor, mas essas são as ordens — disse o segundo segurança, dando um passo à frente para impedir sua passagem.

— Deve haver algum equívoco — repetiu Aaron.
— Não há equívoco algum, senhor. Nossas ordens foram claras. Se o senhor tentasse entrar no prédio, deveríamos impedi-lo.

Aaron hesitou por um momento antes de dar um passo atrás. Então olhou para o alto, a nova placa estampando o nome Viking Mulberry, depois tentou entrar no prédio mais uma vez, mas os seguranças não arredaram um centímetro. Com relutância, Aaron se virou, acenou para um táxi e informou o endereço de casa. Deveria haver uma explicação simples, repetia para si mesmo conforme o táxi se dirigia para a Rua 67.

Assim que chegou em casa, pegou o telefone e discou um número que não precisou consultar.

— Bom dia, Viking Mulberry, como posso ajudá-lo?
— Rex Mulberry.
— Quem gostaria de falar, por favor?
— Aaron Guinzburg. — Ele ouviu um clique e um momento depois outra voz disse:
— Escritório do presidente.
— Aqui é Aaron Guinzburg. Passe a ligação para Rex.
— O senhor Mulberry está em reunião.
— Então interrompa a reunião — disse Aaron, finalmente perdendo a paciência.

Outro clique. Desligaram. Ele ligou novamente, mas dessa vez não passou da telefonista. Desabando na cadeira mais próxima, tentou organizar os pensamentos. Levou um tempo para pegar o telefone novamente.

— Friedman, Friedman e Yablon — anunciou uma voz.
— Aqui é Aaron Guinzburg. Eu preciso falar com Leonard Friedman. — Ele foi imediatamente transferido para o sócio majoritário. Aaron explicou tudo que havia acontecido quando chegou ao escritório pela manhã, e o resultado das duas ligações feitas em seguida.

— Então, seu pai estava certo o tempo todo.
— O que quer dizer com isso?
— Um aperto de mãos sempre foi o bastante para Curtis Mulberry, mas, ao lidar com seu filho Rex, tenha certeza de ler as entrelinhas.

— Você está sugerindo que Mulberry tem direito de fazer o que fez?

— Certamente, não. Mas a lei está do lado dele — disse Friedman. — Enquanto Mulberry controlar 66 por cento das ações, ele dá as cartas. Na época, nós o avisamos das consequências de ser um acionista minoritário, mas você estava convencido de que não seria um problema. No entanto, tenho que admitir que até eu estou chocado com a velocidade com que Mulberry se aproveitou da posição.

Depois de Friedman explicar os detalhes do contrato, Aaron desejou ter estudado Direito em Harvard, e não História em Yale.

— Ainda assim — disse o advogado —, conseguimos inserir a cláusula 19A, da qual Mulberry certamente se arrependerá agora.

— Por que a cláusula 19A é tão importante?

Assim que Friedman explicou o significado da cláusula de escape em detalhes, Aaron desligou o telefone e caminhou até o armário de bebidas. Ele se serviu de uma dose de uísque antes do meio-dia pela primeira vez na vida. Meio-dia, o horário de sua reunião com Harry. Ele consultou o relógio: 11h38. Desistiu da bebida e saiu às pressas do apartamento.

Amaldiçoando a lerdeza do elevador, finalmente chegou ao térreo, abriu a grade e correu para a rua. Acenou para um táxi amarelo, sempre abundantes na Quinta Avenida, mas, assim que chegou à Terceira, Aaron deparou com o inevitável engarrafamento. Semáforo após semáforo, todos pareciam mudar para vermelho assim que o táxi se aproximava. Quando o carro parou no grupo de semáforos seguinte, Aaron entregou ao motorista uma nota de cinco dólares e saltou. Correu pelos últimos dois quarteirões, esquivando-se em meio aos carros, recebendo a fúria das buzinas enquanto tentava se manter em movimento.

Os dois seguranças continuavam parados em frente ao prédio, como se esperassem seu retorno. Aaron consultou novamente o relógio enquanto corria: quatro para o meio-dia. Rezou para que Harry se atrasasse. Harry, porém, nunca se atrasava. Foi então que o viu, a cerca de cem metros, caminhando em sua direção, mas chegando ao prédio segundos antes de Aaron. Os seguranças recuaram e permitiram a entrada de Harry. Mais alguém que aguardavam.

— Harry! Harry! — gritou Aaron, agora a apenas alguns passos da porta principal, mas Harry já havia entrado no prédio. — Harry — gritou Aaron novamente ao alcançar a entrada, mas os dois seguranças avançaram e bloquearam sua passagem assim que Harry entrou no elevador.

Quando a porta do elevador se abriu, Harry se surpreendeu ao não ver Kirsty aguardando por ele. É engraçado como nos acostumamos aos detalhes, pensou, e até não damos valor a eles. Seguiu, então, até o balcão de recepção e disse seu nome à jovem desconhecida.

— Tenho uma reunião com Aaron Guinzburg.

A jovem checou a agenda e disse:

— Sim, você está agendado para ver o presidente ao meio-dia, sr. Clifton. Ele o aguarda na antiga sala do sr. Guinzburg.

— Antiga sala? — repetiu Harry, incapaz de disfarçar sua surpresa.

— Sim, a última sala no fim do corredor.

— Eu sei onde é — informou Harry, antes de se dirigir para a sala de Aaron. Ele bateu à porta e esperou.

— Entre — disse uma voz que Harry não reconheceu.

Ao abrir a porta, Harry imediatamente presumiu que entrara na sala errada. As paredes haviam sido despidas de seus magníficos painéis de carvalho, e espalhafatosas ilustrações do SoHo substituíam as fotografias dos renomados autores. Um homem que nunca vira antes, mas a quem reconhecia da foto publicada no *New York Times* naquela manhã, levantou-se da cadeira atrás da mesa de cavaletes e estendeu-lhe a mão.

— Rex Mulberry. Prazer em finalmente conhecê-lo, Harry.

— Bom dia, senhor Mulberry — cumprimentou Harry. — Tenho uma reunião com meu editor, Aaron Guinzburg.

— Aaron não trabalha mais aqui — disse Mulberry. — Sou o presidente da nova companhia, e a diretoria decidiu que já era hora de a Viking fazer algumas mudanças radicais. Mas posso lhe garantir que sou um grande admirador de seu trabalho.

— Então o senhor é fã de William Warwick? — perguntou Harry.

— Sim, sou um grande fã de William. Sente-se. — Harry sentou-se ao outro lado da mesa do novo presidente. — Acabo de ler nosso último contrato, e tenho certeza de que concordará que é bastante generoso, considerando os padrões do mercado.

— Sempre publiquei pela Viking, então não tenho parâmetros de comparação.

— E é claro que honraremos o contrato mais recente da série de William Warwick, assim como o contrato de *Tio Joe*.

Harry tentou imaginar o que Sebastian faria nessas circunstâncias. Estava ciente de que o contrato de publicação de *Tio Joe* estava no bolso interno de seu paletó — aquele que, depois de considerável persuasão, havia sido assinado por Yelena Babakova.

— Aaron tinha combinado de preparar um contrato novo para três livros, do qual pretendíamos tratar hoje — informou Harry, tentando ganhar tempo.

— Sim, tenho o contrato aqui comigo — disse Mulberry. — Há alguns poucos ajustes, nada muito significativo — acrescentou, empurrando o documento pela mesa.

Harry consultou a última página do contrato, na qual encontrou a assinatura de Rex Mulberry na linha pontilhada. Pegou sua caneta-tinteiro, presente de Aaron, removeu a tampa e olhou fixamente para as palavras: *Em benefício do autor*. Hesitou e então disse a primeira coisa em que conseguiu pensar.

— Preciso ir ao toalete. Vim direto da Grand Central, pois não queria me atrasar. — Quando Harry colocou a elegante Parker na mesa, ao lado do contrato, Mulberry forçou um sorriso. — Não me demoro — acrescentou Harry, levantando-se da cadeira e saindo da sala aparentando casualidade.

Fechando a porta atrás de si, Harry caminhou rapidamente pelo corredor, passou pela recepção e não parou até chegar ao lobby, onde entrou no primeiro elevador disponível. Quando as portas abriram novamente no térreo, ele se juntou ao burburinho de funcionários que saíam do prédio para o almoço. Olhou para os seguranças rapidamente, mas os homens não prestaram atenção nele. Pareciam concentrados em alguém parado como uma sentinela do outro lado da rua. Harry virou de costas para Aaron e acenou para um táxi.

— Para onde? — perguntou o motorista.

— Ainda não sei, mas o senhor pode seguir até a outra esquina e pegar o cavalheiro que está ali parado?

O motorista parou o carro do outro lado da rua. Harry abriu o vidro.

— Entre — gritou.

Aaron olhou um tanto desconfiado para dentro do táxi, mas, ao ver Harry, rapidamente se juntou a ele no banco traseiro.

— Você assinou o contrato? — Foram suas primeiras palavras.

— Não assinei.

— E o contrato de Babakov?

— Estou com ele bem aqui — respondeu Harry, tocando o bolso interno do paletó.

— Então, acho que estamos salvos.

— Ainda não. Convenci a sra. Babakova de que ela deveria sacar o cheque de cem mil dólares.

— Céus! — exclamou Aaron.

— Para onde? — insistiu o taxista.

— Grand Central — respondeu Harry.

— Você não pode simplesmente telefonar para ela? — perguntou Aaron.

— Ela não tem telefone.

6

— É a primeira vez que sei de algo desonesto de sua parte — disse Emma, servindo-se de uma xícara de café.

— Mas sem dúvida moralmente defensável — disse Harry. — Afinal, os fins justificam os meios.

— Até isso é um tanto questionável. Não se esqueça de que a sra. Babakova já assinou o contrato e aceitou o cheque do adiantamento.

— Mas ela ainda não descontou o cheque e, de todo modo, ela achava que o livro seria publicado pela Viking.

— E ainda teria sido.

— Mas não por Aaron Guinzburg, com quem ela firmou o contrato original.

— Um juiz da Suprema Corte pode considerar um dilema jurídico interessante. E quem vai publicar William Warwick, agora que você não está mais na Viking?

— A Guinzburg Press. Anatoly e eu seremos os primeiros autores da editora, e Aaron me dará de presente uma nova caneta-tinteiro.

— Uma nova caneta?

— É uma longa história, que eu vou lhe contar quando você voltar da reunião da diretoria — disse Harry, quebrando a casca de um ovo.

— Estou um tanto surpresa por Mulberry não ter considerado a possibilidade de Aaron criar a própria empresa e não ter incluído uma cláusula no contrato de fusão para impedi-lo de roubar os autores da Viking.

— Tenho certeza que ele pensou, mas, se tivesse inserido uma cláusula assim, os advogados de Aaron teriam percebido imediatamente o que ele pretendia.

— Talvez ele duvidasse que Aaron tivesse os recursos para abrir uma nova editora.

— Se foi isso, ele se enganou — disse Harry. — Aaron já tem várias ofertas pelas ações da Viking Mulberry, até mesmo do próprio Rex Mulberry, que claramente não quer que nenhum de seus concorrentes ponha as mãos nos 34 por cento de Aaron.

— Tudo que vai... — disse Emma. Harry sorriu, jogando uma pitada de sal no ovo. — Mas, por mais que goste de Aaron — continuou Emma —, depois da óbvia falta de discernimento dele no que tange à Mulberry, tem certeza de que é o homem certo para ser seu editor norte-americano? E se você assinar um contrato para três livros e então...

— Confesso que tinha minhas dúvidas — disse Harry —, mas me tranquilizei ao saber que o pai de Aaron concordou em assumir o cargo de presidente da nova empresa.

— Esse cargo envolve participação ativa nas questões da empresa?

— Harold Guinzburg não faz nada em que não se envolva ativamente.

— Item número um — declarou Emma em sua voz clara e resoluta de presidente. — A última atualização sobre a construção de nosso segundo navio de cruzeiro de luxo, o *Balmoral*. — Ela olhou para o novo diretor-executivo do grupo, Eric Hurst, que já encarava uma pasta aberta à sua frente.

— A diretoria ficará feliz em saber — disse ele — que, apesar de alguns contratempos inevitáveis, comuns às grandes empreitadas, ainda estamos dentro do cronograma para o lançamento do novo navio em setembro. Igualmente importante, continuamos dentro do orçamento previsto, pois conseguimos antever a maioria das questões que tanto dificultaram a construção do *Buckingham*.

— Com uma ou duas exceções importantes — disse o almirante Summers.

— O senhor tem razão, almirante — concordou Hurst. — Confesso que não tinha previsto a necessidade de um segundo bar no convés superior.

— Os passageiros poderão beber no convés? — interpelou o almirante.

— Acredito que sim — disse Emma, contendo um sorriso. — Mas isso significa mais dinheiro nos cofres. — O almirante sequer tentou disfarçar a bufada de desdém.

— Embora eu ainda precise estudar a melhor data para o lançamento — continuou Hurst —, não deve demorar muito até que possamos anunciar as primeiras reservas para o *Balmoral*.

— Fico me perguntando se não demos um passo maior do que as pernas — interveio Peter Maynard.

— Acho que isso é assunto do diretor financeiro, não meu — retrucou Hurst.

— Sem dúvida — disse Michael Carrick, reconhecendo a deixa. — A posição geral da empresa — continuou, olhando para sua calculadora de bolso, que o almirante considerava mais uma bugiganga tecnológica — é que nosso giro comercial está três por cento acima do apurado no mesmo período do ano passado, isso sem levar em conta um empréstimo substancial do Barclays para garantir que não atrasemos nenhum pagamento durante a fase de construção.

— O quão substancial? — inquiriu Maynard.

— Dois milhões — respondeu Carrick prontamente, sem precisar checar os números.

— Podemos arcar com uma dívida desse montante?

— Sim, senhor Maynard, mas somente porque nosso fluxo de caixa está superior ao do ano passado e por causa do aumento nas reservas para o *Buckingham*. Parece que nossa atual geração de septuagenários está se recusando a morrer e prefere aderir à ideia de fazer um cruzeiro anual. Tanto que acabamos de criar um programa de fidelidade para os clientes que nos escolheram como destino de férias em mais de três ocasiões.

— E a que esse programa dá direito? — perguntou Maurice, o representante do Barclay na diretoria.

— A vinte por cento de desconto no preço de qualquer viagem, desde que reservada com mais de um ano de antecedência. Isso incentiva nossos clientes regulares a considerarem o *Buckingham* sua segunda casa.

51

— E se eles morrerem antes da viagem? — indagou Maynard.

— Eles recebem cada centavo de volta — esclareceu Emma. — A Barrington é uma empresa de cruzeiros de luxo, senhor Mayanard, não somos usurpadores.

— Mas ainda vamos obter lucro — pressionou Brasher — se dermos a tantos clientes um desconto de vinte por cento?

— Sim — informou Carrick —, há ainda a possibilidade de mais dez por cento em nossa margem e não esqueçamos que, uma vez a bordo, eles gastam dinheiro em nossas lojas e bares, bem como em nosso cassino 24 horas.

— Outra coisa que desaprovo — resmungou o almirante.

— Qual é a nossa atual taxa de ocupação? — indagou Maynard.

—Ao longo dos últimos doze meses é de 81 por cento, frequentemente cem por cento nos conveses superiores, e é por isso que estamos construindo mais cabines superiores no *Balmoral*.

— E qual é o nosso *break-even*?

— É de 68 por cento — acrescentou Carrick.

— Muito satisfatório — disse Brasher.

— Apesar de concordar com isso, sr. Brasher, não podemos nos dar ao luxo de relaxar — declarou Emma. — A Union-Castle está planejando converter o *Reina del Mar* em um navio de cruzeiro, e a Cunard e a P&O recentemente começaram a construção de navios que transportarão mais de dois mil passageiros.

Um longo silêncio pairou sobre a sala, enquanto os membros da diretoria tentavam absorver a informação.

— Nova York ainda é nossa rota mais lucrativa? — perguntou Maynard, que não parecia especialmente interessado nas perguntas dos demais diretores.

— Sim — respondeu Hurst. — Mas o cruzeiro Báltico também está se mostrando bastante popular, de Southampton para Leningrado, passando por Copenhagen, Oslo, Estocolmo e Helsinque.

— Mas agora estamos lançando um segundo navio e, considerando quantos outros navios de cruzeiro já estão em operação — continuou Maynard —, vocês antecipam algum problema quanto à oferta de pessoal para a tripulação?

Emma estava intrigada com a quantidade de perguntas que Maynard fazia, e começou a suspeitar que ele tinha segundas intenções.

— Isso não deve ser um problema — respondeu o capitão Turnbull, que até então permanecia calado. — A Barrington é uma linha de cruzeiros muito popular para se trabalhar, especialmente entre os filipinos. Eles permanecem a bordo por onze meses, nunca saem do navio e raramente fazem gastos.

— E quanto ao décimo segundo mês? — perguntou Sebastian.

— É o período em que eles vão para casa entregar o dinheiro economizado para as esposas e famílias. Então, regressam ao trabalho 28 dias depois.

— Pobres coitados — disse Brasher.

— Na verdade, senhor Brasher — disse Turnbull —, os filipinos são os membros mais felizes de minha tripulação. Eles me dizem que preferem trabalhar na linha Barrington a passar doze meses sem trabalho em Manila.

— E quanto aos oficiais? Algum problema nesse setor, capitão?

— Pelo menos seis pessoas qualificadas se candidatam para cada vaga disponível, almirante.

— Alguma mulher? — perguntou Emma.

— Sim, agora temos nossa primeira mulher na ponte de comando — respondeu Turnbull. — Clare Thompson. Ela é primeira imediata e vem se mostrando muito competente.

— Aonde esse mundo vai parar? — ironizou o almirante. — Vamos torcer para que eu não viva a ponto de ver uma mulher como primeira-ministra.

— Vamos torcer para que veja — disse a presidente provocando gentilmente seu diretor favorito. — O mundo mudou, e talvez o senhor devesse mudar também. — Emma consultou o relógio. — Mais alguma questão pendente?

O diretor jurídico-administrativo pigarreou, demonstrando que ainda havia algo a dizer para a diretoria.

— Senhor Webster — disse Emma, recostando, ciente de que ele não era um homem a quem se pudesse apressar.

— Sinto que devo informar à diretoria que Lady Virginia Fenwick vendeu seus 7 por cento de participação na empresa.

53

— Mas eu pensei... — começou Emma.

— E as ações já foram registradas na Junta Comercial em nome do comprador.

— Mas eu pensei... — repetiu Emma, olhando diretamente para o filho.

— Deve ter sido uma transação direta e particular — comentou Sebastian. — Posso lhe garantir que as ações dela nunca foram disponibilizadas para venda no mercado. Caso tivessem sido, meu corretor as teria comprado imediatamente em nome do Farthings, e Hakim Bishara teria se juntado à diretoria como representante do banco.

Todos os presentes começaram a falar ao mesmo tempo. Todos com a mesma pergunta. Se Bishara não comprou as ações, quem as havia comprado?

O diretor jurídico-administrativo esperou que os membros da diretoria se acalmassem antes de responder ao seu apelo coletivo:

— Senhor Desmond Mellor.

Houve um imediato tumulto, silenciado apenas pela interrupção abrupta de Sebastian:

— Tenho a impressão de que Mellor não voltará como membro da diretoria. Seria óbvio demais, e não serviria a seu propósito. — Emma parecia aliviada. — Não, eu acho que ele escolherá outra pessoa para representá-lo. Alguém que nunca fez parte da diretoria antes.

Todos os olhos agora se fixavam em Sebastian. Mas foi o almirante quem ousou perguntar:

— E quem você acha que pode ser?

— Adrian Sloane.

7

Uma longa limusine preta estava estacionada do lado de fora do hotel Sherry-Netherland. Um chofer muito bem-vestido abriu a porta traseira do veículo assim que Harry saiu do hotel. Ele entrou e afundou no assento, ignorando os jornais ordenadamente empilhados no bar de bordo à sua frente. Quem bebe àquela hora da manhã?, pensou Harry. Então fechou os olhos e tentou se concentrar.

Ele dissera a Aaron Guinzburg várias vezes que não precisava de uma limusine para o curto trajeto entre o hotel e o estúdio, bastava um táxi normal.

— Faz parte do serviço que o *Today* oferece aos convidados.

Harry cedeu, embora soubesse que Emma não teria aprovado. "Um desperdício extravagante do dinheiro da empresa", descobriria a NBC, caso tivesse Emma como presidente.

Harry se lembrou da primeira vez em que estivera em um programa de rádio matinal nos Estados Unidos, mais de vinte anos antes, quando divulgava seu livro de estreia de William Warwick. Havia sido um verdadeiro fiasco. Seu tempo já curto no programa foi reduzido ainda mais quando os dois convidados anteriores, Mel Blanc e Clark Gable, extrapolaram o tempo que lhes fora reservado. Quando finalmente chegou a vez de Harry falar, ele esqueceu completamente de mencionar o título do livro, e ficou bastante claro, também, que o apresentador, Matt Jacobs, não lera a obra. Duas décadas depois, Harry finalmente aceitara que isso era comum no meio.

Ele estava decidido a não sofrer o mesmo destino com *Tio Joe*, já descrito pelo *New York Times* como o livro mais esperado do trimestre. Os três programas matinais haviam lhe oferecido o horário nobre, às 7h24. Seis minutos não pareciam muito tempo, mas, em termos de televisão, apenas ex-presidentes e ganhadores do Oscar podiam se dar ao luxo de desprezá-los. E como Aaron fizera questão de lembrar a Harry:

— Apenas pense em quanto teríamos que pagar por seis minutos de propaganda no horário nobre.

A limusine parou em frente à fachada de vidro do estúdio na Columbus Avenue. Uma jovem bem-vestida o aguardava na calçada.

— Bom dia, Harry. Meu nome é Anne, sua assistente, e o levarei direto para a maquiagem.

— Obrigado — agradeceu Harry, que ainda não se acostumara com pessoas desconhecidas chamando-o pelo primeiro nome.

— Como sabe, você estará no ar às 7h24 por seis minutos e seu entrevistador será Matt Jacobs.

Harry suspirou. Será que ele leu o livro desta vez?

— Ótimo — disse ele.

Harry odiava maquiagem. Ele tinha tomado banho e se barbeado havia apenas uma hora, mas era um ritual que não poderia recusar, apesar de insistir:

— O mínimo possível, por favor.

Depois que uma quantidade generosa de creme foi aplicada sobre suas bochechas e pó foi espalhado em sua testa e queixo, a maquiadora perguntou:

— Devo remover esses fios de cabelo grisalho?

— Claro que não! — respondeu Harry. Ela olhou desapontada e se contentou em aparar as sobrancelhas dele.

Assim que conseguiu se livrar da tortura, foi com Anne até o camarim, onde Harry se sentou em um canto tranquilo enquanto uma estrela de filmes qualquer, cujo nome ele não sabia, contava a uma plateia atenta como era dividir uma cena com Paul Newman. Às 7h20, a porta se abriu abruptamente e Anne ressurgiu para executar sua tarefa mais importante do dia.

— Hora de ir para o estúdio, Harry.

Ele se levantou e a seguiu por um longo corredor. Harry estava nervoso demais para dizer qualquer coisa, situação com a qual a assistente parecia nitidamente acostumada. Anne parou diante de uma porta fechada em que um aviso dizia: NÃO ENTRE ENQUANTO A LUZ VERMELHA ESTIVER ACESA. No momento em que a luz verde acendeu, ela abriu a porta pesada e o conduziu ao estúdio do tamanho de um hangar de aviões, repleto de lâmpadas a arco voltaico e câmeras, com técnicos e assistentes correndo de um lado para o outro durante a pausa para os comerciais. Harry sorriu para as pessoas na plateia, que, pela expressão, nitidamente não tinham a menor ideia de quem ele era. Então voltou a atenção para o apresentador, Matt Jacobs, sentado em um sofá parecendo uma aranha à espera da presa. Um assistente de estúdio entregou um exemplar de *Tio Joe* ao apresentador enquanto outro retocava sua maquiagem. Jacobs passou os olhos pela capa antes de virar o livro para checar a biografia do autor. Por fim, abriu o exemplar e leu a sinopse na orelha. Dessa vez, Harry estava preparado. Enquanto esperava para ser conduzido ao seu assento, estudou cuidadosamente seu inquiridor. Jacobs parecia o mesmo de vinte anos atrás, embora Harry suspeitasse que a maquiadora recebesse carta branca para usar todas as habilidades a fim de desafiar a passagem do tempo. Teria ele se rendido à cirurgia plástica?

O gerente do estúdio convidou Harry para se juntar a Jacobs no sofá, onde foi recebido com um seco "Bom dia, sr. Clifton", mas logo depois o apresentador se distraiu com um bilhete entregue por outro assistente.

— Sessenta segundos para a transmissão — disse uma voz de algum lugar além da lâmpada a arco voltaico.

— Onde começo? — perguntou Jacobs.

— O texto vai surgir na câmera dois — avisou o assistente de direção.

— Trinta segundos.

Era nesse momento que Harry sempre sentia vontade de se levantar e sair do estúdio. *Tio Joe, Tio Joe, Tio Joe*, repetiu rapidamente. Não se esqueça de mencionar o título do livro, Aaron o recordara, pois não é o seu nome que está na capa.

— Dez segundos.

Harry tomava um gole de água quando uma mão surgiu diante de seu rosto, exibindo cinco dedos abertos.

— Cinco, quatro...

Jacobs largou as anotações no chão.

— Três, dois...

E olhou direto para a câmera.

— Um. — A mão desapareceu.

— Bem-vindos de volta — saudou Jacobs, lendo diretamente do teleprompter.— Meu próximo convidado é o autor de livros policiais Harry Clifton, mas hoje não falaremos de um de seus livros, mas de um que ele contrabandeou da União Soviética. — Jacobs exibiu o exemplar de *Tio Joe*, que preencheu toda a tela.

Começou bem, pensou Harry.

— Para ser mais claro — continuou Jacobs —, não foi bem o livro que o sr. Clifton contrabandeou, foram só as palavras. Ele diz que, enquanto estava trancafiado em uma prisão russa junto com Anatoly Babakov, autor de *Tio Joe*, decorou todo o manuscrito em quatro dias, e depois de ser solto o reescreveu, palavra por palavra. Para algumas pessoas, isso pode ser difícil de acreditar — disse Jacobs, antes de olhar para Harry pela primeira vez, e, pela expressão de incredulidade estampada em seu rosto, ele era uma delas.— Vamos tentar entender o que você está sugerindo, sr. Clifton. O senhor dividiu uma cela com o renomado autor Anatoly Babakov, um homem com quem nunca havia se encontrado antes.

Harry concordou com um gesto de cabeça, quando a câmera se voltou para ele.

— Durante quatro dias, ele ditou a íntegra do conteúdo de seu livro proibido, *Tio Joe*, uma narrativa dos onze anos em que ele trabalhou no Kremlin como intérprete de Joseph Stalin.

— Isso mesmo — concordou Harry.

— Então, quando foi libertado da prisão, quatro dias depois, como um ator profissional, você sabia tudo de cor e salteado.

Harry permaneceu em silêncio, pois estava bastante claro que Jacob tinha outras intenções.

— Tenho certeza de que concordará comigo, senhor Clifton, que não seria possível esperar de ator algum, nem o mais experiente, que conseguisse se lembrar de 48 mil palavras depois de apenas quatro dias de ensaios.

— Não sou ator — retrucou Harry.

— Perdão — emendou Jacobs, com uma expressão que transparecia sua falta de sinceridade —, mas acredito que seja um ator muito talentoso para inventar toda essa história com o único propósito de promover seu novo livro. Se isso não é verdade, talvez o senhor me permita colocar sua alegação à prova.

Sem esperar que Harry respondesse, Jacobs voltou-se para outra câmera e, segurando o livro, disse:

— Se sua história é verídica, senhor Clifton, o senhor não terá dificuldade alguma em recitar qualquer página que eu escolha do livro do sr. Babakov. — Harry fez uma careta, enquanto Jacobs acrescentava: — Vou abrir o livro em uma página aleatória, que aparecerá na tela para que os telespectadores possam vê-la, mas o senhor, não.

O coração de Harry acelerou, pois ele não havia lido *Tio Joe* desde que entregara o manuscrito para Aaron Guinzberg algum tempo atrás.

— Mas, primeiro — acrescentou Jacobs antes de voltar a encarar o convidado —, vou pedir que confirme que nunca nos vimos antes.

— Apenas uma vez — corrigiu-o Harry. — Você me entrevistou em seu programa de rádio vinte anos atrás, mas claramente se esqueceu disso.

Jacobs pareceu confuso, mas recuperou-se rapidamente.

— Então vamos torcer para sua memória ser melhor que a minha —, provocou, sem sequer tentar disfarçar o sarcasmo. Então pegou o livro, folheou diversas páginas antes de parar aleatoriamente. — Vou ler a primeira linha da página 127 — continuou o apresentador — e então veremos se é capaz de completar o restante da página. — Harry começou a se concentrar. *Um dos muitos assuntos que ninguém ousava tocar com Stalin...*

Harry tentou organizar os pensamentos e, à medida que os segundos passavam, a plateia começava um burburinho, e o sorriso de Jacobs alargava-se cada vez mais. Ele estava prestes a falar novamente, quando Harry recitou:

— *Um dos muitos assuntos que ninguém ousava tocar com Stalin era o papel que ele desempenhara durante o cerco a Moscou, quando o desfecho da Segunda Guerra Mundial ainda era incerto. Ele havia, como a maioria dos ministros de governo e seus oficiais, batido em apressada retirada para Kuibyshev, na região de Volga, ou ele, como alegava, se recusara a sair da capital e permanecera no Kremlin, organizando pessoalmente a defesa da cidade? Sua versão se tornou uma lenda e faz parte da história soviética oficial, embora diversas pessoas o tenham visto na plataforma logo antes da partida do trem para Kuibyshev e não existam relatos confiáveis de qualquer pessoa que o tenha visto em Moscou novamente até que o exército russo tivesse expulsado o inimigo dos portões da cidade. Poucos que expressaram qualquer dúvida sobre a versão de Stalin viveram para contar.* — Harry olhou para a câmera e continuou a recitar as 22 linhas seguintes sem qualquer hesitação.

Ele soube que havia chegado ao fim da página quando a plateia do estúdio explodiu em aplausos. Jacobs demorou um pouco mais para recuperar a compostura, mas enfim conseguiu esboçar um sorriso lisonjeiro e dizer:

— Acho que vou até ler este livro.

— Isso seria uma novidade — cutucou Harry, imediatamente se arrependendo das palavras, embora parte da plateia tenha rido e aplaudido ainda mais, enquanto outra apenas suspirou com espanto.

Jacobs voltou a encarar a câmera.

— Faremos um breve intervalo e retornaremos depois dos comerciais. — Quando a luz verde acendeu, Jacobs arrancou o microfone de lapela, saltou do sofá e marchou furiosamente até o assistente de direção. — Tire esse cara daqui agora!

— Mas ele ainda tem três minutos — disse o assistente de direção, checando a prancheta.

— Que se dane. Chame o próximo convidado.

— Você tem certeza de que quer entrevistar Troy Donahue durante seis minutos?

— Qualquer um menos aquele sujeito — falou, gesticulando na direção de Harry antes de chamar Anne. — Tire esse cara daqui agora — insistiu.

Anne se apressou em direção ao sofá.

— Por favor, venha comigo, senhor Clifton — disse em um tom que mais parecia uma ordem. Anne acompanhou Harry para fora do estúdio e não parou até que estivessem de volta à calçada, onde ela abandonou o convidado, apesar de não haver qualquer sinal de um chofer aguardando por ele ao lado da porta aberta de uma limusine.

Harry pegou um táxi e, no caminho até o hotel Sherry-Netherland, checou a página 127 de seu exemplar de *Tio Joe*. Havia esquecido a palavra "apressada"? Não tinha certeza. Foi direto para o quarto, removeu a maquiagem e tomou o segundo banho da manhã. Ele não sabia se tinham sido as lâmpadas a arco voltaico ou a atitude debochada de Jacobs o motivo de ter suado tanto.

Depois de vestir uma camisa limpa e seu outro terno, Harry tomou o elevador até o mezanino. Quando entrou no restaurante, surpreendeu-se com o número de pessoas que o olhavam insistentemente. Pediu o café da manhã, mas não abriu o *New York Times*, pensando em quanto os Guinzburgs estariam bravos depois de ele ter humilhado um dos apresentadores mais populares da TV matinal. Ele deveria encontrá-los no escritório de Aaron às nove horas para discutir os detalhes da turnê nacional, mas Harry presumia que os planos agora consistiam em pegar o próximo voo para Heathrow.

Ele pagou a conta e decidiu caminhar até o novo escritório de Aaron na Lexington Avenue. Deixou o Sherry-Netherland logo depois das 8h40 e, no momento que alcançou a Lexington, já estava pronto para enfrentar a ira do editor-chefe. Tomou o elevador para o terceiro andar, e, quando as portas se abriram, Kirsty estava lá, como de costume.

— Bom dia, sr. Clifton. — Limitou-se a dizer, antes de conduzi-lo até o escritório do presidente.

Depois de uma leve batida, ela abriu a porta, revelando uma cópia exata do escritório de que Harry se lembrava com tanto afeto. Hemingway, Fitzgerald, Greene e Buchan o encaravam nas paredes recobertas com painéis de Carvalho. Harry entrou e viu pai e filho sentados de frente um para o outro na mesa. Assim que o viram, levantaram-se e aplaudiram.

— Salve nosso grande herói — saudou-o Aaron.

— Pensei que vocês estariam...

— Em êxtase — completou Harold Guinzburg, dando um tapa nas costas de Harry. — O telefone não parou de tocar na última hora, e você está confirmado para todos os principais talk shows do país. Mas esteja ciente de que todos vão querer escolher uma página diferente depois do triunfo desta manhã.

— Mas e quanto a Jacobs?

— Ele transformou você em uma celebridade instantânea. Você pode nunca mais ser convidado para o programa dele, mas todas as outras emissoras o querem.

Harry passou os sete dias seguintes voando de aeroporto em aeroporto: Boston, Washington, Dallas, Chicago, São Francisco e Los Angeles. Corria de um estúdio para outro na tentativa de cumprir todos os compromissos de sua nova agenda.

Sempre que estava no ar, dentro de uma limusine, em um camarim ou até mesmo na cama, Harry lia e relia *Tio Joe*, impressionando o público no país inteiro com sua memória extraordinária.

Quando o avião pousou em Los Angeles, aonde Harry iria como convidado principal ao programa *The Tonight Show* de Johnny Carson, jornalistas e equipes de televisão chegaram ao aeroporto na tentativa de conseguir uma entrevista com ele, até mesmo em movimento. Exausto, Harry finalmente retornou no voo da madrugada para Nova York, apenas para ser arrastado a outra limusine em direção ao escritório de seu editor na Lexington Avenue.

Quando Kirsty abriu a porta da sala do presidente, Harold e Aaron Guinzburg seguravam uma cópia da lista de best-sellers do *New York Times*. Harry deu um salto ao ver que *Tio Joe* havia atingido o topo.

— Como eu queria que Anatoly pudesse partilhar este momento.

— Você está olhando a lista errada — disse Aaron. Harry olhou para o outro lado da página e viu que *William Warwick e a arma fumegante* encabeçava a lista de ficção.

— Isso é inusitado para mim — disse Harold, abrindo uma garrafa de champanhe. — Número um em ficção e não ficção no mesmo dia.

Então se virou e viu Aaron pendurando a fotografia de Harry Clifton na parede, entre John Buchan e Graham Greene.

GILES BARRINGTON

1971

8

— Temo que isso não será possível — disse Giles.
— Por que não? — interpelou Griff. — A maioria das pessoas não deve sequer se lembrar do que aconteceu em Berlim, e, sejamos honestos, você não seria o único membro do parlamento divorciado.
— Duas vezes, e em ambas as vezes por adultério! — exclamou Giles, silenciando seu assessor parlamentar por um momento. — E sinto informar, mas há outro problema que ainda não lhe contei.
— Vá em frente, me surpreenda — retrucou Griff com um suspiro exagerado.
— Estou tentando entrar em contato com Karin Pengelly.
— Você está fazendo o quê?
— Na verdade, estou de partida para Cornwall para saber se o pai dela pode me ajudar.
— Você perdeu o juízo?
— Possivelmente — admitiu Giles.
O chefe de campanha do Partido Trabalhista para a zona portuária de Bristol cobriu o rosto com as mãos.
— Foi apenas uma noite, Giles. Ou você se esqueceu?
— Esse é o problema. Eu não esqueci, e só há uma maneira de descobrir se isso significou algo para ela também.
— O mesmo homem que ganhou uma Cruz do Mérito Militar por ter escapado dos alemães e depois construiu uma formidável reputação como ministro do governo está rejeitando uma tábua de salvação que lhe permitiria voltar para a Câmara dos Comuns?
— Eu sei que não faz sentido algum — admitiu Giles. — Mas, mesmo que tenha sido apenas uma noite, confesso que nunca tive uma noite igual àquela.
— Pela qual ela foi, sem dúvida, muito bem recompensada.

— O que você vai fazer agora que tomei minha decisão? — perguntou Giles, ignorando o comentário.

— Se você realmente não vai concorrer, terei que nomear um subcomitê para selecionar um novo candidato.

— Você vai ter uma enxurrada de candidaturas, e, enquanto a inflação estiver em dez por cento e a única solução do Partido Conservador for uma semana de apenas três dias, um poodle vestindo uma roseta vermelha seria eleito.

— É por isso que você não deveria simplesmente jogar a toalha.

— Você não ouviu nem uma palavra do que eu disse?

— Ouvi cada palavra. Mas, se você realmente já tomou sua decisão, espero que esteja ao menos disponível para aconselhar o candidato escolhido.

— Mas o que eu poderia fazer por ele que você mesmo não possa, Griff? Sejamos sinceros, você já chefiava campanhas quando eu ainda era um frangote.

— Mas não como candidato, essa é uma experiência única. Então você vai acompanhar o candidato...

— Ou a candidata — emendou Giles com um sorriso.

— Ou ela — completou Griff —, quando estiver andando pelas ruas e visitando as residências?

— Se acha que isso ajudará, estarei disponível sempre que precisar de mim.

— Isso pode ser a diferença entre apenas ganhar e garantir uma maioria ampla o suficiente para dificultar a vida dos conservadores na próxima eleição.

— Meu Deus, o Partido Trabalhista tem sorte de ter você — elogiou Giles. — Vou fazer tudo que puder para ajudar.

— Obrigado — agradeceu Griff. — Peço desculpas por minha explosão. A verdade é que sempre fui cínico. Vício de profissão, suponho. Então, vamos esperar que eu esteja errado desta vez. Lembre-se de que nunca fui muito afeito a contos de fada. Assim, caso mude de ideia sobre a candidatura, posso adiar a nomeação do comitê de seleção por pelo menos duas semanas.

— Você não desiste nunca?

— Não enquanto houver a mínima chance de você ser candidato.

Sentado sozinho no vagão da primeira classe com destino a Truro, Giles pensava sobre o que Griff dissera. Devia sacrificar toda a sua carreira política por uma mulher que pode não ter dedicado a ele um único pensamento desde Berlin? Havia permitido que sua imaginação dominasse a razão? E, se nunca mais encontrasse Karin, sua ilusão chegaria ao fim?

Havia também forte possibilidade, que ele tentou empurrar para o fundo da mente, de que Karin não passasse de uma espiã da Stasi, simplesmente desempenhando seu papel, provando que seu veterano agente não era cínico, mas simplesmente realista. Quando o *Penzance Flyer* chegou à estação de Truro logo depois das seis da tarde, Giles não havia chegado a conclusão alguma.

Ele pegou um táxi para o Mason's Arms, onde havia combinado de encontrar John Pengelly mais tarde naquela noite. Assim que fez check-in no hotel, subiu as escadas para o quarto e desfez a mala de pernoite. Tomou um banho, mudou de roupa e foi até o bar poucos minutos antes das sete horas, pois não queria deixar o pai de Karin esperando.

Ao entrar no bar, Giles viu um homem sentado em uma mesa de canto, a quem não teria prestado muita atenção se ele não tivesse imediatamente levantado e acenado.

Giles aproximou-se e lhe estendeu a mão. Apresentações não seriam necessárias.

— Aceita uma bebida, sir Giles? — perguntou John Pengelly, com um inconfundível sotaque do sudoeste da Inglaterra. — A cerveja local não é tão ruim, ou talvez o senhor prefira um uísque.

— Uma cerveja está ótimo — respondeu Giles, sentando-se à pequena mesa manchada de cerveja.

Enquanto o pai de Karin pedia as bebidas, Giles aproveitou para observá-lo com mais atenção. O homem devia ter cerca de cinquenta, talvez 55 anos, embora seu cabelo já fosse grisalho. O paletó de tweed escocês estava bem desgastado, mas ainda o servia perfeitamente, sugerindo que ele não ganhara mais do que uns poucos quilos desde seus dias no exército e que, provavelmente, se exercitava com frequência. Embora parecesse um homem reservado, até um tanto modesto, claramente não era um estranho por ali, porque um dos que estavam sentados no bar saudou-o como se fosse um irmão a quem não via havia um tempo. Que cruel ele ter de viver sozinho, pensou Giles, com a esposa e a filha impossibilitadas de se juntarem a ele simplesmente porque estavam do lado errado de um muro.

Pengelly retornou logo depois com duas canecas pequenas, colocando uma delas diante de Giles.

— Foi muita gentileza do senhor fazer uma viagem tão longa, sir. Eu só espero que valha a pena.

— Por favor, me chame de Giles, pois espero não apenas que sejamos amigos, mas que também possamos nos ajudar.

— Quando se é um velho soldado...

— Nem tão velho — observou Giles, tomando um gole da cerveja. — Não se esqueça de que ambos servimos na última guerra — acrescentou, tentando deixá-lo à vontade. — Mas, me diga, como você conheceu sua esposa?

— Foi depois da guerra, quando eu estava baseado com as forças britânicas em Berlim. Eu era cabo e trabalhava no depósito de suprimentos. Greta era empilhadora, o único trabalho que conseguira arranjar. Deve ter sido amor à primeira vista, porque ela não sabia falar uma palavra de inglês e eu não sabia nada de alemão. — Giles sorriu. — Mas era inteligente. Conseguiu aprender meu idioma muito mais rápido do que eu o dela. Claro, eu sabia desde o início que as coisas não seriam nada fáceis. Especialmente porque meus companheiros pensavam que qualquer rabo de saia alemão só servia para uma coisa, mas Greta não era assim. Quando minha missão chegou ao fim, eu sabia que queria me casar com ela, não importavam as consequências. Foi então que meus problemas começaram. Libertinagem atrás da cantina das forças armadas inglesas era uma coisa, mas querer se casar com uma delas era visto como confraternizar com o inimigo, e nenhum dos lados confiaria em você. Quando eu disse ao oficial encarregado que pretendia me casar com Greta, mesmo que isso significasse permanecer em Berlim, eles colocaram todos os obstáculos possíveis em meu caminho. Depois de alguns dias, me entregaram os documentos de desmobilização e disseram que eu seria enviado para fora em uma semana. Fiquei desesperado, cheguei a pensar em desertar, o que significaria anos de cadeia se me pegassem. Logo depois, um soldado metido a advogado me informou que eles não poderiam impedir meu casamento com Greta se ela estivesse grávida. Então, foi isso o que eu disse a eles.

— E o que aconteceu? — perguntou Giles.

— Nosso mundo caiu. Meus documentos de baixa chegaram alguns dias depois. Greta perdeu o emprego e eu não conseguia encontrar trabalho. Não ajudou em nada descobrirmos algumas semanas depois que Greta estava mesmo grávida... da Karin.

— Quero ouvir tudo sobre Karin, mas antes vou pedir outra rodada. — Giles pegou os dois copos vazios e seguiu até o bar. — Mais cerveja, por favor, duas canecas grandes desta vez.

Pengelly tomou um longo gole antes de continuar a história.

— Karin fez todos os sacrifícios possíveis, apesar de toda a desconfiança e humilhação que tivemos de suportar. Se eu adorava Greta, eu idolatrava Karin. Mais ou menos um ano depois, meu antigo oficial encarregado me pediu para substituir alguém que estava de licença de saúde. O tempo é um grande remédio, e fui convidado para atuar como agente de ligação entre os britânicos e os alemães, porque, graças a Greta, meu alemão era fluente. Os britânicos têm excelentes qualidades, mas são preguiçosos quando se trata de aprender outra língua, então eu rapidamente me tornei indispensável. O salário não era grande coisa, mas eu gastava cada centavo e todo tempo livre com Karin. E ela, como todas as mulheres, sabia que eu faria qualquer coisa por um abraço dela. Pode ser clichê, mas Karin tinha a mim na palma de suas mãozinhas.

A mim também, pensou Giles, tomando outro gole da cerveja.

— Para minha alegria — disse Pengelly —, a Escola Britânica em Berlim permitiu que Karin fizesse o exame de admissão e algumas semanas mais tarde lhe ofereceu uma vaga. Todos presumiam que ela era britânica, pois tinha até meu sotaque de Cornwall, como você deve ter notado. Assim, a partir de então, eu nunca tive que me preocupar com a educação dela. Na verdade, quando Karin chegou ao fim do Ensino Médio, havia até rumores de que ela pudesse ir para Oxford, mas isso foi antes do muro. Depois que aquela monstruosidade foi erguida, Karin teve de se contentar com um lugar na Escola de Línguas da Alemanha Oriental, que francamente não passa de um centro de recrutamento da Stasi. A única surpresa veio quando ela escolheu estudar russo como primeira língua, mas, na época, seu inglês e alemão já tinham nível proficiente. Quando Karin se formou, a única proposta séria que recebeu como intérprete veio da Stasi. Era trabalhar lá ou ficar desempregada, então não houve muita escolha. Sempre que me escrevia, ela dizia o quanto gostava do trabalho, especialmente em conferências internacionais, pois eram oportunidades para conhecer muitas pessoas interessantes de todos os quatro setores da cidade. Na verdade, dois americanos e um alemão ocidental a pediram em casamento, mas ela disse a Greta que só descobriu o amor quando conheceu você. Ela achou engraçado você identificar o sotaque dela imediatamente, apesar de Karin nunca ter saído de Berlim.

Giles sorriu ao recordar a conversa.

— As autoridades da Alemanha Oriental não me deixaram voltar para minha família apesar de várias tentativas, apesar de Greta ter ficado seriamente doente recentemente. Acho que eles desconfiam de mim ainda mais do que os ingleses.

— Vou fazer tudo que puder para ajudar — disse Giles.

— Karin escreve regularmente, mas apenas algumas dessas cartas chegam. Uma dizia que ela havia conhecido alguém especial, mas que tinha sido um desastre, não só porque ele era casado, mas porque era britânico e só visitara Berlim por alguns dias. O pior de tudo era que Karin não tinha certeza de que seus sentimentos eram correspondidos.

— Ela não podia estar mais enganada — falou Giles, quase para si mesmo.

— Ela não mencionou seu nome, é claro, ou o motivo de sua visita ao setor russo, pois sabia muito bem que as autoridades leriam as cartas. Foi somente depois de você me contatar que percebi que devia ser de você que ela falava.

— Mas como Alex Fisher acabou envolvido nessa história?

— Alguns dias depois de você renunciar ao cargo de ministro, ele apareceu em Truro sem aviso prévio. Quando conseguiu me localizar, disse que você tinha repudiado publicamente Karin, sugerindo que ela era uma prostituta ou uma espiã da Stasi, e que deixara claro ao líder do partido que não tinha qualquer interesse em vê-la novamente.

— Mas eu tentei desesperadamente entrar em contato com ela, cheguei até a viajar para Berlim, mas fui impedido na fronteira.

— Eu sei agora, mas na época...

— Sim — suspirou Giles —, Fisher podia ser muito persuasivo.

— Especialmente por se tratar de um major e eu ser apenas um cabo — completou Pengelly. — Obviamente, acompanhei todos os dias do julgamento do processo de calúnia contra a sra. Clifton nos jornais e, como todo mundo, li a carta que Fisher escreveu antes de cometer suicídio. Se isso ajudar, ficarei feliz em dizer a qualquer pessoa que nada daquilo é verdade.

— Muita gentileza de sua parte, John, mas creio que agora seja tarde demais para isso.

— Mas ouvi no rádio ontem, sir Giles, que o senhor ainda estava concorrendo na eleição suplementar de Bristol.

— Não mais. Retirei meu nome. Não posso pensar em fazer mais nada até encontrar Karin novamente.

— Obviamente, como pai, acho que ela vale tudo o que você está fazendo, mas, ainda assim, é um sacrifício e tanto.

— Você é pior que o meu chefe de campanha — disse Giles, rindo pela primeira vez. Então tomou um gole de cerveja e os dois permaneceram em silêncio por algum tempo, até que Giles perguntou: — Karin está realmente grávida?

— Não, ela não está. Isso me fez perceber que todas as outras coisas que Fisher disse sobre você não passavam de mentiras e que ele só estava interessado em vingança.

— Eu queria muito que ela estivesse grávida — falou Giles, quase sussurrando.

— Por quê?

— Porque seria muito fácil tirá-la de lá.

— Últimos pedidos, cavalheiros.

9

— Que joguinho divertido é a política! — exclamou Giles. — Estou abandonado no meio do nada, enquanto você é o ministro de Relações Exteriores da Alemanha Ocidental.

— Mas nossas posições podem se inverter da noite para o dia — lembrou Walter Scheel —, como você sabe muito bem.

— Só por um milagre, já que não estou concorrendo nas eleições suplementares e meu partido sequer está no poder.

— Mas por que você não está concorrendo? — perguntou Walter.

— Mesmo com meus conhecimentos rudimentares do seu sistema parlamentar, parece que a vitória é certa para o Partido Trabalhista.

— Pode até ser, mas o comitê já selecionou um jovem e competente candidato chamado Robert Fielding para assumir meu lugar. Ele é ambicioso e tem todo o entusiasmo de um garoto que acaba de ser nomeado para monitor da escola.

— Como você costumava ser.

— E ainda sou, para falar a verdade.

— Então, por que decidiu não se candidatar?

— É uma longa história, Walter. Na verdade, é o motivo de eu ter procurado você.

— Vamos fazer o pedido primeiro — disse Walter, abrindo o menu. — Então você pode me dizer com calma por que precisaria da ajuda do ministro de Relações Exteriores da Alemanha Ocidental. — Ele começou a analisar as opções do cardápio. — Ah, o prato do dia é carne assada e bolinho de yorkshire. O meu favorito — sussurrou. — Mas não conte aos seus conterrâneos nem aos meus, ou meu segredo será exposto. Então, qual é o seu segredo?

Depois de Giles ter contado ao velho amigo todos os detalhes sobre Karin e sua tentativa frustrada de entrar na Alemanha Oriental, ambos saborearam o café da manhã.

— E você está me dizendo que essa era a jovem que estava em seu quarto de hotel quando tivemos aquela reunião particular?

— Você se lembra dela?

— Claro que sim — respondeu Walter. — Ela atuou como minha intérprete no passado, mas nunca me deu bola, embora não tenha sido por falta de tentativa da minha parte. Então, me diga, Giles, você está disposto a travar um duelo por essa jovem?

— É só escolher as armas.

Walter riu.

— Falando sério, Giles, você tem alguma razão para acreditar que ela quer desertar?

— Sim, a mãe dela morreu recentemente, e as autoridades da Alemanha Oriental não permitiram que o pai, um inglês que mora em Cornwall, regressasse ao país.

Walter tomou um gole do café enquanto avaliava o problema.

— Você conseguiria voar para Berlim de repente?

— No próximo avião.

— Impetuoso como sempre — observou Walter enquanto o garçom lhe servia um brandy. Ele girou o copo antes de dizer: — Você sabe se ela fala russo?

— Fluentemente. Foi sua especialização na faculdade de línguas.

— Ótimo, porque estou organizando uma reunião comercial bilateral com os russos no mês que vem, e eles podem concordar em...

— Posso fazer algo para ajudar?

— Apenas se certifique de que ela tenha um passaporte britânico.

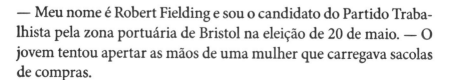

— Meu nome é Robert Fielding e sou o candidato do Partido Trabalhista pela zona portuária de Bristol na eleição de 20 de maio. — O jovem tentou apertar as mãos de uma mulher que carregava sacolas de compras.

— O que você está fazendo a respeito do Concorde? — ela perguntou.

— Tudo em meu poder para me certificar de que o avião seja construído em Filton, e não Toulouse — disse Fielding.

A mulher pareceu satisfeita.

— Então, vou votar em você. Mas eu preferiria votar nele — disse ela, apontando para Giles. Enquanto a mulher se afastava, o jovem pareceu desapontado.

— Não se preocupe com ela. Dia 21, você será membro do parlamento e eu serei história.

— E o Concorde?

— Você deu a única resposta verossímil. Os franceses vão travar uma batalha, e eles têm todo o direito, mas, no fim, acredito que o trabalho será dividido igualmente entre os dois países. Apenas se certifique de nunca pronunciar o "e" final — disse Giles. — Você poderia ter perguntado se o marido dela trabalhava em Filton, porque desconfio que seja esse o motivo de ela ter perguntado.

— É claro. Eu deveria ter pensado nisso. Mais alguma coisa?

— Talvez Bob Fielding em vez de Robert. Não é bom lembrar a seus apoiadores o tempo todo que você frequentou uma escola pública e Oxford.

Fielding assentiu com um gesto de cabeça e virou-se para o próximo transeunte.

— Olá, meu nome é Bob Fielding e sou o candidato do Partido Trabalhista na eleição suplementar de 20 de maio. Espero contar com seu apoio.

— Uma pena o senhor não estar concorrendo, sir Giles.

— É muita gentileza, senhor, mas escolhemos um excelente candidato. Espero que vote em Bob Fielding na quinta-feira, 20 de maio.

— Se o senhor diz, sir Giles — disse o homem caminhando apressadamente.

— Quinta-feira, quinta-feira, quinta-feira. Sempre diga quinta-feira — repetiu Fielding. — Deus sabe quantas vezes você já me disse isso.

— Não se preocupe — tranquilizou-o Giles. — Logo se tornará um hábito, e, sinceramente, você é um candidato muito melhor do que eu era na minha primeira eleição. — O jovem sorriu pela primeira vez.

— Olá, meu nome é Bob Fielding e sou o candidato do Partido Trabalhista na eleição de quinta-feira, 20 de maio — disse ele quando Emma se aproximou para se juntar ao irmão.

— Você está começando a se arrepender, não? — sussurrou, continuando a distribuir os panfletos. — Porque está bastante claro que os eleitores já perdoaram ou esqueceram o incidente de Berlim.

— Mas eu não — retrucou Giles, apertando a mão de outro transeunte.

— Walter Scheel entrou em contato novamente?

— Não, ele só telefonará quando tiver novidades.

— Vamos esperar que você esteja certo — disse Emma —, caso contrário vai realmente se arrepender.

— Sim, mas o que você vai fazer sobre isso? — inquiria outro eleitor.

— Bem, levar o país à inércia com uma semana de três dias não é a resposta — respondeu Fielding —, e a prioridade do Partido Trabalhista sempre foi o desemprego.

— Nunca o desemprego — sussurrou Giles. — *Emprego*. Você deve sempre ser positivo.

— Bom dia, meu nome é Bob...

— Aquela é quem eu acho que é? — perguntou Emma, olhando para o outro lado da rua.

— Com certeza — respondeu Giles.

— Vai me apresentar?

— Você deve estar brincando. Nada agradaria aquela mulher mais do que ter uma foto estampando a primeira página de todos os jornais de amanhã apertando a mão de um ex-membro do parlamento.

— Bem, se você não vai, vou ter que fazer isso sozinha.

— Você não...

Emma, no entanto, já estava do outro lado da rua. Caminhou até a secretária de Estado de Educação e Ciência e lhe estendeu a mão.

— Bom dia, senhora Thatcher. Eu sou a irmã do sir Giles...

— E, mais importante, sra. Clifton, a senhora é a primeira mulher a presidir uma companhia de capital aberto.

Emma sorriu.

— As mulheres não deveriam ter direito a voto! — gritou um homem, sacudindo o punho para fora da janela de um carro que passava.

A senhora Thatcher acenou e o presenteou com um sorriso magnânimo.

— Não sei como a senhora consegue lidar com isso — comentou Emma.

— Eu nunca quis fazer outra coisa — disse Thatcher. — Embora deva admitir que uma ditadura deve facilitar muito esse trabalho. — Emma riu, mas a senhora Thatcher, não. — Aliás — disse ela, olhando para o outro lado da rua —, seu irmão era um excelente parlamentar e um representante do governo altamente respeitado dentro e fora do país. Sua ausência é profundamente sentida na Câmara, mas não conte a ele que eu disse isso.

— Por que não? — argumentou Emma.

— Porque não se encaixa com a imagem que ele faz de mim e tenho certeza de que ele não acreditaria.

— Eu gostaria de poder contar. Ele está bastante desanimado no momento.

— Não se preocupe, Giles estará de volta em uma Câmara ou noutra em breve. Está no sangue dele. E quanto a você? Alguma vez já considerou entrar para a política, sra. Clifton? Você tem todas as credenciais necessárias.

— Nunca, nunca, nunca — respondeu Emma veementemente. — Eu não conseguiria lidar com a pressão.

— Você lidou muito bem com a pressão durante o recente julgamento, e desconfio que ela não seja um problema quando se trata de enfrentar seus companheiros de diretoria.

— É um tipo diferente de pressão — justificou Emma. — E em todo caso...

— Desculpe interrompê-la, senhora secretária — disse um agitado assessor —, mas o candidato parece estar em apuros.

A senhora Thatcher olhou na direção do candidato do Partido Conservador e viu uma mulher idosa apontando-lhe o dedo no rosto de forma exasperada.

— Aquilo não me parece um apuro. Aquela idosa provavelmente se lembra desta rua sendo bombardeada pelos alemães, e isso é o que chamo de estar em apuros. — Ela virou-se para Emma. — Tenho que ir, sra. Clifton, mas espero encontrá-la novamente, de preferência com mais calma.

— Secretária?

— Sim, sim, estou indo — disse a sra. Thatcher. — Se ele não consegue lidar com uma mulher idosa sem que eu tenha de segurar sua mão, como ele espera lidar com a fúria da oposição na Câmara dos Comuns? — acrescentou antes de sair apressada.

Emma sorriu e caminhou de volta para o outro lado da rua a fim de se juntar ao irmão, que dizia a um cavalheiro de aspecto militar a versão elegante do motivo de não estar concorrendo às eleições.

— O que achou dela? — perguntou Giles, quando conseguiu se afastar.

— Extraordinária — respondeu Emma. — Extraordinária.

— Concordo — disse Giles. — Mas nunca conte a ela que eu disse isso.

O telefonema veio quando ele menos esperava. Giles acendeu a luz ao lado da cama, descobriu que faltavam poucos minutos para as 5 da manhã e se perguntou quem poderia estar telefonando àquela hora.

— Desculpe ligar tão cedo, Giles, mas eu não podia fazer essa ligação do meu escritório.

— Entendo — disse Giles, de repente totalmente desperto.

— Se você puder estar em Berlim no dia 22 de maio — informou Walter —, talvez eu consiga lhe entregar o pacote.

— Essa é uma excelente notícia.

— Mas não sem algum risco considerável, porque vamos precisar de um pouco de sorte e muita coragem de duas jovens em particular.

Giles sentou-se na beirada da cama, apoiou os pés no chão e ouviu atentamente o que o ministro de Relações Exteriores da Alemanha Ocidental esperava que ele fizesse. Quando Walter terminou de falar, não estava mais escuro lá fora.

Giles discou o número novamente, esperando que ele estivesse em casa. Dessa vez, a ligação foi atendida imediatamente.

— Bom dia, John.

77

— Bom dia, sir Giles — disse Pengelly, reconhecendo a voz de imediato.

Giles imaginava quanto tempo levaria até que ele desistisse de chamá-lo de "sir".

— John, antes de entrar em contato com o departamento responsável no Ministério do Exterior, preciso saber se Karin alguma vez já solicitou um passaporte britânico.

— Sim, na verdade, eu solicitei em nome dela, quando ela ainda estava pensando em ir para Oxford — disse Pengelly.

— Não me diga que está preso em algum lugar na Berlim Oriental?

— Não, eu mesmo o peguei em Petty France e pretendia levá-lo de volta quando retornasse à Alemanha Oriental, mas, obviamente, não consegui. Faz alguns anos, então, só Deus sabe onde está agora. Mesmo que eu pudesse encontrá-lo, provavelmente já estaria expirado.

— Se você puder achá-lo, John, é possível que veja sua filha muito mais cedo do que esperava.

Embora Griff Haskins tenha convidado Giles para participar da contagem de votos, ele não conseguiria. Depois de participar da campanha pelas ruas com o novo candidato nas últimas quatro semanas, de ter frequentado inúmeros comícios e até de distribuir panfletos na véspera das eleições em Woodbine Estate, quando o relógio bateu dez horas na noite de quinta-feira, 20 de maio, Giles apertou a mão de Bob Fielding, desejou-lhe sorte e voltou para Barrington Hall.

Ao chegar em casa, serviu-se de um grande copo de uísque e preparou um banho quente. Adormeceu alguns minutos depois de se deitar. Acordou logo depois das seis horas da manhã, o sono mais longo que conseguiu ter em um mês. Então se levantou, caminhou até o banheiro e lavou o rosto com uma toalha molhada e fria e, em seguida, vestiu o roupão, calçou os chinelos e desceu.

Um labrador preto entrou na sala de estar com a cauda abanando, imaginando que já estava na hora de seu passeio matinal. Que outro motivo seu dono teria para estar de pé tão cedo? Giles deu o comando para que o cão se sentasse e o velho Jack ficou ao lado dele, com a cauda tamborilando sobre o carpete.

Giles ligou o rádio e se recostou na confortável poltrona para ouvir as notícias da manhã. O primeiro-ministro estava em Paris em conversações com o presidente francês sobre a possibilidade de a Grã-Bretanha ingressar na Comunidade Econômica Europeia. Normalmente, Giles teria sido o primeiro a reconhecer o significado histórico de tal reunião, mas não nesse momento. Tudo o que ele queria saber era o resultado da eleição suplementar da zona portuária de Bristol. "O sr. Heath jantou com o presidente Pompidou no Elysée Palace noite passada e, embora nenhum comunicado oficial tenha sido emitido, está claro que agora o General de Gaulle não é mais uma força política a ser considerada, o pedido de ingresso da Grã-Bretanha está finalmente sendo levado a sério."

— Vamos logo — disse Giles e, como se o apresentador o tivesse ouvido, continuou a falar de Ted Heath, mas voltou para a Inglaterra.

— Outro revés para os conservadores — declarou — que perderam a eleição suplementar da zona portuária de Bristol noite passada para o Partido Trabalhista. O assento estava vago desde a morte do major Alex Fisher, membro do parlamento pelo Partido Conservador. Agora, passemos ao nosso correspondente em Bristol, para as últimas notícias.

— Nas primeiras horas desta manhã, Bob Fielding, o candidato trabalhista, foi declarado o vencedor da eleição pela zona portuária de Bristol por 3.127 votos, representando uma guinada de onze por cento dos trabalhistas sobre os conservadores.

Giles deu um salto e o cachorro parou de abanar o rabo.

— Embora o comparecimento às urnas tenha sido baixo, essa foi uma vitória retumbante para o sr. Fielding que, aos 32 anos, será um dos membros mais jovens da Câmara. Sua primeira declaração após o anúncio do resultado foi: "Eu gostaria de agradecer ao presidente da junta eleitoral e sua equipe pela forma exemplar com que..."

Nesse momento, o telefone sobre a mesa ao lado de Giles começou a tocar. Ele xingou, desligou o rádio e atendeu a ligação, presumindo que devia ser Griff Haskins, que ele sabia que não tinha sequer ido dormir.

— Bom dia, Giles, é Walter Scheel...

10

Giles não conseguiu dormir na véspera de sua viagem para Berlim. Levantou-se muito antes de o sol nascer, nem se deu o trabalho de tomar café da manhã e pegou um táxi de sua casa em Smith Square até o Aeroporto de Heathrow horas antes da partida de seu voo. Os primeiros voos da manhã eram praticamente os únicos garantidos a decolar no horário. Ele pegou um exemplar do *Guardian* na sala de espera da primeira classe, mas não passou da primeira página enquanto bebia uma xícara de café preto e revisava, sem parar, o plano de Walter mentalmente. O plano tinha um inevitável ponto fraco, que o ministro descrevera como um risco necessário.

Giles estava entre os primeiros a embarcar e, embora o avião tivesse partido no horário, continuava checando o relógio o tempo todo durante o voo. O avião aterrissou em Berlim às 9h45 e, como Giles não tinha bagagem, vinte minutos mais tarde estava sentado no banco de trás de um táxi.

— Checkpoint Charlie — ordenou ao condutor, que o olhou uma segunda vez antes de se juntar ao tráfego matinal em direção à cidade.

Logo depois de passarem pelas ruínas do Portão de Brandenburg, Giles avistou o ônibus Mercedes-Benz branco que Walter lhe dissera para procurar. Como não queria ser a primeira pessoa a embarcar, Giles pediu ao táxi que parasse a uns duzentos metros do ponto de checagem. Então pagou o táxi e começou a caminhar como se fosse apenas um turista; não que houvesse outros lugares para visitar além do muro coberto de grafites. Giles começou a se mover na direção do ônibus apenas quando viu outras autoridades subindo a bordo.

Juntou-se à fila de representantes estrangeiros e jornalistas políticos que vieram de toda a Europa para participar da solenidade e ouvir um discurso de Erich Honecker, o novo secretário-geral do

Partido Socialista Unificado. Ele ainda se questionava se, mais uma vez, seria barrado na fronteira e deixado sem opção além de voltar no próximo voo para Heathrow. Walter, no entanto, assegurara-lhe que, como estava representando o Partido Trabalhista britânico na posição de ex-ministro de Relações Exteriores, seria muito bem recebido por seus anfitriões. Explicou-lhe também que o regime da Alemanha Oriental não tinha conseguido travar um diálogo significativo com o atual governo conservador e estava desesperado para forjar alianças interessantes com o Partido Trabalhista, especialmente quando parecia que ele logo retornaria ao poder. Quando Giles chegou à frente da fila, entregou o passaporte a um funcionário, que deu apenas uma olhada superficial antes de permitir seu embarque. O primeiro obstáculo fora superado.

Enquanto caminhava pelo corredor, Giles viu uma jovem sentada sozinha no fundo do ônibus, olhando pela janela. Ele não achou necessário verificar o número de seu assento

— Olá — falou.

A moça olhou para cima e sorriu. Giles não sabia o nome dela, e talvez fosse melhor não saber. Tudo que ele sabia era que ela falava inglês fluentemente, era intérprete profissional, tinha aproximadamente a mesma idade de Karin e vestia roupas idênticas às dela. Mas havia algo que Walter não tinha explicado. Por que ela estava disposta a assumir tal risco?

Giles olhou os colegas ao redor. Não reconheceu ninguém e sentiu-se satisfeito por perceber que nenhum deles demonstrava o menor interesse nele. Então se sentou ao lado da nova parceira, enfiou a mão no bolso interno do paletó e tirou o passaporte de Karin. Ainda faltava algo, que permaneceria em sua carteira até a viagem de regresso. Giles se inclinou para a frente a fim de esconder a jovem enquanto ela se abaixava e pegava uma foto e um tubo de cola da bolsa. Ela concluiu o processo em poucos minutos. Era evidente que havia praticado a manobra várias vezes.

Depois que a moça guardou o passaporte na bolsa, Giles olhou com mais atenção para ela e pôde ver de imediato por que Walter a escolhera. A jovem tinha quase a mesma idade e o tipo físico de Karin, possivelmente apenas alguns anos mais velha e alguns quilos a mais, mas praticamente a mesma altura, os mesmos olhos escuros e cabelos castanho-avermelhados, que ela penteara como os de Karin. Claramente, a moça deixara o mínimo possível ao acaso.

Giles verificou o relógio mais uma vez. Era quase hora de partirem. O motorista realizou uma contagem. Faltavam duas pessoas.

— Esperarei mais cinco minutos — declarou ele, ao mesmo tempo que Giles olhou pela janela e viu duas pessoas correndo na direção do ônibus. Reconheceu um deles como um ex-ministro italiano, embora não conseguisse lembrar seu nome. Havia muitos ex-ministros italianos.

— *Mi dispiace* — desculpou-se o homem quando subiu a bordo. Assim que os dois retardatários se sentaram, as portas se fecharam com um leve silvo de ar e o ônibus partiu devagar em direção ao ponto de checagem na fronteira.

O motorista parou em frente à cancela vermelha e branca e abriu a porta para permitir que dois militares norte-americanos elegantemente vestidos subissem a bordo. Eles checaram cuidadosamente todos os passaportes, para se certificar de que os vistos temporários estavam em ordem. Assim que concluíram a tarefa, um deles disse, sem qualquer indício de sinceridade:

— Tenham um bom-dia.

O ônibus engrenou a primeira marcha e seguiu por cerca de trezentos metros em direção à fronteira da Alemanha Oriental, onde novamente parou. Dessa vez, três oficiais em uniformes verde-garrafa, botas de couro até o joelho e quepes subiram a bordo. Nem um mísero sorriso entre eles.

Os homens levaram ainda mais tempo verificando cada passaporte, certificando-se de que todos os vistos estavam corretamente datados e carimbados, antes que um deles checasse o nome em sua prancheta e passasse ao próximo passageiro. Giles não deixou transparecer qualquer emoção quando um dos policiais pediu para ver seu passaporte e visto. O homem verificou o documento cuidadosamente e, em seguida, riscou o nome de Barrington na prancheta. Ele levou um tempo consideravelmente mais longo analisando o passaporte de Karin e, depois, fez a ela algumas perguntas. Como Giles não conseguia entender uma palavra do que o policial dizia, sentiu-se cada vez mais ansioso, até que finalmente o nome de Karin Pengelly foi riscado. Giles não falou até que os três oficiais desembarcassem, a porta se fechasse e o ônibus tivesse cruzado a faixa amarela que indicava que eles haviam cruzado a fronteira.

— Bem-vindos a Berlim Oriental — disse o motorista, claramente alheio à ironia de suas palavras.

Giles olhou para as altas torres de tijolo tripuladas por guardas armados que olhavam para baixo no frio muro de concreto coberto por arame farpado. Ele sentiu pena dos habitantes aprisionados.

— O que ele lhe perguntou? — indagou Giles.

— Ele queria saber onde eu morava na Inglaterra.

— E o que você disse a ele?

— Parson's Green.

— Por que Parson's Green?

— Era onde eu morava quando estudava inglês na Universidade de Londres. E ele deve ter pensado que sou sua amante, porque o nome de sua mulher ainda está no seu passaporte como parente mais próximo. Felizmente, ser a amante de alguém não é crime na Alemanha Oriental. Bem, pelo menos ainda não.

— Quem levaria a amante para a Berlim Oriental?

— Somente alguém disposto a tirar outra pessoa daqui.

Giles hesitou antes de fazer a próxima pergunta.

— Devemos repassar os detalhes dos próximos passos depois que chegarmos ao hotel?

— Não será necessário — respondeu ela. — Eu me encontrei com Karin alguns dias atrás quando o ministro participava de negociações bilaterais com seu homólogo do lado oriental, então tudo que você precisa fazer é permanecer no seu lugar durante o almoço, certificar-se de dar a impressão de que está desfrutando do evento e continuar aplaudindo durante o discurso do secretário-geral. Deixe o restante conosco.

— Mas... — começou Giles.

— Sem mas — interrompeu a jovem com firmeza. — É melhor que você não saiba nada sobre mim.

Giles gostaria de lhe perguntar o que ela sabia sobre Karin, mas decidiu que isso também era *verboten*. Embora ainda continuasse curioso sobre o motivo...

83

— Não tenho palavras para expressar o quanto agradeço o que você está fazendo — sussurrou Giles — por mim e por Karin.

— Não estou fazendo isso por nenhum de vocês — disse ela com naturalidade. — Estou fazendo isso por meu pai, que foi abatido ao tentar escalar o muro, apenas três dias depois de ele ter sido construído.

— Sinto muito — disse Giles. — Vamos esperar que um dia ele seja derrubado — acrescentou, olhando para a monstruosidade de concreto cinzento. — E que a sanidade volte a reinar.

— Não enquanto eu viver — ela disse, na mesma voz impassível, enquanto o ônibus movia-se em direção ao centro da cidade.

Algum tempo depois, o veículo encostou em frente ao Adlon Hotel, mas demorou um tempo até que fossem autorizados a desembarcar. Quando as portas finalmente se abriram, os passageiros foram escoltados por um grupo de policiais uniformizados acompanhados por pastores-alemães mal-humorados. Os convidados permaneceram cercados até chegarem ao salão de jantar, onde foram deixados em um amplo recinto fechado. O conceito dos alemães-orientais de hospitalidade.

Giles checou o mapa de assentos em um quadro ao lado das portas duplas. Sir Giles Barrington e sua intérprete estavam designados para a mesa 43 perto do fundo da sala, onde chamariam menos atenção, Walter lhe explicara. Ele e a acompanhante encontraram seus lugares e se sentaram. Giles tentou sutilmente, e depois ostensivamente, descobrir o nome da jovem e o que ela fazia, mas deu de cara com uma parede intransponível. Era evidente que a identidade dela deveria ser mantida em sigilo, então ele teve de se contentar com conversas sobre Londres e teatro, assuntos com os quais ela se engajava alegremente, até que várias pessoas ao redor deles se levantaram e começaram a aplaudir, algumas com mais entusiasmo que outras.

Giles se levantou e viu a pequena figura do camarada Honecker entrar no salão cercado por uma dúzia de guarda-costas que o protegiam como um escudo, de modo que seu corpo só era visível ocasionalmente. Giles se juntou aos aplausos, pois não queria chamar atenção para si mesmo. O secretário-geral caminhou em direção à bancada no palco e, enquanto subia os degraus, Giles pôde ver Walter aplaudindo de forma tão entusiasmada quanto ele.

O ministro de Relações Exteriores da Alemanha Ocidental estava sentado a duas cadeiras de distância do secretário-geral, e não foi difícil para Giles adivinhar que o homem entre eles era o ministro de Relações Exteriores russo, pois era quem aplaudia com mais entusiasmo do que qualquer outro na mesa.

Quando todos no salão finalmente se sentaram, Giles viu Karin pela primeira vez. Ela estava sentada atrás dos dois ministros de Relações Exteriores. Ele imediatamente lembrou por que se encantara por ela. Durante a refeição, não conseguiu tirar os olhos dela, mas Karin não retribuiu o olhar nem sequer uma vez.

O almoço foi interminável e intragável: sopa de urtiga seguida de carne cozida e repolho ensopado e, como sobremesa, uma fatia de bolo duro feito pedra coberto com um creme que qualquer criança que se preze não se atreveria a provar. Em uma tentativa clara de distraí-lo dos olhares insistentes para Karin, sua acompanhante começou a lhe fazer perguntas. Ela lhe perguntou sobre os musicais em cartaz em Londres. Ele não sabia. Ele tinha visto *Oh! Calcutta!*? Não, não tinha. O que estava em exibição na Tate Gallery? Ele não fazia a menor ideia. Ela até lhe perguntou se ele conhecia o príncipe Charles.

— Sim, estive com ele uma vez, mas apenas brevemente.

— Quem é a garota de sorte que vai se casar com ele?

— Não faço ideia, mas terá que ser alguém que a rainha aprove.

Eles continuaram conversando, mas a moça não mencionou sequer uma vez o nome de Karin ou perguntou como eles haviam se conhecido.

Finalmente, os garçons começaram a retirar a sobremesa. Havia sobra suficiente para alimentar cinco mil pessoas, como fez Cristo. O presidente da conferência, prefeito da Berlim Oriental, levantou-se lentamente de seu lugar e bateu no microfone algumas vezes. Ele só começou a falar quando o salão estava em total silêncio. Então, anunciou em três idiomas que haveria uma pausa de dez minutos antes de o secretário-geral do Partido Socialista Unificado proferir seu discurso.

— Boa sorte — sussurrou a jovem e partiu antes que ele tivesse tempo de agradecer. Giles observou enquanto ela desaparecia em meio à multidão, sem saber ao certo o que aconteceria a seguir. Ele precisou se apoiar na beirada da cadeira para parar de tremer.

Os dez minutos pareceram uma eternidade. E então ele a viu caminhando entre as mesas em sua direção. Ela usava o mesmo traje preto que sua acompanhante, um lenço vermelho idêntico e sapatos pretos de salto alto, mas as semelhanças acabavam aí. Karin se sentou ao lado de Giles, mas não disse nada. Intérpretes não conversam, ela dissera uma vez.

Ele queria tomá-la nos braços, sentir o calor de seu corpo, seu toque suave, o cheiro do perfume dela, mas Karin permaneceu distante, profissional, sem se trair, sem revelar algo que pudesse chamar atenção para os sentimentos que ele nutria por ela.

Depois que todos retomaram seus lugares e o café foi servido, o presidente se levantou pela segunda vez e só precisou dar um tapinha no microfone para que a plateia toda se calasse.

— É meu privilégio como seu anfitrião apresentar nosso orador de hoje, um dos maiores estadistas do mundo, um homem que sozinho...

— Quando o presidente se sentou vinte minutos depois, Giles só conseguia imaginar quanto tempo levaria o discurso do secretário-geral.

Honecker começou agradecendo a todos os representantes estrangeiros e ilustres jornalistas que haviam viajado de várias partes do mundo para ouvir seu discurso.

— Não foi por isso que eu vim — murmurou Giles.

Karin ignorou o comentário e continuou a traduzir fielmente as palavras do secretário-geral.

— É um prazer desejar a todos vocês boas-vindas à Alemanha Oriental — disse Karin —, um baluarte de civilização que é referência para todos os países que aspiram seguir nossos passos.

— Eu quero tocar em você — sussurrou Giles.

— Tenho orgulho em anunciar que na Alemanha Oriental contamos com empregos para todos — traduziu Karin. Alguns aplausos oriundos de partidários bem-posicionados no salão permitiram que o secretário pausasse e virasse mais uma página do grosso calhamaço.

— Tem tanta coisa que quero falar para você, mas estou vendo que vou ter de esperar.

— Em especial, o nosso programa de agricultura é um exemplo de como usar a terra para beneficiar aqueles que mais precisam.

— Pare de olhar para mim, sir Giles — sussurrou Karin —, e se concentre nas palavras do líder.

Giles relutantemente voltou a atenção para Honecker e tentou parecer interessado.

— Nossos hospitais são motivo de inveja do Ocidente — disse Karin —, e nossos médicos e enfermeiras são os mais qualificados em todo o mundo.

Giles se virou, apenas por um momento, apenas para ser saudado com:

— Deixe-me falar agora da indústria da construção e do trabalho impressionante que nossos melhores engenheiros estão fazendo na construção de novas moradias, fábricas, pontes, estradas...

— Para não falar de muros — retrucou Giles.

— Tenha cuidado, sir Giles. Devemos presumir que todas as pessoas presentes sejam espiãs.

Ele sabia que Karin estava certa. As máscaras devem permanecer no lugar até que tenham atravessado a fronteira e alcançado a liberdade do Ocidente.

— A visão comunista está sendo seguida por milhões de camaradas em todo o mundo, em Cuba, na Argentina, na França e até mesmo na Grã-Bretanha, onde a participação do Partido Comunista dobrou no ano passado.

Giles se juntou aos aplausos orquestrados, embora soubesse que, na verdade, as palmas estivessem reduzidas à metade.

Quando já não conseguia mais suportar, ele se virou e olhou para Karin com ar entediado e foi recompensado com um olhar severo, que o manteve na linha por mais quinze minutos.

— A nossa força militar, apoiada pela Mãe Rússia, não tem precedentes, tornando possível para nós enfrentar qualquer desafio...

Giles pensou que estava prestes a explodir, e não seria em aplausos. Por quanto tempo mais precisaria aguentar aquele monte de bobagens e quantas pessoas presentes realmente acreditavam em tudo aquilo? Uma hora e meia depois, Honecker finalmente se sentou, encerrando um discurso que, para Giles, em termos de duração, se comparava apenas a *Anel do Nibelungo*, de Wagner, mas sem qualquer virtude da ópera.

No entanto, Giles não estava preparado para os quinze minutos de ovação que se seguiram ao discurso de Honecker, mantidos em curso por diversos partidários e seguidores espalhados pelo salão e que provavelmente haviam gostado do bolo com creme. Finalmente, o secretário-geral deixou o palco, mas foi detido repetidas vezes pelo caminho por representantes estrangeiros entusiasmados que queriam apertar sua mão, e os aplausos continuaram mesmo depois que ele partiu.

— Que discurso notável! — declarou o ex-ministro italiano de cujo nome Giles ainda não conseguia se lembrar.

— Se ele está dizendo — disse Giles, sorrindo para Karin, que fez uma careta. Giles percebeu que o italiano o encarava atentamente. — Uma notável demonstração de oratória — adicionou —, mas terei que relê-lo com mais atenção para me certificar de não perder nenhum ponto importante. — Uma cópia do discurso de Honecker foi imediatamente colocada em suas mãos, o que serviu para recordá-lo do quanto era preciso ficar atento. Suas palavras pareciam ter satisfeito o italiano, que se distraiu com a aproximação de outro representante estrangeiro que lhe deu um forte abraço e perguntou:

— Como você está, Gian Lucio?

— O que fazemos agora? — sussurrou Giles.

— Nós esperamos para ser escoltados de volta até o ônibus. Mas é importante que você pareça impressionado com o discurso, então, por favor, continue elogiando seus anfitriões.

Giles se afastou de Karin e começou a apertar a mão de diversos políticos europeus com quem Griff Haskins teria se recusado a tomar uma cerveja.

Giles não podia acreditar. Alguém estava de fato soprando um apito para atrair a atenção dos representantes estrangeiros, que foram, então, cercados e, como alunos indisciplinados, levados de volta ao ônibus.

Quando todos os 32 passageiros estavam em segurança a bordo e haviam sido devidamente contados, o ônibus, acompanhado por quatro batedores em motocicletas da polícia com as sirenes ligadas, começou a lenta viagem de volta para a fronteira.

Giles estava prestes a pegar a mão de Karin, quando uma voz atrás dele disse:

— É sir Giles Barrington, não é? — Giles se virou e encarou um rosto que reconheceu, embora não conseguisse lembrar o nome.— Keith Brookes.

— Ah, sim — disse Giles —, do *Telegraph*. Prazer em vê-lo novamente, Keith.

— Como o senhor está representando o Partido Trabalhista, sir Giles, suponho que ainda tenha esperança de retornar à política?

— Eu tento me manter a par — respondeu Giles, não querendo estender a conversa com um jornalista.

— Lamento que não tenha concorrido na última eleição — disse Brookes. — Fielding parece um bom sujeito, mas sentirei falta de suas contribuições na bancada.

— Não era o que parecia quando eu era membro do parlamento.

— Não é a política do jornal, como bem sabe, mas o senhor tem admiradores entre nós, incluindo Bill Deedes, pois todos nós achamos os atuais ministros muito insossos.

— É comum dizermos isso de cada nova geração de políticos.

— Ainda assim, caso decida retornar, me ligue. — Ele entregou a Giles um cartão. — O senhor pode se surpreender com nossa atitude caso decida reconsiderar — acrescentou antes de voltar ao lugar.

— Ele parecia gentil — disse Karin.

— Nunca se pode confiar no *Conservagraph* — emendou Giles, guardando o cartão na carteira.

— Você está pensando em retornar à política?

— Não seria tão fácil.

— Por minha causa? — perguntou, pegando a mão de Giles enquanto o ônibus parava em uma barreira a alguns metros da liberdade. Ele teria respondido, mas a porta se abriu, deixando entrar uma rajada de ar frio.

Três oficiais uniformizados subiram a bordo novamente. Giles sentiu-se aliviado ao ver que a equipe da manhã já havido sido rendida pela seguinte. Enquanto os homens começavam a analisar cada passaporte lenta e meticulosamente, Giles de repente se lembrou. Então sacou a carteira, pegou a pequena foto de Karin e rapidamente entregou a ela, que xingou baixinho, pegou o passaporte na bolsa e, com a ajuda de uma lixa de unhas, começou a arrancar cuidadosamente a fotografia colada naquela manhã.

— Como posso ter esquecido? — murmurou Karin, usando o mesmo tubo de cola para recolocar sua foto no passaporte.

— A culpa é minha, não sua — argumentou Giles, espiando o corredor para checar o lento avanço dos guardas. — Temos que agradecer por não estarmos sentados na frente do ônibus.

Os guardas ainda estavam a algumas fileiras de distância quando Karin terminou a substituição da foto. Giles se virou e percebeu que ela tremia, e segurou sua mão com firmeza. Felizmente, os guardas estavam demorando mais tempo do que na entrada para verificar cada nome, porque, apesar das orgulhosas alegações de Honecker, os muros deixavam bastante claro que mais pessoas desejavam sair do que entrar na Alemanha Oriental.

Quando um jovem oficial parou ao seu lado, Giles lhe entregou casualmente o passaporte. Depois de folhear algumas páginas e verificar o visto, o policial lhe devolveu o documento e riscou o nome de Giles da prancheta. Não foi tão ruim quanto ele temera.

No momento em que o guarda abriu o passaporte de Karin, Giles notou que a fotografia estava ligeiramente torta. O jovem tenente se demorou analisando os detalhes, a data de nascimento, o parente mais próximo, pelo menos dessa vez eles estavam corretos. Giles rezou para que ele não perguntasse onde ela morava na Inglaterra. No entanto, quando o homem começou a interrogá-la, logo ficou claro que não estava convencido com suas respostas. Giles não sabia o que fazer. Qualquer tentativa de intervir só chamaria ainda mais atenção para eles. O guarda gritou uma ordem, e Karin se levantou lentamente do assento. Giles estava prestes a protestar, quando Brookes saltou da poltrona e começou a fotografar o jovem oficial. Os outros dois guardas imediatamente correram para se juntar ao colega. Um deles agarrou a câmera e arrancou o filme, enquanto o outro arrastou Brookes sem qualquer cerimônia para fora do ônibus.

— Ele fez isso de propósito — disse Karin, que ainda tremia. — Mas por quê?

— Porque ele percebeu quem você era.

— O acontecerá com ele? — perguntou Karin, parecendo ansiosa.

— Ele vai passar a noite na prisão e, depois, será deportado para a Inglaterra. E nunca mais terá autorização para retornar à Alemanha Oriental, o que não é bem um castigo, e uma matéria exclusiva vale o sacrifício.

Giles se deu conta de que agora todos no ônibus olhavam na direção deles, tentando entender, em diversos idiomas, o que acabara de acontecer. Gian Lucio recomendou a Giles que ele e Karin fossem para a parte da frente do ônibus. Outro risco, mas Giles sentia que esse valeria a pena.

— Siga-me — disse Giles.

Eles se sentaram em dois lugares vagos do lado oposto de onde Gian Lucio estava, e Giles explicava para o ex-ministro o que tinha acontecido quando dois dos guardas reapareceram, mas não o que havia interrogado Karin— ele provavelmente estava explicando a um superior por que arrastara um jornalista ocidental para fora do ônibus. Os dois guardas seguiram para o fundo do ônibus e rapidamente checaram os passaportes e vistos que faltavam. Alguém deve ter explicado a elas que não precisavam de um incidente diplomático no dia em que seu líder supremo fizera um discurso revolucionário.

Giles continuou conversando com Gian Lucio como se fossem velhos amigos enquanto um dos guardas fazia outra contagem. Trinta e um. Ele parou em posição de sentido e bateu continência; em seguida, ele e o colega desceram do ônibus. Quando a porta se fechou, os passageiros irromperam em aplausos espontâneos pela primeira vez no dia.

O ônibus seguiu algumas centenas de metros atravessando a terra de ninguém entre as duas fronteiras, uma faixa sobre a qual nenhum dos países tinha autoridade, antes de parar novamente no setor norte-americano. Karin ainda tremia quando um sargento do corpo de fuzileiros dos Estados Unidos entrou no ônibus.

— Bem-vindos de volta — disse ele em uma voz que dessa vez transparecia sinceridade.

11

— É isso o que os políticos no Oriente querem dizer quando descrevem o Ocidente como decadente?
— Decadente? — questionou Giles, servindo mais uma taça de champanhe para Karin.
— Ficar em um quarto de hotel até onze horas da manhã e pedir café da manhã na cama.
— De forma alguma — ironizou. — Se já forem onze horas, não é mais café da manhã, e sim brunch. Portanto, é bastante aceitável.
Karin riu tomando mais um gole de champanhe.
— Nem acredito que consegui escapar e, finalmente, vou encontrar meu pai. Você virá nos visitar em Cornwall?
— Não, pretendo lhe dar um emprego em Londres como minha governanta.
— Ah, professor Higgins.
— Mas o seu inglês já é perfeito e não se esqueça de que eles não fizeram sexo.
— Eles teriam feito se Shaw a escrevesse hoje.
— E a peça terminaria com o casamento deles — disse Giles, tomando-a nos braços.
— A que horas é o nosso voo?
— Às 15h20.
— Bom, então temos tempo de sobra para reescrever o último ato de *Pigmalião* — provocou Karin, despindo o roupão.

A última vez que Giles fora recebido por uma horda de câmeras, fotógrafos e jornalistas ao retornar à Inglaterra foi quando estava prestes a se tornar o próximo líder do Partido Trabalhista.

Quando desceram do avião, Giles colocou um braço ao redor dos ombros de Karin e a conduziu gentilmente em meio aos jornalistas.

— Karin! Karin! Qual é a sensação de ter escapado da Alemanha Oriental? — gritou uma voz enquanto as câmeras disparavam flashes e o pessoal das equipes de televisão tentava se manter à frente do casal, caminhando de costas.

— Não diga nada — afirmou Giles.

— Sir Giles a pediu em casamento, srta. Pengelly?

— O senhor vai concorrer ao parlamento novamente, sir Giles?

— Você está grávida, Karin?

Karin, um tanto atordoada, olhou para o jornalista e disse:

— Não, não estou!

— Tem certeza depois da noite passada? — sussurrou Giles.

Karin sorriu, e estava prestes a beijá-lo na bochecha quando ele se virou na direção dela e os lábios dos dois se roçaram por um breve momento. Essa, porém, foi a fotografia que estampou a capa da maioria dos jornais, como ambos descobriram no café da manhã do dia seguinte.

— Keith Brookes cumpriu com a palavra — disse Karin, desviando os olhos por um momento do exemplar do *Telegraph*.

— Concordo, surpreendentemente generoso. E o editorial mais ainda.

— O editorial?

— Uma opinião sobre uma das principais notícias do dia.

— Ah. Não estamos acostumados com isso do outro lado do muro. Todos os jornais divulgam a mesma mensagem, escrita por um porta-voz do partido, que é impressa pelo editor se ele quiser manter o emprego.

— Isso tornaria a vida mais fácil — observou Giles quando Markham surgiu carregando uma bandeja de torradas quentes, que colocou sobre a mesa.

— Markham é um decadente? — perguntou Karin assim que o mordomo fechou a porta atrás de si.

— Certamente — respondeu Giles. — Sei com toda a certeza que ele vota nos conservadores.

Giles estava lendo o editorial do *Times* quando o telefone tocou. Markham reapareceu.

— É o senhor Harold Wilson na linha, senhor — disse ele, entregando o telefone.

— Ele vai me mandar de volta? — perguntou Karin.

Giles não tinha certeza se ela estava brincando.

— Bom dia, Harold.

— Bom dia, Giles — respondeu um inconfundível sotaque de Yorkshire. — Gostaria de saber se você poderia passar na Câmara hoje, pois tenho um assunto a tratar com você.

— Quando seria conveniente? — perguntou Giles.

— Tenho uma lacuna na minha agenda às onze horas, se for possível.

— Não deve haver problema, Harold, mas posso verificar?

— Claro.

Giles colocou uma mão sobre o bocal do telefone e disse:

— Karin, quando seu pai deve chegar?

— Por volta das dez horas, mas preciso comprar algumas roupas antes.

— Podemos fazer isso à tarde — disse Giles. Então tirou a mão do bocal e informou: — Encontro você na Câmara às 11 horas, Harold.

— E o que devo usar até lá? — perguntou Karin quando Giles desligou o telefone.

O mordomo tossiu.

— Sim, Markham?

— A sra. Clifton sempre deixa algumas roupas no quarto de hóspedes, sir, para uma emergência.

— Esta é, sem dúvida, uma emergência — disse Giles, tomando Karin pela mão e levando-a para fora da sala.

— Ela não vai se importar? — questionou Karin enquanto os dois subiam as escadas para o primeiro andar.

— É difícil se importar com algo que você não sabe.

— Talvez você devesse ligar para ela.

— Tenho a impressão de que Emma deve ter coisas um pouco mais importantes a fazer do que se preocupar com a roupa que deixou em Londres — respondeu Giles, abrindo a porta do quarto de hóspedes.

Karin abriu um grande armário e encontrou não um, mas vários trajes e vestidos, para não mencionar uma prateleira de sapatos que ela jamais veria em uma cooperativa de trabalhadores.

— Junte-se a mim lá embaixo assim que estiver pronta — disse Giles.

Ele passou os quarenta minutos seguintes tentando terminar a leitura dos jornais da manhã, sendo regularmente interrompido por ligações para parabenizá-lo ou para agendar entrevistas. E conseguiu até parar um minuto para especular o motivo de Harold Wilson querer vê-lo.

— O sr. Clifton está na linha, senhor — disse Markham, passando o telefone mais uma vez.

— Harry, como você está?

— Estou bem, só estou ligando para saber como você está depois de escapar uma segunda vez dos alemães.

Giles riu.

— Nunca estive melhor.

— Presumo que a presença da srta. Pengelly seja a causa de tanta felicidade.

— Acertou na mosca. Além de linda, Karin é a criatura mais agradável, amável, atenciosa e doce que já conheci.

— Não é um pouco cedo para fazer um juízo tão conclusivo? — sugeriu Harry.

— Não. Desta vez, eu realmente encontrei um tesouro.

— Vamos esperar que você esteja certo. E como se sente com a imprensa descrevendo você como uma mistura de Richard Hannay e Douglas Bader?

— Eu me vejo mais como Heathcliff — respondeu Giles, rindo.

— Quando poderemos conhecer essa pessoa tão perfeita?

— Iremos para Bristol na sexta-feira à noite, então, se você e Emma estiverem livres para um almoço no sábado...

— Sebastian está vindo para cá no sábado, e Emma espera conversar com ele sobre assumir o cargo de presidente. Mas vocês são muito bem-vindos para se juntar a nós.

— Não, talvez não seja uma boa ideia, mas por que vocês não vêm almoçar conosco no domingo?

— Não acha que é pressão demais para Karin? — perguntou Harry.

— Quando você vive sob um regime comunista durante a maior parte da vida, não acho que almoçar com os Cliftons seja considerado pressão.

— Se tem certeza, então nos vemos no domingo.

— Tenho certeza — confirmou Giles, quando a campainha da porta da frente tocou. — Preciso ir, Harry. — Giles desligou o telefone e verificou o relógio. Será que já são dez horas? Levantou-se e seguiu apressado até a entrada, onde encontrou Markham abrindo a porta da frente.

— Bom dia, sr. Pengelly, sir Giles está esperando pelo senhor.

— Bom dia — cumprimentou Pengelly, com um leve aceno de cabeça.

— Entre, por favor — disse Giles, cumprimentando-o com um aperto de mãos. — Markham, providencie café, por favor, enquanto eu mesmo acompanho o sr. Pengelly até a sala de estar.

— Claro, senhor.

— Karin deve descer a qualquer momento. É uma longa história, mas ela está tentando decidir qual roupa da minha irmã vestir.

Pengelly riu.

— As mulheres já têm bastante dificuldade de decidir sobre suas próprias roupas.

— Você teve algum problema para encontrar o endereço?

— Não, deixei tudo por conta do taxista. Uma experiência rara para mim, mas é uma ocasião especial.

— Certamente — disse Giles. — A oportunidade de se reunir com sua filha quando pensava que jamais a veria novamente.

— Serei eternamente grato ao senhor, sir Giles. E, se podemos acreditar no *Telegraph*, foi por pouco.

— Brookes exagerou todo o incidente — asseverou Giles, quando ambos se sentaram —, mas não se pode culpar o homem depois de tudo que passou.

Markham voltou carregando uma bandeja com café e biscoitos amanteigados, que colocou sobre a mesa de centro.

— O camarada Honecker deve estar bastante descontente por você ter roubado a cena — comentou Pengelly, olhando para a manchete do *Telegraph*. — Não que o discurso dele contivesse algo diferente do que já ouvimos antes.

— Inúmeras vezes — disse Giles, quando a porta se abriu e Karin entrou apressada. Ela correu até o pai, que se levantou e tomou-a nos braços. "Engraçado", pensou Giles, "nunca notei esse simples vestido branco quando era minha irmã quem o vestia".

Pai e filha permaneceram abraçados, mas foi o sr. Pengelly que irrompeu em lágrimas.

— Desculpe pelo papel de tolo — disse ele —, mas esperei tanto por este momento.

— Eu também — declarou Karin.

Giles consultou o relógio.

— Peço desculpas, mas preciso deixá-los, pois tenho um compromisso na Câmara às onze horas. Sei que vocês têm muito o que conversar.

— Quando você volta? — perguntou Karin.

— Por volta de meio-dia, possivelmente mais cedo, e então vou levá-los para almoçar.

— E depois do almoço?

— Nós iremos às compras. Eu não esqueci. — Giles beijou suavemente os lábios de Karin, e Pengelly desviou o olhar. — Nos vemos por volta de meio-dia — emendou enquanto caminhava para a entrada, onde o mordomo segurava seu paletó. — Espero estar de volta daqui a mais ou menos uma hora, Markham. Não os perturbe, pois acredito que precisarão de um tempo só para eles.

Karin e o pai permaneceram em silêncio esperando que a porta da frente se fechasse e, mesmo assim, só falaram depois de ouvir Markham batendo a porta da cozinha.

— Tudo saiu como o planejado?

— Quase tudo — respondeu Karin. — Até chegarmos à fronteira, quando um jovem oficial excessivamente cauteloso começou a fazer perguntas demais.

— Mas eu instruí pessoalmente os guardas — falou Pengelly. — Até disse ao tenente Engel que era para eles dificultarem um pouco para liberarem você, para que Barrington ficasse ainda mais convencido de que tiveram sorte de escapar.

— Bem, ele não trabalhou muito como o planejado, camarada, porque um jornalista decidiu meter o bedelho e começou a tirar fotografias.

— Keith Brookes. Sim, eu dei ordens para que ele fosse liberado logo depois que você cruzou a fronteira. Queria ter certeza de que ele não perderia o prazo — acrescentou Pengelly olhando para a manchete do *Telegraph*:

Sir Giles Barrington resgata namorada da Cortina de Ferro

— Mas não podemos relaxar — asseverou Karin. — Apesar do olhar apaixonado, Giles Barrington não é idiota.

— Pelo que acabei de ver, parece que ele está comendo em sua mão.

— Por enquanto, sim, mas não podemos presumir que isso vai durar, seria imprudente ignorar seu histórico com mulheres. Ele não é exatamente confiável.

— Ele permaneceu dez anos com a última esposa — observou Pengelly. — Isso deve ser mais do que suficiente para o que nossos mestres têm em mente.

— Então, qual é o plano imediato?

— Não há nenhum plano imediato. Koshevoi Marshal considera essa missão uma operação de longo prazo, por isso certifique-se de proporcionar a ele tudo que suas duas esposas anteriores obviamente não conseguiram.

— Isso não deve ser muito difícil, porque acho que o pobre homem está realmente apaixonado por mim. Você acredita que ontem à noite foi a primeira vez que ele fez sexo oral?

— E tenho certeza de que há uma ou duas outras experiências que ele deve estar ansioso para ter. Você tem de fazer tudo que puder para mantê-lo apaixonado, porque essa é nossa melhor chance de abrir as portas para as instituições governamentais britânicas.

— Eu não ficarei satisfeita em abrir as portas — disse Karin. — Pretendo derrubá-las.

— Muito bem. Mas, por ora, vamos nos concentrar em suas outras responsabilidades. Temos de desenvolver um sistema simples de transmissão de mensagens para nossos agentes no campo.

— Pensei que trataria diretamente com você.

— Isso pode não ser sempre possível, pois terei que permanecer em Cornwall por muito tempo para que Barrington não desconfie.

— O que devo fazer se precisar entrar em contato urgente com você?

— Instalei uma segunda linha telefônica para seu uso exclusivo, mas é apenas para emergências. Sempre que quiser falar com o seu "pai", use o número normal, e fale sempre em inglês. Se precisar ligar para a linha privada, e repito, apenas em situações de emergência, eu falarei em russo e você deve responder em alemão. Então, só será preciso lembrar de dois números.

A porta da frente bateu, e um momento depois eles ouviram a voz de Giles na entrada.

— Eles ainda estão na sala de estar?

— Sim, senhor.

— Eu nunca vou me perdoar — dizia Pengelly — por não ter estado ao lado de sua mãe quando...

Giles entrou apressado na sala.

— Quero que você seja a primeira a saber, minha querida. Harold Wilson me ofereceu um assento na Câmara dos Lordes

Ambos pareceram satisfeitos.

LADY VIRGINIA FENWICK

1971

12

O conde de Fenwick escreveu para a filha e a convocou para comparecer à Escócia. Quase uma ordem real.

Virginia abominava a ideia de enfrentar o pai. Desde que ela se mantivesse longe das colunas de fofocas e dentro do orçamento, o velho não parecia se importar muito com o que a filha fazia em Londres. No entanto, seu processo por calúnia contra a ex-cunhada Emma Clifton havia sido amplamente divulgado no *Scotsman*, o único jornal que o nobre conde lia.

Virginia só chegou a Fenwick Hall depois do jantar e imediatamente se recolheu aos seus aposentos, na esperança de que o pai estivesse mais bem-humorado após uma boa noite de sono. Ele, porém, não estava. Na verdade, mal proferiu uma palavra durante o café da manhã, exceto:

— Vejo você em meu escritório às dez horas. — Como se ela fosse uma colegial pega em flagrante fora da sala de aula.

Ela já estava de pé diante do escritório do pai às 9h55, mas não bateu à porta até ouvir o relógio do corredor bater dez horas. Virginia sabia muito bem que o pai esperava que alguém chegasse a um compromisso pontualmente. Ao bater à porta, foi recompensada com um comando:

— Entre!

Ela abriu a porta e adentrou uma sala que só se recordava de visitar quando estava em apuros. Virginia permaneceu de pé do outro lado da mesa, à espera de um convite para se sentar. O convite, porém, não veio, e ela permaneceu em silêncio. As crianças devem ser vistas e não ouvidas, era uma das máximas favoritas de seu pai, o que talvez tenha sido o motivo de serem praticamente estranhos um para o outro.

Enquanto Virginia esperava que ele começasse a conversa, olhou atentamente para o velho sentado atrás da mesa, tentando acender um cachimbo briar. Ele envelheceu consideravelmente desde a última vez que o vira. As linhas do rosto estavam mais profundas. No entanto, embora já tivesse havia muito passado dos setenta anos, os cabelos grisalhos ainda eram espessos e o bigode elegantemente aparado servia de lembrete de que pertencia a uma geração passada. O robe do conde tinha o tom azul-esverdeado de seu clã das Terras Altas, e ele considerava uma virtude raramente ter se aventurado para longe das fronteiras da Escócia. Ele frequentara a Loretto School em Edimburgo antes de se formar em St. Andrews. O clube de golfe, não a universidade. Nas eleições gerais, apoiou o Partido Conservador não por convicção, mas porque o considerava o menor dos males. No entanto, como seu candidato era sir Alec Douglas-Home, ele ainda tinha influência. Visitava a Câmara dos Lordes em raras ocasiões apenas quando era necessário votar em um pauta que afetasse sua subsistência.

Depois de acender o cachimbo e dar algumas baforadas exageradas, ele relutantemente voltou a atenção para a única filha, a quem considerava um de seus poucos fracassos na vida. O conde culpava a falecida esposa por mimá-la demais quando criança. A condessa preferia recompensas a castigos e, assim, aos dezoito anos, as únicas recompensas que despertavam o interesse de Virginia eram encontradas na Cartier.

— Deixe-me começar perguntando a você, Virginia — disse o conde entre baforadas —, se finalmente quitou todas as dívidas de seu irresponsável processo por calúnia?

— Sim, papai. Mas tive que vender todas as minhas ações na Barrington para isso.

— Nada mais do que justiça poética — comentou o conde, antes de dar outra tragada no cachimbo antigo. — Você nunca deveria ter permitido que o caso chegasse ao tribunal depois que sir Edward lhe aconselhou que suas chances não chegavam a cinquenta por cento.

— Mas a causa estava ganha até o major Fisher escrever aquela carta infeliz.

— Outro exemplo de sua falta de juízo — esbravejou o conde. — Fisher sempre seria um risco, e você nunca deveria ter se envolvido com ele.

— Mas ele era major do exército.

— Uma patente alcançada quando o comando decide que é hora de você se aposentar.

— E membro do parlamento.

— Que pode se classificar logo acima de vendedores de carros usados e ladrões de gado em termos de confiabilidade. — Virginia optou pelo silêncio em uma batalha que sabia ser impossível vencer. — Por favor, Virginia, me garanta que você não se envolveu com mais nenhum imprestável.

Ela pensou em Desmond Mellor, Adrian Sloane e Jim Knowles, os quais sabia que o pai desaprovaria.

— Não, papai, eu aprendi minha lição e não causarei mais problemas.

— Fico contente em ouvir isso.

— Mas devo admitir que é muito difícil viver em Londres com apenas duas mil libras por mês.

— Então volte a viver em Kinross, onde é possível viver confortavelmente com duas mil libras por ano.

Virginia sabia muito bem que essa era a última coisa que seu pai desejaria, então decidiu arriscar.

— Eu esperava, papai, que você pudesse aumentar meus proventos para três mil por mês.

— Nem pense nisso. — A resposta foi imediata. — Na realidade, após suas mais recentes peripécias, eu estava pensando em cortar seus proventos pela metade.

— Mas, papai, se fizer isso, como eu vou sobreviver? — Ela se perguntou se esse era o momento de irromper em lágrimas.

— Você poderia comportar-se como todo mundo e aprender a viver dentro de sua realidade.

— Mas meus amigos esperam...

— Então você tem os amigos errados. Talvez seja hora de voltar a viver no mundo real.

— O que está sugerindo, papai?

— Você poderia começar despedindo seu mordomo e sua governanta, que, na minha opinião, são uma despesa desnecessária e, em seguida, mudar-se para um apartamento menor. — Virginia o olhou estarrecida. — E poderia, quem sabe, sair à procura de um emprego. —

Virginia irrompeu em lágrimas. — Embora acredite que seria inútil, já que você não tem qualificação para nada além de gastar o dinheiro de outras pessoas.

— Mas, papai — suplicou Virginia, enxugando uma lágrima —, mil libras a mais por mês resolveriam todos os meus problemas.

— Mas não os meus — retrucou o conde. — Você pode começar a pôr em prática seu novo modo de vida tomando um ônibus até a estação e viajando para Londres na segunda classe.

Virginia nunca entrara em um vagão de segunda classe e, apesar da repreensão do pai, não tinha a intenção de fazê-lo. No entanto, durante a longa viagem de volta para a estação de King's Cross, ela ponderou com mais seriedade sobre sua atual situação e sobre quais eram suas alternativas para não esgotar de vez a paciência do velho.

Ela já tomara empréstimos de pequenas quantias de vários amigos e conhecidos, e um ou dois deles estavam começando a pressioná-la pelo pagamento, enquanto outros pareciam conformados com o fato de que ela não havia considerado o dinheiro um empréstimo, e sim um presente.

Talvez ela pudesse aprender a viver sem um mordomo e uma cozinheira, a visitar Peter Jones com mais frequência do que Harrods, e até mesmo a andar de ônibus em vez de táxi. No entanto, algo que ela nunca concordaria em fazer era viajar de metrô. Ela não fazia a menor questão de frequentar o subterrâneo, a menos que fosse para ir ao Annabel's. Suas visitas semanais ao salão de beleza também não eram negociáveis e vinho branco no lugar de champanhe era impensável. Virginia ainda se recusava a considerar abrir mão de seu camarote no Albert Hall ou de seus assentos em Wimbledon. Bofie Bridgwater lhe dissera que alguns de seus amigos costumavam alugá-los quando não os estavam usando. Era um tanto vulgar, mas ela precisava admitir que seria um pouquinho melhor do que perdê--los completamente.

Entretanto, Virginia notara recentemente que recebia cada vez mais envelopes pardos de cobrança pelo correio. Ela os mantinha fechados na vã esperança de que desaparecessem, no entanto, o que acontecia na verdade era que eles eram seguidos por uma carta de um advogado notificando-a do iminente processo caso as dívidas para com os seus clientes não fossem pagas no prazo de catorze dias. Como se isso não bastasse, naquela manhã ela abrira uma carta de seu gerente de banco pedindo-lhe que comparecesse à instituição o mais breve possível.

Virginia nunca precisara se encontrar com um gerente de banco, e certamente isso não seria conveniente. No entanto, quando ela retornou para Cadogan Gardens e abriu a porta da frente, descobriu que os envelopes pardos sobre a mesa agora superavam os brancos. Então levou as cartas até a sala, onde as dividiu em duas pilhas.

Depois de jogar no lixo o segundo pedido do gerente de seu banco para uma reunião urgente, ela voltou a atenção para os envelopes brancos. Vários convites de amigos para passar um fim de semana no campo; mas, como acabara de vender seu carro esportivo MGB, não tinha mais um meio de transporte. Havia bailes nos quais ela não poderia ser vista usando um vestido pela segunda vez. Havia Ascot, Wimbledon e, claro, o chá no Palácio de Buckingham. Mas foi o convite em alto relevo de Bofie Bridgwater que mais a intrigou.

Bofie era, na opinião do seu pai, um inútil. Porém, ele tinha a virtude de ser o filho mais novo de um visconde, o que lhe permitia se misturar com uma classe de pessoas que ficavam muito satisfeitas em pagar a conta. Virginia leu a carta de Bofie. Será que ela se importaria em ir com ele a um almoço no Harry's Bar (o que certamente significava que não seria ele a pagar a conta) para encontrar um velho amigo americano (provavelmente eles se conheceram há pouco tempo), Cyrus T. Grant III, que estava visitando Londres pela primeira vez e não conhecia nada da cidade?

— Cyrus T. Grant III — repetiu ela. De onde ela conhecia aquele nome? Ah, sim, William Hickey. Ela pegou o *Daily Express* do dia anterior e procurou a coluna de fofocas, como um torcedor ávido em busca do caderno de esportes. *Cyrus T. Grant III visitará Londres neste verão para desfrutar da estação,* informou Hickey. *Em particular, para assistir a sua potranca, Noble Conquest, competir na corrida King George VI and Queen Elizabeth Stakes em Ascot. Ele chegará a Londres em seu Lear Jet e se hospedará na suíte Nelson do Ritz. A Revista Forbes listou Grant como o 28º homem mais rico dos Estados Unidos.* Um multimilionário – Virginia gostava da palavra "multi" – que fez sua fortuna na indústria de produtos em conserva – ela não ligava para a palavra "indústria". Hickey continuou dizendo que a *Vogue* o descrevia como um dos solteiros mais cobiçados do planeta.

— Mas quantos anos você tem? — murmurou Virginia, estudando a fotografia do magnata abaixo da matéria. Seu palpite era 45 anos, talvez 50, esperava, e, embora ele não fosse o que se poderia chamar de bonito ou mesmo apresentável, o número 28 não saía de sua cabeça.

Virginia escreveu um bilhete para Bofie aceitando o convite e acrescentou o quanto estava ansiosa para conhecer Cyrus T. Grant III. Será que ela poderia se sentar ao lado dele?

— Chamou, milady? — perguntou o mordomo.

— Sim, Morton. Lamento ter de lhe dizer que não me resta outra alternativa a não ser rescindir o seu contrato de trabalho no fim do mês. — Morton não parecia surpreso, pois não recebia salário havia três meses. — Claro, vou lhe fornecer uma excelente carta de referência, então você não deve ter dificuldade em encontrar outra posição.

— Obrigado, milady, porque confesso que o momento é bastante delicado.

— O que quer dizer com isso, Morton?

— A sra. Morton está grávida novamente.

— Mas você me disse no ano passado que achava que três filhos eram mais do que o suficiente.

— E ainda acho, milady, mas digamos que esse não foi planejado.

— Deve-se organizar a vida com mais cuidado, Morton, e aprender a viver dentro da sua realidade.

— Tem razão, milady.

Virginia não pôde mais adiar a visita ao gerente do banco depois que um envergonhado funcionário do salão Mayfair lhe apresentou um cheque devolvido pelo banco.

— Um erro — garantiu Virginia, preenchendo imediatamente outro cheque. No entanto, assim que deixou o salão, parou um táxi e pediu ao motorista que a levasse ao Coutts na Rua Strand.

O senhor Fairbrother se levantou de trás de sua mesa assim que Lady Virginia adentrou seu escritório sem ser anunciada.

— Certamente o senhor tem uma explicação simples para isso — ela disse, colocando o cheque com os dizeres DEVOLVER AO SACADOR sobre a mesa do gerente.

— Milady, receio que o seu saldo negativo esteja muito acima do limite contratado — informou Fairbrother, sem mencionar o fato de ela sequer ter agendado o compromisso. — Escrevi diversas vezes solicitando uma reunião para discutirmos a atual situação, mas obviamente a senhora tem estado muito ocupada.

— Eu presumi que, como minha família é cliente deste banco há mais de duzentos anos, eu teria um pouco mais de liberdade.

— Temos feito todo o possível nas atuais circunstâncias — disse Fairbrother —, mas, tendo em vista que existem ainda muitas outras transações pendentes, receio que não haja outra opção.

— Se esse é o caso, você não me deixa outra alternativa senão transferir minha conta para um estabelecimento mais civilizado.

— Como desejar, milady. E, talvez, no momento conveniente, a senhora possa nos comunicar para qual banco devemos transferir o saque a descoberto. Enquanto isso, receio não ser capaz de honrar com quaisquer outros cheques emitidos até que tenhamos recebido o pagamento mensal do senhor conde.

— Na verdade, isso é bastante oportuno — disse Virginia —, pois acabo de retornar de uma visita a meu pai na Escócia, e ele concordou em aumentar meus proventos para três mil libras por mês.

— Essa é realmente uma boa notícia, milady, e vai sem dúvida ajudar a aliviar seu atual problema em curto prazo. No entanto, gostaria de salientar que, após o encontro com seu pai, o conde escreveu para informar ao banco que ele não estava mais disposto a garantir seus saques a descoberto. E não fez qualquer menção ao aumento de seus proventos.

13

Virginia passou a manhã em um novo cabeleireiro, fez as unhas e foi buscar sua roupa Chanel favorita na lavanderia antes de retornar ao hotel Cadogan Gardens.

Ao se olhar no espelho de corpo inteiro, achou que não estava nada mal para uma mulher de 42; na verdade, 43 anos... Bem, ela tomou um táxi para o Harry's Bar pouco antes de uma da tarde e, quando mencionou o nome Cyrus T. Grant III ao concierge, foi imediatamente acompanhada até o salão de jantar privado no segundo andar.

— Bem-vinda, minha querida — disse Bofie assim que Virginia entrou no salão. Ele rapidamente a chamou de lado e sussurrou: — Eu sei que Cyrus está ansiosíssimo para conhecê-la. Eu já disse a ele que você faz parte da família real.

— Sou uma sobrinha distante da rainha-mãe, a quem só conheço de cerimônias oficiais, embora meu pai de vez em quando jogue bridge com ela quando estão no Castelo de Glamis.

— E eu disse a ele que você esteve em um chá com a rainha na semana passada.

— Buckingham House ou Windsor Castle? — perguntou Virginia, entrando no jogo.

— Balmoral. Muito mais exclusivo — disse Bofie pegando outra taça de champanhe de um garçom que passava.

Virginia fingiu não notar o convidado de honra, que estava rodeado de admiradores, e imaginou se eles estariam atentos a cada palavra sua se ele não fosse o vigésimo oitavo homem mais rico dos Estados Unidos.

Cyrus não devia ter mais do que 1,65 m de altura e, infelizmente, não tinha a aparência de Gary Cooper para compensar. Usava um paletó xadrez vermelho e branco, calça jeans, uma camisa de seda azul-pálido e uma gravata de cordão de couro. Seus saltos cubanos o deixavam quase da mesma altura de Virginia. Ela quis rir, mas, de alguma forma, conseguiu se manter séria.

— Cyrus, gostaria de lhe apresentar minha querida amiga Lady Virginia Fenwick.

— Prazer em conhecê-la, milady — disse Cyrus.

— Por favor, me chame de Virginia, é como meus amigos me chamam.

— Obrigado, Ginny. Você pode me chamar de Cyrus, como todo mundo.

Virginia não comentou. Bofie bateu palmas e, uma vez que tinha a atenção do grupo, disse:

— Tenho certeza de que todos vocês estão prontos para o almoço.

— Eu com certeza estou — disse Cyrus, que se sentou antes mesmo das senhoras. Virginia ficou ao mesmo tempo chocada e encantada ao descobrir que se sentaria ao lado direito do convidado de honra.

— Quanto tempo você pretende ficar na Inglaterra? — Ela se aventurou.

— Apenas algumas semanas. Estou aqui para o que vocês chamam de temporada e, em seguida, vou para Wimbledon, Henley e, o mais importante, Royal Ascot. Sabe, tenho uma potranca correndo na King George VI and Queen Elizabeth Stakes.

— Noble Conquest.

— Meu Deus — disse Cyrus. — Impressionante, Ginny.

— Nem tanto. Nunca perco uma corrida de Ascot, e seu animal está sendo muito comentado.

— Eu a convidaria para me acompanhar, mas acho que você vai estar na tribuna real.

— Não necessariamente — declarou Virginia.

— Eu pedi para que você se sentasse ao meu lado hoje — confessou Cyrus, enquanto um prato de salmão defumado foi colocado a sua frente — porque estou com um problema e tenho a sensação de que você é a pessoa certa para me ajudar.

— Certamente farei tudo que puder para ajudá-lo.

— Não sei como me vestir, Ginny. — Virginia pareceu surpresa, até que ele acrescentou: — E me disseram que é preciso usar uma roupa específica para acessar a área reservada à realeza.

— Cartola e fraque — afirmou Virginia. — E, se você tiver sorte o bastante e seu cavalo vencer, Sua Majestade lhe entregará a taça.

— Essa seria a maior honra da minha vida. Posso chamá-la de Liz?

— Claro que não — asseverou Virginia. — Até os membros da família se dirigem a ela como "Sua Majestade".

— E terei que fazer reverência?

— Uma coisa de cada vez — declarou Virginia, preparando-se para a nova tarefa. — Você deverá ir à Gieves e Hawkes na Savile Row, onde encontrará tudo de que precisa para se produzir.

— Me produzir?

— Encontrará tudo de que precisa para se vestir apropriadamente.

Um garçom apareceu ao lado de Cyrus e encheu seu copo de uísque, enquanto outro oferecia a Virginia uma taça de champanhe.

— É uma pena que eles não tenham minha marca favorita — comentou Cyrus, depois de esvaziar o copo.

— A sua marca favorita?

— Marker's Mark. Ainda não encontrei um hotel ou restaurante na cidade que a sirva — lamentou-se, enquanto um garçom se inclinava para acender seu charuto. Cyrus deu algumas tragadas e soltou uma nuvem de fumaça antes de dizer: — Espero que o charuto não a incomode, Ginny.

— Nem um pouco — afirmou Virginia, enquanto outro garçom retirava os pratos. — Sua esposa está viajando com você? — acrescentou ela, jogando a isca.

— Não sou casado, Ginny.

Virginia sorriu.

— Mas planejo me amarrar assim que retornar para Louisiana.

Virginia franziu a testa.

— Conheço Ellie May desde os tempos de escola, mas, que diabos, fui lento demais na primeira rodada e, então, Wayne Halliday tomou a frente e se casou com ela. Eles se divorciaram no ano passado, então, não vou deixá-la escapar uma segunda vez. — Cyrus tirou sua carteira e mostrou uma foto de Ellie, que não parecia nenhuma rainha da beleza, mas talvez tivesse outros dotes mais tangíveis.

— Muito bonita — declarou Virginia.

— Concordo.

Virginia precisava repensar sua estratégia.

— E isso é outra coisa que preciso fazer enquanto estou em Londres, Ginny, comprar um anel de noivado. Não posso arriscar comprar um anel em Baton Rouge, porque, se o fizesse, metade da cidade saberia uma hora mais tarde, o que arruinaria a surpresa para Ellie. Mas não faço ideia por onde começar — ele acrescentou quando um T-bone quase do tamanho do prato foi colocado à sua frente.

Virginia tomou um gole de champanhe enquanto analisava a nova informação.

Cyrus pegou a faca e o garfo e olhou para o bife antes de atacar.

— O anel tem que ser especial, Ginny, porque a família de Ellie May emigrou no *Mayflower*. Seus antepassados remontam a nove gerações. Um pouco como você, eu acho.

— O primeiro registro de um Fenwick data de 1243, um fazendeiro em Perthshire — informou Virginia —, mas confesso que não conseguimos rastrear outro ancestral com certeza antes disso.

Cyrus riu.

— Agora você me pegou. Eu sei quem era o meu avô, porque ele fundou a empresa, mas antes dele fica um pouco vago.

— Toda grande dinastia tem que começar em algum lugar — disse Virginia, tocando sua mão.

— Muita gentileza sua dizer isso — agradeceu Cyrus. — E pensar que eu estava nervoso por me sentar ao lado de uma integrante da família real. — Ele pousou os talheres, mas apenas para pegar o charuto e tomar outro gole de uísque.

No momento em que Bofie fez uma pergunta a Cyrus, Virginia se virou para a pessoa à sua direita, na esperança de descobrir mais sobre Cyrus T. Grant III. O senhor Lennox era o treinador de Cyrus. Virginia demorou alguns instantes para perceber que, na verdade, o sr. Lennox era o treinador dos cavalos de Cyrus, não dele próprio, o que poderia explicar por que seu chefe parecia não estar muito disposto às atividades de aquecimento matinais. Ela tentou extrair informações de Lennox e rapidamente descobriu que os puros-sangues eram o verdadeiro amor da vida de Cyrus. Depois da morte do avô, seu pai, Cyrus T. Grant II, continuou a construir a empresa da família, e, quando ele morreu, Cyrus T. Grant III recebeu uma oferta que lhe permitiu abrir mão do negócio de conservas e se dedicar a sua coudelaria. Ele já vencera o Kentucky Derby e agora se concentrava na corrida King George VI and Queen Elizabeth Stakes.

Depois de reunir todas as informações de que precisava, Virginia voltou a atenção para Cyrus, que, apesar de afirmar que não gostava muito de uísque escocês, parecia bastante feliz em consumir várias doses do néctar de ouro entre cada bocado de bife. Uma ideia começava a se formar na mente de Virginia.

— Se você não tem planos para esta tarde, Cyrus, por que não me deixa levá-lo a Bond Street para ver se encontramos algo especial para Ellie May?

— Que excelente ideia. Tem certeza de que poderá dispor de tempo?

— Precisarei apenas reorganizar minha agenda, Cyrus.

— Meu Deus, Ginny, e pensar que as pessoas em meu país me disseram que os ingleses eram muito reservados e convencidos. Terei bastante a lhes contar quando voltar a Baton Rouge.

— Espero que sim.

Quando Cyrus finalmente se virou para a esquerda para falar com Bofie novamente, Virginia retirou-se discretamente de sua cadeira e foi na direção do maître.

— Você poderia fazer a gentileza de enviar um de seus garçons até o Fortnum para buscar duas garrafas de Maker's Mark, colocá-las em uma sacola e entregá-la para mim quando eu sair?

— Claro, milady.

— E coloque-as na conta.

— Como desejar, milady. — Ela entregou ao maître uma nota de uma libra, dolorosamente consciente de que talvez a situação dele fosse melhor que a dela.

— Obrigado, milady.

Virginia retornou ao seu lugar e rapidamente retomou o assunto favorito de Cyrus: Cyrus. Deixou-o falar sobre si mesmo pelos vinte minutos seguintes, interrompendo-o apenas com perguntas cuidadosamente preparadas.

Na hora do café, Virginia se inclinou para Bofie e disse:

— Vou levar Cyrus para fazer compras esta tarde.

— Por onde vai começar? — perguntou Bofie.
— Asprey, Cartier e possivelmente Cellini.
— Cellini? — falou Bofie. — Não é uma loja muito tradicional, não acha?
— Tenho certeza de que você está certo, Bofie, mas me disseram que eles têm a melhor seleção de pedras no momento.
— Então, vamos começar por lá — declarou Cyrus levantando-se da mesa, e parecendo ignorar que vários dos convidados ainda não tinham tomado café. Enquanto o ajudavam com sua capa de chuva, o maître habilmente entregou a Lady Virginia uma sacola da Fortnum. Depois de beijar Bofie em ambas as bochechas, Virginia enroscou o braço no de Cyrus e o conduziu em direção à Bond Street.

Eles olharam as vitrines da Cartier e da Asprey, mas não entraram, pois Cyrus parecia decidido pela Cellini. Quando chegaram diante da espessa porta de vidro exibindo um grande "C" dourado, Virginia tocou a campainha e um momento depois um homem surgiu, vestindo fraque e calças listradas. Ao ver Lady Virginia, ele imediatamente abriu a porta e pôs-se de lado para permitir que entrassem.

— O sr. Cyrus T. Grant e eu — sussurrou ela — procuramos um anel de noivado.

— Meus parabéns, milady — disse o assistente, a quem Virginia não se preocupou em corrigir. — Permitam-me mostrar nossa última coleção.

— Obrigada — agradeceu Virginia. Eles foram guiados para um par de confortáveis cadeiras de couro próximas à bancada, antes de o assistente desaparecer em uma sala.

Cyrus, claramente não acostumado a ficar esperando, permaneceu inquieto e só parou quando o atendente voltou carregando uma bandeja exibindo uma grande seleção de magníficos anéis de diamante.

— Uau — admirou-se Cyrus. — Isso é o que chamo de escolha impossível. Por onde começo?

— Eles são todos muito bonitos — sussurrou Virginia. — Mas deixarei que você decida, meu querido — disse Virginia, escolhendo as palavras com cuidado.

Cyrus encarou as pedras reluzentes por algum tempo antes de escolher uma.

— Excelente escolha, se me permite dizer, senhor — afirmou o atendente. — Qualquer outra mulher certamente admirará o anel.

— Elas ficarão com uma inveja danada — acrescentou Cyrus.

Virginia certamente concordava com isso.

— Vamos experimentar no dedo da senhora para que veja como fica?

— Boa ideia — concordou Cyrus, enquanto o atendente colocava o anel no dedo anelar da mão esquerda da Virginia.

— E sua procedência? — perguntou Virginia, olhando mais de perto o grande diamante.

— A pedra é sul-africana, milady, de Transvaal. Tem 6,3 quilates, certificado, amarelo raro, sem máculas. VVH2.

— Quanto? — perguntou Cyrus.

O jovem verificou a listagem e disse:

— São catorze mil libras, senhor. — Como se fossem meros trocados para um cliente que comprava na Cellini.

Cyrus assobiou entredentes.

— Concordo — disse Virginia, admirando o anel no próprio dedo. — Eu esperava muito mais, e certamente teria sido, se tivéssemos ido à Cartier ou à Asprey. Como você foi inteligente, Cyrus, por escolher a Cellini. — Cyrus hesitou. — Se alguém quisesse se casar comigo — emendou Virginia, tomando sua mão —, este seria exatamente o tipo de anel de que eu gostaria.

— Por Deus, Ginny, você está certa — disse ele, sacando o talão de cheques. — Pode embrulhá-lo.

— Obrigado, senhor.

Cyrus preencheu um cheque e o colocou sobre o balcão.

— Tem banheiro aqui?

— Sim, senhor, descendo as escadas à direita. Não tem como errar.

Enquanto Cyrus se levantava lentamente da cadeira, como Virginia pensou que faria, ela olhou carinhosamente para o anel antes de retirá-lo do dedo, colocando-o no elegante estojo de couro, decorado com a letra "C" dourada em relevo.

— Se eu mudar de ideia... — disse Virginia casualmente.

— Volte quando quiser, milady. Ficaremos felizes em atendê-la.

Virginia colocava as luvas de couro quando Cyrus reapareceu. Ela o fitou antes de dizer:

— Eu acho melhor você voltar para o hotel, meu querido. Por sorte estamos perto.

— Boa ideia, Ginny — concordou Cyrus, tomando-a pelo braço.

O atendente entregou a ela uma pequena sacola contendo uma caixa de couro ainda menor, antes de os acompanhar até a porta. Quando saíram, Virginia espiou discretamente os horários de funcionamento impressos na vitrine.

— Ellie May vai ficar tão feliz — comentou Virginia enquanto caminhavam lentamente pela Old Bond Street em direção ao Ritz.

— Tudo graças a você — disse Cyrus, agarrando-se firmemente a ela enquanto era guiado pela Piccadilly.

— Eu gosto muito do chá da tarde no Ritz — declarou Virginia. — Mas talvez você não esteja muito disposto.

— Claro que estou — disse Cyrus, subindo um tanto cambaleante as escadas do hotel.

— Talvez primeiro você deva colocar o anel de Ellie May no cofre do quarto — sugeriu Virginia enquanto passavam pelo salão de chá.

— Você pensa em tudo, Ginny. Vou pegar minha chave.

Quando Virginia viu o tamanho da Suíte Nelson, sugeriu que tomassem o chá na enorme sala de estar, em vez de descer para o salão Palm Court, que estava lotado.

— Por mim, está ótimo — concordou Cyrus. — Por que não faz o pedido enquanto eu vou ao banheiro?

Virginia pegou o telefone e pediu chá e pãezinhos amanteigados para dois. Então, pegou uma das garrafas de Maker's Mark da sacola e a colocou no centro da mesa. Quando Cyrus retornou à sala, foi a primeira coisa que viu.

— De onde você tirou isso?

Eu não lhe disse, mas também é o meu favorito.

— Então, vamos beber um pouquinho para celebrar a isso.

Quando Virginia viu a que Cyrus se referia ao dizer um pouquinho, alegrou-se por ter encomendado duas garrafas.

Uma leve batida na porta e um carrinho de serviço foi empurrado até a sala. Uma garçonete elegantemente vestida arrumou a mesa ao lado do sofá com o serviço de chá para dois. Virginia servia duas xícaras quando Cyrus sentou-se ao seu lado. Então tomou um gole do chá enquanto Cyrus se servia de mais uma dose de uísque, claramente não demonstrando qualquer interesse pelo Earl Grey. Ela se aproximou, deixando a saia subir bem acima dos joelhos. Cyrus olhou para as pernas dela, mas não se moveu. Ela se aproximou ainda mais e colocou a mão sobre a coxa dele, que rapidamente pôs o copo sobre a mesa e o reabasteceu, dando a Virginia tempo suficiente para abrir um par de botões da blusa de seda, movendo a outra mão um pouco mais para cima sobre a coxa de Cyrus. Ele não resistiu quando ela começou a soltar o cinto de cowboy e a desabotoar a camisa dele.

— E quanto a Ellie May? — murmurou Cyrus.

— Se você não contar, eu não conto — sussurrou Virginia, abrindo o zíper da calça jeans e colocando a mão dentro dela. Cyrus tomou outro gole de uísque diretamente da garrafa, antes de avançar sobre ela.

Virginia continuou focada em sua missão e, depois de tirar as botas e as meias, o despiu com muita habilidade, até que ele estivesse totalmente nu. Ela olhou para baixo e sorriu. Nunca vira algo tão pequeno. Cyrus tomou outro gole e escorregou do sofá para o chão, a cabeça quase acertando a mesa. Virginia se posicionou no tapete ao lado dele e, quando foi puxar o homem para cima dela, ele apagou. Ela o virou delicadamente, de modo que ele agora se esparramava sobre o tapete.

Virginia deu um salto, correu para a porta, abriu-a alguns centímetros e pendurou o aviso de NÃO PERTURBE na maçaneta. Então voltou até Cyrus, ajoelhou-se e, reunindo toda a sua força, colocou seus braços sob as axilas do homem e o arrastou pelo tapete até o quarto. Ela o deixou no chão enquanto puxava os lençóis e as cobertas da enorme cama king-size. Então, ajoelhou-se ao lado dele e, com um derradeiro esforço hercúleo, moveu-o do chão para o colchão, agradecendo por ele ter apenas 1,65 m de altura. Cyrus roncava satisfeito enquanto ela o cobria delicadamente com o lençol e o cobertor. Virginia encheu outro copo de Maker's Mark e o pôs sobre a mesa de cabeceira. Depois, fechou a porta do quarto, cerrou as cortinas e apagou todas as luzes, uma a uma, até o quarto ficar em total escuridão.

Quando finalmente subiu na cama ao lado dele, Virginia usava apenas uma peça.

14

Virginia passou a maior parte da noite totalmente acordada, ouvindo o estrondoso ronco de Cyrus. Ele se virava e se remexia e, quando acordava, levava apenas alguns segundos para voltar a roncar. Ela não imaginava como Ellie May poderia dormir com esse homem.

Virginia ficou deitada, hora após hora, percebendo que seria uma longa noite. Cyrus não estava somente bêbado, mas provavelmente também cansado demais depois da viagem. Ela passou o tempo preparando um plano que seria posto em prática assim que ele acordasse; ensaiou as falas até que as palavras soassem perfeitas.

Ele acordou pouco depois das seis da manhã seguinte, mas demorou certo tempo até finalmente aterrissar neste mundo, o que deu a Virginia tempo para ensaiar, dispensando qualquer figurino. Alguns minutos antes das sete horas, Cyrus esticou um braço e, depois de algumas tentativas, conseguiu acender a luz da cabeceira, a dica para Virginia fechar os olhos, virar e soltar um suave suspiro. Quando Cyrus olhou ao redor e a viu deitada ao lado dele, ela ouviu uma voz dizer:

— O que diabos está acontecendo?

Virginia bocejou e esticou os braços, fingindo acordar lentamente. Quando abriu os olhos, foi saudada com uma visão lamentável: um rosto por barbear, com a boca aberta, suando profusamente e fedendo a uísque. Tudo que Cyrus precisava era de um par de orelhas de burro para completar a imagem.

— Bom dia, meu querido — disse Virginia. Então se inclinou e o beijou, sendo recebida por uma lufada de seu bafo matinal, mas não recuou, apenas sorriu, e colocou os braços ao redor do corpo rechonchudo e úmido de Cyrus. Então começou a mover a mão até a perna dele.— Você foi magnífico na noite passada, meu docinho — disse ela. — Um leão, um verdadeiro leão.

— O que aconteceu noite passada? — Cyrus conseguiu enfim dizer, puxando o lençol para cobrir o corpo nu.

— Você estava insaciável. Eu não sei quantas vezes fizemos amor, e foi tão romântico quando você me disse que nunca conheceu alguém como eu e que devíamos passar o resto de nossas vidas juntos.

— O que eu disse?

— "Mas e quanto a Ellie May?", eu insisti. "Como eu poderia sequer pensar em Ellie May agora que encontrei uma deusa", você respondeu. "Eu tornarei você a rainha da Louisiana." Então você saiu da cama, ajoelhou-se e me pediu para ser sua esposa.

— Eu fiz o quê?

— Você me pediu em casamento, e confesso que fiquei arrebatada com a ideia de passar o resto da minha vida com você, em Baton Rouge. Em seguida, você colocou o anel no meu dedo. — Ela ergueu a mão esquerda.

— Eu a pedi em casamento?

— Sim, e agora devemos compartilhar com o mundo a nossa felicidade. — A boca de Cyrus permanecia aberta. — Sabe o que vou fazer, querido? — continuou Virginia saindo da cama e abrindo as cortinas para deixar o sol inundar o quarto. A boca de Cyrus abriu ainda mais ao ver o corpo nu de Virginia. — Assim que me vestir, vou para casa me trocar. Afinal, mesmo sendo sua noiva agora, não queremos que alguém me veja com as mesmas roupas de ontem à noite, não é mesmo, meu pudinzinho? — Ela riu, inclinando-se para beijá-lo na boca.

Virginia pegou o telefone ao lado dele na cama.

— Café da manhã para um — falou. — Chá, torradas, geleia e talvez um suco de tomate. Meu noivo está com uma ressaca terrível. Muito obrigada, sim, o mais rápido possível. — Ela desligou o telefone. — Eu vou estar de volta em torno das dez horas, docinho — prometeu —, e então podemos ir às compras. Acho que devíamos começar pela Moss Bros, pois você precisará de uma cartola e de um fraque para Ascot, e talvez de uma gravata de seda cinza, considerando que será visto regularmente na tribuna real. E, depois, pode me acompanhar enquanto dou uma olhada na coleção de primavera da Hartnell. Vou precisar encontrar algo digno do vencedor da King George VI and Queen Elizabeth Stakes — acrescentou, vestindo a saia e abotoando a blusa.

Houve uma batida na porta. Virginia deixou o quarto e abriu a porta para permitir que o garçom entrasse com o carrinho de serviço.

— Meu noivo ainda está na cama. Pode entrar. Seu café da manhã chegou, querido — disse Virginia, seguindo o garçom até o quarto. — E não se esqueça de beber o suco de tomate — acrescentou ela assim que bandeja foi posta no colo dele — porque temos um dia agitado pela frente. — Inclinou-se novamente e deu um beijo em Cyrus, que agora estava sentado na cama com um olhar confuso. — Eu também vou pensar sobre nosso anúncio de noivado no Court Circular. Algo simples, mas digno — completou —, para que o mundo saiba do significado da união das duas famílias. Naturalmente, todos esperam um casamento de luxo em St. Margaret's, Westminster, embora eu prefira uma festa mais discreta, talvez em Baton Rouge. — O garçom ofereceu a conta. — Eu assino — disse Virginia, que, antes de o conduzir até a porta, acrescentou vinte por cento de gorjeta, para certificar-se de que o jovem não esquecesse o que acabara de testemunhar. Depois, despediu-se de Cyrus com um último beijo dizendo: — Vejo você em algumas horas, meu docinho.

Ela já havia saído antes que ele fosse capaz de responder.

Virginia caminhou rapidamente pelo longo corredor, no ritmo de sua determinação, e tomou o elevador para o térreo. Ao passar pela recepção, nenhum dos porteiros lhe deu especial atenção. Eles estavam acostumados a senhoras esgueirando-se do hotel no início da manhã, algumas pagas, outras não, e certamente Virginia pretendida ser muito bem remunerada. Um porteiro uniformizado abriu a porta de entrada e perguntou se ela precisava de um táxi.

— Sim, por favor.

O homem levantou o braço, soltou um agudo assobio e um táxi apareceu milagrosamente um segundo depois.

Virginia fez exatamente o que dissera a Cyrus que faria. Voltou para casa, onde passou um tempo considerável imersa na banheira quente, antes de lavar o cabelo e trocar de roupa. Em seguida, selecionou um modelo adequado para o retorno ao Ritz.

Durante o café da manhã, leu tranquilamente os jornais matutinos. Afinal, a loja que pretendia visitar não abriria antes das dez. Ela deixou o apartamento em Cadogan Gardens somente depois das 9h40, pegou outro táxi, dessa vez para a Bond Street, que parecia um deserto àquela hora da manhã. Então desembarcou em frente à House of Cellini, poucos minutos depois das dez horas.

Virginia apertou a campainha, tirou seu lenço e sentiu-se satisfeita ao ver o mesmo atendente do dia anterior se aproximando para atender a porta. Ela abaixou a cabeça e enxugou uma lágrima imaginária.

— Está tudo bem, milady? — perguntou o jovem com preocupação.

— Não, receio que não — murmurou com a voz trêmula. — Meu amado mudou de ideia e me pediu para devolver o anel — disse ela, removendo o anel do dedo.

— Sinto muito, milady.

— Não tanto quanto eu — retrucou, colocando o anel na bancada.

— Ele me perguntou se vocês poderiam lhe devolver o cheque.

— Isso não será possível, senhora, nós o depositamos imediatamente e, como a senhora tinha levado o anel, solicitamos a compensação no mesmo dia.

— Então, precisarei de um cheque no valor total como reembolso. Afinal, você presenciou quando ele me deu o anel, e concordei com os advogados dele em não levar o assunto adiante. É sempre muito desagradável quando a imprensa se envolve, não acha? — O atendente parecia ansioso. — Nenhum de nós precisa desse tipo de publicidade, certo? E, é claro, é possível que o meu amado mude de ideia novamente, e, nesse caso, voltarei. Então, talvez você possa reservar o anel por alguns dias.

O assistente hesitou antes de dizer:

— Em nome de quem devo fazer o cheque, milady?

— Lady Virginia Fenwick — disse ela, dando-lhe um sorriso caloroso.

O atendente desapareceu no escritório dos fundos e não voltou por um tempo que para Virginia pareceu uma eternidade. Quando finalmente retornou, entregou-lhe um cheque de 14 mil libras. Enquanto Virginia guardava o cheque na bolsa, o rapaz saiu de trás do balcão, abriu a porta da frente e disse:

— Tenha um bom dia, milady. Espero vê-la novamente em breve.

— Vamos esperar que sim — disse Virginia, saindo da loja. Ela acenou para um táxi e pediu ao motorista que a levasse ao Coutts, na Strand. Mais uma vez, preparou cuidadosamente as palavras para o senhor seja qual for o seu nome. Ao chegar ao banco, disse ao motorista que a esperasse, porque não levaria mais do que alguns minutos. Então saiu, caminhou até o Coutts e seguiu diretamente para o escritório do gerente. Ao invadir a sala, deparou com o gerente ditando uma carta a sua secretária.

— Poderia nos dar licença, sra. Powell? — disse o sr. Fairbrother. Ele estava prestes a dizer a Lady Virginia que não estava disposto a vê-la novamente a menos que ela marcasse uma reunião, quando Virginia colocou o cheque na mesa. Ele olhou para o valor de 14 mil libras em total descrença.

— Certifique-se de liberar cada um dos meus cheques pendentes sem demora — disse ela. — E, por favor, não me incomode novamente no futuro. — Antes que ele pudesse responder, Virginia deixou o escritório e fechou a porta atrás de si.

— Para o Ritz — ordenou ao taxista que a esperava. O táxi fez a volta e seguiu em direção à Piccadilly. Alguns minutos depois, chegaram ao hotel. Virginia lhe entregou sua última libra, caminhou até as escadas e dirigiu-se à recepção.

— Bom dia, senhora, em que posso ajudá-la?

— Você poderia, por favor, ligar para o sr. Cyrus T. Grant na suíte Nelson e dizer-lhe que a sra. Virginia Fenwick está esperando por ele na recepção?

O concierge pareceu perplexo.

— Mas o sr. Grant deixou o hotel há cerca de uma hora, milady. Eu mesmo pedi que uma limusine o levasse a Heathrow.

SEBASTIAN CLIFTON

1971

15

— Sua mãe me disse que eu nunca conseguiria fazer você tirar um dia de folga — disse Giles quando o sobrinho se juntou a ele no banco da frente.
— Especialmente para ver um jogo de críquete — concordou Sebastian desdenhosamente, fechando a porta.
— Não é apenas um jogo de críquete — disse Giles. — É a abertura da partida de teste contra a Índia no Lord's, um dos nossos rivais mais antigos.
— Foi difícil explicar ao meu presidente, que é escocês, e ao dono do banco, que é turco e se recusa a acreditar que um evento desportivo possa durar cinco dias e ainda assim acabar sem resultado.
— Um empate é um resultado.
— Tente explicar isso para Hakim Bishara. No entanto, quando eu disse a ele que seria seu convidado, ele ficou torcendo para que eu aceitasse o convite.
— Por quê? — perguntou Giles.
— Hakim e Ross Buchanan são grandes admiradores seus, e Ross me pediu para ver se havia alguma chance de você considerar se tornar diretor do Farthings.
— Por que ele sugeriria isso? Eu sei tanto sobre serviços bancários quanto ele sobre críquete.
— Não acho que seu talento no críquete seja o motivo de eles quererem que se junte à diretoria do banco. Mas você certamente tem algumas habilidades que seriam úteis.
— Quais? — perguntou Giles enquanto dobravam a Hyde Park Corner, entrando na Park Lane.
— Você foi ministro de Relações Exteriores no governo anterior e atualmente é membro do Gabinete Sombra. Basta pensar nos con-

tatos políticos que fez ao longo dos anos. E, se vamos aderir à CEE, imagine as portas que seriam abertas para você, mas que estariam fechadas para nossos rivais.

— Estou lisonjeado — falou Giles —, mas, francamente, sou um político na essência. Se ganharmos a próxima eleição, e estou convencido de que a venceremos, gostaria de ser nomeado novamente representante do governo; portanto, precisaria abrir mão de quaisquer cargos de diretorias.

— Mas isso ainda pode demorar três ou quatro anos — observou Seb.

— Durante esse tempo, poderíamos fazer bom uso de seus conhecimentos, contatos e experiência para expandir nossos interesses pela Europa.

— Quais seriam minhas responsabilidades?

— Você teria que participar das reuniões trimestrais da diretoria e estar à disposição por telefone quando Hakim ou Ross precisassem de aconselhamento. Não exigiria muito de você, então espero que pelo menos pense melhor no assunto.

— Um trabalho político no conselho de administração de um banco.

— Isso pode até ser uma vantagem — comentou Seb. — Demonstraria que nem todos os políticos odeiam o mundo dos negócios.

— Primeiro preciso descobrir como meus colegas do Gabinete Sombra reagiriam.

Enquanto o carro contornava Marble Arch, Seb perguntou:

— O que está achando da Câmara dos Lordes?

— Não é a mesma coisa que a Câmara dos Comuns.

— O que significa isso?

— O verdadeiro poder sempre será da Câmara Baixa. Eles fomentam os projetos de lei, enquanto nós apenas os revisamos, o que acredito ser o correto, considerando que não somos uma câmara eleita. Francamente, cometi um erro ao não concorrer à eleição suplementar. Mas não estou reclamando. Isso significa que poderei passar mais tempo com Karin, então de certa forma acabei com o melhor dos dois mundos. E você, Seb?

— O pior dos dois mundos. A mulher que amo vive do lado errado do Atlântico e, enquanto o marido dela estiver vivo, não há muito que eu possa fazer sobre isso.

— Você contou a seus pais sobre a Jessica?

— Não, não com todas as letras, mas tenho a sensação de que papai já sabe. Ele veio ao meu escritório há algumas semanas para me levar para almoçar e viu um quadro na parede intitulado "Minha mãe", assinado por "Jessica".

— E ele conseguiu somar dois mais dois?

— Não teria sido difícil. "Minha mãe" não poderia ser outra pessoa além de Samantha.

— Mas isso é maravilhoso, de certo modo.

— E terrível de outro, porque Sam nunca pensaria em deixar o marido, Michael, enquanto ele está em coma no hospital.

— Talvez seja hora de você seguir em frente.

— Isso é o que a tia Grace vive me dizendo, mas não é tão fácil.

— Depois de dois casamentos fracassados, dificilmente eu seria um exemplo a ser seguido — ressaltou Giles. — Mas tive sorte na terceira vez, portanto, ainda há esperança para você.

— E a família toda está muito feliz por tudo ter dado certo. Mamãe, em particular, gosta muito da Karin.

— E o seu pai? — perguntou Giles, enquanto dirigia pela St. John's Wood Road.

— Ele é, por natureza, cauteloso, então acho que pode demorar um pouco mais. Mas só porque se preocupa com você.

— Não posso culpá-lo. Afinal, ele e sua mãe são casados há mais de 25 anos e continuam a se amar.

— Mas me conte sobre o jogo de hoje — interveio Seb, claramente querendo mudar de assunto.

— Para os indianos, críquete não é um jogo, é uma religião.

— E nós somos convidados do presidente do clube MCC?

— Sim, Freddie Brown e eu jogamos no MCC, e ele chegou a capitão da seleção da Inglaterra — explicou Giles ao estacionar entre as linhas amarelas no chão. — No entanto, você está prestes a descobrir que o críquete é um grande nivelador. Certamente, veremos uma mistura interessante de convidados na tribuna do presidente; eles só têm uma coisa em comum, a paixão pelo esporte.

— Então, serei o único perdido — concluiu Seb.

— Escritório do chefe de gabinete.
— É Harry Clifton. Eu poderia falar com o chefe de gabinete?
— Aguarde um momento, por gentileza, verei se ele pode atender.
— Clifton — disse uma voz pouco depois. — Que surpresa agradável. Outro dia mesmo perguntei ao seu cunhado se havia algum progresso na obtenção da liberação de Anatoly Babakov.
— Infelizmente não, sir Alan, mas esse não é o motivo de minha ligação. Preciso vê-lo com bastante urgência para tratar de um assunto particular. Eu não o incomodaria se não considerasse uma questão de extrema importância.
— Se diz que é importante, sr. Clifton, terei o maior prazer em recebê-lo sempre que precisar; não digo isso para muitas pessoas, nem mesmo para oficiais do governo.
— Estou em Londres para visitar meus editores, portanto, se por acaso pudesse me encaixar em sua agenda por quinze minutos...
— Deixe-me verificar minha agenda. Ah, vejo que o primeiro-ministro estará no Lord's para assistir à partida teste, onde terá uma reunião informal com Indira Gandhi, assim, não acredito que ele esteja de volta antes das seis da tarde. Às 4h15 da tarde seria um bom horário para o senhor?

— Bom dia, Freddie. Foi muita gentileza sua nos convidar.
— O prazer é meu, Giles. Que bom estarmos do mesmo lado, para variar.
Giles riu.
— Esse é o meu sobrinho, Sebastian Clifton, que trabalha na cidade.
— Bom dia, sr. Brown — cumprimentou Sebastian, apertando a mão do presidente do MCC. Então olhou para o magnífico campo, que rapidamente se enchia com a expectativa da cerimônia de abertura.

— A seleção da Inglaterra ganhou o Cara ou Coroa e escolheu iniciar o jogo rebatendo — disse o presidente.
— Boa escolha para uma vitória — falou Giles.
— E esta é a primeira vez que vem aqui, Sebastian?
— Não, senhor. Quando estava na escola, vi meu tio marcar cem pontos para Oxford neste estádio.
— Poucas pessoas realizaram esse feito — observou o presidente, no momento em que dois outros convidados entraram na tribuna e se juntaram a eles.
Sebastian sorriu, embora não estivesse mais olhando para o ex-capitão da seleção da Inglaterra.
— E esses — apresentou o presidente — são meu velho amigo, Sukhi Ghuman, que não era um mau lançador em seu tempo, e sua filha Priya.
— Bom dia, senhor Ghuman — disse Giles.
— Você gosta de críquete, Priya? — perguntou Seb à jovem, a quem tentava não encarar demais.
— Isso é uma pergunta um tanto descabida para uma indiana, sr. Clifton — respondeu Priya —, porque não teríamos o que conversar com os homens em meu país se não acompanhássemos o críquete. E você?
— Tio Giles jogou para o MCC, mas, quando os jogadores me viram, souberam imediatamente que eu não teria futuro.
Ela sorriu.
— Ouvi seu tio dizendo que você trabalha no centro da cidade.
— Sim, trabalho no Farthings Bank. E você, está aqui de férias?
— Não. Como você, eu trabalho no mercado financeiro.
Sebastian se sentiu envergonhado.
— O que você faz? — perguntou.
— Sou analista sênior no Hambros.
Seb queria voltar no tempo, mas tudo que foi capaz de dizer antes de ser salvo pelo aviso do início da partida foi:
— Que interessante.
Ambos olharam para o campo e viram dois homens com longos casacos brancos descendo as escadas de acesso ao pavilhão, um sinal para a multidão de que a batalha estava prestes a começar.

— Sr. Clifton, que prazer revê-lo — disse o chefe de gabinete enquanto apertavam as mãos.

— Como está o placar? — perguntou Harry.

— Está 71/5 para a Inglaterra. Alguém chamado Bedi está destruindo a gente.

— Espero que eles nos vençam desta vez — admitiu Harry.

— Ora, isso é crime de alta traição — declarou sir Alan —, mas vou fingir que não ouvi. E, aliás, parabéns pelo sucesso mundial do livro de Anatoly Babakov.

— O senhor teve um importante papel nisso tudo, sir Alan.

— Um papel menor. Afinal, chefes de gabinete não pertencem aos holofotes, devem se satisfazer em atuar nos bastidores. Posso lhe oferecer um chá ou café?

— Não, obrigado — recusou Harry —, e, como não desejo tomar mais tempo do que o necessário, vou direto ao ponto. — Sir Alan se recostou na cadeira. — Alguns anos atrás, o senhor me pediu para viajar a Moscou, em nome do Governo de Sua Majestade, para cumprir uma missão.

— Que o senhor executou com maestria.

— O senhor deve se lembrar de que me pediram para memorizar os nomes de alguns agentes russos que operam em nosso país e os transmitisse ao senhor.

— O que foi muito útil para nós.

— Um dos nomes da lista era Pengelly. — O rosto do chefe de gabinete se tornou inexpressivo como o de uma estátua. — Eu esperava que isso não fosse nada além de mera coincidência. — O muro de silêncio continuou. — Como fui idiota — lamentou-se Harry. — É claro que vocês já haviam descoberto o significado desse nome.

— Graças ao senhor — declarou, enfim, sir Alan.

— Meu cunhado já foi informado? — Outra pergunta que ficou sem resposta. — O senhor acha isso justo, sir Alan?

— Talvez não seja, mas a espionagem é um negócio sujo, sr. Clifton. Não se troca figurinhas com o inimigo.
— Mas Giles está profundamente apaixonado pela filha de Pengelly, e sei que ele quer se casar com ela.
— Ela não é filha de Pengelly — informou sir Alan. Foi a vez de Harry ficar sem palavras. — Ele é uma agente da Stasi altamente treinada. Toda a operação foi uma armação desde o início, e a estamos acompanhando bem de perto.
— Mas Giles acabará descobrindo e, então, será um pandemônio.
— O senhor pode ter razão, mas até lá meus colegas têm de pensar no bem maior.
— Como o senhor fez com o meu filho Sebastian, há alguns anos.
— Eu me arrependerei daquela decisão pelo resto de minha vida, sr. Clifton.
— E suspeito que o senhor se arrependerá desta também, sir Alan.
— Não penso assim. Se eu contasse a sir Giles a verdade sobre Karin Brandt, as vidas de muitos de nossos agentes estariam em perigo.
— Então, o que me impede de contar a ele?
— A Lei dos Segredos Oficiais.
— O senhor parece bastante confiante de que eu jamais agiria pelas suas costas.
— Sim, sr. Clifton, porque, se sei uma coisa sobre o senhor, é que nunca trairia seu país.
— O senhor é um canalha — explodiu Harry.
— Esse é um dos atributos do meu cargo — retrucou sir Alan.

Harry frequentemente visitava o chalé da mãe durante suas pausas de escrita, entre as quatro horas e as seis da tarde, quando desfrutavam do que Maisie descrevia como um lauto chá: sanduíches de queijo e tomate, pãezinhos quentes com mel, profiteroles e chá Earl Grey.

Os dois discutiam de tudo, desde a família, seu maior interesse, até os acontecimentos políticos do dia. Ela não se importava muito com Jim Callaghan ou Ted Heath e apenas uma vez, logo após a guerra, votara em alguém que não fosse do Partido Liberal.

— Um voto desperdiçado — Giles sempre fazia questão de lembrá-la.

— Desperdiçar o voto é não votar, como eu já lhe disse muitas vezes.

Harry não podia deixar de notar que, depois da morte do marido, a mãe esmorecera; já não passeava com o cachorro todas as noites e, recentemente, cancelara as assinaturas dos jornais matinais relutando em admitir que sua visão já não era a mesma.

— Preciso voltar para minha sessão das seis às oito da noite — disse Harry. Quando se levantou da poltrona ao lado da lareira, a mãe lhe entregou uma carta.

— Não abra até que eu tenha partido — disse ela calmamente.

— Isso ainda vai demorar muitos anos, mãe — declarou enquanto se inclinava para beijá-la na testa, embora ele mesmo não acreditasse naquelas palavras.

— Então, você está feliz por ter tirado o dia de folga? — perguntou Giles a Sebastian enquanto caminhavam de volta pelo Gates Grace depois de encerrado o turno do dia.

— Sim, estou — respondeu Seb. — Obrigado.

— Que gloriosa parceria entre Knott e Illingworth. Eles podem ter salvado o dia para a Inglaterra.

— Concordo.

— Você teve a chance de conversar com Mick Jagger?

— Não, não falei com ele.

— E com Don Bradman?

— Apertei a mão dele.

— Peter O'Toole?

— Não conseguia entender uma palavra do que ele dizia.

— Paul Getty?

— Nós trocamos cartões.

— E o primeiro-ministro?

— Eu não sabia que ele estava lá.

— Bom, a julgar pelo seu interesse nessas pessoas, Sebastian, devo concluir que você estava distraído com uma certa jovem?

— Sim.
— E você espera vê-la novamente?
— Talvez.
— Você está ouvindo uma palavra do que estou dizendo?
— Não.

Os três se reuniam uma vez por semana, claramente para discutir questões relativas à Mellor Travel, de cuja diretoria todos faziam parte. No entanto, como nem sempre queriam que os colegas diretores soubessem o que estavam tramando, a reunião nem continha ata nem era oficial.

A Trindade Profana, como Sebastian costumava chamá-los, consistia de Desmond Mellor, Adrian Sloane e Jim Knowles. Eles só tinham uma coisa em comum: um ódio mútuo por alguém de nome Clifton ou Barrington.

Depois de Mellor ter sido forçado a renunciar à diretoria da Barrington e Sloane ter sido demitido do cargo de presidente do Farthings Bank, enquanto Knowles deixara a companhia sem quaisquer "arrependimentos" registrados, eles se uniram com um objetivo comum: adquirir o controle do Farthings Bank e, depois, assumir a Barrington Shipping, fosse por meios honestos ou escusos.

— Devo confirmar — declarou Mellor, enquanto se sentavam calmamente em um canto de um dos poucos clubes de Londres que gostariam de tê-los como membros — que Lady Virginia relutantemente me vendeu seus 7,5 por cento de participação na Barrington Shipping, o que permitirá que tenhamos direito a um assento na diretoria.

— Boa notícia — disse Knowles. — Fico feliz em me oferecer para o cargo.

— Não precisa ter tanta pressa — observou Mellor. — Acho que vou deixar nossos colegas diretores ponderarem um pouco sobre as possíveis consequências da minha nomeação para o cargo, de modo que, cada vez que a porta da sala da diretoria se abra, a sra. Clifton imagine quem de nós estará prestes a entrar.

— Esse é um papel que eu também ficaria muito satisfeito em desempenhar — acrescentou Sloane.

— Esperem sentados — retrucou Mellor —, porque o que ambos não sabem é que já tenho um representante na diretoria. Um dos mais antigos diretores da Barrington — continuou — está em dificuldades financeiras e, recentemente, me procurou pedindo um substancioso empréstimo pelo qual tenho certeza de que não poderá pagar. Então, a partir de agora, vou receber não apenas todas as atas das reuniões de diretoria, como também qualquer informação privilegiada que a sra. Clifton não queira registrar. Agora vocês sabem o que andei fazendo durante o mês passado. O que vocês dois têm para oferecer?

— Muita coisa — respondeu Knowles. — Ouvi recentemente que Saul Kaufman só se aposentou como presidente do Kaufman depois que todos no banco, inclusive o porteiro, perceberam que ele tinha Alzheimer. Seu filho Victor, que não é capaz de organizar nem uma maratona de bebedeira, assumiu seu lugar temporariamente enquanto eles procuram um novo presidente.

— Então, essa é a nossa chance de agir? — perguntou Mellor.

— Eu gostaria que fosse assim tão fácil — esclareceu Knowles —, mas, infelizmente, o jovem Kaufman começou a negociar uma fusão com o Farthings. Ele e Sebastian Clifton estudaram juntos, até dividiram um apartamento, logo Sebastian está em vantagem na corrida.

— Então, vamos nos certificar de que ele tropece na última curva — disse Sloane.

— Também tenho outra informação útil — continuou Knowles. — Parece que Ross Buchanan pretende renunciar ao cargo de presidente do Farthings depois do Ano-Novo, e Hakim Bishara assumirá seu lugar, com Clifton como CEO do recém-constituído Farthings-Kaufman Bank.

— Será que o Banco Central aceitará essa união tão oportuna?

— Vai fazer vista grossa, especialmente agora que Bishara se integrou à cidade. Ele, de alguma forma, conseguiu ser aceito pela sociedade.

— Mas — interrompeu Mellor — a nova legislação do governo não exige que qualquer proposta de fusão de bancos seja analisada pelos órgãos competentes? Então, não há nada que nos impeça de fazer uma contraproposta e dificultar a vida dele.

— De que adiantaria, se jamais poderíamos competir com o dinheiro de Bishara? Tudo o que podemos fazer é atrasar o processo, e mesmo isso não sairá barato, como pudemos perceber em nossa última empreitada.

— Há algo que possamos fazer para impedir a fusão? — perguntou Mellor.

— Poderíamos destruir a reputação de Bishara junto ao Banco Central — sugeriu Sloane —, de modo que não o considerassem uma pessoa adequada para administrar uma das maiores instituições financeiras da cidade.

— Tentamos essa estratégia uma vez — lembrou Mellor —, e fracassamos.

— Porque nosso plano não era infalível. Dessa vez, pensei em algo que fará com que os órgãos reguladores da cidade considerem impossível a fusão, e, assim, Bishara terá de renunciar como presidente do Farthings.

— Como isso seria possível? — perguntou Mellor.

— Criminosos condenados não estão autorizados a atuar na diretoria de um banco.

16

— Eu sou feio?

— Você ainda pergunta? — disse Clive Bingham, sentado no bar e bebericando uma caneca de cerveja.

— E burro?

— Nunca tive dúvida — brincou Victor Kaufman.

— Isso explica tudo.

— Explica o quê? — perguntou Clive.

— Meu tio me levou ao Lord's na quinta-feira passada.

— Para ver a Inglaterra detonar a Índia.

— Isso, mas eu conheci uma garota...

— Ah, já entendi tudo — disse Victor.

— E você gostou dela — completou Clive.

— Sim, e, o mais importante, achei que ela também tinha gostado de mim.

— Então ela deve ser burra.

— Mas, quando liguei para ela no dia seguinte e a convidei para jantar, ela me rejeitou.

— Já começo a gostar dessa mulher.

— E, então, como ambos trabalhamos no centro da cidade, sugeri um almoço.

— E ela ainda assim não quis?

— Nem hesitou — respondeu Seb. — E aí eu perguntei a ela se...

— Não queria pular o almoço e...

— Não, se ela gostaria de ver Laurence Olivier em *O mercador de Veneza*.

— E ela ainda assim recusou?

— Sim.

— Mas não é possível conseguir ingressos para essa peça nem com cambistas — enfatizou Victor.

— Então vou perguntar novamente. Eu sou feio?
— Nós já discutimos isso — disse Clive. — Então tudo que nos resta é saber quem de nós será seu acompanhante na peça.
— Nenhum dos dois. Eu ainda não desisti.

— Você não disse que tinha gostado do Sebastian.
— Eu disse. Ele foi uma companhia maravilhosa em um dia que poderia ter sido terrível — disse Priya.
— Então por que recusou o convite dele? — perguntou sua companheira de apartamento.
— Foi apenas falta de sorte que justamente nos três dias em que ele me chamou para sair eu já tivesse outros compromissos.
— E você não poderia ter reagendado qualquer um desses compromissos? — perguntou Jenny.
— Não, meu pai me convidou para o balé de quarta-feira à noite. Margot Fonteyn em *O lago dos cisnes*.
— Ok, essa desculpa eu aceito. E no dia seguinte?
— Na quinta-feira, meu chefe me pediu para participar de um almoço com um importante cliente de Nova Deli.
— Justo.
— Na sexta-feira eu sempre vou ao salão.
— Patético.
— Eu sei! Mas quando percebi isso, ele não estava mais na linha.
— Patético — repetiu Jenny.
— E o pior, meu pai me ligou no dia seguinte para dizer que havia surgido um imprevisto e que ele precisaria viajar para Bombaim. E quis saber se eu gostaria de ficar com os dois ingressos. Fonteyn em *O lago dos cisnes*. Você gostaria de me acompanhar, Jenny?
— Com certeza. Mas não vou, porque você vai ligar para o Sebastian, dizer que seu pai teve que cancelar e convidá-lo para acompanhar você.
— Não posso fazer isso — declarou Priya. — Não posso ligar para um homem e convidá-lo para sair.
— Priya, estamos em 1971. Não é mais visto com maus olhos que uma mulher convide um homem para sair.

— Na Índia, é, sim.
— Mas, caso você não tenha percebido, não estamos na Índia. E tem mais, você telefona para homens o tempo todo.
— Eu, não.
— Você, sim. É parte do seu trabalho, e você é muito boa nisso.
— Isso é diferente.
— Então tudo bem telefonar para Sebastian para discutir a queda nas taxas de juros, mas não para convidá-lo para o balé?
— Talvez ele me ligue de novo.
— E talvez não.
— Tem certeza de que você não quer ver Fonteyn?
— Claro que quero. E, se você me der os ingressos, eu mesma vou ligar para Sebastian e convidá-lo para me acompanhar.

— Há uma Jenny Barton na linha, sr. Clifton.
— Jenny Barton, Jenny Barton... Esse nome não me é familiar. Ela disse de qual empresa é?
— Não, ela informou que era um assunto particular.
— Não sei quem é, mas suponho que seja melhor atender.
— Bom dia, sr. Clifton. O senhor não me conhece, mas divido apartamento com Priya Ghuman. — Seb quase deixou cair o telefone. — O senhor ligou para Priya ontem e a convidou para jantar, certo?
— E para almoçar e para ir ao teatro, e ela recusou todos os convites.
— E agora está arrependida, por isso, se pretendia telefonar de novo, acredito que gostará de saber que ela estará livre na quarta-feira à noite.
— Obrigado, srta. Barton — agradeceu Seb. — Mas por que ela mesma não me ligou?
— Eu também gostaria de saber. Depois do que ela me disse sobre o senhor, eu certamente não teria recusado qualquer convite. — O telefone ficou mudo.

— Eu não tinha ideia de que você gostava de balé, Sebastian. Sempre pensei que se interessasse mais por teatro.
— Você está certa, mamãe. Na verdade, será minha primeira visita ao Royal Opera House.
— Então nem se preocupe em almoçar.
— Do que você está falando?
— É tudo muito civilizado no Covent Garden. É servido um jantar durante o evento. A entrada, antes de começar o espetáculo, o prato principal, durante o intervalo, e café, queijo e biscoitos no fim. Quem será sua acompanhante?
— Ninguém. Eu sou o convidado.
— Alguém que eu conheça?
— Pare de bisbilhotar, mamãe.

Sebastian chegou ao Royal Opera House alguns minutos antes das sete da noite, surpreso com o quanto estava nervoso. No entanto, como Clive tão convenientemente o recordara, era seu primeiro encontro em muito tempo. Ele olhou a multidão que afluía pela porta da frente, e então a avistou. Não que pudesse deixar de notá-la. Os longos cabelos negros de Priya e os profundos olhos castanhos eram complementados por um deslumbrante vestido de seda vermelho que o fez pensar que ela deveria estar estampando a capa da *Vogue*, e não escondida em um banco analisando lucros e perdas. Seu rosto se iluminou no momento em que ela o viu.
— Uau! Você está linda.
— Obrigada — agradeceu Priya, enquanto Seb a beijava na bochecha como se ela fosse sua tia Grace.
— Tenho certeza de que você já veio ao Opera House muitas vezes antes — declarou ela. — Deve estar familiarizado com o ritual.
— Não, é a minha primeira visita — admitiu Seb. — Na verdade, nunca vi um balé.
— Que sorte!
— Como assim? — perguntou Seb ao entrarem no restaurante no térreo.

— Ou você vai amar esse lugar ou nunca mais vai querer voltar.
— Sim, eu sei o que você quer dizer — concordou Seb.
Priya parou na entrada.
— Temos uma reserva em nome de Ghuman.
— Por favor, me acompanhe, senhora — disse o maître, que os conduziu à mesa e, depois de se acomodarem, entregou a cada um deles o menu.
— Eles servem a entrada antes do espetáculo, mas temos de pedir o prato principal ao mesmo tempo para que esteja pronto na hora do intervalo.
— Você é sempre tão organizada?
— Desculpe — disse Priya. — Eu só estava tentando ajudar.
— E eu só estava brincando — retrucou Seb. — Mas, quando se tem uma mãe como a minha, você já está acostumado.
— Sua mãe é uma mulher extraordinária, Seb. Eu me pergunto se ela tem noção de quantas mulheres se inspiram em seu exemplo.
Um garçom apareceu ao lado deles, com o bloco de pedidos a postos.
— Eu vou querer os espargos e o filé de linguado — disse Priya.
— E eu, o patê de pato e uma costeleta de cordeiro — declarou Seb —, e gostaria de pedir uma garrafa de vinho.
— Eu não bebo — informou Priya.
— Me desculpe. O que gostaria?
— Água está ótimo, obrigada. Mas não se prive por mim.
Seb analisou a carta de vinhos.
— Eu vou querer uma taça de Merlot.
— Como um banqueiro — disse Priya —, você aprovaria o quanto este lugar é bem-administrado. A maioria dos pratos é simples e fácil de preparar, assim, quando você voltar para sua mesa no fim de cada ato, podem servi-lo rapidamente.
— Já sei por que você é analista.
— E você, chefe de divisão do Farthings, que é muita responsabilidade para alguém...
— Da minha idade? Como você bem sabe, bancos são um jogo para homens jovens. A maioria dos meus colegas já está psicologicamente esgotada aos quarenta.
— Alguns aos trinta.

— Não deve ser fácil para uma mulher conquistar seu lugar no mercado financeiro.

— Um ou dois bancos estão lentamente começando a aceitar que é possível que uma mulher seja tão inteligente quanto um homem. No entanto, a maioria das instituições mais antigas e tradicionais ainda vive na idade das trevas. A universidade que frequentou ou quem é seu pai, muitas vezes, importa mais que suas habilidades ou qualificações. O Hambros é menos pré-histórico que a maioria, mas eles ainda não têm uma mulher na diretoria, o que também é verdade em qualquer outro grande banco da cidade, incluindo o Farthings.

Três campainhas soaram.

— Significa que os jogadores estão prestes a entrar em campo?

— Como você é um frequentador assíduo de teatro, deve saber que é o aviso de três minutos para o início do espetáculo.

Seb a seguiu para fora do restaurante, até o auditório. Ela parecia saber exatamente aonde estava indo. Ele não se surpreendeu quando foram conduzidos aos melhores lugares.

A partir do momento em que a cortina subiu e pequenos cisnes esvoaçaram palco adentro, Seb foi transportado para um outro mundo. Ele se fascinou pela arte e habilidade das bailarinas, e, quando achava que não podia ficar melhor, a *prima ballerina* fez sua entrada triunfante e ele soube imediatamente que voltaria sempre. Quando a cortina caiu ao fim do segundo ato e os aplausos arrefeceram, Priya o levou de volta para o restaurante.

— Bem, o que você achou? — perguntou ela assim que se acomodaram.

— Fiquei fascinado — respondeu, olhando diretamente para ela. — E me encantei com a performance de Margot Fonteyn.

Priya riu.

— Meu pai me levou ao balé pela primeira vez quando eu tinha sete anos. Como toda menina, saí do espetáculo querendo ser um dos quatro cisnes jovens, e desde então o balé se tornou uma grande paixão.

— Eu tive a mesma sensação quando meu pai me levou pela primeira vez ao Stratford para ver Paul Robeson em *Otelo* — declarou Seb, enquanto seu prato de costeleta de cordeiro era servido.

— Que sorte a sua. — Seb a olhou, perplexo. — Agora você vai poder ver todos os grandes balés pela primeira vez. Mas saiba que depois de Fonteyn suas expectativas para os próximos serão bem altas.

— Uma vez meu pai me disse que desejava nunca ter lido uma palavra de Shakespeare até os trinta anos. Então, ele poderia ter assistido a todas as 37 peças sem saber o final. Agora entendo exatamente o que ele quis dizer.

— Gostaria de ir mais ao teatro.

— Eu a convidei para *O mercador de Veneza*, mas...

— Eu tinha um compromisso no dia, mas posso remarcar. Adoraria ir com você, supondo que não tenha oferecido o ingresso para outra pessoa.

— Me desculpe, mas dois amigos meus estavam desesperados para ver Olivier, então...

— Entendo — disse Priya.

— Mas eu tive que rejeitar os dois.

— Por quê?

— Ambos têm as pernas cabeludas.

Priya deu uma gargalhada.

— Eu sei que você...

— Onde você...

— Não, você primeiro — disse Priya.

— Tenho tantas perguntas para lhe fazer.

— Eu também.

— Sei que você frequentou a St. Paul e depois Girton, mas por que a área bancária?

— Sempre fui fascinada por números e pelos padrões que eles criam, especialmente quando você tem que explicar seu significado para os homens, que frequentemente só se interessam por ganhos em curto prazo.

— Como eu, talvez?

— Espero que não, Seb.

Ela parecia Samantha falando. Ele não cometeria o mesmo erro uma segunda vez.

— Há quanto tempo você está no Hambros?

— Pouco mais de três anos.

— Então já deve estar pensando em qual será o próximo passo?

— Tão típico dos homens — disse Priya. — Não, eu estou muito feliz onde estou, embora fique um tanto desanimada quando homens sem preparo são promovidos a posições acima de sua real capacidade. Gostaria que os bancos fossem mais parecidos com o balé. Se fossem, Margot Fonteyn seria presidente do Banco Central.

— Eu não acho que sir Leslie O'Brien seria um bom cisne negro — brincou Seb quando a campainha de três minutos tocou. Ele rapidamente terminou a taça de vinho.

Priya estava certa, pois Seb não conseguia tirar os olhos do cisne negro, que hipnotizava toda a plateia com seu brilho. Quando as cortinas se fecharam no fim do terceiro ato, ele estava desesperado para descobrir o que aconteceria no último.

— Não me conte, não me conte — pediu Seb enquanto eles voltavam para a mesa.

— Não vou contar — assegurou Priya. — Mas saboreie o momento, porque infelizmente você só terá essa experiência uma única vez.

— Talvez você tenha a mesma experiência quando eu a levar para ver *O mercador de Veneza*.

> *Como é doce o luar sobre esta encosta!*
> *Aqui fiquemos, pra que os sons da música*
> *Encham o nosso ouvido: a noite calma*
> *Combina com os sons desta harmonia.*
> *Senta, Jessica, vê o chão do céu...*

Sebastian abaixou a cabeça.
— Sinto muito — disse Priya. — Falei algo errado?
— Não, não. Você só me lembrou de uma coisa.
— Ou de alguém?
Seb foi salvo por uma voz no alto-falante.
— Senhoras e senhores, peço-lhes a gentileza de retornarem aos seus lugares, pois o último ato está prestes a começar.

O último ato foi tão comovente, e Fonteyn, tão cativante que, quando Seb se virou para ver se o espetáculo estava tendo o mesmo efeito sobre Priya, pensou ter visto uma lágrima escorrendo pelo rosto da jovem. Ele tomou a mão dela.
— Desculpe — Priya sussurrou. — Que vergonha.
— Imagina.

Quando finalmente a cortina se fechou, Seb juntou-se aos dez minutos de ovação, e Margot Fonteyn recebeu tantas saudações e buquês que poderia ter aberto uma floricultura. Ao deixarem o auditório, Seb tomou a mão de Priya no caminho de volta até o restaurante, mas ela parecia nervosa e permaneceu calada. Assim que o café foi servido, Priya quebrou o silêncio:

— Obrigada pela noite maravilhosa. A sua companhia fez parecer que eu estava vendo *O lago dos cisnes* pela primeira vez. Fazia muito tempo que eu não gostava tanto de um espetáculo.

Ela hesitou.

— Mas algo a está preocupando.

— Eu sou hindu.

Seb irrompeu em risos.

— E eu sou um caipira de Somerset, mas isso nunca me preocupou.

Ela não riu.

— Acho que não poderei ir ao teatro com você, Seb.

— Mas por que não?

— Tenho medo do que pode acontecer caso nos vejamos novamente.

— Eu não entendo.

— Eu lhe disse que meu pai teve de regressar à Índia.

— Sim, presumo que a negócios.

— De certa maneira. Minha mãe passou os últimos meses escolhendo o homem com quem devo me casar, e acho que ela já tomou uma decisão.

— Não — disse Seb —, não pode ser.

— Tudo o que falta agora é a aprovação do meu pai.

— Você não tem escolha? Não pode opinar sobre o assunto?

— Não. Você tem que entender, Seb, faz parte da nossa tradição, da nossa herança e crença religiosa.

— Mas e se você se apaixonar por outra pessoa?

— Ainda assim eu teria que honrar os desejos dos meus pais. — Seb se inclinou sobre a mesa para pegar a mão de Priya, mas ela rapidamente a retirou. — Nunca esquecerei da noite em que vi *O lago dos cisnes* com você, Seb. Vou guardar essa memória em meu coração pelo resto da vida.

— Eu também, mas certamente... — No entanto, quando ele olhou para cima, como o cisne negro, ela havia desaparecido.

17

— Como foi ontem à noite? — perguntou Jenny, enquanto punha dois ovos em uma panela com água quente.
— Não poderia ter sido pior — respondeu Priya. — Não saiu como eu tinha planejado.
Jenny se virou e viu a amiga à beira das lágrimas. Então correu, sentou-se ao lado dela e colocou um braço ao redor de seu ombro.
— Foi tão ruim assim?
— Pior. Eu gostei ainda mais dele na segunda vez. E a culpa é sua.
— Por que minha?
— Porque, se você tivesse concordado em ir ao balé comigo, nada disso teria acontecido.
— Mas isso é bom.
— Não, é horrível. No fim da noite eu fugi dele, depois de dizer que nunca mais queria vê-lo.
— O que ele fez para deixar você tão brava?
— Ele fez com que eu me apaixonasse, que era o que eu não queria.
— Mas isso é fantástico, se ele se sente da mesma maneira.
— Será um desastre quando nossos pais...
— Tenho certeza de que os pais de Seb a receberão de braços abertos na família. Tudo o que já li sobre eles sugere que sejam extremamente civilizados.
— Não é com os pais dele que estou preocupada, é com os meus. Eles jamais considerariam Sebastian adequado...
— Estamos vivendo em um mundo moderno, Priya. Casamentos miscigenados são cada vez mais comuns. Você devia levar seus pais para ver *Adivinhe quem vem para jantar*.
— Jenny, um homem negro que quer se casar com uma mulher branca em 1960 nos Estados Unidos não é nada perto de uma hindu

se apaixonar por um cristão, acredite em mim. Você reparou que no filme não se discute a religião, mas apenas a cor da pele? Eu sei de casos de indianos que se casam com alguém de uma raça diferente, especialmente quando ambos são cristãos. Mas não é algo que um hindu possa sequer imaginar. Queria não ter ido ao jogo de críquete.

— Mas você foi — retrucou Jenny —, então vai ter que encarar a realidade. Você prefere tentar construir um relacionamento significativo com Sebastian ou agradar seus pais e se casar com um homem que nem conhece?

— Eu queria que fosse assim tão simples. Tentei explicar para Seb na noite passada como é ser educado em uma família hindu tradicional, na qual a herança cultural, o dever...

— E quanto ao amor?

— Ele pode surgir depois do casamento. Sei que isso aconteceu com meus pais.

— Mas seu pai conheceu Sebastian, então certamente entenderia.

— A possibilidade de sua filha se casar com um cristão nunca sequer passou pela cabeça dele.

— Seu pai é um homem de negócios internacional, que a enviou para estudar na St. Paul e ficou muito orgulhoso quando você foi aceita em Cambridge.

— Sim, e ele tornou tudo isso possível sem nunca pedir nada em troca. Mas, quando se tratar de com quem eu deverei me casar, ele será inflexível, e vai esperar que eu lhe obedeça. Sempre aceitei isso. Meu irmão se casou com alguém que não conhecia e minha irmã mais nova já está sendo preparada para passar pelo mesmo processo. Eu enfrentaria meus pais se achasse que com o tempo eles poderiam mudar de ideia, mas isso nunca vai acontecer.

— Eles certamente devem entender que há uma nova ordem mundial e que as coisas mudaram.

— Não para melhor, como minha mãe cansa de falar.

Jenny correu até o fogão ao ver a água transbordando na panela e retirou dois ovos cozidos demais. Ambas riram.

— Então o que você vai fazer? — perguntou Jenny.

— Não há nada a fazer. Eu disse a ele que nós não poderíamos nos ver mais, e falei sério.

Houve uma batida firme na porta da frente.
— Aposto que é ele — disse Jenny.
— Então você tem que atender!
— Desculpe. Preciso cozinhar outro ovo e não posso cometer o mesmo erro duas vezes.
Uma segunda batida na porta, ainda mais firme.
— Anda logo — disse Jenny, permanecendo ao lado do fogão.
Priya preparou um pequeno discurso enquanto caminhava lentamente até a porta.
— Me desculpe, mas... — Ela começou a abrir a porta, mas deparou com um jovem parado segurando uma rosa vermelha.
— Srta. Priya Ghuman? — perguntou ele.
— Sim.
— Eu fui instruído a lhe entregar isso.
Priya agradeceu, fechou a porta e voltou para a cozinha.
— Era ele? — perguntou Jenny.
— Não, mas ele me mandou isto — respondeu ela, segurando a rosa.
— Eu realmente deveria começar a frequentar partidas de críquete — declarou Jenny.

— De hora em hora? — perguntou Clive.
— Isso mesmo — confirmou Seb.
— E por quanto tempo você pretende continuar mandando uma rosa de hora em hora? — perguntou Victor.
— Pelo tempo que for preciso.
— Deve haver um florista bastante feliz em algum lugar.
— Diga-me, Vic, os pais judeus são tão rigorosos sobre seus filhos se casarem fora de sua fé?
— Tenho de admitir — disse Vic — que, quando meus pais convidaram Ruth para jantar por três sextas-feiras consecutivas, eu já sabia que a única coisa que eu poderia escolher seria quais legumes comer.
— Como posso imaginar a pressão que Priya deve estar sentindo? — disse Clive. — Lamento por ela.

— Por outro lado, Seb — interveio Victor —, isso quer dizer que você não vai levá-la para ver *O mercador de Veneza* hoje à noite?

— Parece pouco provável, então podem ficar com meus ingressos. — Ele pegou sua carteira e entregou-os a Clive. — Espero que se divirtam.

— Nós poderíamos jogar cara ou coroa — sugeriu Victor — para decidir qual de nós vai com você.

— Não, tenho outros planos para hoje à noite.

— É a srta. Jenny Barton na linha três, sr. Clifton.

— Pode passar a ligação.

— Oi, Seb. Telefonei apenas para dizer que aguente firme. Ela está amolecendo.

— Mas ainda não respondeu a nenhuma das minhas cartas, não atende às minhas ligações, faz de conta...

— Talvez você deva tentar vê-la.

— Eu a vejo todos os dias — retrucou Seb. — Todos os dias fico em frente ao Hambros quando ela chega para trabalhar de manhã, e novamente quando pega o ônibus à noite. E estou na porta do apartamento dela quando chega em casa. Se eu insistir mais, posso ser preso por perseguição.

— Estou visitando meus pais em Norfolk este fim de semana — informou Jenny — e só voltarei na segunda de manhã. Não posso fazer muito mais para ajudar, então continue insistindo.

Estava chovendo quando Priya deixou o banco na noite de sexta-feira. Ela abriu o guarda-chuva e manteve a cabeça abaixada, olhando atentamente as poças d'água até chegar ao ponto de ônibus. É claro que ele estava esperando por ela, como em todas as outras noites da semana.

— Boa noite, srta. Ghuman — disse ele, entregando-lhe uma rosa.

— Obrigada — agradeceu ela antes de entrar na fila.

Priya embarcou no ônibus e se sentou no andar superior. Então olhou pela janela e por um momento pensou ter visto Seb se escondendo nas sombras da porta de uma loja. Quando desceu do ônibus em Fulham Road, outro jovem, outra rosa, outro obrigada. Ela correu até o apartamento enquanto a chuva apertava a cada minuto. Quando girou a chave na porta da frente, estava congelada. Decidiu que seus planos consistiriam em comer qualquer coisa rápida, tomar um banho quente e se deitar cedo, e até tentaria dormir um pouco.

Priya estava tomando um iogurte quando a campainha tocou. Ela sorriu e checou o relógio: a última rosa do dia, que se juntaria a todas as outras no vaso sobre a mesa da sala. Imaginando até quando Seb continuaria com isso, apressou-se para atender a porta, não querendo deixar o jovem encharcado. Abriu a porta e lá estava Seb com um guarda-chuva em uma mão e uma rosa na outra.

Priya bateu a porta na cara dele, escorregou até o chão e irrompeu em lágrimas. Como poderia continuar a tratá-lo tão mal quando ela era a culpada? Então se sentou no corredor, encolhida contra a parede. Levou um tempo até conseguir se levantar lentamente e voltar para a cozinha. Já escurecia, então ela caminhou até a janela e abriu as cortinas.

Ainda chovia torrencialmente. E então ela o viu, de cabeça baixa, sentado na calçada do outro lado da rua, a chuva descendo de seu guarda-chuva como uma cascata. Priya o espiou por uma pequena fresta da cortina, de modo que ele não pudesse vê-la. Ela precisava mandá-lo para casa antes que pegasse uma pneumonia. Então, correu até a porta, abriu-a e gritou:

— Sebastian. — Ele olhou para cima. — Por favor, vá para casa.

Ele, então, se levantou, e Priya sabia que deveria ter fechado a porta imediatamente. Seb começou a atravessar a rua lentamente na direção dela, de certa forma esperando que a porta se fechasse em sua cara novamente. Mas isso não aconteceu, então ele se adiantou e tomou Priya nos braços.

— Eu não quero continuar a viver se não posso estar com você — declarou.

— Eu também me sinto assim. Mas você precisa entender que é impossível.

— Falarei com seu pai assim que ele retornar da Índia. Não acredito que ele não seja capaz de entender.
— Não vai fazer diferença alguma.
— Então, vamos ter que fazer algo sobre isso antes de ele retornar.
— A primeira coisa a fazer é tirar esse terno. Você está encharcado — asseverou Priya ajudando Seb a despir o paletó. Ele se inclinou para a frente e começou a abrir os botões da blusa dela.
— Minhas roupas não estão molhadas — observou ela.
— Eu sei — sussurrou Seb, enquanto eles continuavam a despir um ao outro. Ele tomou-a nos braços e a beijou pela primeira vez. Ambos se tocaram desajeitadamente como dois adolescentes, descobrindo o corpo um do outro, de forma lenta e gentil, até que por fim fizeram amor; para Sebastian era como se fosse a primeira vez. Para Priya era a primeira vez.

—

Durante todo o fim de semana, eles não se desgrudaram nem por um minuto. Correram juntos no parque de manhã, Priya cozinhava enquanto Seb punha a mesa, foram ao cinema, embora não tivessem visto muito do filme, riram e choraram, e perderam a conta de quantas vezes fizeram amor. O fim de semana mais feliz da vida de Priya, como ela mesma declarou na segunda de manhã.
— Deixe-me contar meu plano de mestre — disse Seb enquanto eles se sentaram para o café da manhã.
— Será que começa por fazer amor no corredor?
— Não, mas vamos fazer isso todas as sextas-feiras à noite. Eu vou esperar você na chuva.
— E eu vou lhe dizer que vá para casa.
— Casa. Isso me lembra do meu plano de mestre. Na próxima semana, quero levá-la à minha casa para que você conheça meus pais.
— Estou tão preocupada que os meus pais não...
— Achem que sou bom o suficiente para você? Eles estariam certos. Suspeito que o verdadeiro problema será convencer seu pai de que eu algum dia serei bom o suficiente para você, mas vou visitá-lo assim que ele voltar à Inglaterra.

— O que você vai dizer?
— Que me apaixonei pela filha dele e quero passar o resto da minha vida com ela.
— Mas você nem me pediu em casamento.
— Eu teria feito isso no Lord's, mas sabia que você ia rir de mim.
— Ele não vai rir. Ele só vai lhe perguntar uma coisa — disse ela suavemente.
— O que, meu amor?
Suas palavras eram quase inaudíveis.
— Você dormiu com a minha filha?
— Se ele perguntar, vou lhe dizer a verdade.
— Então ele vai matar você ou a mim, ou os dois.
— Ele vai mudar de ideia quando perceber como estamos apaixonados. — Seb a tomou nos braços.
— Não se minha mãe já escolheu um homem para se casar comigo e se as duas famílias já chegaram a um acordo. Porque, antes de meu pai viajar para a Índia, dei-lhe a minha palavra de que eu ainda era virgem.

Durante a semana, Seb falou com os pais, e eles não apenas ficaram felizes com a notícia, como não viam a hora de conhecer a futura nora. Priya animou-se com a reação deles, mas não conseguia esconder como estava ansiosa pela reação do pai. Na quinta-feira, o pai telefonou para avisá-la que estava voltando para a Inglaterra e tinha novidades.
— E temos algumas boas novidades para ele, também — disse Seb, tentando tranquilizá-la.

Na sexta-feira à noite, Seb saiu do banco cedo, parando no caminho apenas para comprar outro buquê de rosas. Então cruzou o centro da cidade até a Fulham Road para pegar Priya antes de viajarem para West Country. Ele não via a hora de apresentá-la aos pais.

No entanto, primeiro precisava agradecer a Jenny por tudo que ela havia feito para tornar isso possível, e dessa vez as rosas eram para ela. Seb estacionou em frente ao apartamento, saltou do carro e tocou a campainha. A porta demorou certo tempo para ser aberta e, quando isso aconteceu, ele sentiu as pernas bambearem. Jenny tremia incontrolavelmente e suas bochechas estavam vermelhas e inchadas.

— O que aconteceu?
— Eles a levaram.
— O que você quer dizer com isso?
— O pai e o irmão de Priya apareceram há cerca de uma hora. Ela lutou e eu tentei ajudar, mas os dois a arrastaram para fora, a jogaram na traseira do carro e partiram.

18

— Foi muita gentileza sua nos receber tão prontamente, Varun — disse Giles. —Especialmente em um sábado de manhã.

— O prazer é meu — retrucou o alto comissário. — Meu país estará sempre em dívida com o senhor pelo papel que desempenhou como ministro das Relações Exteriores quando a sra. Gandhi visitou o Reino Unido. Mas como posso ajudar, lorde Barrington? O senhor me disse ao telefone que o assunto era urgente.

— Meu sobrinho, Sebastian Clifton, tem um problema pessoal sobre o qual gostaria de seu aconselhamento.

— É claro. Ficarei feliz se puder ajudar de alguma forma — afirmou, virando-se para encarar o jovem.

— Eu me deparei com o que parece um problema insolúvel, senhor, e não sei o que fazer a respeito. — O sr. Sharma assentiu. — Eu me apaixonei por uma garota e quero me casar com ela.

— Parabéns.

— Mas ela é hindu.

— Assim como oitenta por cento dos meus compatriotas, sr. Clifton, incluindo a mim mesmo. Assim, presumo que o problema não seja a garota, mas os pais dela.

— Sim, senhor. Embora Priya queira se casar comigo, seus pais escolheram alguém para ser marido dela, alguém que Priya sequer conhece.

— Isso não é incomum em meu país, sr. Clifton. Eu não conhecia minha esposa até minha mãe a escolher. Mas, se acha que pode ajudar, terei todo o prazer em conversar com os pais de Priya e tentar advogar em sua defesa.

— Isso seria muita gentileza, senhor. Eu seria imensamente grato.

— No entanto, devo avisar-lhe que, se a família tiver firmado o contrato com as outras partes interessadas, minhas palavras podem muito bem cair em ouvidos moucos. Mas, por favor — continuou o alto comissário, pegando um bloco de notas na mesa ao seu lado —, diga-me tudo que puder sobre Priya, para que eu decida a melhor forma de abordar o problema.

— Ontem à noite, Priya e eu tínhamos planejado viajar até o West Country para que ela conhecesse meus pais. Quando cheguei à sua casa para buscá-la, descobri que ela havia sido, literalmente, sequestrada pelo pai e o irmão.

— Você sabe o nome deles?

— Sukhi e Simran Ghuman.

O alto comissário se remexeu inquieto na cadeira.

— O sr. Ghuman é um dos principais industriais da Índia. Ele tem fortes ligações políticas e empresariais, e devo acrescentar que também tem uma reputação de ser implacável. Estou escolhendo minhas palavras com muito cuidado, sr. Clifton.

— Mas, se Priya ainda estiver na Inglaterra, certamente nós podemos impedi-lo de levá-la de volta para a Índia contra sua vontade. Afinal de contas, ela tem 26 anos.

— Duvido que ela ainda esteja no país, sr. Clifton, porque sei que o sr. Ghuman tem um jato particular. E, mesmo se ela estivesse, provar que um pai está detendo a filha contra a sua vontade seria um longo processo legal. Já enfrentei sete casos como esse desde que assumi o cargo, e, embora estivesse convencido de que todas as sete jovens quisessem permanecer neste país, quatro delas estavam de volta à Índia muito antes que pudessem depor, e as outras três, quando foram ouvidas, disseram que não queriam mais asilo. Mas se o senhor quiser levar o caso adiante, posso ligar para o inspetor-chefe da Scotland Yard, que é responsável por esses casos, embora eu deva avisar-lhe que o sr. Ghuman estará ciente de seus direitos legais e não será a primeira vez que ele usará de força para fazer valer sua vontade.

— O senhor está dizendo que não há nada que eu possa fazer?

— Não muito — admitiu o alto comissário. — Gostaria de poder ajudar mais.

— Foi muita gentileza nos poupar tempo, Varun — disse Giles.

— O prazer é meu, Giles — retrucou o alto comissário. Os dois homens apertaram as mãos. — Não hesite em me ligar se achar que eu possa ajudar.

Giles e Seb deixaram o escritório de Varun Sharma e alcançaram a Strand.

— Sinto muito, Seb. Sei exatamente pelo que você está passando, mas não sei o que podemos fazer agora.

— Ir para casa e tentar seguir com a minha vida. Mas obrigado, tio Giles, você não poderia ter feito mais. — Giles observou enquanto o sobrinho caminhava em direção ao centro da cidade e se perguntou o que ele realmente planejava fazer, considerando que a casa dele era na direção oposta. Uma vez que Seb estava fora de vista, Giles voltou para o escritório do alto comissário.

— Rachel, preciso de quinhentas libras em rupias, uma passagem para Bombaim com data de retorno em aberto e um visto indiano. Se você ligar para a secretária do sr. Sharma no Alto Comissariado, tenho certeza de que ela vai acelerar todo o processo. Ah, e vou precisar de quinze minutos com o presidente antes de eu sair.

— Mas você tem vários compromissos importantes na próxima semana, incluindo...

— Libere minha agenda para os próximos dias. Vou telefonar todas as manhãs, assim você pode me manter totalmente informado.

— Esse negócio que está tentando fechar deve ser muito importante.

— O mais importante da minha vida.

O alto comissário ouviu atentamente o que a secretária tinha a dizer.

— O seu sobrinho acaba de telefonar solicitando um visto — informou Varun depois de colocar o telefone no gancho. — Devo agilizar ou retardar o processo?

— Agilize — respondeu Giles —, embora deva admitir que estou muito preocupado com o garoto. Assim como eu, ele é um romântico incorrigível, e no momento está pensando com o coração, e não com a cabeça.

— Não se preocupe, Giles — tranquilizou-o Varun. — Farei com que alguém fique de olho nele enquanto estiver na Índia e tente evitar que se meta em grandes encrencas, especialmente porque Sukhi Ghuman está envolvido. Ninguém precisa dele como inimigo.

— Mas, quando o conheci no Lord's, ele me pareceu bastante agradável.

— Essa é metade da razão de ele ser tão bem-sucedido.

Somente mais tarde naquela noite, depois de apertar o cinto e de o avião decolar, Seb se deu conta de que não tinha um plano. Tudo que sabia com certeza era que não podia passar o resto da vida se perguntando se essa viagem poderia ter feito diferença. A única informação útil que conseguiu obter do chefe dos comissários durante o voo foi o nome do melhor hotel de Bombaim.

Seb cochilava quando o piloto anunciou que eles estavam prestes a iniciar a descida em Bombaim. Ele olhou pela janela da cabine e viu uma vasta massa de pequenas casas, barracos e cortiços preenchendo todos os espaços possíveis. Isso o fez imaginar se Bombaim já tinha ouvido falar em leis de planejamento urbano.

Ao sair do avião e descer os degraus, foi imediatamente engolido pela umidade opressiva e, assim que adentrou o aeroporto, descobriu rapidamente o ritmo de tudo: devagar, quase parando. Depois teve seu passaporte checado, a fila mais longa que ele já vira; esperou a bagagem, quando quase caiu no sono; passou pela alfândega, embora só tivesse uma mala pequena; e, em seguida, tentou encontrar um táxi apesar de não haver um ponto específico ou qualquer fila, os carros simplesmente pareciam ir e vir a seu bel-prazer.

Quando Seb por fim partiu para a cidade, descobriu por que ninguém jamais fora multado por excesso de velocidade em Bombaim, considerando que o carro raramente saía da primeira marcha. E, quando perguntou sobre o sistema de refrigeração, o motorista abriu a janela. Pela janela aberta, Seb olhou para as pequenas lojas, sem telhados nem portas, vendendo de tudo: desde pneus sobressalentes até mangas, enquanto os cidadãos de Bombaim seguiam com sua rotina. Alguns vestiam ternos elegantes que caíam frouxamente sobre o corpo e gravatas que não deixariam a desejar nem mesmo em Square Mile, enquanto outros usavam impecáveis dhotis de linho, trazendo à mente a imagem de Gandhi, um dos heróis de seu pai.

No momento em que alcançaram a periferia da cidade, tudo parou. Seb já enfrentara engarrafamentos em Londres, Nova York e Tóquio, mas eram pistas de Fórmula 1 em comparação a Bombaim. Havia caminhões quebrados estacionados na pista rápida, riquixás superlotados na pista lateral, vacas sagradas ruminando alegremente na pista central, enquanto mulheres cruzavam a estrada parecendo desconhecer para que fora originalmente construída.

Um menino, que estava parado no meio da pista carregando uma pilha de livros, caminhou até o carro, bateu no vidro e sorriu para Sebastian.

— Harold Robbins, Robert Ludlum e Harry Clifton — anunciou o garoto, oferecendo-lhe um sorriso radiante. — Todos pela metade do preço!

Sebastian lhe entregou uma nota de dez rupias e disse:
— Harry Clifton.

O menino entregou a Seb o mais recente livro de seu pai.
— Nós amamos William Warwick — acrescentou, antes de seguir para o próximo carro. Será que o pai acreditaria nele?

Demorou mais uma hora até conseguirem chegar ao Taj Mahal Hotel, e a essa altura Seb estava exausto e ensopado de suor.

Quando pisou no hotel, um novo mundo se abriu e ele foi rapidamente transportado de volta para os dias atuais.

— Quanto tempo vai ficar conosco, senhor? — perguntou um homem alto e elegante em um longo casaco azul quando Seb assinava o formulário de registro.

— Não tenho certeza — respondeu Seb —, mas, pelo menos, dois ou três dias.

— Então, vou deixar a data de check-out em aberto. Há mais alguma coisa em que eu possa ajudá-lo, senhor?

— Você poderia recomendar uma empresa de aluguel de carros confiável?

— Se é um carro que deseja, senhor, o hotel terá todo o prazer em lhe fornecer um Ambassador com motorista.

— Seria possível manter o mesmo motorista durante toda a minha estada?

— Claro, senhor.

— Ele precisa falar inglês.

— Neste hotel, senhor, até mesmo os faxineiros falam inglês.

— Claro, peço desculpas. E tenho mais um pedido, ele poderia ser hindu?

— Não será um problema, senhor. Acredito que conheço a pessoa ideal para satisfazer todas as suas exigências e posso recomendá-lo com total segurança, porque ele é meu irmão. — Seb riu. — Quando o senhor quer que ele comece?

— Pode ser amanhã às oito horas da manhã?

— Excelente. Meu irmão se chama Vijay e ele vai estar esperando pelo senhor em frente à entrada principal às oito horas. O recepcionista levantou uma mão e um carregador apareceu. — Leve o sr. Clifton para quarto 808.

19

Quando Sebastian deixou o hotel às oito horas da manhã seguinte, viu um jovem de pé ao lado de um Ambassador.
Assim que o rapaz avistou Seb vindo em sua direção, abriu a porta de trás.
— Vou me sentar na frente com você — disse Seb.
— Claro, senhor — concordou Vijay. Depois de se acomodar no banco do motorista, o jovem acrescentou: — Aonde gostaria de ir, senhor?
— Quanto tempo vai demorar? — perguntou Seb, entregando-lhe um endereço.
— Isso depende, senhor, de quantos semáforos estão funcionando esta manhã e de quantas vacas estão desfrutando de seu café da manhã.
A resposta acabou sendo um pouco mais de uma hora, embora o odômetro indicasse que haviam percorrido menos de cinco quilômetros.
— É a casa à direita, senhor — informou Vijay. — O senhor quer que eu vá até a porta da frente?
— Não — respondeu Seb enquanto passavam diante dos portões de uma casa tão grande que poderia ser confundida com um clube. Ele admirou Priya por nunca ter mencionado a fortuna do pai.
Vijay estacionou em um local isolado, descendo uma rua lateral de onde eles conseguiam ver qualquer pessoa entrando ou saindo dos portões provavelmente sem serem notados.
— O senhor é muito importante? — perguntou Vijay uma hora mais tarde.
— Não — respondeu Seb. — Por que você pergunta?
— Porque há um carro da polícia estacionado mais abaixo na rua desde que chegamos.

Seb ficou intrigado, mas preferiu considerar aquilo apenas coincidência, apesar de Cedric Hardcastle ter lhe ensinado havia muitos anos que sempre fosse cauteloso com coincidências.

Eles permaneceram sentados no carro durante a maior parte do dia, período em que diversos carros e uma van entraram e saíram dos portões.

Não havia nenhum sinal de Priya, embora em certo momento uma grande Mercedes tivesse deixado o jardim com o sr. Ghuman sentado no banco de trás conversando com um homem mais jovem que presumiu ser o filho dele.

Entre as idas e vindas, Vijay ofereceu a Seb novas perspectivas sobre a religião hindu, e ele começou a perceber como deve ter sido difícil para Priya sequer considerar contrariar os pais.

Ele estava prestes a desistir quando dois homens, um carregando uma câmera e o outro, uma maleta, surgiram caminhando pela entrada e pararam diante do portão principal. Ambos se vestiam de forma elegante, mas casual, e tinham um ar profissional. Acenaram para um táxi e embarcaram no banco de trás.

— Siga aquele táxi, e não o perca de vista.

— É muito difícil perder alguém em uma cidade onde as bicicletas conseguem ultrapassá-lo — observou Vijay enquanto eles avançavam lentamente de volta para o centro da cidade. Por fim, o táxi parou diante de um grande edifício vitoriano que anunciava sobre a porta da frente: *The Times of India*.

— Espere aqui — disse Sebastian. Então saiu do carro e esperou até que os dois homens entrassem no prédio antes de segui-los. Um deles, enquanto se dirigia para os elevadores, acenou para uma garota na recepção. Sebastian foi até a bancada, sorriu para a garota e disse: — Que vergonha, não consigo lembrar o nome do jornalista que acabou de entrar no elevador.

Ela olhou em volta enquanto a porta do elevador acabava de se fechar.

— Samraj Khan. Ele escreve uma coluna social no jornal de domingo. Mas não tenho certeza de quem estava com ele. — Ela se virou para a colega.

— É um freelancer. Trabalha para a Premier Photos, acho. Mas não sei o nome dele.

— Obrigado — agradeceu Sebastian, antes de voltar para o carro.
— Para onde agora? — perguntou Vijay.
— De volta para o hotel.
— Aquele carro de polícia ainda está nos seguindo — disse Vijay, diminuindo a velocidade para se juntar à longa fila de congestionamento. — Então, ou o senhor é muito importante ou muito perigoso — sugeriu, exibindo um largo sorriso.
— Nenhuma das opções — retrucou Seb. E, assim como Vijay, ficou intrigado. Será que a influência do tio Giles chegaria tão longe, ou a polícia estava trabalhando para os Ghuman?

Uma vez que Seb estava de volta em seu quarto, pediu à telefonista que fizesse uma ligação para a Premier Photos. Ele já havia ensaiado bem sua história no momento em que o operador transferiu a chamada. Então, pediu para falar com o fotógrafo que cobria a matéria de Sukhi Ghuman.

— Você quer dizer o casamento?
— Sim, o casamento — concordou Sebastian, odiando a palavra.
— É Rohit Singh. Vou transferir a ligação.
— Rohit Singh.
— Oi, meu nome é Clifton. Sou jornalista independente de Londres e fui designado para cobrir o casamento de Priya Ghuman.
— Mas é só daqui a seis semanas.
— Eu sei, mas a minha revista quer material de bastidores para um encarte colorido que estamos fazendo, e eu queria saber se você poderia me fornecer algumas fotos para acompanhar minha matéria.
— Teríamos que nos encontrar e discutir os termos. Onde está hospedado?
— No Taj.
— Amanhã às oito horas da manhã está bom para você?
— Estarei aguardando.

Assim que desligou o telefone, ele tocou novamente.
— Enquanto o senhor estava ao telefone, sua secretária ligou. Perguntou se poderia telefonar para o sr. Bishara no banco com urgência. Ela me deu o número. Devo fazer a ligação?
— Sim, por favor — disse Seb, desligando em seguida para aguardar. Ele checou o relógio, esperando que Hakim ainda não tivesse saído para o almoço. O telefone tocou.

— Obrigado por me retornar, Seb. Sei que você tem muito com que se preocupar no momento, mas tenho uma triste notícia. Kaufman Saul morreu. Achei que deveria saber imediatamente, não apenas por tratar da aquisição em que estamos envolvidos, mas principalmente porque Victor é um de seus amigos mais antigos.

— Obrigado, Hakim. Que notícia triste. Eu o admirava muito. Victor será minha próxima ligação.

— As ações da Kaufman diminuíram fortemente, o que é difícil de explicar, pois Saul não vai ao escritório há mais de um ano.

— Você e eu sabemos disso — lembrou Seb —, mas o público, não. Não esqueça, Saul fundou o banco. Seu nome ainda está no cabeçalho do jornal, então os investidores que não sabem disso questionarão se o jornal será o mesmo sem ele. Mas, levando em conta o balanço patrimonial e seus consideráveis ativos, em minha opinião, as ações do Kaufman já estavam bem abaixo do valor de mercado antes mesmo da morte de Saul.

— Você acha que elas podem cair ainda mais?

— Ninguém entra na baixa e sai na alta — respondeu Seb. — Se as ações caírem abaixo de três libras, e considerando que elas estavam 3,26 libras quando viajei, eu compraria. Mas lembre-se de que o Farthings já tem seis por cento das ações do Kaufman, e, se passarmos a ter mais de dez por cento, o Banco Central vai exigir que façamos uma oferta pública de aquisição, e nós não estamos totalmente preparados para isso.

— Acho que deve haver alguém manipulando o mercado.

— Deve ser Desmond Mellor, mas ele é só um sabotador. Não tem capital suficiente para provocar um impacto significativo. Confie em mim, ele vai ficar sem combustível para continuar.

— A menos que tenha o apoio de alguém.

— Ninguém na cidade consideraria apoiar Mellor, como Adrian Sloane e Jim Knowles já descobriram.

— Obrigado pela assessoria, Seb. Vou comprar mais algumas ações do Kaufman se elas caírem abaixo de três libras e, em seguida, nós podemos analisar o cenário geral quando você voltar. A propósito, como estão indo as coisas por aí?

— Eu não compraria ações da Companhia Clifton.

Seb estava gradualmente se adaptando ao calor opressivo e até aos congestionamentos, mas não conseguia aceitar que a pontualidade não fazia parte da psique indiana. Ele ficou andando de um lado para o outro no saguão do Taj desde as 7h55, mas Rohit Singh só atravessou as portas giratórias pouco antes das nove horas, oferecendo apenas um encolher de ombros e um sorriso como desculpa. Pronunciou uma única palavra, trânsito, como se nunca tivesse dirigido em Bombaim antes. Sebastian não fez qualquer observação, pois precisava de Singh do seu lado.

— Então, para quem você trabalha? — perguntou Singh assim que se sentaram em confortáveis poltronas no lounge.

— *Tatler* — respondeu Sebastian, que havia decidido sobre a revista durante a noite. — Queremos fazer um encarte central sobre o casamento. Sabemos bastante sobre Priya Ghuman, porque ela morou em Londres pelos últimos três anos, mas não sabemos sequer o nome do homem com quem vai se casar.

— Nós só descobrimos ontem, mas ninguém ficou surpreso ao ouvir que se tratava de Suresh Chopra.

— Por quê?

— O pai dele é presidente da Bombaim Building, portanto, o casamento tem mais a ver com a união de duas empresas do que de duas pessoas. Tenho uma foto dele se quiser ver. — Singh abriu a maleta e tirou uma fotografia. Sebastian olhou para um homem que aparentava cerca de 50 anos, mas poderia ser mais jovem, porque certamente tinha um excesso de peso de no mínimo vinte quilos.

— Ele e Priya são velhos amigos? — perguntou.

— Os pais são, mas não tenho certeza de que eles se conheçam. Me disseram que a apresentação oficial será feita na próxima semana. O evento já é uma cerimônia em si, para a qual não seremos convidados. Posso perguntar sobre o pagamento? — indagou Singh, mudando de assunto.

— Claro. Vamos lhe pagar os honorários integrais de agência — respondeu Seb, sem qualquer ideia do que isso significava — e um pagamento adiantado para nos assegurar de que você não compartilhará suas fotos com qualquer outra pessoa na Inglaterra. — Ele entregou ao rapaz cinco notas de cem rupias. — Acha o valor justo?

Singh assentiu e embolsou o dinheiro de uma forma que teria impressionado Artful Dodger.

— Quando você quer que eu comece?

— Você vai fotografar algum membro da família em breve?

— Depois de amanhã. Priya tem uma prova de vestido no Bombaim Brides, na Rua Altamont, às onze horas. A mãe dela me pediu para tirar algumas fotografias para um álbum de família que ela está preparando.

— Estarei lá — garantiu Seb. — Mas vou me manter a distância. Pelo que sei, Sukhi Ghuman não se importa muito com a imprensa londrina.

— Ele não se importa conosco também — disse Singh — a menos que isso se encaixe nos interesses dele. É bom que saiba, a sra. Ghuman certamente estará acompanhando a filha. Isso significa pelo menos dois guardas armados, o que a família nunca se preocupou em utilizar no passado. Talvez o sr. Ghuman queira apenas lembrar a todos o quanto é importante.

Não a todos, pensou Seb.

20

Sebastian caminhou até a recepção.
— Bom dia, sr. Clifton. Está desfrutando de sua estada conosco?
— Sim, obrigado.
— E os serviços de meu irmão estão se mostrando satisfatórios?
— Não poderiam ser melhores.
— Excelente. E como posso ajudá-lo hoje?
— Em primeiro lugar, gostaria que você substituísse o Ambassador por uma moto.
— Claro, senhor — disse o recepcionista, não parecendo surpreso.
— Mais alguma coisa?
— Preciso de uma florista.
— Você vai encontrar uma no piso inferior junto ao salão de jogos. Flores frescas foram entregues há cerca de uma hora.
— Obrigado — agradeceu. Então correu até o salão de jogos, onde viu uma jovem mulher arrumando um buquê de vívidas calêndulas cor de laranja em um grande vaso. Ela olhou na direção de Seb enquanto ele se aproximava.
— Eu gostaria de comprar uma única rosa.
— Claro, senhor, gostaria de escolher? — perguntou, apontando para uma seleção de rosas de diversas cores.
Seb levou um tempo escolhendo um botão vermelho que começava a desabrochar.
— Você poderia entregá-lo?
— Sim, senhor. Deseja adicionar uma mensagem? — acrescentou a jovem, entregando-lhe uma caneta.
Seb pegou um cartão no balcão, virou-o e escreveu:

Para Priya Ghuman,
felicitações por seu casamento.
De todos os seus admiradores no Taj Hotel.

Ele deu o endereço de Priya à florista e disse:
— Por favor, lance a cobrança no quarto 808. Quando será entregue?
Ela olhou para o endereço.
— Em algum momento entre dez e onze horas, dependendo do trânsito.
— Você vai estar aqui pelo resto da manhã?
— Sim, senhor — respondeu a moça com um olhar confuso.
— Se alguém ligar e perguntar quem enviou a rosa, diga-lhe que foi o hóspede do quarto 808.
— Certamente, senhor — concordou a florista, quando ele lhe entregou uma nota de cinquenta rupias.
Seb correu de volta para o andar de cima, consciente de que tinha apenas umas duas horas de sobra, três no máximo. Quando saiu do hotel, ficou feliz em ver que o recepcionista já havia seguido suas instruções e substituído o Ambassador por uma moto.
— Bom dia, senhor. Aonde gostaria de ir hoje? — perguntou Vijay, exibindo o mesmo sorriso irreprimível.
— Aeroporto Santacruz. Terminal doméstico. E não estou com pressa — enfatizou, embarcando na garupa da moto.
Ele observou atentamente a rota que Vijay tomou, reparando nas placas azuis e brancas ocasionais espalhadas ao longo do caminho. Quarenta e dois minutos mais tarde, Vijay parou diante do terminal doméstico. Seb saltou da moto, dizendo:
— Espere aqui, só vou demorar alguns minutos. — Então entrou no saguão e verificou o quadro de partidas. O voo que lhe interessava sairia do portão 14B, e as palavras "EMBARQUE IMEDIATO" piscavam ao lado das palavras "Nova Deli". Seb seguiu as indicações, mas, quando chegou ao portão, não se juntou à fila de passageiros aguardando para embarcar. Checou o relógio. Havia levado 49 minutos do hotel até o portão de embarque. Voltou e encontrou Vijay pacientemente à sua espera.
— Vou nos levar de volta — disse Seb, assumindo o guidão.
— Mas não tem carteira, senhor.

— Não acho que alguém vá notar. — Seb deu a partida e esperou que Vijay subisse na garupa antes de se juntar ao tráfego de Bombaim. Eles estavam de volta ao hotel 41 minutos mais tarde. Seb verificou novamente o relógio. A rosa deveria ser entregue a qualquer momento.

— Eu voltarei, Vijay, mas não sei exatamente a que horas — declarou Seb, antes de subir os degraus do hotel rapidamente. Então tomou o elevador para o oitavo andar, foi direto para seu quarto, serviu-se de uma cerveja gelada e se sentou ao lado do telefone. Inúmeros pensamentos inundaram-lhe a mente. A rosa teria sido entregue? Se sim, será que Priya chegaria a recebê-la? Se a recebesse, será que perceberia quem a havia enviado? Pelo menos quanto a isso Seb estava confiante. Priya reconheceria a caligrafia dele e, com uma simples ligação para a florista, descobriria em que quarto ele estava. Era evidente que sua família não a deixava sair desacompanhada, possivelmente nem sequer sair de suas vistas. Checando o relógio a cada minuto, ele andava de um lado para o outro, parando ocasionalmente para tomar um gole da cerveja. Tentou ler a primeira página do *Times of India*, mas não foi além das manchetes. Pensou em ligar para o tio Giles e atualizá-lo dos acontecimentos, mas decidiu que não podia correr o risco de a linha estar ocupada quando Priya telefonasse.

Quando o telefone fez um forte som metálico, Seb agarrou-o.

— Alô?

— É você, Seb? — sussurrou Priya.

— Sou eu, cisne negro. Você pode falar?

— Apenas por um minuto. O que está fazendo em Bombaim?

— Eu vim para levá-la de volta para a Inglaterra. — Ele fez uma pausa. — Mas só se for isso o que você quer.

— É claro que quero. Só me diga como.

Seb explicou rapidamente os detalhes de seu plano e, embora Priya tenha permanecido em silêncio, ele se sentia confiante de que ela ouvia com atenção. De repente, a garota falou, em um tom formal:

— Obrigada, sim. Você pode esperar por nós por volta das onze horas — uma pausa —, eu também estou ansiosa para vê-lo.

— Não se esqueça de trazer o passaporte — acrescentou Seb, pouco antes de ela desligar o telefone.

— Quem era? — perguntou a mãe de Priya.

— A Bombaim Brides — respondeu Priya, em tom casual, não querendo que a mãe desconfiasse de algo. — Apenas confirmando nosso compromisso de amanhã — acrescentou, tentando esconder a excitação. — Eles sugeriram que eu vista algo casual, pois terei de experimentar vários modelos.

Seb não fez nenhuma tentativa de disfarçar o quanto se sentia eufórico. Ele socou o ar e gritou — Viva! — como se acabasse de marcar o gol da vitória na final da copa. Assim que se recuperou, sentou-se e pensou sobre as providências que devia tomar. Após alguns minutos, saiu do quarto e desceu até a recepção.

— Você encontrou o que estava procurando na florista, sr. Clifton?

— Ela não poderia ter sido mais útil, obrigado. Agora eu gostaria de reservar duas passagens de primeira classe no voo das 2h20 da tarde para Nova Deli pela Air India.

— Certamente, senhor. Pedirei ao nosso agente de viagens que as envie para seu quarto assim que forem emitidas.

Seb se sentou sozinho no restaurante do hotel, comendo distraidamente enquanto repassava o plano sem parar, tentando eliminar eventuais falhas. Após o almoço, deixou o hotel e encontrou Vijay sentado na moto. Sua lealdade despertaria inveja em um cão.

— Para onde agora, senhor?

— De volta para o aeroporto — respondeu Seb, agarrando o guidão e montando na moto.

— Você precisa de mim, senhor?

— Sim, preciso de alguém sentado na garupa.

Seb conseguiu reduzir em três preciosos minutos seu tempo de percurso até o aeroporto e, mais uma vez, fez o trajeto até o portão 14B, onde checou novamente as partidas. Na viagem de volta para o hotel, reduziu mais um minuto do tempo do primeiro trajeto, sem nunca ultrapassar o limite de velocidade.

— Vejo você às dez horas da manhã, Vijay — disse Seb, sabendo muito bem que falava com alguém que não precisava ser lembrado de ser pontual.

Vijay fingiu bater continência quando Sebastian entrou no hotel, logo voltando para o seu quarto. Seb pediu um jantar leve e tentou relaxar assistindo a *Sob as ondas* na televisão. Por fim, deitou-se pouco depois das onze da noite, mas não dormiu.

21

Apesar de uma noite insone, Sebastian não estava cansado quando abriu as cortinas na manhã seguinte, deixando os primeiros raios de sol inundarem o quarto. Ele agora sabia o que um atleta devia sentir na manhã de uma final olímpica.

Tomou uma longa ducha fria, vestiu jeans, camiseta e tênis. Pediu o café da manhã no quarto, mas apenas para matar o tempo. Se não fosse plena madrugada em Londres, teria ligado para o tio Giles a fim de colocá-lo a par dos acontecimentos. Em seguida desceu para a recepção pouco depois das dez horas e pediu a conta.

— Espero que tenha apreciado sua estada conosco, sr. Clifton — disse o recepcionista —, e que retorne em breve.

— Eu espero o mesmo — declarou Seb, entregando o cartão de crédito, embora não pudesse imaginar como seria possível para ele voltar algum dia. Quando o recepcionista lhe devolveu o cartão, perguntou:

— Devo mandar alguém buscar sua bagagem, sr. Clifton?

Seb ficou momentaneamente confuso.

— Não, eu venho buscá-la mais tarde — gaguejou.

— Como desejar, senhor.

Quando Seb saiu do hotel, ficou satisfeito, mas não surpreso, em ver Vijay encostado na moto.

— Para onde desta vez, senhor?

— Rua Altamont, 14.

— Área comercial chique. O senhor vai comprar um presente para a sua namorada?

— Mais ou menos — respondeu Seb.

Eles chegaram em frente à Bombaim Brides às 10h20. Esse era um compromisso para o qual Seb nunca se atrasaria. Vijay não disse nada quando Seb lhe pediu que estacionasse fora do campo de visão de quem chega à loja, mas se surpreendeu com a instrução seguinte.

— Quero que você pegue um ônibus para o aeroporto e espere por mim em frente à entrada do terminal doméstico. — Seb pegou quinhentas rupias da carteira e entregou as notas surradas para Vijay.

— Obrigado, senhor — agradeceu Vijay, antes de se afastar parecendo ainda mais confuso.

Seb mantinha o motor ligado enquanto permanecia escondido atrás de um caminhão caindo aos pedaços. Ele não sabia dizer se o caminhão estava estacionado ou fora simplesmente abandonado.

Uma grande Mercedes preta estacionou em frente à Bombaim Brides, poucos minutos depois das onze horas. O motorista abriu a porta de trás para permitir que a sra. Ghuman e sua filha saíssem. Priya vestia jeans, camiseta e sapatos sem salto, como Seb recomendara. Não importava o que Priya usasse, ela sempre estava deslumbrante.

Um segurança as acompanhou até entrarem na loja de vestidos de noiva, enquanto o outro permaneceu no banco da frente do carro. Seb presumiu que, assim que o motorista entregasse as passageiras, iria embora e voltaria mais tarde. O carro, porém, ficou estacionado em uma zona restrita e claramente não iria a lugar algum até que as passageiras retornassem; esse foi o primeiro erro de Seb. Ele também pensou que os dois seguranças acompanhariam a sra. Ghuman até a loja. Segundo erro. Ele desligou o motor da moto, não querendo chamar atenção. Terceiro erro. Então se perguntou quanto tempo levaria até que Priya reaparecesse, e se ela estaria sozinha ou acompanhada pelo segurança.

Alguns minutos mais tarde, avistou Rohit Singh pelo espelho retrovisor. O fotógrafo vinha caminhando de modo despreocupado pela calçada com a câmera pendurada em um ombro, claramente satisfeito em estar elegantemente atrasado. Seb o observou desaparecer para dentro da loja. Os vinte minutos seguintes pareceram uma hora, com Seb olhando continuamente para o relógio. Ele suava profusamente. Trinta minutos. Teria Priya perdido a coragem? Quarenta minutos. Será que ela havia mudado de ideia? Cinquenta minutos. Se demorasse muito mais, eles perderiam o voo. E, de repente, sem qualquer aviso, lá estava ela, correndo pela rua sozinha. Ela parou por um momento, olhando ansiosamente para ambos os lados.

Seb deu a partida na moto, mas ainda estava ao lado do caminhão no momento em que o segundo segurança saiu da Mercedes e começou a caminhar na direção da filha do patrão. O motorista estava abrindo a porta traseira quando Seb estacionou ao lado do carro. Ele acenou freneticamente para Priya, que saiu correndo para a rua, saltou para a garupa da moto e se agarrou a ele. O segurança reagiu imediatamente e partiu em perseguição aos dois. Seb tentava se afastar o mais rápido possível quando o segurança se lançou sobre eles, fazendo com que Seb desviasse e quase derrubasse sua passageira. Por muito pouco o brutamontes não foi atropelado por um táxi e se estatelou de cara no chão.

Seb se recuperou rapidamente e manobrou a moto para a pista central com Priya abraçada à sua cintura. O segurança ainda tentou alcançá-los, mas era uma competição desigual. Uma vez que conseguiu ver para que lado a moto havia virado no fim da rua, o quarto erro de Seb, o segurança imediatamente mudou de direção e correu para a loja. Quando a sra. Ghuman foi informada da notícia, gritou para a petrificada funcionária:

— Onde está o telefone mais próximo? — Antes que ela pudesse responder, o gerente, ao ouvir o acesso de raiva, aproximou-se e levou a sra. Ghuman até seu escritório. Então fechou a porta e a deixou sozinha, enquanto sua cliente discava para um número para o qual raramente telefonava. Depois de vários toques, uma voz disse:

— Ghuman Enterprises.

— É a sra. Ghuman. Transfira a ligação para meu marido imediatamente.

— Ele está presidindo uma reunião de diretoria, sra. Ghuman...

— Então o interrompa. É uma emergência. — A secretária hesitou.— Imediatamente, está me ouvindo?

— Quem está falando? — exigiu outra voz.

— É Simran, temos um problema. Priya fugiu com Clifton.

— Como isso é possível?

— Ele estava esperando por ela em uma moto do lado de fora da loja. Tudo que posso dizer a você é que ele virou à esquerda no final da Rua Altamont.

— Eles devem estar indo para o aeroporto. Mande o motorista levar os dois seguranças para o terminal internacional e esperar minhas instruções. — Ele bateu o telefone e saiu rapidamente da sala, deixando doze diretores perplexos sentados ao redor da mesa de reuniões. Ao passar apressado pela recepção em direção à sua sala, gritou para a secretária: — Descubra o horário do próximo voo para Londres. Rápido!

A secretária pegou o telefone e ligou para o serviço de informações do aeroporto. Pouco depois, pressionou o botão do intercomunicador que a conectava com a mesa do presidente.

— Há dois voos saindo de Bombaim hoje, ambos da Air India. — Ela olhou para o bloco de notas à sua frente. — Um parte em quarenta minutos, às 12h50, e não seria possível o senhor chegar ao aeroporto a tempo, e outro...

— Mas um homem em uma moto conseguiria — disse Ghuman sem mais explicações. — Ligue para o supervisor do aeroporto.

Ghuman andou de um lado para o outro na sala, aguardando que a chamada fosse transferida. Agarrou o telefone assim que tocou.

— É Patel, do financeiro, senhor. O senhor me pediu para...

— Agora não — explodiu Ghuman. Bateu o telefone e estava prestes a perguntar à secretária por que a ligação estava demorando tanto, quando o telefone tocou novamente.

— Quem está falando? — exigiu assim que pegou o telefone.

— Meu nome é Tariq Shah, sr. Ghuman. Sou supervisor sênior da Air India no Aeroporto Santacruz. Como posso...

— Tenho motivos para acreditar que o sr. Sebastian Clifton e minha filha, Priya, têm reservas para seu voo das 12h50 com destino a Londres. Verifique a sua lista imediatamente e me informe se eles já embarcaram no avião.

— Posso ligar de volta, senhor?

— Não, eu aguardo.

— Vou precisar de alguns minutos, senhor.

Alguns minutos se transformaram em vários e, como Ghuman não conseguia mais andar de um lado para outro em sua sala enquanto aguardava na linha, pegou o abridor de cartas em cima da mesa e começou a golpear a almofada do mata-borrão em sinal de frustração. Finalmente uma voz disse:

— Nem o sr. Clifton nem sua filha estão no voo, sr. Ghuman, e o embarque já foi fechado. O senhor quer que eu verifique o voo das 6h50 da noite?

— Não, eles não estarão nesse voo — respondeu Ghuman antes de adicionar: — Ora, mas que jovem inteligente está se saindo, o sr. Clifton.

— Não entendi, senhor — disse Shah.

— Escute com muita atenção, Shah. Eu quero que você verifique todos os voos que estão partindo do país para Londres hoje à noite, qualquer que seja o aeroporto e, em seguida, me ligue imediatamente.

Seb e Priya estacionaram em frente ao terminal doméstico pouco antes de uma da tarde, encontrando Vijay em pé na calçada procurando por eles.

— Vijay, pegue a moto e a leve de volta para a garagem. Em seguida, vá para casa e fique o resto do dia lá. Não retorne ao trabalho até amanhã de manhã. Está claro?

— Transparente — disse Vijay.

Seb entregou-lhe as chaves da moto e mais quinhentas rupias.

— Mas o senhor já me deu dinheiro suficiente, senhor.

— Longe disso — declarou Seb, tomando Priya pela mão e levando-a apressadamente para o terminal em direção ao portão 14B, onde alguns passageiros já estavam embarcando. Embora se sentisse feliz por ter ensaiado o plano duas vezes, não parava de olhar sobre os ombros para ver se alguém os seguia. Com um pouco de sorte, os capangas de Ghuman estariam se dirigindo para o terminal internacional.

Os dois se juntaram à fila de passageiros embarcando no voo para Nova Deli, mas, mesmo quando a aeromoça solicitou que todos afivelassem os cintos de segurança, Seb não se sentia seguro. Só suspirou aliviado quando o trem de pouso foi recolhido.

— Mas nós não estaremos seguros nem quando chegarmos a Londres — disse Priya, ainda tremendo. — Meu pai não vai desistir enquanto acreditar que existe a mínima chance de me fazer mudar de ideia.

— Isso vai ser muito difícil se já estivermos casados.

— Mas nós dois sabemos que isso pode demorar um tempo.

— Você já ouviu falar de Gretna Green? — perguntou Seb, sem soltar a mão de Priya. — É como Las Vegas, mas sem os cassinos. Amanhã, a esta hora, você será a sra. Clifton. E é por isso que vamos pegar um voo para Glasgow esta noite, e não para Londres.

— Mesmo se fizermos isso, meu pai simplesmente vai escolher se vingar de outra forma.

— Acredito que não, pois, quando ele retornar a Londres, receberá a visita do sr. Varun Sharma, o alto comissário da Índia, bem como de um inspetor-chefe da Scotland Yard.

— Como conseguiu isso?

— Não fui eu. Mas, quando você vir meu tio Giles novamente, pode agradecer a ele.

O supervisor do aeroporto estava de volta na linha quarenta minutos depois de Ghuman colocar o fone no gancho.

— Existem cinco outros voos agendados para Londres esta noite, sr. Ghuman. Três em Nova Deli, um em Calcutá e o outro em Bangalore. Nem o sr. Clifton nem sua filha têm reservas em qualquer um deles. No entanto, há um voo da BOAC para Manchester e outro para Glasgow, que partirão de Nova Deli mais tarde esta noite, e a compra de passagens ainda está aberta para ambos os voos.

— Inteligente, sr. Clifton, muito inteligente, de fato. Mas há uma coisa que o senhor esqueceu. Sr. Shah — disse Ghuman —, preciso saber em qual desses voos eles estarão. Assim que descobrir, certifique-se de que não embarquem no avião.

— Receio que isso não será possível, sr. Ghuman, porque ambas são companhias aéreas britânicas, e não tenho como checar as listas, a menos que consiga demonstrar que um crime está sendo cometido.

— Você pode dizer a eles que Clifton está tentando raptar a minha filha, e que você impedirá a partida do avião caso permitam que eles embarquem.

— Não tenho autoridade para fazer isso, sr. Ghuman.

— Ouça bem, sr. Shah. Se não fizer isso, amanhã a esta hora você não terá autoridade alguma.

O voo de Bombaim para Nova Deli pousou algumas horas mais tarde, deixando Seb e Priya com quase duas horas de espera até que pudessem embarcar no voo de conexão. Eles não perderam tempo até o terminal internacional, onde se juntaram à fila do balcão de reservas da BOAC.

— Boa tarde, senhor, como posso ajudá-lo? — perguntou o atendente.

— Eu gostaria de dois lugares no seu voo para Glasgow.

— Certamente, senhor. Primeira classe ou econômica?

— Primeira — respondeu Seb.

— Econômica — disse Priya. Eles decidiram no Cara ou Coroa. Priya venceu.

— Será assim pelo resto de nossa vida de casados? — perguntou Seb.

— Vocês estão em lua de mel? — quis saber o atendente.

— Não — informou Seb. — Casaremos amanhã.

— Então, faço questão de oferecer um upgrade para a primeira classe a vocês.

— Obrigada — agradeceu Priya.

— Mas primeiro preciso ver seus passaportes. — Sebastian entregou os dois. — Alguma mala para despachar?

— Não — respondeu Seb.

— Muito bem. O senhor poderia me fornecer o cartão de crédito, por favor?

— Nós também teremos que disputar no Cara ou Coroa? — perguntou Seb, olhando para Priya.

— Não, sinto em dizer que você está prestes a se casar com uma mulher sem dotes.

— Vocês estão nas poltronas 4A e 4B. O voo está no horário e o portão será aberto dentro de quarenta minutos. Vocês podem desfrutar do *lounge* da primeira classe, localizado no outro lado do saguão.

Seb e Priya permaneceram de mãos dadas enquanto comiam castanhas e bebiam infinitas xícaras de café, nitidamente ansiosos, no *lounge* da primeira classe, até que, finalmente, ouviram o anúncio que esperavam.

— Esta é a primeira chamada do voo BOAC 009 para Glasgow. Todos os passageiros, por favor, dirijam-se ao portão de número onze.

— Quero que sejamos os primeiros a embarcar — disse Seb, enquanto deixavam o *lounge*. Ele sempre soube que esse momento seria o único não planejado, mas estava confiante de que, uma vez que embarcassem no avião, nem mesmo o sr. Ghuman seria capaz de tirá-los de uma aeronave de uma companhia britânica. Ao longe, Seb avistou dois policiais armados, parados junto ao portão de embarque. Será que sempre ficavam ali ou estavam à procura dele? Então se lembrou do carro da polícia estacionado em frente à casa do sr. Ghuman e que os seguia a todos os lugares. Ghuman era um homem com muita influência e poder político, especialmente em seu país, como o próprio alto comissário tinha avisado.

Seb diminui o passo, olhando para os dois lados em busca de uma rota de fuga. Os dois policiais agora olhavam para eles e, quando ambos estavam a alguns metros da entrada, um dos guardas avançou como se já os estivesse esperando.

Seb ouviu uma comoção atrás de si e se virou para ver o que estava acontecendo. E soube imediatamente que havia tomado a decisão errada e deveria ter mantido o ritmo. O quinto erro. Ele parou, hipnotizado, conforme os dois seguranças de Ghuman corriam em sua direção. Como eles conseguiram chegar tão rápido? Claro, Ghuman tinha um jato particular, outra coisa sobre a qual o alertara o alto comissário. Seb se surpreendeu com sua calma, mesmo quando um deles puxou uma arma e apontou-a diretamente para ele.

— Abaixe a arma e fique de joelhos! — gritou um dos policiais. A multidão se dispersou em todas as direções, deixando os seis à própria sorte naquela terra de ninguém. Seb percebeu que a polícia sempre estivera do seu lado. Barrington *versus* Ghuman, páreo duro. Um dos seguranças de Ghuman imediatamente caiu de joelhos e deslizou sua arma no chão para os dois policiais. O outro capanga, aquele que falhara em derrubar Priya da moto, ignorou a ordem, sem tirar os olhos de sua presa.

— Se afaste, cisne negro — ordenou Seb, empurrando Priya para o lado. — Não é você que eles querem.

— Abaixe a arma e fique de joelhos ou eu atiro — repetiu um dos policiais atrás deles.

No entanto, o homem não abaixou a arma e nem se ajoelhou. Ele apertou o gatilho.

Seb sentiu a bala o atingir. Quando cambaleou para trás, Priya deu um grito:

— Não! — E se jogou entre Seb e o atirador. A segunda bala a matou instantaneamente.

LADY VIRGINIA FENWICK

1972

22

Quando o dinheiro começou a secar, Virginia se perguntou se ela poderia voltar a se banhar na mesma fonte.

Sem informar ao pai, havia contratado um novo mordomo e uma governanta e voltado ao antigo estilo de vida. As catorze mil libras podem ter parecido muito dinheiro no início, até ela verificar sua última compra de vestidos, passar um mês no Excelsior Hotel em Tenerife com um jovem totalmente inadequado, fazer um empréstimo insensato para Bofie, o qual ela sabia que nunca receberia de volta, e apostar em uma sequência de potras em Ascot, as quais não tinham a menor chance de entrar para o hall dos vencedores. Ela se recusou a apostar em Noble Conquest na corrida King George VI and Queen Elizabeth Stakes e, em seguida, assistiu à vitória da potranca com ganhos de 3/1. Seu dono, Cyrus T. Grant III, estava inexplicavelmente ausente, então Sua Majestade entregou a taça ao treinador.

Virginia abriu mais outra carta do sr. Fairbrother, um homem com quem ela jurara nunca mais falar e, relutantemente, aceitou que estava enfrentando o mesmo constrangimento temporário que experimentara seis meses antes. Os proventos mensais do pai tinham colocado seu saldo no banco temporariamente no positivo, então ela decidiu investir 100 libras buscando o aconselhamento de sir Edward Makcpeace. Afinal, não era culpa do advogado a perda do processo de calúnia contra Emma Clifton. Alex Fisher foi o culpado por isso.

— Deixe-me tentar entender o que está me dizendo — disse sir Edward depois de Virginia chegar ao fim de sua história. — A senhora conheceu o sr. Cyrus T. Grant III, um empresário da Louisiana, em uma festa organizada pelo filho do lorde Bridgwater no Harry's Bar em Mayfair. Em seguida, acompanhou o sr. Grant ao hotel em que se hospedara — sir Edward checou suas notas —, o Ritz, onde vocês tomaram chá em sua suíte de luxo e, mais tarde, ambos beberam um pouco demais... Provavelmente não foi chá, certo?

— Uísque — completou Virginia. — Maker's Mark, a marca favorita dele.

— E acabaram passando a noite juntos.

— Cyrus pode ser muito persuasivo.

— E a senhora diz que ele a pediu em casamento nessa noite, e, quando voltou para o Ritz na manhã seguinte, ele tinha, usando suas próprias palavras, "fugido". E com isso a senhora quer dizer que ele havia pagado a conta no hotel e tomado o primeiro voo de volta para os Estados Unidos.

— Foi exatamente o que ele fez.

— E agora a senhora quer meu parecer jurídico para saber se tem algum direito quanto à violação da promessa do sr. Grant, se tem alguma chance em um tribunal? — Virginia olhou esperançosa. — Nesse caso, eu tenho que perguntar, a senhora tem alguma prova de que o sr. Grant realmente a pediu em casamento?

— De que tipo?

— Uma testemunha, alguém para quem ele tenha contado ou, melhor ainda, um anel de noivado?

— Nós tínhamos planejado comprar o anel naquela manhã.

— Peço desculpas pela indelicadeza, Lady Virginia, mas a senhora está grávida?

— Claro que não — respondeu Virginia com firmeza. Ela parou por um momento, antes de acrescentar: — Por quê? Faria alguma diferença?

— Uma diferença considerável. Não apenas teríamos a prova do romance, como, ainda mais importante, a senhora poderia entrar com um pedido de pensão, alegando que o sr. Grant tem a obrigação de proporcionar à criança um estilo de vida compatível com a considerável riqueza dele. — O advogado consultou as anotações mais uma vez. — Como o vigésimo oitavo homem mais rico dos Estados Unidos.

— Conforme relatado na revista *Forbes* — confirmou Virginia.

— Isso seria suficiente nos tribunais de ambos os países. No entanto, já que a senhora não está grávida e não tem prova alguma de que ele a pediu em casamento, além de sua palavra contra a dele, não vejo uma ação viável. Por isso, gostaria de aconselhá-la a desconsiderar o processo contra o sr. Grant. As despesas legais, por si só, podem ser consideráveis e, depois de sua experiência mais recente, suspeito que esse não seja um caminho que deseje percorrer uma segunda vez.

Sua consulta chegara ao fim, mas Virginia considerou as 100 libras muito bem gastas.

— E para quando é o bebê, Morton? — perguntou Virginia.
— Para daqui a mais ou menos dois meses, milady.
— Você ainda planeja dá-lo à adoção?
— Sim, milady. Embora eu tenha encontrado um novo emprego em uma boa casa, enquanto minha esposa não conseguir voltar ao trabalho, simplesmente não poderemos arcar com as despesas de outra criança.
— Me compadeço de sua situação, Morton — disse Virginia —, e estou disposta a ajudar se puder.
— Muita gentileza de sua parte, milady.

Morton permaneceu de pé enquanto Virginia descrevia, em detalhes, uma proposta que esperava resolver tanto o problema dele quanto o seu.

— Você estaria interessado? — perguntou finalmente.
— Certamente, milady, e, se me permite dizer, é muito generoso de sua parte.
— Como você acha que a sra. Morton reagirá a essa proposta?
— Tenho certeza de que ela concordará com minha vontade.
— Muito bem. No entanto, devo salientar que, se você e a sra. Morton aceitarem minha oferta, não poderão ter qualquer contato com a criança novamente.
— Entendo.
— Então, vou pedir ao meu advogado que prepare os documentos necessários para vocês assinarem. E me mantenha regular

mente informada sobre a saúde da sra. Morton e em especial quando ela estiver no hospital.

— Claro, milady. Não posso expressar o quanto lhe sou grato. — Virginia levantou-se e apertou a mão de Morton, algo que nunca fizera antes.

Virginia encomendava o *Baton Rouge State-Times* semanalmente por remessa aérea diretamente de Baton Rouge. Isso lhe permitia acompanhar o desenrolar do "casamento do ano". A última edição dedicara uma página inteira à união de Ellie May Campbell e Cyrus T. Grant III.

Os convites já haviam sido enviados. A lista incluía o governador da Louisiana, Hayden Rankin, os dois senadores do estado, vários congressistas e o prefeito de Baton Rouge, assim como a maioria das principais figuras da sociedade da Louisiana. A cerimônia seria realizada por dom Langdon, na St. Luke's Church, e haveria um banquete majestoso no haras da noiva para os quatrocentos convidados.

— Quatrocentos e um — murmurou Virginia, embora não tivesse certeza de como conseguiria pôr as mãos em um convite. Em seguida, abriu a página quatro do *State-Times* e leu sobre o resultado de um processo de divórcio que vinha acompanhando com grande interesse.

Apesar de meticulosa preparação, ainda havia um ou dois obstáculos que Virginia precisava vencer antes de considerar partir para o Novo Mundo. Bofie, que parecia ter contatos tanto na Câmara Superior quanto nas classes mais baixas, havia fornecido a ela o nome de um médico que já perdera a licença e de um advogado com algumas punições pelo Conselho de Ética da Ordem dos Advogados. A Mellor Travel providenciou os voos de ida e volta para Baton Rouge, e reservou o Commonwealth Hotel por três noites. O hotel, infelizmente, não pôde oferecer a Lady Virginia uma suíte, porque todas já estavam reservadas para os convidados do casamento. Virginia não reclamou, pois não tinha a menor intenção de ser o centro das atenções, quer dizer, apenas por alguns minutos.

Durante o mês seguinte, ela se preparou, repassou e ensaiou tudo que precisaria fazer em sua estada de três dias em Baton Rouge. Seu plano final teria impressionado o general Eisenhower, embora ela só precisasse derrotar Cyrus T. Grant III. Na semana em que deveria voar para a Louisiana, Virginia, visitou uma filial da Mothercare em Oxford Street, onde comprou três vestidos que só pretendia usar uma vez. E pagou em dinheiro.

Lady Virginia Fenwick saiu de seu apartamento em Cadogan Gardens e foi conduzida até Heathrow em um carro particular contratado pela Mellor Travel. Ao fazer o check-in no balcão da BOAC, descobriu que seu voo para Nova York estava alguns minutos atrasado, mas ainda haveria tempo mais do que suficiente para pegar o voo de conexão com destino a Baton Rouge. Assim ela esperava, porque precisava fazer algo durante sua permanência no Aeroporto JFK.

Uma mulher de meia-idade, esbelta e elegantemente vestida embarcou no avião com destino a Nova York, e outra, em estágio avançado de gravidez, embarcou no voo de conexão para Baton Rouge. No momento da chegada à capital da Louisiana, a mulher grávida tomou um táxi para o Commonwealth Hotel. Ao desembarcar do táxi amarelo, dois porteiros correram para ajudá-la. Enquanto fazia o check-in, não era difícil notar, a partir de todas as conversas ao redor, que o hotel estava lotado de hóspedes ansiosos pela ocasião especial. A mulher foi conduzida até um quarto individual no terceiro andar e, como não havia mais nada que pudesse fazer naquela noite, Virginia desabou exausta na cama e caiu em um sono profundo.

Quando acordou às quatro horas da manhã, que seriam dez horas em Londres, pensou na reunião que agendara para mais tarde naquela manhã com um tal de sr. Trend, o homem que decidiria se seu plano era realista. Telefonara para ele uma semana antes, e seu assistente retornou confirmando a reunião com o sócio sênior. Virginia esperava ter um pouco mais de sucesso com seu novo advogado do que tivera com sir Edward.

Ela tomou café da manhã cedo no quarto e devorou o *State--Times*. O casamento do ano tinha avançado para a primeira página. No entanto, não havia nada que já não tivesse sido relatado diversas vezes durante o mês passado, exceto que a segurança, tanto na igreja quanto no haras da família da noiva, seria rigorosa. O chefe da polícia local garantiu à repórter do jornal que quem tentasse entrar de penetra na cerimônia ou no almoço seria retirado à força e acabaria passando a noite na prisão local. Fotografias das damas de honra e uma cópia do menu do almoço compunham a página central, mas será que Virginia estaria lá para testemunhar a cerimônia? Depois de ler o texto duas vezes e servir-se de uma terceira xícara de café, estava inquieta, embora ainda fossem 7h20 da manhã.

Após o café da manhã, escolheu uma roupa de gestante que a fez, com uma pequena ajuda, exibir uma barriga de sete meses de gravidez. Deixou o hotel às 9h40 e tomou um táxi para a Lafayette Street, onde entrou em um monumento de aço e vidro e, depois de verificar o nome na parede, pegou um elevador para o vigésimo primeiro andar. Informou à recepcionista que seu nome era Fenwick e que tinha uma reunião com o sr. Trend. O sotaque sulista da jovem parecia um idioma estrangeiro para Virginia, mas ela foi resgatada por uma voz atrás de si.

— Bem-vinda a Baton Rouge, madame. Acredito que é a mim que procura. — Virginia virou-se e deparou com um homem que jurava inspirar confiança com um paletó, uma calça jeans e uma gravata de cordão de couro. Ela teria explicado ao sr. Trend que, na Inglaterra, somente os membros da família real e superintendentes da polícia eram tratados por madame, mas deixou passar. Eles apertaram as mãos. — Venha até meu escritório.

Virginia passou por um corredor de escritórios aparentemente cada vez maiores a cada passo que ela dava. Finalmente, Trend abriu a última porta do corredor e a convidou a entrar.

— Sente-se — disse o advogado, enquanto tomava seu lugar atrás de uma grande mesa de mogno. As paredes eram cobertas de fotografias de Trend com clientes vitoriosos que não poderiam parecer mais culpados. — Agora, a senhora pode imaginar — disse Trend, inclinando-se para a frente — o quanto fiquei intrigado ao receber um telefonema de uma senhora inglesa buscando meus conselhos, e mais ainda para descobrir como chegou até mim.

— É uma longa história, sr. Trend. — E Virginia tratou de contá-la. Explicou a seu futuro advogado como conheceu Cyrus T. Grant III na breve visita a Londres. Ela não mencionou o anel, mas garantiu ao sr. Trend que sua atual condição era resultado do romance entre eles. O advogado molhou os lábios.

— Algumas perguntas, se me permite, Lady Virginia — disse ele, inclinando-se para trás na cadeira. — Em primeiro lugar, e o mais importante, para quando é o rebento?

Virginia mais uma vez se lembrou de Cyrus.

— Para daqui a mais ou menos dois meses.

— Então, presumo que esse romance ocorreu no Ritz em Londres, há cerca de sete meses.

— Quase exatamente sete meses.

— E posso fazer uma pergunta um tanto delicada? — questionou o advogado, não esperando pela resposta. — Mais alguém pode ser o pai?

— Como eu não dormia com ninguém havia mais de um ano antes de conhecer Cyrus, parece improvável.

— Me desculpe se a ofendi, madame, mas essa será a primeira pergunta que o advogado do sr. Grant vai fazer.

— E o senhor tem a resposta.

— Sendo assim, parece que, de fato, temos uma ação de reconhecimento de paternidade contra o sr. Grant. Mas preciso lhe perguntar uma outra questão delicada. Você quer que esse assunto se torne público? Porque, se quiser, certamente conseguiria a primeira página, considerando quem está envolvido. Ou prefere que eu tente chegar a um acordo sigiloso?

— Eu preferiria um acordo sigiloso. Quanto menos meus amigos em Londres souberem sobre toda essa questão, melhor.

— Por mim, tudo bem. Na verdade, podemos até conseguir o melhor dos dois mundos.

— Não sei se compreendi, sr. Trend.

— Bem, se a senhora comparecesse ao casamento...

— Mas certamente o senhor não se surpreenderá em saber que não fui convidada. E li esta manhã que a segurança vai ser muito rigorosa.

— Não se a senhora tiver um convite.

— Isso significa que o senhor foi convidado?

— Não, eu fui o advogado que representou o primeiro marido de Ellie no divórcio, então a senhora não me verá lá.

— E esse foi o motivo de eu ter escolhido você para me representar, sr. Trend.

— Fico lisonjeado. Mas, antes de concordar em aceitar o seu caso, há outra questão crucial que precisamos discutir. Meus honorários, e como a senhora pretende pagá-los. Cobro cem dólares a hora, mais despesas, e espero um pagamento inicial de dez mil dólares na assinatura do contrato. — Virginia percebeu que sua breve reunião estava prestes a ser encerrada. — Mas existe uma alternativa — continuou Trend —, embora eu saiba que normalmente não seja vista com bons olhos lá nas bandas onde a senhora mora. São os honorários contingenciais.

— E como isso funciona?

— Eu concordo em assumir o seu caso e, se ganhar, tenho 25 por cento do valor do acordo final.

— E se eu perder?

— Eu não receberei nada. Mas você não acaba com uma conta para pagar.

— Me parece interessante.

— Bom, então esse assunto está resolvido. Agora, o meu problema imediato é me certificar de que a senhora consiga um convite para o casamento, e acho que sei exatamente para quem telefonar. Onde posso entrar em contato com a senhora mais tarde?

— No Commonwealth Hotel, sr. Trend.

— Pode me chamar de Buck.

23

— Sra. Kathy Frampton.
— Quem é ela? — perguntou Virginia.
— Uma prima distante de Ellie May — respondeu Trend.
— Então algum convidado certamente espera encontrá-la no casamento.
— Improvável. Seu convite foi devolvido de Seattle sem ser aberto, com "Destinatário desconhecido neste endereço" estampado no envelope.
— Mas certamente alguém que trabalha no cerimonial saberá que a sra. Frampton não respondeu ao convite.
— Sim, e essa pessoa por acaso é a mesma encarregada da lista de convidados e das reservas nas mesas no haras. E posso lhe garantir, ela não vai dizer a ninguém.
— Como pode ter tanta certeza? — perguntou Virginia um tanto desconfiada.
— Vamos apenas dizer que ela ficou boba com o acordo de divórcio que consegui para ela.
Virginia sorriu.
— E como faço para pegar o convite da sra. Frampton?
— Eu o coloquei por baixo da porta de seu quarto há uma hora. Não queria incomodar.
Virginia deixou cair o telefone, pulou para fora da cama, correu para a porta e pegou um grande envelope cor de creme. Rasgou o envelope e tirou um convite do sr. e sra. Larry Campbell para o casamento de sua única filha, Ellie May Campbell com Cyrus T. Grant III.
Virginia pegou o telefone de volta.
— Está comigo.
— Certifique-se de tornar essa ocasião um evento memorável para Cyrus — disse. — Estou ansioso para saber os detalhes quando nos encontrarmos de novo amanhã de manhã.

— Ellie May, você aceita esse homem como seu...

Virginia estava sentada na oitava fileira da igreja, entre os convidados da família Campbell. Contava com uma excelente vista da cerimônia e tinha de dar algum crédito para Ellie May, porque Cyrus parecia até ter perdido alguns quilos e estava quase apresentável de fraque. Além disso, pelo seu semblante, ele claramente adorava a quase sra. Grant. Embora, na verdade, até mesmo uma mãe devotada teria de ser duramente pressionada para descrever a noiva como algo além de modesta, o que proporcionou certa satisfação a Virginia.

Virginia se sentara o mais perto possível do corredor, na esperança de que Cyrus a visse quando ele e a nova esposa deixassem a igreja. Mas, no último momento, uma família de três pessoas correu e a fez se deslocar para o centro do banco. Apesar de manter os olhos fixos no noivo enquanto o sr. e sra. Cyrus T. Grant caminhavam até o altar, Cyrus parecia alheio a qualquer pessoa além da própria esposa, e o casal passou alegremente por ela.

Depois de Virginia deixar a igreja, verificou cuidadosamente as instruções impressas no verso do convite. Ela estava no ônibus B, que, junto com sete outros ônibus, limusines e o carro dos noivos, se enfileiravam até perder de vista. Embarcou e escolheu um assento mais ao fundo.

— Olá — disse uma elegante senhora de cabelos brancos, oferecendo uma mão enluvada quando Virginia se sentou ao seu lado. — Sou Winifred Grant. Cyrus é meu sobrinho.

— Kathy Frampton — cumprimentou Virginia. — Sou prima de Ellie May.

— Acho que nunca a vi antes — emendou Winifred assim que o ônibus partiu.

— Não, sou da Escócia e não venho aos Estados Unidos com frequência.

— Vejo que terá um bebê.

— Sim, daqui a dois meses.

— Está torcendo por uma menina ou por um menino?

Virginia não tinha pensado no que dizer caso fosse perguntada sobre a gravidez.

— O que o bom Deus decidir — respondeu.

— Que bonito, minha querida.

— Achei que a cerimônia correu muito bem — comentou Virginia, querendo mudar de assunto.

— Também achei, mas gostaria que Cyrus tivesse se casado com Ellie May vinte anos atrás. Era o que as duas famílias sempre quiseram.

— Então, por que ele não se casou?

— Cyrus sempre foi tímido. Ele nem mesmo conseguiu pedir a Ellie May que fosse seu par no baile da escola, então ele a perdeu para Wayne Halliday. Wayne era a estrela do time da escola e, francamente, poderia ter qualquer garota que quisesse, e é provável que tenha tido. Mas ela se apaixonou por ele e, sejamos sinceras, não pode ter sido a beleza de Ellie May que o atraiu.

— Onde está Wayne agora?

— Não faço ideia, mas, com o acordo de divórcio que conseguiu, provavelmente está descansando em uma ilha dos mares do Sul, bebendo piña colada, rodeado por garotas com pouca roupa.

Virginia não precisou perguntar quem fora o advogado de Wayne Halliday. Ela acompanhou o caso no *State-Times* com grande interesse e impressionara-se com o valor do acordo que o sr. Trend havia conseguido para seu cliente.

O ônibus deixou a estrada e adentrou uma longa alameda de portões de ferro ricamente adornados antes de seguir por um belo caminho ladeado por altos pinheiros que levava até uma gigantesca mansão colonial rodeada por centenas de hectares de gramados impecáveis.

— Como é o haras de Cyrus? — perguntou Virginia.

— Tem mais ou menos o mesmo tamanho, acho — respondeu Winifred. — Então, ele não precisou se preocupar com um acordo pré-nupcial. Um casamento com as bênçãos da Bolsa de Nova York, não do Paraíso — acrescentou ela com um sorriso.

O ônibus parou diante de uma enorme mansão Palladiana. Virginia desembarcou e se juntou à longa fila de convidados que apresentavam os convites para uma cuidadosa verificação. Quando chegou à frente da fila, recebeu um pequeno envelope branco de uma mulher que parecia saber exatamente quem ela era.

— A senhora está na mesa seis — sussurrou. — Não há ninguém lá com que se preocupar.

Virginia assentiu e seguiu os outros convidados até a casa. Uma fileira de garçons vestindo paletós brancos e segurando bandejas de champanhe se formou ao longo de todo o caminho até o salão de festas, onde um almoço para quatrocentas pessoas esperava para ser servido. Virginia estudou a disposição da sala como um jóquei no dia da grande final, considerando quais cercas poderiam derrubá-la.

Uma longa mesa, claramente reservada para a família e seus convidados mais ilustres, se estendia em uma das laterais. Em frente havia uma pista de dança e, além disso, quarenta mesas circulares preenchiam o restante do salão. Virginia ainda estudava o ambiente quando um gongo soou e um mestre de cerimônias vestindo fraque vermelho anunciou a todos que fizessem a gentileza de tomar seus lugares para receber a família e seus ilustres convidados.

Virginia foi em busca da mesa seis, que encontrou na beirada da pista de dança, bem em frente à mesa principal. Apresentou-se para os dois homens de meia-idade sentados de ambos os lados. Descobriu que, como ela, eles eram primos, mas dos Grant, não dos Campbell. Buck Trend claramente pensava em tudo.

Logo todos estavam novamente de pé para aplaudir os recém-casados, que surgiram acompanhados de seus pais, irmãos e irmãs, do padrinho, das damas de honra e de vários convidados ilustres.

— Esse é o nosso governador — observou o homem à direita de Virginia —, Hayden Rankin. Uma pessoa extraordinária, muito admirado pelo povo da Louisiana.

No entanto, Virginia estava mais interessada nas pessoas sentadas à mesa principal. Embora tivesse uma visão clara de Cyrus, duvidava que ele pudesse vê-la do outro lado da pista de dança. Como faria para atrair a atenção dele sem ser óbvia demais?

— Sou prima de Ellie May — declarou finalmente quando se sentaram. — E você?

— Meu nome é Nathan Grant. Sou primo de Cyrus, então acho que agora somos parentes. — Virginia não conseguiu pensar em uma resposta adequada. — Seu marido veio com você? — perguntou Nathan educadamente.

Outra questão que Virginia não antecipara.

— Não, infelizmente ele teve de ir a uma conferência de negócios que não pôde adiar, então vim com a tia-avó Winifred. — Ela acenou e Winifred devolveu o cumprimento.

— Em que área ele trabalha? — Virginia pareceu confusa. — Seu marido?

— Ele é corretor de seguros.

— E qual é a sua especialidade?

— Cavalos — respondeu Virginia, olhando para fora da janela.

— Que interessante. Eu gostaria de conhecê-lo. Talvez ele consiga um melhor negócio do que o sujeito que atualmente está me roubando.

Virginia não respondeu, mas virou-se para o homem sentado à sua esquerda. Mudando a atenção de um para o outro em intervalos regulares, ela evitava a resposta de muitas perguntas complicadas. Ocasionalmente, recebia um aceno da tia-avó Winifred, mas Cyrus não olhou sequer uma vez em sua direção. Como conseguiria que ele notasse sua presença? E então sua pergunta foi respondida.

Virginia conversava com Nathan sobre seu outro filho, seu primogênito — dando-lhe um nome, Rufus —, de oito anos, e falava até a escola que frequentava, Summerfields, quando uma atraente jovem de outra mesa passou caminhando. Virginia notou que vários pares de olhos masculinos a seguiam. No momento em que ela chegou ao outro lado da pista de dança, Virginia já havia bolado uma estratégia para ter certeza de que Cyrus não deixaria de notá-la. No entanto, o sincronismo deveria ser perfeito, pois ela não queria rivais na passarela ao mesmo tempo. Especialmente uma mais jovem e com pernas mais esguias.

Depois que o terceiro prato foi retirado, o mestre de cerimônias bateu seu martelo e o silêncio prevaleceu mais uma vez.

— Senhoras e senhores, o sr. Larry Campbell, pai da noiva — anunciou.

O sr. Campbell se levantou de seu lugar no centro da mesa. Então começou a dar as boas-vindas aos convidados em nome da esposa e...

Virginia previa que o discurso do sr. Campbell duraria cerca de dez minutos. Ela precisava escolher o momento exato para colocar o plano em prática, pois sabia que teria apenas uma chance. Enquanto o pai da noiva saudava o governador Rankin e os dois senadores claramente não seria um bom momento. Então esperou até que Campbell começasse uma anedota sobre um pequeno incidente em que Ellie May se envolvera na época da escola. O desfecho da história foi recebido com risos e aplausos, muito mais do que merecia, e Virginia aproveitou a pausa no discurso. Levantando-se de seu lugar e segurando a barriga, ela caminhou lentamente em torno da pista de dança. Então lançou um olhar de desculpas para o sr. Campbell antes de encarar Cyrus, apenas por um momento. O homem ficou branco como cera, e Virginia então se virou de costas para ele e seguiu seu caminho em direção a uma placa de saída do outro lado da sala. A expressão de Cyrus sugeria que o fantasma de Banquo não conseguiria ter feito uma aparição mais eficaz.

Virginia sabia que seu retorno precisava ter o mesmo impacto. Assim, esperou pacientemente na varanda que o discurso do padrinho terminasse e o mestre de cerimônia finalmente convidasse o noivo, Cyrus T. Grant III, a discursar para os convidados. Assim que Cyrus se levantou, todos explodiram em aplausos, e essa foi a deixa para Virginia retornar ao salão. Ela percorreu rapidamente toda a pista de dança e voltou ao seu assento, tentando dar a impressão de que não queria atrasar o discurso do noivo. Cyrus não era um orador talentoso nem mesmo em seus melhores momentos, o que definitivamente não era o caso. Ele esqueceu sua fala e repetiu várias frases e, quando finalmente se sentou, recebeu apenas aplausos sem entusiasmo e um sorriso gracioso de uma convidada inesperada.

Cyrus se virou e começou a falar energicamente com um segurança parado atrás da mesa. O brutamontes assentiu e acenou para dois dos colegas. E Virginia, de repente, se deu conta de que não tinha uma estratégia de fuga. Quando a banda começou a tocar, Nathan Grant se levantou elegantemente de seu lugar e estava prestes a pedir a Kathy a primeira dança, mas ela já se esgueirava agilmente entre as mesas em direção à entrada do salão.

Quando Virginia chegou no canto do salão, olhou ao redor e percebeu um dos seguranças apontando em sua direção. Assim que deixou o recinto, seu caminhar se transformou em corrida. Disparou pelo corredor, passou pela porta de entrada e alcançou o terraço em uma velocidade que uma mulher grávida jamais teria sido capaz.

— Posso ajudá-la, madame? — perguntou um jovem de aparência ansiosa parado junto à porta da frente.

— Acho que o bebê vai nascer — disse Virginia, segurando a barriga.

— Siga-me, madame. — Ele desceu os degraus à sua frente e rapidamente abriu a porta de trás de uma limusine. Virginia entrou e desabou no banco no exato momento em que dois seguranças surgiram correndo pela porta da frente.

— Para o Centro Médico de Nossa Senhora, e rápido! — disse o rapaz para o motorista.

Enquanto o carro acelerava e se distanciava rapidamente, Virginia se virou e, olhando para fora da janela, viu os dois seguranças perseguindo o carro. Ela acenou para eles, como se fosse a realeza, confiante de que Cyrus T. Grant III sabia que ela estava na cidade.

— Você deve ter causado uma baita impressão — disse Trend, antes mesmo de Virginia se sentar. — Porque, quando liguei para o advogado de Cyrus Grant esta manhã, ele não pareceu surpreso. Nós concordamos em nos reunir no escritório dele às dez horas amanhã.

— Mas estou voando de volta para Londres esta tarde.

— O que é ótimo, porque um caso importante como esse não deve ser resolvido de forma apressada. Não se esqueça de que Cyrus está em lua de mel, e não queremos arruiná-la, não é mesmo? Embora eu tenha a sensação de que ele não vai dar folga aos advogados.

— O que tenho de fazer?

— Vá para casa, prepare-se para o nascimento de seu filho e espere que eu entre em contato. E, apenas um aviso, Ginny... eles certamente terão um detetive em Londres de olho em você.

— O que o faz pensar isso?

— O fato de ser exatamente o que eu faria.

Virginia embarcou no voo das 4h40 da tarde de Baton Rouge para Nova York. O avião pousou no Aeroporto JFK pouco depois das dez horas da noite.

Ela seguiu até o portão 42 e pensou em parar no caminho para comprar um exemplar da *Vogue*. No entanto, quando viu a vitrine da Barnes & Noble dominada pelo dois atuais best-sellers, passou direto. Não precisou esperar muito para que os passageiros fossem convidados a embarcar no avião para Londres.

Virginia foi recebida no Aeroporto de Heathrow por um motorista mais uma vez fornecido pela Mellor Travel, que a levou para Hedley Hall em Norfolk, terra natal de Bofie Bridgwater. Bofie a saudou assim que saiu do carro.

— Correu tudo bem, querida?

— Não sei ainda. Mas, uma coisa é certa, quando eu voltar para Londres, terei que dar à luz.

24

Buck Trend telefonou para Virginia no dia seguinte para dizer que dois detetives da Pinkerton estavam a caminho da Inglaterra com o intuito de acompanhar os passos dela e relatá-los aos advogados de Grant. Um erro, avisou ele, e não haveria acordo. Será que havia alguma possibilidade de Trend suspeitar que ela não estivesse grávida?

Se Virginia precisaria convencer dois detectives de que estava prestes a dar à luz, precisaria da ajuda de alguém astuto, engenhoso e sem escrúpulos; em suma, um homem que considerasse enganar detetives e dobrar a lei simplesmente parte de sua vida cotidiana. Ela só conhecia uma pessoa dotada de todos esses atributos e, embora desprezasse o homem, não havia muita escolha se quisesse que as próximas oito semanas transcorressem como planejado.

Ela sabia muito bem que o homem esperaria receber algo em troca, e não era dinheiro, pois ele já tinha o suficiente para ambos. Entretanto, havia uma coisa que Desmond Mellor não tinha e queria desesperadamente, reconhecimento. Tendo identificado o seu calcanhar de aquiles, tudo que Virginia precisava era convencê-lo de que, como filha do conde de Fenwick e sobrinha distante da rainha-mãe, ela tinha a chave para abrir essa porta e satisfazer sua ambição de ser tocado no ombro por Sua Majestade e ouvir as palavras: "Levanta te, sir Desmond."

A "Operação Parto" foi executada como uma campanha militar, e o fato de Desmond Mellor nunca ter ido além da patente de sargento no setor financeiro das forças armadas e jamais ter encarado de fato o inimigo tornou o feito ainda mais notável. Virginia telefonava duas vezes por dia, embora eles nunca se encontrassem pessoalmente, uma vez que ele confirmara que dois detetives tinham chegado a Londres e estavam vigiando seu apartamento, dia e noite.

— Você deve se certificar de que eles vejam exatamente o que esperam ver — Desmond disse a ela. — Comporte-se como uma gestante a poucas semanas de dar à luz.

Virginia continuou a se encontrar com Bofie e seus amigos regularmente, para o almoço e até para o jantar, quando ela comia palitinhos de pepino e bebia suco de cenoura, evitando champanhe pela primeira vez na vida. E, quando pressionada, nunca sequer insinuava quem poderia ser o pai. As colunas de fofoca apostavam em Anton Delouth, o jovem francês suspeito que a acompanhara a Tenerife, nunca mais visto novamente. O *Express* continuava publicando uma fotografia desfocada deles deitados numa praia juntos.

Virginia executava seu número incansavelmente, com toques de pura genialidade endossados por Desmond Mellor. Um carro com motorista a buscava uma vez por semana em Cadogan Gardens e a conduzia lentamente até o número 41A da Harley Street, sem nunca furar um sinal vermelho nem buscar a pista mais rápida. Afinal, ela estava grávida e, o mais importante, não queria que os dois detetives da Pinkerton a perdessem de vista. Na chegada ao 41A, um grande prédio georgiano de cinco andares com sete placas de latão na porta, Virginia se dirigia à recepção para sua consulta semanal com o doutor Keith Norris.

O doutor Norris e seu assistente a examinavam por mais de uma hora antes de ela retornar para o carro e realizar o trajeto de volta para casa. Desmond lhe assegurara que o médico era de total confiança e a entregaria pessoalmente a criança em sua clínica particular.

— Quanto você teve que lhe pagar para que mantivesse a boca fechada?

— Nem um centavo — respondeu Desmond. — Na verdade, ele espera apenas que *eu* mantenha a boca fechada. — Ele a deixou em suspense por um momento antes de acrescentar: — Quando a jovem e atraente enfermeira do doutor Norris ficou grávida, ele certamente não queria que a sra. Norris descobrisse por que ele havia escolhido a Mellor Travel para organizar sua viagem para uma clínica na Suécia.

Virginia foi lembrada mais uma vez de que não precisava de um homem como Desmond como inimigo.

— Há mais duas pessoas que devem ser informadas do iminente nascimento — declarou Mellor —, se quiser que o mundo acredite que você está grávida.

— Quem? — perguntou Virginia, um tanto desconfiada.

— Seu pai e Priscila Bingham.

— Nunca — disse Virginia, inflexível.

"Nunca", no caso de Priscila Bingham, acabou sendo uma semana mais tarde. Quando Virginia ligou para sua velha amiga em Lincolnshire, Priscila foi reservada e um pouco distante, pois elas tinham se afastado de forma um tanto desagradável depois de Virginia ter provocado o fim do casamento de Priscila, até que Virginia irrompeu em lágrimas e anunciou:

— Estou grávida.

O ex-marido de Priscila, Bob Bingham, assim como todo mundo, estava curioso para saber quem era o pai, mas essa foi a única informação que Priscila não conseguira arrancar de Virginia, mesmo durante um longo almoço no Mirabelle.

Virginia levou um pouco mais de tempo para obedecer à segunda ordem de Desmond e, mesmo quando o *Flying Scotsman* chegou à Estação Edimburgh Waverley, ela ainda considerava voltar para King's Cross sem deixar o trem. No entanto, concluiu que não havia saída. Se dissesse ao pai que estava grávida, ele provavelmente cortaria seus proventos. Por outro lado, se Buck Trend não conseguisse garantir um acordo e o conde descobrisse que ela nunca estivera grávida, ele, sem dúvida, a deserdaria.

Quando Virginia entrou no escritório do pai às dez horas daquela manhã, grávida de oito meses, ficou chocada com a reação dele. O conde presumiu que o *Daily Express* havia acertado e que o calhorda Anton Delouth era o pai e tinha fugido e a abandonado. Imediatamente dobrou os proventos da filha para 4 mil libras por mês e só pediu uma coisa em troca: que, assim que Virginia desse à luz, ela visitasse Fenwick Hall com mais frequência.

— Um neto afinal — repetia sem parar.
Pela primeira vez, Virginia não amaldiçoou o fato de ter três irmãos que só tiveram filhas.

Seguindo o conselho de Priscila, Virginia colocou um anúncio na revista *The Lady* procurando uma babá e se surpreendeu com a quantidade de respostas que recebeu. Ela estava procurando alguém que assumisse a responsabilidade total pela criança: mãe, governanta, preceptora e acompanhante, pois ela não tinha a menor intenção de assumir qualquer uma dessas obrigações. Priscila ajudou a reduzir a lista para apenas seis candidatas, e Desmond Mellor sugeriu entrevistá-las em dias separados, assim os dois detetives teriam algo novo para relatar aos advogados de Grant em Baton Rouge.

Depois que Virginia e Priscila entrevistaram as cinco candidatas, pois uma delas não apareceu, ambas concordaram que somente uma preenchia todos os requisitos. A sra. Crawford era viúva e filha de um clérigo. O marido, um capitão na Scots Guards, fora morto na Coreia, lutando pela rainha e pelo país. Ela era a mais velha de seis filhos e passara seus anos de formação ajudando a criar os cinco irmãos. Igualmente importante, ela não tinha filhos. Até mesmo o conde aprovou a escolha da filha.

Ocorreu a Virginia que, para manter a farsa até alcançar seu objetivo final, ela precisava procurar uma casa maior, que acomodasse não só um mordomo e uma governanta, mas também a formidável sra. Crawford e o bebê.

Depois de visitar várias residências em potencial em Kensington e Chelsea, observada de perto pelos dois detetives, decidiu por um sobrado em Onslow Gardens, cujo piso superior a sra. Crawford garantiu que seria perfeito para o quarto do bebê. Quando Virginia olhou pela janela da sala de estar, notou um dos detetives tirando uma fotografia da casa. Então sorriu e disse ao agente imobiliário que reservasse a propriedade.

Seu único pequeno problema agora era o fato de que, embora seu pai tivesse aumentado generosamente seus proventos, ela certamente não tinha dinheiro suficiente na conta bancária para pagar uma babá, um mordomo e uma governanta, e muito menos para o depósito do sinal da casa em Onslow Gardens. Seu ex-mordomo, Morton, havia telefonado no início da semana – ele não podia mais visitar o apartamento – para dizer que o doutor Norris havia pré-agendado o parto da sra. Morton na clínica dentro de quinze dias. Quando Virginia se deitou naquela noite, decidiu que teria de ligar para seu advogado na manhã seguinte. Logo depois que caiu em um sono profundo, o telefone tocou. Somente uma pessoa consideraria telefonar àquela hora da noite, a única que ainda estaria no escritório.

Virginia pegou o telefone e ficou satisfeita ao ouvir o forte sotaque sulista do outro lado da linha.

— Acho que você ficará contente em saber que eu finalmente cheguei a um acordo com os advogados de Grant — disse Buck Trend. — Mas há condições.

— Condições?

— Sempre há condições em um acordo tão grande. — Virginia gostou da palavra "grande". — Mas nós ainda podemos ter um problema ou outro. — Ela não se importou muito com "um problema ou outro". — Nós já aprovamos um acordo de 1 milhão de dólares, junto com uma pensão de 10 mil por mês para a criação e educação da criança.

Virginia engasgou. Nem em seus sonhos mais loucos...

— Como isso pode ser um problema? — perguntou Virginia.

— Você deve concordar em não revelar a identidade do pai a ninguém, e isso significa que ninguém...

— Concordo com essa condição.

— Você e a criança não poderão jamais pôr os pés na Louisiana, e, se um de vocês decidir viajar aos Estados Unidos, os advogados de Grant devem ser informados com pelo menos um mês de antecedência.

— Eu só estive uma vez nos Estados Unidos em minha vida — disse Virginia —, e não tenho planos de voltar.

— O sobrenome da criança deve ser Fenwick — continuou —, e o sr. Grant terá que aprovar o nome que você escolher.

— Com o que ele está preocupado?

— Ele quer se certificar de que, se for um menino, você não vai chamá-lo de Cyrus T. Grant IV.

Virginia riu.

— Eu já escolhi um nome, caso seja um menino.

— E, se qualquer dessas condições for quebrada a qualquer momento, todos os pagamentos cessarão imediatamente.

— É um grande incentivo para manter o acordo — declarou Virginia.

— Todos os pagamentos cessam automaticamente em 1995, data em que, supõe-se, a criança terá concluído sua educação.

— Eu terei quase setenta anos.

— E, por último, os advogados do sr. Grant enviarão um médico e uma enfermeira para a Inglaterra a fim de presenciar o nascimento.

Virginia ficou feliz por Trend não poder ver seu rosto. Assim que desligou o telefone, imediatamente ligou para Desmond Mellor para perguntar como ele poderia contornar esse problema aparentemente insolúvel. Quando o telefone tocou novamente às 7h45 na manhã seguinte, Desmond já tinha uma solução.

— Mas o doutor Norris não vai se opor? — perguntou Virginia.

— Não enquanto houver o risco de sua esposa e seus filhos ficarem sabendo como perdeu a licença médica.

~

Virginia esperou até ouvir a sirene antes de ligar para o advogado em Baton Rouge.

— O bebê vai nascer prematuramente — ela gritou no telefone. — Estou a caminho do hospital agora!

— Vou informar os advogados de Grant imediatamente.

Poucos minutos depois, houve uma batida forte na porta. Quando o mordomo atendeu, um dos paramédicos pegou a mala de maternidade de Virginia, enquanto o outro a levou delicadamente pelo braço até a ambulância. Ela olhou do outro lado da rua e viu dois homens entrando em um carro. Quando a ambulância chegou ao número 41A da Harley Street, os dois paramédicos abriram a porta de trás e levaram a paciente lentamente até a clínica particular, para encontrar o doutor Norris e uma enfermeira esperando por eles. Norris deixou instruções para que fosse informado imediatamente quando o médico norte-americano e a assistente chegassem. Ele só precisava de quinze minutos.

Ninguém notou o casal que se esgueirou pela porta dos fundos da clínica e tomou um táxi pela primeira vez na vida. No entanto, não era todo dia que os Morton recebiam mil libras em dinheiro.

Virginia se despiu rapidamente e vestiu uma camisola. Depois de se sentar na cama, a enfermeira passou um pouco de rouge em suas bochechas e pulverizou um pouco de água em sua testa. Ela se deitou, tentando parecer exausta. Vinte e dois minutos depois a enfermeira voltou correndo para o quarto.

— O doutor Langley e a assistente acabaram de chegar e estão perguntando se podem presenciar o nascimento.

— Tarde demais — respondeu o doutor Norris, que deixou a paciente para ir receber os colegas norte-americanos.

— Ficamos sabendo que foi uma emergência — disse o doutor Langley. — O bebê está bem?

— Ainda não tenho certeza — afirmou Norris, com um olhar preocupado. — Tive que fazer uma cesariana de emergência. O bebê está na incubadora, e dei um sedativo para Lady Virginia para ajudá-la a dormir.

O doutor Norris levou-os até uma sala onde puderam observar o recém-nascido na incubadora, aparentemente lutando pela vida. Um estreito tubo plástico inserido em uma narina conectava-se a um ventilador mecânico, e apenas os bipes constantes do monitor cardíaco mostravam que a criança estava realmente viva.

— Estou alimentando o bebê por uma sonda gástrica. Temos que rezar para que seu frágil corpo aceite.

O doutor Langley examinou a criança de perto por algum tempo antes de perguntar se poderia ver a mãe.

— Sim, claro — afirmou Norris. Então levou os dois norte-americanos até o quarto privado onde Virginia estava deitada na cama, totalmente desperta. Assim que a porta se abriu, ela fechou os olhos, ficou imóvel e tentou manter a respiração calma.

— Deve ter sido muito difícil para a pobre coitada, mas tenho certeza de que ela vai se recuperar rapidamente. Gostaria de poder dizer o mesmo do filho.

Virginia ficou aliviada por eles permanecerem apenas alguns minutos no quarto, e só abriu os olhos depois de ouvir a porta fechando.

— Se quiserem passar a noite aqui, temos um quarto de hóspedes, mas, se voltarem amanhã de manhã, já poderei lhes fornecer um relatório por escrito.

Os norte-americanos checaram o bebê mais uma vez antes de partirem.

Mais tarde, naquela noite, o doutor Langley relatou aos advogados de Grant que duvidava que a criança sobrevivesse àquela noite. Mas ele não tinha como saber que o bebê jamais teria precisado de cuidados intensivos para início de conversa.

O doutor Langley e sua assistente retornaram ao número 41A da Harley Street na manhã seguinte, e Norris pôde relatar uma pequena melhora no estado da criança. A mãe estava sentada na cama, desfrutando do café da manhã. Ela parecia devidamente angustiada e pálida quando eles a visitaram.

Outros visitantes apareceram durante a semana, incluindo o pai de Virginia e seus três irmãos, assim como Bofie Bridgwater, Desmond Mellor e Priscila Bingham, e todos estavam muito satisfeitos com a evolução da criança. Virginia se surpreendeu quando comentaram:

— Ele tem seus olhos.

— E suas orelhas — acrescentou Bofie.

— E o nariz ancestral dos Fenwick — declarou o conde.

No sétimo dia, mãe e filho receberam alta e voltaram para casa, onde a responsabilidade com a criança foi inteiramente assumida pela babá, a sra. Crawford. No entanto, Virginia precisou esperar mais três semanas antes que pudesse começar a relaxar, o que só aconteceu depois que soube, graças à Mellor Travel, que o doutor Langley e sua assistente haviam embarcado em um avião com destino a Nova York, acompanhados por um dos dois detetives.

— Por que o outro não retornou junto com eles? — perguntou Virginia a Mellor.

— Ainda não sei, mas vou descobrir.

Uma transferência bancária de 750 mil dólares chegou ao Coutts, três dias depois, e foi creditada na conta de Lady Virginia Fenwick. O sr. Fairbrother telefonou para saber se Virginia gostaria de converter os dólares em libras.

— Qual é a taxa de conversão? — perguntou Virginia.

— É de 2,63 dólares por libra, milady — respondeu um surpreso Fairbrother.

— E qual seria o valor em libras esterlinas a ser creditado em minha conta?

— Exatas 285.171 libras, milady.

— Então vá em frente, sr. Fairbrother. E me envie a confirmação no momento em que tiver concluído a transação — acrescentou, antes de desligar o telefone.

A seu lado, Desmond Mellor sorriu.

— Perfeito.

Virginia e um saudável menino se mudaram para o número 9 da Onslow Gardens 16 dias depois, junto com a babá Crawford, o mordomo e a governanta. Virginia inspecionou o quarto do bebê brevemente e, em seguida, entregou a criança para sua nova e devotada tutora, antes de desaparecer para o andar de baixo.

O batizado foi realizado na Basílica de St. Peter, em Eaton Square, e contou com a presença do conde de Fenwick, em uma de suas raras visitas a Londres, Priscila Bingham, que relutantemente aceitou ser a madrinha, e Bofie Bridgwater, que aceitara com prazer o posto de padrinho. Desmond Mellor manteve um olho atento à figura solitária sentada na parte de trás da igreja. O vigário segurou o bebê sobre a pia batismal e mergulhou o dedo na água benta, antes de fazer o sinal da cruz sobre a testa da criança.

— Cristo o recebe como filho. Frederick Archibald Iain Bruce Fenwick, receba o sinal da cruz.

O conde sorriu, e Mellor olhou ao redor e notou que o solitário detetive havia desaparecido. Ele honrou sua parte no acordo e esperava que Virginia honrasse a dela.

MAISIE CLIFTON

1972

25

William Warwick estava prestes a prender a pessoa errada quando foi interrompido por uma leve batida na porta.

A regra era sagrada no lar dos Clifton. Tinha de ser um assunto sério, muito sério, para que qualquer membro da família sequer considerasse interromper Harry enquanto ele estava escrevendo. Na verdade, ele conseguia recordar as únicas três ocasiões em que isso ocorrera nos últimos 25 anos. A primeira havia sido quando sua amada filha Jessica ganhou uma bolsa de estudos para a Slade School of Fine Art em Bloomsbury. Ela invadiu o escritório sem bater, sacudindo a carta de aceitação, e Harry abandonou a caneta e abriu uma garrafa de champanhe para comemorar. A segunda foi quando Emma venceu major Alex Fisher na eleição para a presidência da Barrington's Shipping e se tornou a primeira mulher a presidir uma empresa de capital aberto; outra garrafa de champanhe. A terceira ele ainda considerava fora das regras. Giles o interrompera para anunciar que Harold Wilson lhe oferecera um título de nobreza e se tornaria lorde Barrington da zona portuária de Bristol.

Harry pousou a caneta na mesa e girou a cadeira para enfrentar o invasor. Emma entrou, cabisbaixa, lágrimas rolando sem controle pelas bochechas. Harry soube imediatamente que a mãe dele estava morta.

Harry passou mais horas trabalhando no discurso fúnebre para o funeral da mãe do que passara preparando qualquer palestra ou discurso que já fizera antes. O texto final, a décima quarta versão, na qual sentiu que finalmente havia capturado o espírito indomável da mãe, duraria 12 minutos.

Ele visitou St. Luke's pela manhã, antes da missa de corpo presente, para que pudesse ver onde se sentaria e quão distante era do púlpito. Em seguida, testou a acústica para saber como sua voz chegaria aos presentes. O decano de St. Luke's observou que, se houvesse muita gente, suas palavras poderiam soar um pouco abafadas. Um aviso útil, pensou Harry, porque a igreja acabou lotada de tal maneira que, se a família não tivesse lugares reservados, teria de ficar na parte de trás. A ordem da cerimônia havia sido escolhida por Maisie com antecedência, portanto ninguém se surpreendeu com o fato de ser tradicionalmente britânica e ao estilo Maisie: "Rock of Ages", "Abide With Me", "To Be a Pilgrim" e, naturalmente, "Jerusalem" garantiram que os presentes cantassem com o coração e a voz.

Sebastian tinha sido selecionado para ler a primeira passagem. Durante o último verso de "Abide With Me", ele caminhou lentamente até o púlpito, não mais tentando disfarçar um leve claudicar que demorava mais do que o previsto pelo cirurgião indiano para melhorar. Ninguém conseguiria prever quanto tempo ele levaria para se recuperar do último funeral de que participara.

Começou a ler a Primeira Epístola de S. Paulo Apóstolo aos Coríntios, *"Ainda que eu falasse as línguas dos homens e dos anjos, e não tivesse amor"*, e Giles fez a leitura da segunda passagem, um poema de Kipling, *"Se és capaz de manter a tua calma quando todo o mundo ao teu redor..."*, enquanto o coro cantava "Oh Rejoice That Lord Has Risen". No momento em que Harry se levantou de seu lugar na primeira fila e caminhou até o púlpito, durante o último verso de "Abide With Me", havia grande expectativa. Ele colocou o texto no pequeno leitoril de latão e checou a frase de abertura, embora na verdade soubesse todo o discurso de cor. Então olhou para cima e, quando a congregação fez silêncio, começou.

— Como minha mãe ficaria orgulhosa em ver todos vocês aqui hoje, tendo alguns viajado de tão longe para celebrar sua maravilhosa vida. "Não se consegue mais encher as igrejas hoje em dia", ela costumava dizer. Não consigo entender isso, porque, quando eu era criança, os sermões se prolongavam por mais de uma hora. Querida mãe — disse Harry, olhando para o teto —, prometo que o meu não demorará mais de uma hora, e, aliás, a igreja está lotada. — Risos irromperam por toda a igreja, permitindo que Harry relaxasse um pouco.

"Maisie nasceu em 1901, no reinado da rainha Vitória, e morreu aos 71 anos, durante o reinado da rainha Elizabeth II. Meus bibliocantos, era como ela costumava descrever as duas rainhas. Ela começou a vida no número 27 da Still House Lane, nas ruas detrás do porto de Bristol, e meu pai, Arthur Clifton, um estivador, nasceu em 1898 e vivia no número 37. Eles nem sequer tiveram que atravessar a rua para se esbarrar. Meu pai morreu quando eu tinha apenas um ano, então não o conheci, e a responsabilidade de me criar recaiu integralmente sobre os ombros de minha mãe. Maisie nunca teve ambições para si mesma, mas isso não a impediu de passar aqueles primeiros anos economizando e juntando cada centavo, para garantir que eu nunca passasse fome nem enfrentasse privações. É claro que eu não fazia a menor ideia dos sacrifícios que ela tivera de fazer para tornar possível a minha admissão na St. Bede's como bolsista no coral, e mais tarde na Bristol Grammar School, antes de ser convidado para Oxford, cidade que ela visitou apenas uma vez.

"Se Maisie tivesse nascido hoje, a cidade a teria recebido de braços abertos. Como posso ter tanta certeza disso? Porque, aos 62 anos, quando a maioria das pessoas está se preparando para a aposentadoria, Maisie se inscreveu na Universidade de Bristol e, três anos mais tarde, formou-se com honras. Ela permanece até hoje como o único membro da família Clifton a conseguir tal distinção. Imagine o que ela poderia alcançar se tivesse nascido uma geração depois.

"Minha mãe foi assídua frequentadora da igreja até o dia de sua morte, e uma vez eu perguntei a ela se achava que iria para o céu. 'Eu certamente espero que sim', ela me disse. 'Preciso ter uma conversa com São Pedro, São Paulo e Nosso Senhor.' Claro que eu perguntei a ela o que pretendia dizer a eles. 'Devo lembrar a São Pedro que as mulheres próximas a Nosso Senhor jamais o negaram, muito menos três vezes. Típico dos homens.' — Dessa vez, o riso foi mais duradouro. Harry sentia-se agora no controle da audiência, e não continuou até que o silêncio absoluto se restabelecesse. — 'E, quanto a São Paulo', disse Maisie, 'vou lhe perguntar por que demorou tanto tempo para entender a mensagem.' 'E quanto ao Nosso Senhor?', perguntei a ela.

'Se tu és o Filho de Deus, poderias, por favor, dizer ao Todo-Poderoso que o mundo seria um lugar muito melhor se tivesse apenas uma religião. Porque, então, poderíamos todos rezar pela mesma cartilha." Harry nunca tinha experimentado aplausos em uma igreja antes, e ele sabia que sua mãe teria ficado encantada.

"Quando alguém próximo de nós morre, nos lembramos de todas as coisas que desejávamos ter dito e, de repente, é tarde demais para dizer. Gostaria de ter entendido, apreciado e estado plenamente consciente de todos os sacrifícios que minha mãe fez, os quais me permitiram viver uma vida tão privilegiada, uma vida à qual receio por vezes não dar o devido valor. Quando fui pela primeira vez para St. Bede's, vestindo meu elegante blazer azul-marinho e calças cinza, nós pegamos o bonde na Chapel Street, e eu nunca entendi por que desembarcamos longe da escola. Foi porque a minha mãe não queria que os outros meninos a vissem. Pensou que eu teria vergonha dela.

"E tenho vergonha — disse Harry, com a voz embargada. — Eu deveria ter desfilado com essa extraordinária mulher, e não a escondido. E, quando fui para a Bristol Grammar School, ela continuou a trabalhar em tempo integral como garçonete no Royal Hotel durante o dia e como recepcionista no Eddie's Club à noite. Eu não percebia que era a única forma de ela conseguir pagar meus estudos. Mas, como São Pedro, sempre que qualquer um dos meus companheiros da escola perguntava se era verdade que a minha mãe trabalhava em uma boate, eu a renegava. — Harry baixou a cabeça e Emma o observou com ansiedade enquanto as lágrimas escorriam pelo rosto dele.

"Quantas dificuldades ela teve que suportar sem nunca, nem uma vez sequer... me sobrecarregar com seus problemas. E agora é tarde demais para dizer a ela. — Harry baixou a cabeça novamente. — Para dizer a ela... — repetiu, desesperadamente, tentando se recompor. Então se agarrou à lateral do púlpito. — E, quando fui para a Bristol Grammar School... eu não percebi. — Ele virou a página com força. — Eu nunca percebi... — Virou outra página. — Sempre que qualquer um dos meus colegas de escola me perguntava..."

Giles levantou-se lentamente de seu lugar na primeira fila, caminhou até o púlpito e subiu os degraus. Colocou um braço ao redor do ombro do amigo e guiou-o de volta para o seu lugar na primeira fila.

Harry pegou a mão de Emma e sussurrou:

— Eu a decepcionei quando ela mais precisava de mim.

Giles não sussurrou ao responder:

— Jamais um filho prestou maior homenagem a sua mãe, e agora ela está dizendo a São Pedro: "Aquele é meu filho, Harry."

Depois da missa, Harry e Emma pararam juntos à porta da igreja, cumprimentando cada uma das pessoas que formavam uma longa fila. Harry ainda não se recuperara totalmente, mas logo ficou claro que todos os presentes concordavam com os sentimentos de Giles.

Família e amigos retornaram a Manor House, brindaram e contaram histórias sobre uma mulher notável, que tocou a vida de todos que conheceu. Finalmente, quando o último convidado havia partido, Harry, Emma e Sebastian ficaram a sós.

— Vamos beber à memória da minha mãe — disse Harry. — Acho que é hora de abrir o Merlot de 57 que Harold Guinzburg disse que deveria ser guardado para uma ocasião especial. Mas antes — acrescentou enquanto abria a garrafa —preciso dizer a vocês que mamãe deixou uma carta comigo, há algumas semanas, e me instruiu a abri-la somente depois de seu funeral. — Ele retirou um envelope do bolso interno do paletó, rasgou-o e tirou várias páginas manuscritas na caligrafia inconfundível de Maisie.

Emma se sentou, sentindo-se um pouco apreensiva. Seb se empoleirou na beirada da poltrona, como se tivesse acabado de chegar da escola. Então Harry começou a ler.

Querido Harry,

Estas são apenas algumas digressões de uma senhora de idade que deveria pensar melhor antes de falar essas besteiras, portanto, sinta-se à vontade para considerá-las como tal.

Deixe-me começar pelo meu querido neto, o jovem Sebastian. Ainda penso nele como jovem, apesar de tudo o que já realizou em tão pouco tempo. Conquistas possíveis graças à sua capacidade prodigiosa combinada a um trabalho árduo, e estou certa de que ele alcançará seu objetivo de se tornar um milionário aos quarenta anos de idade. Louvável, sem dúvida. Mas, Sebastian, quando você chegar à minha idade, terá aprendido que adquirir grande riqueza não é importante se não tiver alguém com quem partilhá-la. Samantha foi uma das pessoas mais delicadas, mais generosas que já conheci, e você foi tolo em perder uma joia como ela. Como se isso não bastasse, foi uma grande tristeza para mim nunca ter conhecido minha bisneta, Jessica, porque, se ela for um pouco parecida com sua irmã, eu sei que a teria adorado.

— Como ela poderia saber sobre Jessica? — perguntou Seb.
— Eu disse a ela — Harry admitiu.

Eu também gostaria de ter conhecido Priya, que, pelo que soube, era uma jovem muito especial, que o amou tanto a ponto de sacrificar a vida por você. E que grande motivo de orgulho é para seus pais o fato de que a cor de pele dela sequer tenha sido cogitada por você como um empecilho, pois você estava apaixonado por ela, e sendo assim sua raça e religião eram irrelevantes, o que não teria sido possível para alguém da minha geração. Você perdeu Priya por causa do preconceito dos pais dela. Certifique-se de que não perderá Sam e Jessica por ser orgulhoso demais para tomar a iniciativa.

Sebastian inclinou a cabeça. Ele sabia que ela estava certa.

E agora você, querida Emma. Francamente, as pessoas não deveriam ouvir suas sogras. Por trás de todo homem de sucesso, dizem, há uma sogra surpresa. Harry deve muito do sucesso que tem a seu apoio amoroso, como esposa e mãe. Mas, e você sabia que haveria um "mas", você, na minha opinião, ainda não alcançou a plenitude de seu potencial. Proust disse: "Todos nós acabamos fazendo a segunda coisa em que somos melhores." Não há dúvida de que seja uma excelente presidente na Barrington's Shipping, como seus diretores, acionistas e toda a cidade de Londres facilmente reconhecem. Mas isso não deve ser suficiente para alguém com seu talento notável. Não, acredito que é chegada a hora de você usar um pouco de sua visão e energia para o bem público. Existem muitas causas que poderiam florescer sob a sua liderança. Simplesmente dar dinheiro para a caridade é o caminho mais fácil. Dar tempo é muito mais precioso. Então, tenha como objetivo que, quando morrer, as pessoas se lembrem de você não apenas como a presidente da Barrington's.

— Por que ela não me disse isso enquanto estava viva? — perguntou Emma.
— Talvez ela achasse que você estava muito ocupada para ouvir, minha querida.
— Mal posso esperar para ouvir o que ela tem a dizer para você, papai.

E, por último, meu amado filho, Harry. Para uma mãe, dizer que está orgulhosa do filho é apenas humano. No entanto, eu nunca poderia ter sequer sonhado com a felicidade que seu sucesso, tanto como romancista quanto como defensor daqueles que não conhecem a liberdade, me traria.

Embora eu acredite, como sei que você também acredita, que sua corajosa luta por Anatoly Babakov seja sua maior realização, sei que você não estará satisfeito até que ele seja um homem livre e possa se juntar à esposa nos Estados Unidos.

Você contou a Emma que rejeitou o título de cavaleiro, uma honra que não consideraria aceitar enquanto Babakov ainda estivesse na prisão? Sinto-me orgulhosa de você por isso, mesmo sabendo o quanto me faria feliz ver meu filho ser chamado de sir Harry.

— Você nunca me disse — falou Emma.
— Eu nunca disse a ninguém — declarou Harry. — Giles deve ter descoberto de alguma maneira. — Ele retomou a leitura.

E agora para William Warwick, que entreteve tantas pessoas ao longo de tantos anos. Harry, talvez seja hora de ele se aposentar, para que você possa finalmente voar ainda mais alto. Você me disse uma vez, há muitos anos, sobre uma trama para um romance que sempre quis escrever, mas nunca tinha conseguido pôr no papel. Você nunca conseguiu, pois Harold Guinzburg, aquele editor velho e perverso ficava tentando você com adiantamentos cada vez maiores. Talvez tenha chegado a hora de você escrever um livro que traga felicidade para as gerações vindouras, cuja reputação sobreviva a qualquer lista de best-sellers e faça você se juntar ao punhado de autores cujos nomes nunca morrerão.

Chega de sermão. Tudo que me resta a dizer é obrigada por fazer de meus últimos anos um período tão tranquilo, confortável e agradável. E, quando chegar a hora de qualquer um de vocês escrever uma carta como esta, por favor, não sejam como eu, alguém que sente que poderia ter feito muito mais com sua vida.

Sua mãe amorosa,

Maisie

Harry serviu três taças do Merlot de 57 e entregou uma para Emma e outra para Seb. Então levantou sua taça e disse:

— A Maisie. Uma senhorinha muito esperta.

— A Maisie — repetiram Emma e Seb, levantando suas taças.

— Ah, quase me esqueci — disse Harry, pegando a carta de volta. — Há um P. S.

P.S.: Por favor, dê minhas lembranças para o seu querido amigo Giles, que pode se considerar muito sortudo de eu não escrever sobre ele, porque, caso o tivesse feito, teria sido uma carta muito mais longa.

EMMA CLIFTON

1972–1975

26

— Bom dia, sra. Clifton. Meu nome é Eddie Lister, nos conhecemos rapidamente no funeral de sua sogra, mas não há nenhuma razão para que a senhora se recorde de mim.
— Como o senhor conhecia Maisie, sr. Lister? — perguntou Emma, pois ela de fato não conseguia se lembrar dele.
— Sou presidente do conselho de administração do Bristol Royal Infirmary. Ela era uma de nossas voluntárias e sua ausência será muito sentida por todos os pacientes e funcionários.
— Eu não tinha ideia — disse Emma. — O que ela fazia?
— Ela era responsável pela biblioteca e organizava a rota diária do carrinho de livros pelas alas. Mais pessoas leem no BRI do que em praticamente qualquer outro hospital no país.
— Ora, não me surpreende — declarou Emma. — O senhor está procurando alguém para substituí-la? Porque, se estiver, eu certamente ficaria feliz em fazê-lo.
— Não, muito obrigado, sra. Clifton, mas esse não é o motivo de minha ligação.
— Tenho certeza de que poderia organizar muito bem a biblioteca e, o mais importante, minha família manteve uma estreita ligação com o hospital por muitos anos. Meu avô, sir Walter Barrington, foi presidente do conselho de administração, meu marido se recuperou no BRI, depois de ser gravemente ferido por uma mina alemã em 1945, e minha mãe passou os últimos meses de vida sob os cuidados do doutor Raeburn. Além do mais, nasci lá.
— Estou impressionado, sra. Clifton, mas ainda não acho que a senhora seja a pessoa certa para organizar o carrinho de livros.
— Posso lhe perguntar por que o senhor sequer me consideraria para a função?

— Porque eu esperava que a senhora concordasse em se tornar uma das administradoras do hospital.
Emma ficou momentaneamente em silêncio.
— Não estou muito certa do que um administrador de hospital faz.
— Todo grande hospital do Serviço Nacional de Saúde, e o nosso é um dos maiores do país, tem um conselho de administradores formado a partir da comunidade local.
— E quais seriam minhas responsabilidades?
— Temos uma reunião a cada trimestre, e convido também cada gestor a se dedicar a um determinado departamento do hospital. Pensei que a enfermagem poderia lhe interessar. Nossa enfermeira-chefe, Mima Puddicombe, representa duas mil enfermeiras que trabalham em tempo integral ou parcial no BRI. Devo mencionar que, se a senhora concordar em se tornar uma administradora, não há remuneração ou despesas. Sei que é uma mulher ocupada, sra. Clifton, com muitas responsabilidades, mas espero que pense com carinho em minha proposta antes de...
— Já pensei.
O sr. Lister suspirou.
— Sim, eu temia que a senhora estivesse ocupada demais com todos os seus outros compromissos, e naturalmente compreendo...
— Eu adoraria me tornar administradora do hospital, senhor presidente. Quando começo?

— Marshal Koshevoi está ficando um tanto inquieto, camarada Brandt. Ele acha que está na hora de você nos trazer algo um pouco mais palpável. Afinal, está vivendo com o Barrington há um ano e tudo o que conseguiu até agora foi a ata das reuniões semanais do Partido Trabalhista na Câmara dos Lordes. Muito pouco esclarecedora.
— Tenho de ter cuidado, camarada diretor — retrucou Karin, enquanto eles andavam de braços dados por uma tranquila alameda. — Se Barrington suspeitar de algo e meu disfarce for descoberto, todos os nossos meticulosos preparativos terão sido em vão. E, enquanto ele for da oposição, e não um membro do governo, não estará a par

do que acontece no Palácio. Mas, se o Partido Trabalhista vencer as próximas eleições, e Barrington está confiante de que vencerá, tudo pode mudar da noite para o dia. E me lembro de suas palavras exatas quando assumi essa atribuição: "Nós não estamos com pressa, nosso objetivo é em longo prazo."

— O plano ainda é o mesmo, camarada. No entanto, estou ficando preocupado de você estar aproveitando um pouco demais sua vida burguesa como a sra. Barrington e se esquecendo de onde está sua verdadeira lealdade.

— Entrei para o partido quando ainda estava na escola, camarada diretor, e sempre fui dedicada à nossa causa. Você não tem nenhuma razão para questionar minha lealdade.

Toc, toc, toc. Eles ficaram em silêncio ao ver que um cavalheiro idoso se aproximava.

— Boa tarde, coronel — cumprimentou Pengelly.

— Boa tarde, John. Como é bom ver sua filha novamente — disse o velho, levantando o chapéu.

— Obrigado, coronel — agradeceu Pengelly. — Ela veio passar o dia, e pensamos que um pouco de ar fresco do campo não nos faria mal.

— Magnífico, eu raramente deixo de fazer minha caminhada diária. Ela me faz sair um pouco de casa. Bem, preciso ir ou minha mulher vai começar a se preocupar comigo.

— Claro, senhor. — Pengelly não falou até que o som da bengala do coronel não fosse mais ouvido. — Barrington a pediu em casamento? — perguntou, pegando Karin de surpresa.

— Não, camarada diretor. Depois de dois casamentos fracassados, não acho que ele esteja com pressa para embarcar em uma terceira tentativa.

— E se você engravidasse? — sugeriu enquanto saíam da estrada e seguiam por uma trilha que levava a uma mina de estanho abandonada.

— Como eu poderia ser útil ao partido se tivesse que passar todo o tempo criando uma criança? Eu sou uma agente treinada, não uma babá.

— Então prove, camarada Brandt, porque eu não posso continuar dizendo aos nossos superiores em Moscou amanhã, amanhã, amanhã, como um papagaio.

— Barrington vai participar de uma importante reunião em Bruxelas, na próxima segunda-feira, quando testemunhará a assinatura do tratado que tornará a Grã-Bretanha membro da CEE. Ele me pediu para acompanhá-lo. Posso conseguir algumas informações úteis, considerando que haverá um monte de autoridades estrangeiras.

— Muito bem. Com tantos políticos ambiciosos tentando provar o quanto são importantes, certifique-se de manter os seus ouvidos bem abertos, especialmente em jantares e encontros casuais. Eles não têm ideia de quantas línguas você fala. E não se distraia à noite, pois é quando estão relaxando depois de uma bebida ou duas que ficam mais propensos a dizer algo de que possam se arrepender mais tarde, especialmente para uma mulher bonita.

Karin olhou para seu relógio.

— É melhor voltarmos. Devo estar em Bristol a tempo de jantar com Giles e sua família.

— Não seria nada conveniente — retrucou Pengelly, já retomando o caminho de volta. — E lembre-se de desejar a Giles... um feliz Natal.

Na viagem de volta de Truro para Bristol, Karin não conseguia parar de pensar sobre o dilema que agora enfrentava. Durante o último ano, ela se apaixonara profundamente por Giles e nunca fora mais feliz na vida, mas estava encurralada, desempenhando o papel em que ela mais acreditava e não via uma maneira de sair desse labirinto. Se de repente parasse de fornecer informações para a Stasi, seus mestres a chamariam de volta a Berlim, ou pior. Se perdesse Giles, não teria mais razão para viver. Quando atravessou os portões da Manor House, o dilema não havia sido resolvido, e não seria, a menos que...

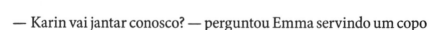

— Karin vai jantar conosco? — perguntou Emma servindo um copo de uísque para o irmão.

— Sim, ela está voltando de carro de Cornwall. Foi visitar o pai, então, pode ser que se atrase um pouco.

— Ela é tão inteligente e cheia de vida — declarou Emma. — Não consigo imaginar o que ela viu em você.

— Concordo. E Karin sabe do meu amor por ela, porque eu já a pedi em casamento várias vezes.

— Por que você acha que ela continua a recusar? — perguntou Harry.

— Com o meu histórico, quem pode culpá-la? Mas acho que ela pode estar amolecendo um pouco.

— É uma boa notícia, e estou muito feliz que vocês passarão o Natal conosco este ano.

— E como estão as coisas na Câmara dos Lordes? — perguntou Harry, mudando de assunto.

— Tem sido fascinante acompanhar Geoffrey G. Rippon, que está encarregado de nosso pedido de adesão à CEE. Na verdade, estou de partida para Bruxelas na próxima semana para testemunhar a assinatura do tratado.

— Eu li seu discurso em Hansard e concordo com você. Deixe-me ver se consigo recordar suas palavras exatas: "Alguns falam de economia, outros de relações comerciais, mas votarei a favor desse projeto de lei principalmente porque vai assegurar que a juventude do nosso país só tenha de ler sobre duas guerras mundiais, e nunca vivenciar uma terceira."

— Estou lisonjeado.

— E quais são os planos para o Ano-Novo, Giles? — perguntou Emma, enchendo seu copo.

— Fui escalado para a equipe de eleição geral e designado para comandar a campanha para os assentos marginais. Uma notícia ainda melhor: Griff Haskins concordou em abandonar a aposentadoria e atuar como meu chefe de gabinete.

— Então, vocês dois vão perambular pelo país fazendo o que, exatamente? — perguntou Emma.

— Visitaremos os 62 distritos dos assentos marginais, que determinarão o resultado da próxima eleição. Se ganharmos todos eles, o que é muito improvável, vamos acabar com uma maioria de cerca de trinta assentos.

— E se perderem todos eles?

— Os conservadores permanecerão no poder. Eu vou ser história, e suspeito que sua amiga Margaret Thatcher será a próxima ministra das Finanças.

— Mal posso esperar — disse Emma.

— Você aceitou o convite dela para um encontro?

— Ela me convidou para um drinque na Câmara dos Comuns daqui a duas semanas.

— Não para um almoço? — questionou Harry.

— Ela não almoça — acrescentou Giles.

Emma riu.

— Sendo assim, não considere nada do que me disser como confidencial, porque eu tenho os dois pés firmemente plantados no campo inimigo.

— Minha própria irmã conspirando contra mim.

— Pode ter certeza.

— Não precisa ficar muito preocupado — disse Harry. — Emma acaba de ser nomeada administradora do Bristol Royal Infirmary, então ela não vai ter muito tempo para a política.

— Parabéns, irmãzinha. Eddie Lister é um excelente presidente e você vai gostar de trabalhar com ele. Mas o que fez você concordar em assumir um compromisso tão exigente?

— Maisie. Descobri que ela era voluntária no hospital, responsável pela biblioteca. Eu nunca soube disso.

— Então pode ter certeza de que cada livro tinha que ser devidamente carimbado e devolvido no prazo, se não haveria multa.

— Ela vai ser um exemplo difícil de seguir, como todos me lembram continuamente. Já vi que o hospital é uma fascinante operação 24 horas. Ele deixa a Barrington Shipping em segundo plano.

— Qual departamento Eddie lhe pediu para acompanhar?

— A enfermagem. A enfermeira-chefe e eu já estamos nos reunindo uma vez por semana. Um hospital do Sistema Nacional de Saúde é muito diferente de uma empresa de capital aberto, porque ninguém pensa em lucros, apenas nos pacientes.

— Você ainda vai acabar se tornando uma socialista — disse Giles.

— Não espere demais. Os lucros ainda ditam o sucesso ou fracasso de qualquer organização, então, pedi a Sebastian que refizesse as contas anuais do hospital para ver se há alguma maneira de cortar custos ou economizar.

— Como está Sebastian — perguntou Giles —, tendo em vista tudo que tem passado?

— Ele está praticamente recuperado fisicamente, mas desconfio de que mentalmente vai demorar muito mais tempo.

— Isso é compreensível — disse Giles. — Primeiro, Sam, e, agora, Priya. Não podemos nem imaginar como ele está conseguindo lidar com tudo isso.

— Ele simplesmente mergulhou no trabalho — declarou Emma. — Desde que se tornou o diretor-executivo do banco, trabalha horas infinitas. Na verdade, ele não parece ter qualquer vida pessoal.

— Alguém de vocês tocou no delicado assunto chamado Samantha? — perguntou Giles.

— Uma ou duas vezes — revelou Harry —, mas é sempre a mesma resposta. Ele não entrará em contato com ela enquanto Michael estiver vivo.

— Será que isso também se aplica a Jessica?

— Receio que sim, embora eu nunca mencione nossa neta, a menos que ele o faça.

— Mas sua mãe estava certa — observou Emma. — Os anos estão passando e, nesse ritmo, Jessica será uma jovem adulta antes que nós a conheçamos.

— Infelizmente acho que é isso que vai acontecer — disse Harry. — Mas temos de lembrar que é a vida de Seb que está de cabeça para baixo, não a nossa.

— Falando de pessoas cujas vidas estão de cabeça para baixo — retomou Emma, voltando-se para o irmão. — Como será que sua ex-esposa está se saindo com a maternidade?

— Não muito bem, eu suspeito — respondeu Giles. — E alguém já descobriu quem é o pai?

— Não, continua um mistério. Mas, seja quem for, o pequeno Freddie não parece ter interferido no estilo de vida de Virginia. Pelo que me contaram, está de volta ao circuito, e as bebidas são por conta dela.

— Então o pai tem que ser um homem extremamente rico — disse Harry.

— Sim — concordou Giles. — Rico o suficiente para ter comprado para ela uma casa em Onslow Gardens e para que ela contratasse uma babá, que segundo consta pode ser vista passeando com o digníssimo Frederick Archibald Iain Bruce Fenwick em seu carrinho pela Rotten Row todas as manhãs.

— Como você sabe? — perguntou Emma.

— Nós, socialistas, não nos limitamos ao *Times* e ao *Telegraph*, irmãzinha, e mais — Giles foi interrompido por uma batida na porta da frente. — Deve ser Karin voltando de Cornwall — falou, já se levantando da cadeira e saindo da sala.

— Por que você não gosta de Karin? — perguntou Emma assim que Giles não podia mais ouvi-la.

— Por que você diz isso? — questionou Harry.

— Você acha mesmo que não sei o que você está pensando, depois de mais de quarenta anos? Giles a adora, e fica chateado por você não aceitá-la.

— É assim tão óbvio?

— Receio que sim.

Giles e Karin caminharam até a sala de estar de mãos dadas. Harry se levantou para cumprimentar Karin. Se a mulher não estava apaixonada por Giles, ele pensou, ela era uma excelente atriz.

27

Emma não retornara ao Palácio de Westminster desde que os lordes decidiram que ela estava livre para se casar com o homem que amava. Giles a convidara para almoçar muitas vezes, mas ela simplesmente não conseguia. Esperava que uma visita à Câmara dos Comuns finalmente exorcizasse os fantasmas do passado e, em todo caso, ela estava bastante ansiosa pelo encontro com a sra. Thatcher.

Com a ajuda de um policial e de um mensageiro, ela encontrou o caminho para o salão de chá, onde Margaret Thatcher a aguardava junto à porta.

— Venha comigo — disse a sra. Thatcher, antes de conduzi-la até uma mesa vazia. — Eu já pedi chá, pois tinha a sensação de que você era o tipo de pessoa que não se atrasaria.

Margaret, como ela insistiu que Emma a chamasse, bombardeou-a com perguntas sobre sua opinião a respeito da educação, do Sistema Nacional de Saúde e até de Jacques Delors. Quando Emma perguntou a Margaret se, caso Ted Heath perdesse a próxima eleição e fosse forçado a renunciar, ela consideraria assumir a posição de líder do partido, ela não hesitou em dar a sua opinião.

— Uma mulher jamais pode ter esperança de ser primeira-ministra neste país — afirmou, sem hesitar. — Não viverei para ver isso.

— Talvez os norte-americanos nos mostrem o caminho.

— Os norte-americanos vão demorar ainda mais para eleger uma mulher presidente — declarou Thatcher. — Eles ainda são na essência uma sociedade provinciana. Há apenas quinze mulheres no Congresso, e nem ao menos uma no Senado.

— E quanto ao Partido Trabalhista? — indagou Emma. — Algumas pessoas sugerem que Shirley Williams...

— Não há esperança. Os sindicatos não apoiariam. Eles nunca permitiriam uma mulher como sua secretária-geral. Não, nós elegemos pela primeira vez um primeiro-ministro judeu e o primeiro solteiro, então vamos eleger a primeira mulher, mas creio que não viverei para ver isso — repetiu Thatcher.

— Outros países já escolheram mulheres como primeiras-ministras.

— Três países — observou Thatcher.

— Então, se não puder ser a quarta, e se vencermos a próxima eleição, qual cargo espera assumir?

— Não é uma questão do que espero conseguir, mas do que Ted relutantemente me oferecerá. E, lembre-se, Emma, em política nunca é sábio deixar que os outros saibam o que você quer. Essa é a maneira mais rápida de fazer inimigos e detratores. Basta parecer surpreso toda vez que alguém lhe oferecer qualquer coisa. — Emma sorriu. —Diga-me, o que seu irmão Giles pretende fazer?

— Ele foi colocado no comando da campanha dos assentos marginais, então passa a maior parte do tempo perambulando para cima e para baixo pelo país tentando se certificar de que Harold Wilson volte ao nº 10.

— Uma excelente escolha. Ele lutou e venceu na zona portuária de Bristol contra todas as probabilidades repetidas vezes, e há muitos do nosso lado que teriam preferido vê-lo de volta à Casa em vez de Alex Fisher, aquele desqualificado. E, se o Partido Trabalhista vencer, Giles pode muito bem se tornar líder dos Lordes, o que o colocaria de volta no gabinete. De qualquer forma, chega de política. Diga-me o que está acontecendo no mundo real. Soube que a Barrington's Shipping teve outro ano de lucro recorde.

— Sim, mas estou começando a achar que estou marcando passo. Pode não demorar muito até que eu esteja pronta para entregar o cargo para meu filho.

— Mas, aí o que você vai fazer? Não me parece o tipo que vai começar a jogar golfe ou frequentar aulas de artesanato.

Emma riu.

— Não, mas fui recentemente nomeada administradora do Bristol Royal Infirmary.

— Um grande hospital, mas tenho certeza de que você já descobriu, ao contrário de meus colegas socialistas, que simplesmente não há dinheiro suficiente para dar a todos os hospitais, nem o que gostariam, nem quanto precisam, com o desenvolvimento de tantos medicamentos novos. O maior problema que o serviço de saúde enfrenta é não estarmos mais convenientemente morrendo aos setenta anos de idade, muitas pessoas vivem mais de oitenta, noventa, até mesmo cem anos. Quem vencer a próxima eleição terá de enfrentar esse problema, se não quiser deixar para as futuras gerações uma montanha de dívidas que nunca serão capazes de pagar. Talvez você possa ajudar, Emma.

— Como?

Thatcher abaixou a voz.

— Já deve ter ouvido rumores de que, se ganharmos, a pasta de saúde será oferecida a mim. Seria útil ter uma amiga que trabalha na linha de frente, e não apenas participar de inúmeras reuniões com peritos que têm três títulos, mas nenhuma experiência profissional.

— Eu terei o maior prazer em ajudar como puder — declarou Emma, lisonjeada pela sugestão.

— Obrigada — agradeceu Margaret. — E sei que é pedir muito, mas pode ser útil em longo prazo ter um aliado da região sudoeste no comitê conservador.

Uma forte e contínua campainha soou, quase ensurdecendo Emma. A porta da sala se abriu e um homem vestindo um paletó preto entrou e gritou:

— Divisão!

— Receio que tenha de voltar ao trabalho — emendou Thatcher. — É uma votação, então, não posso ignorá-la.

— O que você vai votar?

— Não faço ideia, mas um dos correligionários me orientará na direção certa. Fomos informados de que não haveria mais nenhuma votação hoje. Isto é o que chamamos de emboscada: a votação de uma emenda que pensávamos que não seria controversa e passaria sem discussões. Não posso reclamar, porque, se estivéssemos na oposição, estaríamos fazendo exatamente o mesmo. É o que chamamos de democracia, mas você já sabe a minha opinião sobre o assunto. Vamos manter contato, Emma. Nós, mulheres de Somerville, devemos nos unir.

Margaret Thatcher se levantou e apertou a mão de Emma antes de se juntar à debandada de membros do parlamento que abandonavam a sala de chá para garantir que chegariam à votação dentro de oito minutos, caso contrário, dariam com a cara na porta.

Emma recostou em sua cadeira, sentindo-se ao mesmo tempo esgotada e eufórica, e questionou se Margaret Thatcher causava o mesmo efeito sobre todos.

———

— Que bom que veio, John. Eu não teria pedido uma reunião com tanta urgência se não tivesse novidades.

— Não é um problema, Alan, e obrigado pela dica, pois me permitiu encontrar o fichário.

— Talvez pudesse começar me atualizando sobre a srta. Brandt.

Sir John Rennie, diretor-geral do MI6, abriu o fichário sobre a mesa à sua frente.

— A srta. Brandt nasceu em Dresden em 1944. Juntou-se à Juventude Comunista aos dezesseis anos e, quando deixou a escola, foi para a Escola de Línguas da Alemanha Oriental para estudar russo. Depois de se formar, a Stasi a recrutou como intérprete em conferências internacionais, o que presumimos não passar de um disfarce. Mas não há prova alguma de que ela tenha feito muito mais do que transmitir informações bastante triviais para seus superiores. Na verdade, pensávamos que ela tinha sido afastada da Stasi até o caso com Giles Barrington.

— Que presumo ser uma armação.

— Sim. Mas quem é a vítima? Porque ela certamente não estava em nossa lista de agentes especializados nesse tipo de coisa e, para ser justo com Barrington, ele conseguiu se livrar muito bem de armadilhas amorosas durante suas viagens de governo além da Cortina de Ferro, apesar das várias oportunidades que teve.

— É possível que ela realmente tenha se apaixonado por ele? — perguntou o chefe de gabinete.

— Não há nada em sua ficha que sugira que você seja um romântico, Alan, então vou aceitar essa hipótese. Isso explicaria vários incidentes que ocorreram desde que ela chegou ao Reino Unido.

— Quais?

— Sabemos agora que o resgate de Giles Barrington a sua donzela em perigo do outro lado da Cortina de Ferro não era, na verdade, nada disso. Tudo não passou de uma operação muito bem planejada, supervisionada e aprovada por Marshal Koshevoi.

— Você tem certeza disso?

— Sim. Quando Brandt tentava atravessar a fronteira com Barrington de ônibus, ela foi interrogada por um jovem oficial que quase arruinou toda a operação. O homem foi enviado para a Sibéria na semana seguinte. Isso nos levou a suspeitar de que eles sempre quiseram que ela atravessasse a fronteira, embora também seja possível que ela só tenha aceitado os planos impostos porque realmente quisesse fugir.

— Que mente tortuosa você tem, John.

— Sou chefe do MI6, Alan, não dos escoteiros.

— Você tem alguma prova?

— Nada de concreto. No entanto, em uma recente reunião de Brandt com seu contato em Truro, nosso espião relatou que a linguagem corporal de Pengelly sugeria que ele não estava nada satisfeito com ela. O que não é de surpreender, porque um dos nossos agentes duplos recentemente deu informações a Brandt que Pengelly certamente teria de repassar aos seus superiores em Moscou, e posso assegurar que ele não o fez, o que significa que ela também não informou nada a ele.

— Ela está em um jogo arriscado. Não vai demorar muito até descobrirem que ela não está cumprindo com a parte que lhe cabe no acordo.

— Concordo. E, quando perceberem, ela estará no próximo voo de volta para a Berlim Oriental e nunca mais teremos notícia dela novamente.

— Talvez a srta. Brandt seja uma boa candidata para mudar de lado — sugeriu sir Alan.

— Pode ser, mas ainda preciso me certificar de que ela não nos fará de tolos. Pretendo utilizar o mesmo agente para lhe passar mais informações que Pengelly esteja desesperado para obter, assim vou saber dentro de alguns dias se as repassou.

— É chegada a hora de avisar a Barrington que ele está dormindo com o inimigo? Se o Partido Trabalhista vencer a próxima eleição, ele certamente vai estar de volta ao gabinete, e então alguém terá que informar ao primeiro-ministro.

— Vamos resolver esse problema quando...

— Quais são seus planos para hoje, querida?

— Farei compras pela manhã. Suas meias ou estão furadas ou não têm par.

— Que divertido — brincou Giles. — E pensar que só tenho de votar contra a nova lei da educação.

— E também pretendo encontrar um presente de aniversário para sua irmã — acrescentou Karin, ignorando o comentário. — Alguma sugestão?

— Uma caixa de sabonetes? Mal estamos nos falando no momento.

— Não é culpa dela. Você passa o tempo todo atacando a sra. Thatcher.

— Não a sra. Thatcher, mas as políticas educacionais retrógradas do governo. Nunca é pessoal. Isso nós deixamos para aqueles que estão do nosso lado.

— E fui convidada a tomar chá na Câmara dos Lordes esta tarde com a baronesa Forbes-Watson, mas não tenho a menor ideia do porquê.

— Ela é uma senhora gentil e irritante, costumava ter certa importância no Ministério de Relações Exteriores cem anos atrás, mas, desde que o marido morreu, ela perdeu o juízo. Sei que ela gosta de convidar esposas de membros do parlamento para um chá de vez em quando.

— Mas não sou sua esposa.

— Isso não é culpa minha — declarou Giles, dando-lhe um beijo. — Vou tentar dar uma passada no salão de chá após a votação. Talvez você precise ser resgatada — acrescentou enquanto pegava o *Times*. Então sorriu quando viu a manchete. — Preciso ligar para Emma.

— Ela pertence à cota para mulheres — disse Harry, servindo-se de outra xícara de café.

— O que você acabou de dizer?

— Não fui eu quem disse. Foi Ted Heath. Segundo o *Times* — ele continuou, levantando novamente o jornal —, ele disse que: "Se é necessário termos uma mulher no gabinete, essa mulher pode muito bem ser Margaret."

Emma ficou sem palavras, mas apenas por um momento.

— Isso certamente atrairá cinquenta por cento do eleitorado. — Emma por fim conseguiu dizer.

— De acordo com o *Times*, 52 por cento.

— Às vezes, perco as esperanças no Partido Conservador — desabafou Emma, quando o telefone tocou. Harry largou o jornal, atravessou a sala até o aparador lateral e atendeu.

— Alô, Giles, sim, eu li o texto sobre Margaret Thatcher no *Times*. Sim, claro. É seu irmão na linha, ele quer falar com você — disse Harry, incapaz de esconder um sorriso.

Emma dobrou seu guardanapo, colocou-o de volta no prendedor, levantou-se e caminhou lentamente para fora da sala.

— Diga a ele que fui fazer campanha.

Depois de comprar seis pares de meias de lã cinza, tamanho 42, e uma bolsa de couro preta que ela sabia que Emma cobiçava, Karin embarcou em um ônibus em Sloane Square e dirigiu-se para o Palácio de Westminster. Um mensageiro indicou o caminho até o salão de chá da Câmara dos Lordes.

— Siga o tapete vermelho, senhora, não tem como errar.

Ao entrar no salão de chá, Karin imediatamente viu uma senhora de cabelos grisalhos sentada em um canto encarando-a como se pudesse ser a irmã mais velha de Margaret Rutherford. A senhora acenou, e Karin atravessou o salão para se juntar a ela.

— Cynthia Forbes-Watson — anunciou a senhora de idade, tentando levantar-se da cadeira.

— Não, não precisa se levantar — disse Karin rapidamente, sentando-se em frente à anfitriã.

— Que prazer em conhecê-la — comentou a senhora, oferecendo uma mão ossuda, mas com uma voz forte. — Li sobre sua incrível fuga da Cortina de Ferro. Nossa, deve ter sido uma experiência terrível.

— Nunca teria sido possível sem Giles.

— Sim, ele é um bom homem, embora, por vezes, impetuoso — declarou, quando um garçom apareceu ao seu lado. — Chá para dois, Stanley, e um par daqueles terríveis bolinhos, ligeiramente queimados. E não seja mesquinho com a manteiga.

— Certamente, milady.

— Vejo que você foi fazer compras.

— Sim, Giles precisava de algumas meias. E também é aniversário da irmã dele, e ele se esqueceu de comprar o presente. Jantaremos com ela e o marido à noite.

— Nunca é fácil encontrar o presente certo para outra mulher — disse a baronesa, enquanto uma bandeja de chá e dois bolinhos levemente queimados eram colocados sobre a mesa entre elas. — Eu sirvo você. Leite?

— Sim, por favor — disse Karin.

— Açúcar?

— Não, obrigada.

— Que sensato — elogiou a baronesa ao mesmo tempo em que punha duas colheres bem cheias na própria xícara. — Para mim já é um pouco tarde para me preocupar com a silhueta. — Karin riu por educação. — Agora, você deve estar se perguntando por que eu queria conhecê-la.

— Giles me disse que a senhora costuma organizar pequenos chás.

— Não como este.

— Não tenho certeza de que entendi.

A baronesa apoiou a xícara sobre a mesa e olhou diretamente para Karin.

— Quero que você ouça atentamente o que estou prestes a dizer, jovem. — Embora ela falasse de forma suave, as palavras eram claras. — Esta será a única vez que nos encontraremos, a menos que você siga minhas instruções ao pé da letra.

Karin se perguntou se a senhora estava brincando, mas, por seus gestos, era óbvio que falava muito sério.

— Nós, britânicos, gostamos de passar a impressão de sermos trapalhões amadores, mas alguns de nós não são tão facilmente enganados, e, apesar de ter criado um prato cheio para a imprensa com sua história emocionante, sua fuga da Berlim Oriental foi muito conveniente.

Karin começou a tremer.

— Se o Partido Trabalhista vencer a próxima eleição, você estará em excelente posição para causar grande constrangimento, não só para o governo, mas para o país.

Karin agarrou os braços da cadeira.

— Nós já sabemos há algum tempo que Jonh Pengelly não é seu pai, e que ele se reporta diretamente a Marshal Koshevoi. Mas o que nos intriga é que, embora você já more no país há mais de dois anos, não parece ter passado qualquer informação realmente significativa para o outro lado.

Karin quis que Giles surgisse para resgatá-la, mas ela sabia que não havia qualquer possibilidade de isso acontecer.

— Estou aliviada por você não ser tola o suficiente para negar, porque há uma maneira de sair dessa confusão, desde que esteja disposta a colaborar.

Karin não disse nada.

— Eu lhe darei a chance de trabalhar para este país. Eu, pessoalmente, me certificarei de que você receba regularmente informações que mantenham a Stasi convencida de que ainda está trabalhando para eles. Mas, em contrapartida, esperamos saber tudo sobre os planos de Pengelly, e quero dizer tudo mesmo.

Karin pegou a xícara, mas sua mão tremia tanto que ela rapidamente a colocou de volta na mesa.

— Eu serei seu contato — prosseguiu a baronesa —, e que melhor disfarce você teria do que um chá ocasional com uma velha tola da Câmara dos Lordes? Essa é a história que você vai contar a Giles, a menos que queira que ele descubra a verdade.

— Não, isso é a última coisa que quero — gaguejou Karin.

— Então, vamos manter tudo como está. Meu marido, um homem muito querido, morreu pensando que eu era subsecretária do Ministério das Relações Exteriores, o que de fato eu era, para todos os efeitos. Ele teria se arrebentado de rir se você lhe sugerisse que eu era uma espiã. Devo avisá-la, srta. Brandt, que, se você achar que não consegue seguir com nosso plano, estará no próximo voo de volta para a Berlim Oriental, e serei eu quem terá que contar ao sr. Barrington a verdade. — Ela fez uma pausa. — Vejo que você tem sentimentos por Giles.

— Eu o amo — desabafou Karin com sinceridade.

— Então, sir John tinha razão. Você realmente queria fugir da Alemanha Oriental para ficar com ele. Bem, deve apenas continuar enganando a maioria das pessoas na maior parte do tempo. Ah, vejo Giles vindo em nossa direção. Se eu receber um cartão de agradecimento de sua parte amanhã, saberei de que lado você está. Caso contrário, é melhor que você e Pengelly estejam no voo para a Alemanha Oriental antes do anoitecer.

— Cynthia, você parece não ter envelhecido um dia — disse Giles.

— E você ainda é um galanteador incorrigível, Giles Barrington.

— Foi muita gentileza sua convidar Karin para um chá.

— Tivemos uma conversa muito interessante.

— Mas agora precisamos ir, pois levaremos minha irmã para jantar fora esta noite.

— Para comemorar o aniversário dela, Karin me disse. Não vou deter vocês.

Karin se levantou ainda um tanto trêmula, pegou a sacola de compras e disse:

— Obrigada pelo chá.

— Espero que venha outras vezes, Karin.

— Eu gostaria muito.

— Uma velhinha fora de série — disse Giles enquanto caminhavam pelo corredor —, embora ninguém pareça saber exatamente o que ela fez no Ministério das Relações Exteriores. Mas, o mais importante, você se lembrou de me comprar algumas meias?

— Sim, querido. Cynthia me disse que ela era subsecretária no Ministério das Relações Exteriores.

— Sim, é claro... E você conseguiu encontrar um presente para Emma?

28

Emma estava atrasada para a reunião. Fazer malabarismo com três bolas ao mesmo tempo foi uma habilidade que teve de aprender muito rápido e, pela primeira vez na vida, houve momentos em que se perguntou se não tinha dado um passo maior do que as pernas.

Presidir a empresa da família continuava a ser sua prioridade, e o que ela descrevia a Harry como seu emprego fixo. No entanto, suas responsabilidades como administradora do hospital estavam tomando muito mais tempo do que inicialmente previra. Oficialmente, era esperado que participasse de quatro reuniões de diretoria por ano e dedicasse dois dias por mês ao hospital. Mas não demorou muito para estar dedicando dois dias por semana. A culpa era exclusivamente sua, porque ela gostava de cada minuto de suas atribuições como administradora responsável pela equipe de enfermagem.

O hospital empregava mais de duas mil enfermeiras e centenas de médicos, e a enfermeira-chefe, Mima Puddicombe, não era das antigas, era quase pré-histórica. Florence Nightingale ficaria feliz de contar com seus préstimos na Crimeia. Emma gostava de aprender sobre os problemas cotidianos enfrentados por Mima: de um lado estavam médicos arrogantes que pensavam ser onipotentes, e, de outro, pacientes que conheciam os próprios direitos. Em algum lugar entre eles estavam as enfermeiras, que deviam cuidar de ambos, sem nunca tirar o sorriso do rosto. Não era de estranhar que Mima nunca se casara. Ela tinha duas mil filhas ansiosas e mil filhos indisciplinados.

Emma rapidamente se inteirou da rotina diária do hospital e comoveu-se com o fato de Mima não apenas buscar seus conselhos como também a tratar como igual, compartilhando seus anseios e ambições para o hospital ao qual dedicou a vida. No entanto, a reunião para a qual Emma estava atrasada nada tinha a ver com suas funções no hospital.

Mais cedo naquela manhã, o primeiro-ministro visitou a rainha no Palácio de Buckingham e pediu permissão para dissolver o Parlamento, a fim de que uma eleição geral fosse convocada. Emma manteve sua promessa a Margaret Thatcher e juntou-se ao comitê de eleição que supervisionava 71 distritos eleitorais no sudoeste do país. Ela representava Bristol, com seus sete assentos, dos quais dois eram marginais, e um era território antigo do irmão. Pelas próximas três semanas, ela e Giles estariam em lados opostos da rua, implorando ao eleitorado que apoiasse sua causa.

Emma sentia-se feliz que a campanha chegaria ao fim em um mês, pois tinha de aceitar que a Barrington's e o hospital não a veriam muito até o dia seguinte à eleição. Harry nunca se acostumou com Emma chegando silenciosamente na cama depois da meia-noite e desaparecendo antes que ele acordasse na manhã seguinte. A maioria dos homens suspeitaria que a esposa tivesse um amante. Emma tinha três.

Era uma tarde cruelmente fria e os dois vestiram casacos pesados, cachecóis e luvas antes de saírem para a caminhada habitual. Falaram apenas de assuntos triviais, até chegarem à mina de estanho abandonada, onde não haveria coronéis, turistas ou crianças barulhentas perturbando-os.

— Você tem algo interessante a relatar, camarada Brandt, ou esta é outra viagem desperdiçada?

— A Home Fleet realizará exercícios perto de Gibraltar nos dias 27 e 28 de fevereiro, quando o novo submarino nuclear da Marinha Real estará em serviço pela primeira vez.

— Como você conseguiu essa informação? — indagou Pengelly.

— Barrington e eu fomos convidados para um jantar com o primeiro Lorde do Mar na Casa do Almirantado. Descobri que, se permanecer em silêncio por tempo suficiente, acabo me misturando ao ambiente, como papel de parede.

— Muito bem, camarada. Eu sabia que você acabaria se saindo bem.

— Posso me aconselhar sobre outra questão, camarada diretor? — Depois de verificar duas vezes se não havia alguém que pudesse ouvi-los, Pengelly assentiu com um gesto de cabeça. — Barrington me pediu em casamento. Como o partido quer que eu responda?

— Você deve aceitar, é claro. Uma vez que estiver casada, eles não poderão expô-la porque isso poderia derrubar o governo.
— Se é isso que você quer, camarada diretor.

Emma voltou para casa às dez horas na noite da eleição, e ela e Harry sentaram-se para acompanhar os resultados em todo o país. Rapidamente ficou claro, depois que a primeira contagem foi divulgada em Billericay, que o resultado seria apertado e, quando o último assento foi anunciado no Condado de Down, na Irlanda do Norte, pouco depois das 4h30 da tarde seguinte, o Partido Trabalhista havia conquistado a maioria de assentos, 301 a 297, embora os conservadores tivessem vencido no voto popular por mais de duzentos mil votos.

Ted Heath se recusou a renunciar ao cargo de primeiro-ministro e passou os dias seguintes tentando uma coalizão com os liberais, o que teria dado aos conservadores a maioria. No entanto, tudo foi por água abaixo quando Jeremy Thorpe, o líder do Partido Liberal, exigiu, como contrapartida pela sua concordância, que a representação proporcional fosse aprovada por lei antes da próxima eleição. Heath sabia que os membros secundários de seu partido não concordariam, então voltou ao Palácio de Buckingham e informou à rainha que não fora capaz de formar um governo.

Na manhã seguinte, Sua Majestade telefonou ao líder do Partido Trabalhista e o convidou a formar um governo de minoria. Harold Wilson ocupou a residência no nº 10 da Downing Street e passou o restante do dia nomeando seu gabinete.

Emma se encantou quando as câmeras de televisão acompanharam Giles caminhando pela Downing Street para uma reunião com o primeiro-ministro. Ele saiu do nº 10 vinte minutos depois, como líder da Câmara dos Lordes. Emma telefonou para o irmão a fim de parabenizá-lo pela nomeação.

— Mereço duas vezes parabéns — disse Giles. — Karin finalmente aceitou se casar comigo.

Emma não poderia estar mais feliz, porém, quando contou a notícia a Harry à noite, ele não pareceu partilhar de seu entusiasmo. Ela teria sondado o motivo de o marido ser sempre tão negativo a respeito de Karin se o telefone não tivesse tocado, interrompendo-a. O jornal local estava na linha perguntando se ela queria fazer uma declaração sobre a trágica morte de Eddie Lister, e não sobre o governo de minoria ou a nomeação de seu irmão.

Emma participou de uma reunião de emergência do conselho de administração do hospital na noite seguinte, iniciada com um minuto de silêncio em memória do falecido presidente, que sofrera um ataque cardíaco enquanto escalava os Alpes com os dois filhos. Os pensamentos de Emma estavam com a esposa de Eddie, Wendy, que voara para a Suíça com o intuito de estar com os filhos e trazer o corpo do marido para casa.

O segundo item na ordem do dia era a eleição de um novo presidente. O nome de Caldercroft Nick, vice-presidente havia muitos anos, foi proposto, apoiado e eleito por unanimidade para assumir o lugar de Eddie. Ele falou calorosamente do homem a que tivera a honra de servir e se comprometeu a continuar seu legado.

— Mas — enfatizou — a tarefa será muito mais fácil se escolhermos a pessoa certa para ser meu vice. Nenhum de vocês vai se surpreender ao saber que minha primeira escolha é Emma Clifton.

Emma não estava surpresa, e sim chocada, pois a ideia nunca lhe passara pela cabeça. No entanto, ao olhar ao redor da mesa de reuniões, verificou que todos concordavam com o novo presidente. Emma começou a compor mentalmente algumas palavras sobre o quanto se sentia lisonjeada pela confiança de todos, mas que infelizmente isso não seria possível nesse momento, porque... Foi então que olhou para cima e viu a fotografia do avô olhando para ela. Sir Walter Barrington a encarava com um olhar penetrante que a fez recordar seus tempos de escola, quando ele a flagrava fazendo algo de errado.

— Muito obrigada, senhor presidente. É uma grande honra e vou tentar provar ser digna de sua confiança.

Ao voltar para casa mais tarde naquela noite, ela teve de explicar a Harry por que carregava um monte de pastas. Ele não pareceu surpreso.

— Afinal — observou Harry —, você era a escolha óbvia.

Quando o telefone tocou, Emma disse com firmeza:

— Se for a rainha, agradeça, mas diga que não tenho tempo para ser primeira-ministra.

— Não é a rainha — declarou Harry —, mas ela pode muito bem ser a próxima primeira-ministra — acrescentou, entregando o telefone para Emma.

— Eu quis ligar para lhe agradecer, Emma — anunciou Margaret Thatcher —, por todo o trabalho que você fez para o partido no sudoeste durante a campanha, e para avisar que tenho certeza de que haverá outra eleição dentro de alguns meses, e então precisaremos de sua ajuda novamente.

A previsão da sra. Thatcher acabou se concretizando, pois o Partido Trabalhista não foi capaz de vencer as votações, noite após noite, muitas vezes tendo de contar com o apoio de alguns partidos menores, e, em uma ocasião, foi preciso esperar um membro que compareceu em uma maca. Não causou surpresa quando, em setembro, Harold Wilson pediu à rainha permissão para dissolver o parlamento pela segunda vez no período de um ano. Três semanas depois, lutando com o slogan *"Agora sabemos que o governo Trabalhista não funciona"*, Wilson retornou ao nº 10 da Downing Street com uma maioria de três assentos na Câmara dos Comuns.

A primeira ligação de Emma não foi para parabenizar Giles por manter o assento no gabinete, mas para Margaret Thatcher, em sua casa em Flood Street, Chelsea.

— Você tem de assumir a liderança do partido, Margaret.

— O cargo não está vago — lembrou a sra. Thatcher —, e não há indicação alguma de que Ted esteja considerando renunciar ao cargo.

— Então é melhor obrigá-lo a decidir — sugeriu Emma com firmeza. — Talvez seja hora de lembrá-lo de que ele já custou ao partido três de quatro eleições.

— É verdade — concordou Thatcher —, mas os conservadores não são conhecidos por demitirem seus líderes, como descobrirá quando conversar com os correligionários do partido na sua próxima reunião do comitê de área. Aliás, Ted passou a última semana telefonando para cada presidente de distrito eleitoral, um por um.

— Não são os presidentes de distrito que escolherão o próximo líder do partido — lembrou Emma —, mas os seus colegas na Câmara. Eles são os únicos que têm direito a voto. Então talvez você devesse ligar para eles, um por um.

Emma acompanhou a distância enquanto as especulações sobre o partido tornavam-se cada vez mais frequentes. Ela nunca tinha lido tantos jornais, ouvido tantas discussões no rádio ou assistido a tantos debates televisivos, muitas vezes até tarde da noite.

Aparentemente alheio ao que acontecia ao seu redor, Ted Heath, como Nero, continuava tocando sua lira enquanto o caos se instaurava. Mas então, em uma tentativa de reforçar sua autoridade no partido, ele convocou uma eleição de liderança para o dia 4 de fevereiro de 1975.

Nos dias seguintes, Emma tentou diversas vezes falar com Margaret Thatcher, mas seu telefone estava constantemente ocupado. Quando finalmente conseguiu, Emma não se preocupou com gentilezas.

— Você nunca terá uma chance melhor de liderar o partido do que agora — despejou. — Especialmente porque os antigos companheiros de gabinete de Heath não estão dispostos a se opor a ele.

— Você pode ter razão — comentou Margaret —, e é por isso que alguns de meus colegas da Câmara dos Comuns estão tentando avaliar minhas chances, caso eu decida concorrer.

— Você deve agir agora, enquanto eles ainda acham que fazem parte de um clube só para homens que jamais admitirá uma mulher como membro.

— Sei que você está certa, Emma, mas só tenho algumas cartas para jogar e devo ter cuidado com quais escolho mostrar a eles. Um erro e eu poderia passar o resto da minha carreira política nos assentos secundários. Mas, por favor, mantenha contato. Você sabe o quanto valorizo sua opinião como alguém que não vive em Westminster pensando apenas nas vantagens que pode conseguir.

Emma provou estar certa sobre o assunto "clube para homens", porque todos os grandes nomes do partido permaneceram leais à Heath, assim como o *Telegraph* e o *Mail*. Apenas o *Spectator* continuou a pressionar a sra. Thatcher a se candidatar. E, quando, para o deleite de Emma, ela finalmente permitiu que seu nome fosse lançado, o anúncio foi recebido pelo círculo de apoio de Heath com escárnio e desprezo, enquanto a imprensa se recusou a levar sua candidatura a sério. Na verdade, Heath disse a quem quisesse ouvir que Thatcher não era nada além de um cavalo de Troia enviado para avaliar a força do oponente.

— Ele está prestes a descobrir que ela é um verdadeiro puro--sangue. — Era tudo o que Emma tinha a dizer sobre o assunto.

No dia da votação, Giles convidou a irmã para almoçar com ele na Câmara dos Lordes a fim de que fosse uma das primeiras a saber o resultado. Emma achou excitante a atmosfera dos corredores do poder, e entendeu, pela primeira vez, por que tantos seres humanos supostamente racionais não conseguiam resistir ao rugido da selva política.

Ela acompanhou Giles até o primeiro andar para observar os membros do Partido Conservador entrando na sala de comitê 7 com o intuito de depositar seus votos. Não havia sinal de qualquer um dos cinco candidatos, apenas seus acólitos perambulavam pela sala tentando persuadir os indecisos de que seu candidato certamente sairia vitorioso.

Às seis da tarde, a porta da sala de comitê 7 foi fechada para que o presidente do Comitê 1922 iniciasse a contagem. Quinze minutos depois, antes mesmo de Edward du Cann ter a oportunidade de anunciar o resultado, um forte clamor foi ouvido dentro da sala de comitê. Todos de pé no corredor fizeram silêncio aguardando por notícias.

— Ela venceu! — Um grito se propagou como uma fileira de dominós e as palavras foram repetidas aqui e ali até chegarem à multidão na rua.

Emma foi convidada à sala da vencedora para um drink de comemoração.

— Ainda não venci — declarou Thatcher depois que Airey Neave ergueu o copo para brindar à nova Líder da Oposição. — Não vamos esquecer que esse foi apenas o primeiro round e mais alguém terá de se opor a mim. Somente então descobriremos se uma mulher pode não apenas liderar o Partido Conservador como também se tornar primeira-ministra. Vamos voltar ao trabalho — acrescentou, não permitindo que seu copo fosse reabastecido.

Somente mais tarde, muito mais tarde, Emma telefonou para Harry para explicar por que perdera o último trem para Bristol.

No caminho de volta para Bristol na manhã seguinte, Emma começou a pensar sobre suas prioridades e a alocação do seu tempo. Ela já decidira renunciar ao cargo de presidente da Associação do Partido Conservador caso Ted Heath tivesse sido reeleito como líder, entretanto, depois de defender a causa de Margaret Thatcher, aceitava que teria agora de permanecer no cargo até a próxima eleição geral. Mas como conseguiria se desdobrar entre a presidência da Barrington e a vice-presidência do conselho de administradores do hospital, além de suas responsabilidades com o partido, quando existiam apenas 24 horas em cada dia? Ela ainda se remoía com a questão quando desembarcou do trem em Temple Meads e se juntou à fila de táxi. E não estava mais próxima de resolvê-la no momento em que o taxista a deixou em frente a Manor House.

Ao abrir a porta da frente, surpreendeu-se ao ver Harry sair apressado do escritório abandonando uma sessão de escrita.

— O que foi, querido? — perguntou, imaginando que só poderia ser má notícia.

— Nick Croft telefonou três vezes e pediu que você retornasse a ligação assim que chegasse.

Emma pegou o aparelho da sala e discou o número que Harry escrevera no bloco ao lado do telefone. Sua chamada foi atendida após o primeiro toque.

— É Emma. — Ela ouviu atentamente o que o presidente tinha a dizer. — Estou tão desolada, Nick — disse finalmente. — E é claro que entendo por que você sente que tenha de se demitir.

SEBASTIAN CLIFTON

1975

29

— Há uma dra. Wolfe na linha para você — anunciou Rachel.
Embora Sebastian não falasse com ela havia algum tempo, não era um nome que ele poderia esquecer.
— Sr. Clifton, estou ligando porque pensei que gostaria de saber que Jessica tem vários quadros na exposição do fim de ano letivo, o que faz dela grande merecedora da bolsa que o senhor oferece a ela. Há uma peça em particular que considero excepcional, chamada *Meu pai*.
— Quando é a exposição?
— Neste fim de semana. A abertura é na sexta-feira à noite e vai até domingo. Sei que é uma longa distância para viajar apenas para ver meia dúzia de quadros, então lhe enviei um catálogo pelo correio.
— Muito obrigado. Algum dos quadros de Jessica está à venda?
— Todas as obras estão à venda e, este ano, as crianças optaram por doar a receita para a Cruz Vermelha dos Estados Unidos.
— Então, eu compro todas — afirmou Sebastian.
— Receio que isso não será possível, sr. Clifton. Outros pais se queixariam, com razão, se qualquer das peças fosse vendida antes da abertura, e essa é uma regra que não estou disposta a quebrar.
— A que horas é a abertura da exposição?
— Sexta-feira, às cinco da tarde.
Seb abriu sua agenda para verificar o que tinha planejado para o fim de semana. Victor o convidara para ir ao White Hart Lane assistir à partida entre Spurs e Liverpool, e seu tio Giles seria o anfitrião de um coquetel na Câmara dos Lordes. Não era uma decisão difícil.
— Partirei na sexta-feira pela manhã. Mas não quero que Jessica ou a mãe saibam que estarei na cidade enquanto o marido de Samantha estiver vivo.
Houve uma longa pausa antes que a dra. Wolfe dissesse:

— Mas o sr. Brewer faleceu há mais de um ano, sr. Clifton. Sinto muito, pensei que o senhor soubesse.

Sebastian desabou na cadeira como se tivesse sido nocauteado por um boxeador peso-pesado. Tentou recuperar o fôlego enquanto absorvia as palavras da diretora.

— Peço desculpas, mas...

— A senhora não tem que se desculpar, dra. Wolfe. Mas ainda prefiro que elas não saibam que estarei na cidade.

— Como desejar, sr. Clifton.

Sebastian olhou para cima e deparou com sua secretária parada junto à porta acenando freneticamente para ele.

— Desculpe, mas tenho que desligar, dra. Wolfe, surgiu um problema. Obrigado pela ligação, estou ansioso para encontrá-la no fim de semana — disse ele antes de colocar o telefone no gancho. — Rachel, vou para Washington na sexta-feira de manhã, provavelmente voltarei no domingo. Vou precisar de passagens de ida e volta na primeira classe, 1.500 dólares em dinheiro e, por favor, reserve-me o Mayflower. — Seb fez uma pausa. — Você parece exasperada, Rachel.

— O sr. Hardcastle chegou quinze minutos atrás e eles estão todos esperando por você no escritório do presidente para a assinatura dos documentos.

— Claro, a cerimônia de assinatura. Como pude esquecer? — Seb saiu correndo da sala. Ele invadiu o escritório do presidente e encontrou Hakim Bishara, Victor Kaufman e Arnold Hardcastle analisando os contratos de fusão.

— Peço desculpas, presidente. Recebi uma ligação inesperada dos Estados Unidos.

— Não tem problema, Seb — tranquilizou-o Hakim. — Aliás, você já esteve na prisão?

— É uma pegadinha? — perguntou Seb, sorrindo.

— Não, certamente não é — respondeu Arnold Hardcastle. — Embora seja apenas uma formalidade no seu caso, é uma das questões que o Banco Central da Inglaterra pergunta sempre que há um pedido de nova licença bancária.

— Não, nunca estive na prisão — declarou Seb, esperando que soasse apropriadamente contrariado.

— Bom — disse Arnold. — Agora, só falta o sr. Bishara e o sr. Kaufman assinarem as três vias, com o sr. Clifton como testemunha.

Seb achava engraçado que Arnold Hardcastle jamais tivesse considerado chamá-lo pelo primeiro nome quando estavam na sala do presidente, embora fosse um velho amigo da família e atuasse como consultor jurídico da empresa desde que Seb podia se lembrar. Como Arnold era parecido com o falecido pai de Seb, pensou ele, a quem ele nunca chamara de Cedric.

— Antes que eu parta com o que vim buscar — disse Victor —, talvez o sr. Hardcastle possa fazer a gentileza de explicar mais uma vez as implicações da minha assinatura neste documento. Algo que meu pai sempre insistiu que fizéssemos.

— E com razão — completou Arnold. — Quando seu pai morreu, ele possuía 51 por cento das ações do Kaufman Bank, que deixou para você, dando-lhe, assim, uma participação majoritária. Essa era a situação quando o sr. Clifton, em nome do Farthings Bank, se aproximou de você para sugerir a fusão dos dois bancos. Após um longo período de negociações, foi acordado que você deteria 25 por cento das ações do novo banco, Farthings Kaufman, e seria membro pleno do conselho de diretoria, mantendo o cargo de chefe do departamento de câmbio, função que exerceu no Kaufman durante os últimos oito anos. Também foi acordado que o sr. Bishara permanecerá como presidente do conselho e o sr. Clifton continuará como diretor-executivo.

— Há algo com que deva me preocupar? — perguntou Victor.

— Não que eu esteja ciente — informou Hardcastle. — Assim que os três assinarem o contrato de fusão, tudo o que restará é aguardar a aprovação do Banco Central, e o diretor de conformidade do banco me assegurou que isso é uma mera formalidade. Ele espera que a papelada esteja pronta dentro de um mês.

— Meu pai estaria orgulhoso de ver a fusão concretizada — declarou Victor. — Onde devo assinar?

Hakim Bishara, em nome do Farthings, e Victor Kaufman, em nome do Kaufman, assinaram as três vias do contrato, e Sebastian pôs seu nome como testemunha. Uma vez que Arnold recolheu todos os documentos, Hakim caminhou até o armário de bebidas, abriu uma pequena geladeira e tirou uma garrafa de champanhe. Então estourou-a e serviu três taças.

— Ao Farthings Kaufman. Possivelmente não o maior banco do mercado, mas, sem dúvida, o mais novo. — Os três riram e ergueram as taças.

— Ao Farthings Kaufman.

— Certo, vamos voltar ao trabalho — ordenou o presidente. — Qual é o próximo compromisso na minha agenda?

— Clive Bingham tem uma reunião agendada com o senhor em meia hora, presidente — informou Hardcastle —, para discutir uma declaração à imprensa na qual ele está trabalhando. Sei que todos na Square Mile consideram que o negócio já é certo, mas eu ainda gostaria de ver a fusão bem divulgada pelos veículos da área. Clive me disse que tanto o *Financial Times* quanto o *Economist* solicitaram um perfil do senhor.

— E pensar que há menos de uma década o Banco Central recusou-se a me conceder uma segunda licença bancária.

— Muita coisa aconteceu desde então — emendou Seb.

— De fato — concordou Hakim. — E a fusão dos dois bancos é apenas a próxima fase do que tenho planejado.

— Amém — disse Victor, levantando a taça uma segunda vez.

— Seb — chamou o presidente quando ele não participou do brinde. — Você parece um pouco preocupado.

— Não é nada, presidente. Mas gostaria de avisar que viajo para Washington na sexta-feira de manhã. Espero estar de volta ao escritório na segunda-feira.

— Algum negócio do qual eu deva saber? — perguntou Hakim, levantando uma sobrancelha.

— Não. Estou pensando em comprar alguns quadros.

— Parece interessante — emendou Hakim, mas Seb não mordeu a isca. — Eu parto para Lagos amanhã para uma reunião com o ministro — acrescentou. — O governo quer construir um porto maior para lidar com a demanda de tantos petroleiros estrangeiros depois da descoberta de vários novos campos de petróleo ao longo da costa da Nigéria. Eles convidaram o Farthings, desculpe, Farthings Kaufman, para atuar como consultor financeiro. Como você, Seb, espero estar de volta à minha mesa no mais tardar até segunda-feira, pois tenho outra semana atribulada pela frente. Assim, Victor, vamos deixar tudo em suas mãos enquanto estivermos ausentes. Apenas se certifique de que não haja surpresas quando voltarmos.

— Um belo golpe — comentou Desmond Mellor assim que leu a declaração à imprensa. — Não tenho certeza de que haja muito que possamos fazer sobre isso.
— Qual é o tamanho de nossa participação no Farthings Kaufman? — perguntou Jim Knowles.
— Temos seis por cento do Farthings — respondeu Adrian Sloane. — Mas esse percentual será reduzido para três por cento do novo banco quando a fusão for aprovada, o que não nos dá direito a um lugar na diretoria.
— E, embora a Mellor Travel tenha tido outro ano bom — declarou Desmond —, não tenho poder financeiro para derrotar Bishara.
— Um de meus contatos no Banco Central — acrescentou Knowles — me disse que espera que a fusão seja ratificada nas próximas duas semanas.
— A não ser que o Banco Central se veja impossibilitado de ratificá-la — retrucou Sloane.
— E que motivo eles teriam para isso? — perguntou Mellor.
— Se um diretor descumprir qualquer uma das normas estatutárias do Banco.
— Como assim, Adrian?
— Se um deles for preso.

30

Sebastian saiu do Aeroporto de Dulles e se juntou à pequena fila para pegar um táxi amarelo.

— Para o Mayflower Hotel, por favor — pediu ao motorista. Seb sempre gostou do caminho entre Dulles e a capital. Uma longa e sinuosa estrada entre bosques arborizados antes de atravessar o rio Potomac e passar pelos magníficos monumentos de mármore de presidentes antigos, os quais dominavam a paisagem como templos romanos. Lincoln, Jefferson e, finalmente, Washington, antes que o táxi parasse diante do hotel.

Sebastian se impressionou quando o atendente da recepção disse: "Bem-vindo de volta, sr. Clifton", considerando que ele só se hospedara no Mayflower uma vez antes.

— Existe algo que eu possa fazer para ajudá-lo? — completou o rapaz.

— Quanto tempo levo para chegar à Jefferson School?

— Quinze, vinte minutos no máximo. Deseja reservar um táxi?

Seb verificou o relógio. Passava um pouco das duas da tarde.

— Sim, você poderia reservá-lo para as 4h20?

— Certamente, senhor. Telefonarei para seu quarto assim que o carro chegar.

Seb se dirigiu ao nono andar e, enquanto admirava a vista da Casa Branca, percebeu que o recepcionista lhe dera o mesmo quarto de antes. Ele desfez sua pequena mala e colocou mil dólares no cofre do quarto, o que presumiu que seria mais do que suficiente para comprar todos os quadros de Jessica. Então se despiu, tomou um banho, deitou-se na cama e pôs a cabeça no travesseiro.

O telefone estava tocando. Seb abriu os olhos e tentou lembrar onde estava. Em seguida, pegou o aparelho.

— Seu táxi o aguarda na entrada principal, senhor.

Checou o relógio: 4h15 da tarde. Ele devia ter adormecido. Maldito *jet lag*.

— Obrigado, descerei em um minuto. — Rapidamente vestiu roupas limpas e seguiu para o lobby. — Você consegue chegar lá antes das cinco horas? — perguntou ao motorista.

— Depende um pouco de onde "lá" fica.

— Desculpe, Jefferson School.

— Moleza. — O táxi partiu e se juntou ao trânsito de fim de tarde.

Seb já havia elaborado dois planos. Se, ao chegar à escola, avistasse Samantha ou Jessica, esperaria que saíssem antes de entrar na exposição. No entanto, se não estivessem lá, daria uma olhada rápida nos trabalhos da filha, selecionaria os quadros que queria comprar e estaria a caminho do Mayflower antes mesmo que percebessem que estivera lá.

O táxi encostou diante da entrada da escola poucos minutos antes das cinco da tarde. Seb permaneceu no banco de trás e viu que um casal acompanhado de uma criança caminhava até o prédio. Então, pagou ao motorista e seguiu-os cuidadosamente, buscando o tempo todo as duas pessoas que não queria encontrar. Quando entrou no prédio, foi recebido por uma grande seta vermelha com as palavras EXPOSIÇÃO DE ARTE no corredor.

Continuou olhando em todas as direções, mas não havia sinal delas. No salão de exposição, viu mais de uma centena de quadros enchendo as paredes com ousadas pinceladas de cor, mas até o momento apenas meia dúzia de pais, claramente interessados somente nos trabalhos da própria prole. Seb se ateve ao plano e percorreu rapidamente a sala. Não foi difícil identificar o trabalho de Jessica; para citar uma das expressões favoritas de seu pai ao descrever um antigo amigo de escola, sr. Deakins, eles eram "de uma classe diferente".

O tempo todo Seb olhava para a porta, mas como não havia sinal das duas, começou a estudar o trabalho da filha com mais cuidado. Apesar de ter apenas dez anos, ela já tinha um estilo próprio, com uma pincelada ousada e confiante sem indicações de segundas tentativas. E então ele parou na frente da pintura intitulada *Meu pai* e entendeu por que a dra. Wolfe a considerara absolutamente excepcional.

Era a imagem de um homem e de uma mulher de mãos dadas, a qual para Seb parecia ter sido influenciada por René Magritte. A mulher só poderia ser Samantha, o sorriso caloroso, os olhos ternos e até mesmo a pequena marca de nascença que ele nunca esqueceria. O homem vestia um terno cinza, camisa branca e gravata azul, mas o rosto não tinha sido preenchido, fora deixado em branco. Seb sentiu tantas emoções simultâneas: tristeza, estupidez, culpa, arrependimento, mas, acima de tudo, arrependimento.

Rapidamente checou a porta de novo, antes de caminhar para uma mesa onde uma jovem estava sentada ao lado de uma placa onde se lia VENDAS. Sebastian virou as páginas do seu catálogo e então pediu o preço dos itens 9, 12, 18, 21, 37 e 52. Ela verificou sua lista.

— Com exceção do número 37, todos eles custam 100 dólares cada. E, claro, todo o dinheiro vai para a caridade.

— Por favor, não me diga que o número 37 já foi vendido?

— Não, senhor. Está à venda, mas o preço é de 500 dólares.

— Vou levar todos os seis — disse Seb, sacando a carteira do bolso.

— São mil dólares — informou a jovem, sem sequer tentar esconder a surpresa.

Seb abriu a carteira e percebeu imediatamente que, em sua pressa para chegar ao táxi, deixara o dinheiro no cofre do hotel.

— Você pode reservá-los para mim? — perguntou. — Eu me certificarei de que receba o dinheiro bem antes do encerramento da exposição. — Ele não quis explicar por que não poderia apenas assinar um cheque. Isso não fazia parte do plano A.

— Me desculpe, senhor, mas não posso fazer isso — lamentou a jovem. E, então, ele sentiu uma mão em seu ombro.

Seb ficou paralisado e se virou em pânico, mas viu a dra. Wolfe sorrindo para ele.

— Srta. Tomkins — falou com firmeza —, não tem problema.

— Claro, diretora. — Olhando de volta para Seb, a jovem perguntou: — Que nome devo colocar no registro de vendas?

— Pode colocar todos em meu nome — interrompeu a dra. Wolfe antes que Seb pudesse responder.

— Obrigado — agradeceu Seb. — Quando posso vir buscá-los?

— A qualquer hora no domingo à tarde — informou a srta. Tomkins. — A exposição se encerra às cinco da tarde.

— Obrigado novamente — agradeceu Seb, antes de se voltar para a dra. Wolfe.

— Vim para lhe avisar que acabo de ver Samantha e Jessica entrando no estacionamento. — Seb olhou para a porta, que parecia ser a única saída da sala. — Se me seguir — disse a dra. Wolfe —, eu o levarei até meu escritório.

— Obrigado — repetiu Seb enquanto ela o conduzia ao outro lado do salão até uma porta com a palavra "Particular" grafada.

Assim que fechou a porta do escritório, a dra. Wolfe perguntou:

— Por que não me deixa dizer a Samantha que você viajou até aqui só para ver o trabalho da Jessica? Tenho certeza de que ambas ficariam felizes em vê-lo e Jessica se sentiria especial.

— Infelizmente, esse é um risco que não estou disposto a assumir no momento. Mas posso perguntar como está Jessica?

— Como o senhor pôde ver pelos quadros que acabou de comprar, sua bolsa de estudos provou ser um ótimo investimento, e ainda estou confiante de que ela vai ser a primeira menina da Jefferson a ganhar uma bolsa de estudos para a American College of Art. — Seb não conseguia esconder o orgulho de pai.

— Agora, é melhor eu voltar antes que comecem a se perguntar onde estou. Se o senhor seguir até o fim desse corredor, encontrará uma porta que dá diretamente para o jardim, assim ninguém o verá sair. E, se mudar de ideia antes de domingo, o senhor tem meu número. Basta me ligar que farei tudo ao meu alcance para ajudar.

Hakim Bishara embarcou no avião, sentindo que sua viagem para a Nigéria tinha sido um total desperdício de tempo. Ele era um homem paciente, mas nessa ocasião mesmo sua paciência fora levada ao limite. O ministro de Energia o manteve esperando por cinco horas e, quando finalmente ele foi levado à sua presença, não parecia estar plenamente informado sobre o novo projeto do porto e sugeriu que eles se encontrassem novamente em duas semanas, como se o escritório de Bishara fosse logo ali na esquina. Bishara partiu quinze minutos depois com uma promessa de que o ministro analisaria a questão e entraria em contato. Ele certamente esperaria sentado.

Então voltou para o hotel, fez o check-out e tomou um táxi para o aeroporto.

Sempre que Hakim entrava em um avião, esperava por uma de duas coisas: estar sentado ao lado de uma bela mulher que passaria alguns dias em uma cidade em que não conhecia ninguém ou de um homem de negócios desconhecido que poderia se interessar em abrir uma conta no Farthings. Ele corrigiu-se, Farthings Kaufman, e se perguntou quanto tempo levaria para lembrar disso sem ter que pensar. Ao longo dos anos, ele fechara três grandes negócios por causa de alguém que se sentara ao seu lado em um avião e conhecera inúmeras mulheres, uma das quais tinha partido seu coração após cinco dias idílicos em Roma, quando lhe disse que era casada e, em seguida, voltou para casa. Ele fez seu trajeto até o assento 3A. Na poltrona ao seu lado estava uma mulher tão deslumbrante que era difícil tirar os olhos dela. Depois de afivelar o cinto de segurança, ele percebeu que a moça estava concentrada em um romance que Harry Clifton lhe recomendara a leitura. Ele não conseguia imaginar como um livro sobre coelhos poderia ser de alguma forma interessante.

Hakim sempre gostou de tentar adivinhar a nacionalidade, história de vida e profissão das pessoas apenas as observando, uma especialidade que seu pai lhe ensinara, sempre que estava tentando vender um tapete caro a um cliente. Primeiro, verifique o básico: suas joias, seu relógio, suas roupas e seus sapatos, e qualquer outra coisa incomum.

O livro sugeria inteligência, a aliança de casamento e, ainda mais obviamente, a aliança de noivado indicavam riqueza sem alardes. O relógio era um clássico Cartier Tank, modelo não mais fabricado. O traje era Yves Saint Laurent, e os sapatos, Halston. Um observador amador poderia descrevê-la como uma mulher de certa idade; alguém perspicaz, como Sky Masterson, diria tratar-se uma mulher madura e cheia de estilo. A silhueta esbelta e elegante e os cabelos longos e claros sugeriam que ela era escandinava.

Hakim teria gostado de começar uma conversa com a mulher, mas, como ela parecia tão absorta no romance e não lhe dirigiu o olhar sequer uma vez, ele decidiu se contentar com algumas horas de sono, embora se perguntasse se mais tarde se arrependeria.

⁂

Samantha caminhou lentamente pela exposição com uma nervosa Jessica alguns passos atrás.

— O que você acha, mãe? Será que alguém vai comprar algum?

— Bem, eu vou.

— Isso é um alívio. Não quero ser a única garota que não conseguiu vender um quadro.

Samantha riu.

— Não acho que isso vai ser um problema para você.

— Você tem um favorito?

— Sim, o número 37. Acho que é o melhor trabalho que já fez. — Samantha ainda estava admirando *Meu pai* quando a srta. Tomkins apareceu e colocou um ponto vermelho ao lado do quadro. — Mas eu queria comprar esse — disse Samantha, incapaz de esconder sua decepção.

— Sinto muito, sra. Brewer, mas todos os quadros de Jessica foram vendidos alguns minutos depois da abertura da exposição.

— Tem certeza? — perguntou Jessica. — Eu coloquei um preço de quinhentos dólares no quadro para garantir que ninguém comprasse, porque queria dar de presente para a minha mãe.

— Ele foi o favorito do cavalheiro, que o comprou, também — informou a srta. Tomkins. — E o preço não pareceu um problema para ele.

— Qual era o nome desse cavalheiro? — perguntou Samantha, calmamente.

— Não tenho ideia. Ele chegou pouco antes da abertura da exposição e comprou todos os trabalhos da Jessica. — Ela olhou ao redor da sala. — Mas acho que já foi embora.

— Eu queria tê-lo visto — disse Jessica.

— Por quê? — perguntou Samantha.

— Porque assim eu poderia desenhar o rosto dele.

— Quanto? — perguntou Ellie May em total descrença.
— Cerca de 1,5 milhão de dólares — admitiu Cyrus.
— Essa deve ter sido a transa mais cara da história, nem morta que deixarei essa mulherzinha ordinária se safar dessa.
— Mas ela é uma dama — disse Cyrus.
— Não é como se fosse a primeira dama a reconhecer um otário quando vê um.
— Mas ainda existe a possibilidade de que o pequeno Freddie seja meu filho.
— Tenho um pressentimento — declarou Ellie May — de que o pequeno Freddie não é nem mesmo dela.
— O que você vai fazer a respeito disso?
— Garantir que Lady Virginia saiba que não vai se safar dessa.

Hakim acordou de um cochilo leve. Piscou, apertou um botão no braço da poltrona e o encosto voltou à posição vertical. Minutos depois, uma aeromoça ofereceu-lhe um lenço aquecido. Ele passou o lenço gentilmente nos olhos, na testa e, por fim, na parte de trás do seu pescoço, até que se sentiu quase desperto.

— O senhor gostaria de seu café da manhã, sr. Bishara? — perguntou gentilmente a aeromoça, recolhendo o lenço com um par de pinças.

— Apenas suco de laranja e café preto, por favor.

Ele olhou para a mulher à sua direita, mas ela estava entretida nas páginas finais do livro, então relutantemente decidiu não a interromper.

Quando o piloto anunciou que pousariam em trinta minutos, a mulher desapareceu imediatamente para o lavatório e não voltou por algum tempo. Hakim concluiu que deveria haver um homem de sorte esperando por ela no aeroporto de Heathrow.

Hakim sempre gostou de ser um dos primeiros passageiros a desembarcar, especialmente quando estava apenas com bagagem de mão e não precisaria aguardar as malas na esteira. Seu motorista estaria esperando por ele do lado de fora do terminal e, apesar de ser um domingo, ele ainda pretendia passar no escritório e enfrentar a montanha de correspondências empilhadas sobre a mesa. Novamente, amaldiçoou o ministro de Energia da Nigéria.

Desde que se tornara cidadão britânico, ele não mais precisava ir ao controle de passaportes e enfrentar as longas filas de não residentes. Então passou direto pela esteira de bagagem e seguiu para a fila verde, pois não comprara nada em sua estada em Lagos. Assim que entrou na fila, um funcionário aduaneiro se adiantou e bloqueou seu caminho.

— Posso verificar sua mala, senhor?

— É claro — respondeu Bishara, colocando a pequena maleta no balcão.

Outro oficial apareceu e ficou um passo atrás do colega, que analisou sistematicamente a maleta de Hakim. Tudo o que ele encontrou foi um saco de roupa suja, duas camisas, dois pares de calças, dois pares de meias e duas gravatas de seda; tudo o que ele precisava para uma viagem de dois dias. O funcionário aduaneiro então abriu o zíper de um pequeno bolso lateral que Hakim raramente utilizava. Hakim assistiu, incrédulo, quando o homem extraiu um saco de celofane recheado com uma substância branca. Embora nunca tivesse usado drogas na vida, ele sabia exatamente o que devia ser.

— Isso pertence ao senhor? — perguntou o oficial.

— Eu nunca vi isso antes na minha vida — respondeu Hakim com sinceridade.

— O senhor poderia fazer a gentileza de nos acompanhar?

261

31

Desmond Mellor sorriu ao ler a manchete do *Daily Mail*.

BANQUEIRO DA CIDADE PRESO COM HEROÍNA

Ele estava ainda no meio do texto quando olhou para Adrian Sloane e disse:

— Não poderia ser melhor, Adrian, nem mesmo se você escrevesse.

Sloane jogou sobre a mesa o exemplar do *Sun*.

— Creio que você vá achar essa ainda melhor.

BANQUEIRO BISHARA ATRÁS DAS GRADES

Mellor riu.

— Não tem como ele se defender dessas manchetes — festejou Jim Knowles. — Até mesmo o *Financial Times* está falando sobre isso, abre aspas: "O Banco Central da Inglaterra confirma que não recebeu qualquer pedido de fusão dos bancos Farthings e Kaufman, e não emitirá qualquer declaração sobre o assunto."

— O que significa: "Não nos incomode novamente, nós já passamos a batata quente adiante." — disse Sloane.

— Que bela jogada — elogiou Mellor. — Posso saber como conseguiu essa façanha, Adrian?

— Provavelmente é melhor que você não saiba dos detalhes, Desmond, mas o que posso dizer é que os principais participantes já estão de volta e em segurança na Nigéria.

— Enquanto Bishara está na prisão de Wandsworth.

— E, o melhor, não acho que vá conseguir acomodação melhor pelos próximos meses.

— Eu não estaria tão certo disso — disse Jim Knowles. — Aquele advogado cheio de lábia de Bishara provavelmente conseguirá libertá-lo sob fiança.

— Não se Bishara for acusado de posse ilegal de droga de classe A com a intenção de vendê-la — retrucou Sloane.

— E se ele for considerado culpado, quanto tempo pode ficar preso?

— A pena mínima é de cinco anos, de acordo com o *Times*. Não estou tão afoito pela pena máxima, porque serei presidente do Farthings muito antes disso — afirmou Mellor.

— O que você acha que vai acontecer com os dois bancos?

— Vão desmoronar, mas devemos cessar fogo por alguns dias até que atinjam o fundo do poço — recomendou Mellor. — Só então pretendo adquirir mais ações, antes de ingressar na diretoria do Farthings. Enquanto o julgamento estiver acontecendo, me posicionarei como um cavaleiro branco relutantemente disposto a resgatar os acionistas em apuros. E, depois que Bishara for considerado culpado, vou permitir que me convençam a reassumir a presidência do Farthings para salvar a reputação do banco.

— É improvável que Sebastian Clifton fique simplesmente sentado assistindo a tudo isso — disse Knowles.

— Ele vai aguentar firme até Bishara ser condenado — opinou Mellor. — E, uma vez que eu assumir a presidência, serei o primeiro a me solidarizar com ele e dizer o quanto lamento por ele precisar se demitir.

Sebastian encontrava-se sentado nos degraus do Lincoln Memorial e, como o décimo sexto presidente, estava mergulhado em pensamentos. Ele teria retornado para a Inglaterra naquela manhã se a escola estivesse disposta a liberar os quadros de Jessica, mas a srta. Tomkins só permitiria que ele as retirasse no domingo à tarde.

Então decidiu voltar para a escola e apreciar novamente o trabalho da filha, mas só depois de se convencer de que seria pouco provável que ela ou Samantha voltassem no sábado à tarde. Ou na verdade ele esperava que voltassem?

Seb finalmente deixou Lincoln e foi em busca de Jefferson. Tomou um táxi de volta para a escola com a desculpa de que precisava pagar sua dívida o mais rapidamente possível. Assim que entrou na sala de exposições, sentiu-se aliviado ao ver que havia poucos pais por ali; estava claro pela abundância de pontos vermelhos que a maioria deles visitara a exposição na noite de abertura. Uma pessoa, porém, continuava firmemente em seu posto. Seb caminhou até a mesa da srta. Tomkins e lhe entregou mil dólares em dinheiro.

— Obrigada — agradeceu a jovem. — Tenho certeza de que o senhor gostará de saber que várias pessoas ficaram desapontadas por não poderem mais adquirir uma das obras de Jessica. Incluindo a mãe dela, que queria muito comprar *Meu pai*. Inclusive me perguntou quem o havia comprado, mas é claro que não pude informar a ela, considerando que nem sei seu nome.

Seb sorriu.

— Muito obrigado. E, se me permitir, venho retirá-los amanhã à tarde.

Ele deixou a srta. Tomkins para olhar mais uma vez as obras de Jessica. Estudou cada um dos seis quadros, que agora lhe pertenciam, calmamente, com a satisfação de um colecionador, e parou em frente a *Meu pai*, que ele já decidira pendurar em cima da lareira em seu apartamento. Estava prestes a sair quando ouviu uma voz atrás dele.

— Está se olhando no espelho?

Sebastian se virou e viu a filha, que imediatamente jogou os braços em volta dele e perguntou:

— Por que demorou tanto tempo?

Era raro Sebastian ficar sem palavras, mas ele simplesmente não sabia o que dizer, então a abraçou até que ela deu um passo para trás e sorriu para o pai.

— Vamos, diga alguma coisa!

— Eu sinto muito. — Finalmente as palavras saíram. — Você tem razão. Eu a vi uma vez, anos atrás, mas não tive coragem de dizer oi. Tenho sido um tolo.

— Bem, pelo menos nisso concordamos — retrucou Jessica. — Mas, para ser justa, a mamãe também não pode se vangloriar. — A garota pegou-lhe a mão e levou-o para fora da sala, continuando a conversar como se fossem velhos amigos. — Na verdade, ela é tão culpada quanto você. Eu disse a ela para ligar para você depois que meu padrasto morreu.

— Você nunca pensou que ele fosse seu verdadeiro pai?

— Posso não ser boa em matemática, mas até eu fui capaz de entender que, se eu tinha seis anos e eles se conheciam havia apenas cinco...

Seb riu.

— Assim que Michael morreu, mamãe confirmou o que eu já sabia, mas ainda assim não consegui convencê-la a falar com você.

Eles caminharam pelo parque, de braços dados, pararam em uma sorveteria Farrell e dividiram um sundae com calda quente de chocolate, enquanto ela contava sobre os amigos, a pintura, os planos para o futuro. Enquanto a ouvia, Seb desejou desesperadamente ser capaz de compensar todos os anos perdidos em algumas horas.

— Está ficando tarde — disse Seb, checando o relógio. — Sua mãe não vai começar a se perguntar onde você está?

— Sebastian — advertiu a menina, pousando as mãos nos quadris. — Eu tenho dez anos de idade.

— Bem, se está tão crescida, o que acha que eu deveria fazer em seguida?

— Já cuidei disso. Você e a mamãe vão me levar para jantar no Belvedere hoje. Já fiz uma reserva para três, às 19h30. Então tudo que você precisa decidir é se vamos viver em Londres ou Washington.

— Mas e se eu não voltasse para a escola hoje?

— Eu sabia que você voltaria.

— Mas nem eu mesmo sabia.

— Isso não é a mesma coisa.

— Parece que você já tem tudo planejado — comentou Seb.

— Claro que tenho. Tive muito tempo para pensar sobre isso, não é?

— E a sua mãe está feliz com esses planos?

— Ainda não contei para ela. Mas podemos descobrir isso hoje, não é?

— A dra. Wolfe me disse ontem que você pode ganhar uma bolsa para o American College of Art.

— A dra. Wolfe ficará orgulhosa da mesma forma quando eu for a primeira menina de Jefferson a entrar na Royal College of Art, embora eu queira ir primeiro para a Slade, assim como a Jessica Dismorr.

— Sua mãe ou eu teremos alguma palavra nisso tudo?

— Espero que não. Afinal, vocês dois fizeram tanta confusão até agora. — Sebastian riu. — Posso fazer uma pergunta? Eu sou como você esperava? — perguntou a menina, parecendo insegura pela primeira vez.

— Você é ainda mais talentosa e bela do que eu havia imaginado. E quanto a mim? — perguntou Seb, sorrindo.

— Na verdade, estou um pouco desapontada. Pensei que você fosse mais alto e mais bonito. Mais parecido com o Sean Connery.

Seb gargalhou.

— Você é a criança mais precoce que já conheci.

— E você vai ficar feliz em saber que a mamãe concorda com você, só que ela me chama de pirralha em vez de criança, e tenho certeza de que você vai fazer o mesmo depois de me conhecer melhor. Agora preciso ir. Tenho muito a contar para a mamãe e estou ansiosa para o jantar de hoje. Vou usar um vestido novo que comprei especialmente para a ocasião. Onde vamos jantar?

— No Belvedere, às 19h30.

Jessica se jogou nos braços dele e irrompeu em lágrimas.

— O que foi? — perguntou Seb.

— Nada. Só seja pontual, para variar.

— Não se preocupe, eu serei.

— É bom que seja — confirmou Jessica, saindo rapidamente.

O advogado Arnold Hardcastle sentou-se diante de Hakim Bishara em uma pequena sala privada na prisão de Wandsworth.

— Eu lhe direi algo, Hakim, que nunca disse a um cliente antes. Embora seja dever do advogado apresentar a melhor defesa possível para seu cliente, independentemente de acreditar que seja culpado ou inocente, quero que saiba que não tenho a menor dúvida de que você foi vítima de uma armação. No entanto, devo adverti-lo de que, por causa de novas diretrizes do governo em relação a drogas de classe A, o juiz recusará um pedido de fiança.

— E quanto tempo levará até que meu caso vá a julgamento?

— Quatro meses, seis, no máximo. Tenha certeza de que vou fazer tudo que estiver ao meu alcance para acelerar o processo.

— E durante esse tempo em que ficarei trancafiado aqui o banco pode ir à falência.

— Vamos esperar que não chegue a esse ponto.

— Você leu os jornais da manhã? — perguntou Bishara. — A situação não pode piorar muito. Quando o mercado abrir amanhã, os abutres vão mergulhar na carcaça até sobrarem apenas os ossos. Há alguma boa notícia?

— Ross Buchanan me telefonou ontem à noite para dizer que ficaria feliz em assumir temporariamente a presidência até o seu retorno. Ele já divulgou um comunicado dizendo que não tem dúvidas de que você será inocentado de todas as acusações.

— Típico dele — disse Hakim. — Aceite a oferta. Nós também vamos precisar de Sebastian no escritório assim que o mercado abrir.

— Ele está em Washington no momento. Telefonei para o hotel várias vezes, mas ele não estava no quarto. Deixei uma mensagem pedindo-lhe que me ligue com urgência. Há mais alguma coisa que eu possa fazer?

— Sim, Arnold. Preciso do melhor detetive particular que puder encontrar, alguém que seja destemido e não deixe que nada o detenha até que rastreie quem foi o responsável por plantar a heroína em minha mala.

— Inspetor-chefe Barry Hammond é o nome que me vem à mente imediatamente, mas perdi contato com ele desde que deixou a polícia.

— Ele se aposentou?

— Não, ele se demitiu depois de ser acusado de plantar provas no caso de um chefão da máfia que sempre se safava de seus crimes, inclusive os de assassinato.

— Como você o conheceu?

— Eu era o defensor dele quando o julgamento chegou ao tribunal. Consegui a absolvição, mas ele abandonou a polícia no dia seguinte.

— Então o encontre, preciso falar com ele o mais rápido possível.

— Vou procurá-lo imediatamente. Mais alguma coisa?

— Localize Sebastian.

Seb caminhou lentamente de volta para o hotel e pensou em todos os anos desperdiçados e em como pretendia compensar tudo que perdera, independentemente do sacrifício necessário. Se ao menos Samantha lhe desse uma segunda chance. Será que Jessica estava certa? Elas realmente estariam dispostas a viver em Londres? Essa noite seria como um primeiro encontro, e ele suspeitava que Samantha estivesse tão nervosa quanto ele. Afinal, o marido dela havia morrido recentemente, e Seb não tinha como saber o que a mulher achava desse reencontro. Talvez sua jovem dama de companhia soubesse mais do que estava disposta a admitir. Outra mulher que temia perder.

Assim que entrou no hotel, caminhou até a recepção e perguntou:

— Quanto tempo leva para chegar ao restaurante Belvedere?

— É muito perto, senhor, não deve demorar mais do que alguns minutos. O senhor tem uma reserva? Eles certamente devem estar lotados em uma noite de sábado.

— Sim, tenho — afirmou Seb com confiança.

— Há uma mensagem urgente para o senhor, pedindo que ligue para o sr. Arnold Hardcastle. Ele deixou um número. Posso fazer a ligação e transferir para seu quarto?

— Sim, por favor — respondeu Seb, antes de caminhar até o elevador mais próximo. Ele jamais ouvira Arnold usar a palavra "urgente". O que poderia ser tão importante? Será que ele não havia assinado todas as páginas do contrato de fusão? Será que Victor tinha mudado de ideia no último segundo? No quarto, ele só esperou alguns instantes até que o telefone tocasse.

— Sebastian Clifton.

— Seb. Graças a Deus, finalmente o localizei.

— Qual é o problema, Arnold?

— Tenho más notícias.

Seb ouviu em total descrença enquanto Arnold contava tudo que ocorrera com Hakim desde que desembarcara do avião em Heathrow.

— Só pode ter sido uma armação, pura e simples — esbravejou Seb com raiva.

— Essas foram exatamente as minhas palavras — emendou Arnold. — Mas receio que não seja assim tão simples, pois as provas estão todas contra ele.

— Onde está ele agora?

— Em uma cela em Wandsworth. Ele disse que é essencial que você esteja de volta ao escritório assim que o mercado abrir, na segunda-feira de manhã.

— Claro, estarei lá. Pegarei o próximo voo de volta para Heathrow. — Ele desligou o telefone e imediatamente discou para a recepção. — Deixarei o hotel em meia hora. Por favor, providencie minha conta. E você poderia reservar o primeiro voo disponível para Londres? Ah, e, por gentileza, poderia localizar o número da sra. Michael Brewer, telefonar para ela e transferir a ligação?

Seb arrumou as malas rapidamente e, em seguida, verificou se não havia esquecido nada. Ele estava fechando a mala quando o telefone tocou novamente.

— Me desculpe, senhor, mas a sra. Michael Brewer não consta da lista.

— Então, ligue para a dra. Wolfe na Jefferson Elementary School. Ela é a diretora.

Seb andou de um lado para outro no quarto. Se conseguisse falar com a dra. Wolfe, ela certamente teria o número de Sam...

O telefone tocou novamente.

— A dra. Wolfe não atende o telefone, sr. Clifton, e o único voo disponível parte em pouco menos de duas horas, então o senhor terá que se apressar. Todos os outros voos para Londres estão lotados.

— Faça a reserva. E vou precisar de um táxi para me levar até o Aeroporto de Dulles.

No caminho para o aeroporto, Seb nem sequer notou os imponentes monumentos, as águas agitadas do Potomac ou os bosques densamente arborizados. Sua mente estava dominada pelo pensamento de Hakim trancafiado em uma cela. Seb admitiu que não havia mais qualquer propósito em Arnold entregar os documentos da fusão ao Banco Central da Inglaterra, depois de se recordar da pergunta inocente de Hakim: "Você já foi para a prisão?" Então se perguntou quem poderia estar por trás de algo tão traiçoeiro. Adrian Sloane imediatamente veio a sua mente, mas ele não conseguiria isso sozinho.

Foi então que Seb verificou o relógio e, ao ver que eram quase 7h30 da noite, lembrou-se de onde ele deveria estar naquele momento. Jessica presumiria que ele as decepcionaria novamente. A filha nunca aceitaria que algo pudesse ser mais importante do que... Ele pagou o taxista, disparou pelo terminal, fez o check-in e seguiu direto para o lounge da classe executiva, onde entrou na primeira cabine telefônica disponível, depositou uma moeda e discou para o serviço de auxílio à lista.

— Esta é a primeira chamada para os passageiros com destino a Londres, Aeroporto de Heathrow, do voo 755 da British Airways. Por favor, dirijam-se ao...

— Um restaurante em Washington chamado Belvedere. — Poucos segundos depois, a atendente lhe forneceu o número. Seb discou imediatamente, mas a linha estava ocupada. Ele decidiu pegar o cartão de embarque e tentar novamente em alguns minutos. Talvez o avião atrasasse.

Correu de volta para a cabine telefônica e discou novamente. Ainda ocupada.

— Esta é a última chamada para os passageiros com destino a Londres, Aeroporto de Heathrow, do voo 755 da British Airways. Por favor...

Ele depositou as moedas e discou o número, rezando para não estar ocupado. Dessa vez, foi recebido pelo toque de chamada.

— Vamos, atenda, atenda! — gritou.

— Belvedere, boa noite, em que posso ajudá-lo?

— Meu nome é Sebastian Clifton, tenho uma reserva para o seu restaurante esta noite com Samantha e Jessica Brewer.

— Sim, senhor, suas convidadas já estão à sua espera.

— Preciso falar com Jessica Brewer. Por favor, diga a ela que é urgente.

— Certamente, senhor, um minuto, que vou chamá-la. — Seb esperou, mas o que ouviu em seguida foi a voz da atendente:

— Por favor, deposite cinquenta centavos.

Ele vasculhou os bolsos em busca de moedas, mas tudo o que conseguiu encontrar foi uma moeda de dez centavos. Então a inseriu na ranhura e rezou.

— Oi, Paps, é a Jessie.

— Jessie, oi — Bip, bip, bip, clique... tuuuu.

— Atenção, sr. Sebastian Clifton, viajando para Londres, Heathrow, no voo 755 da British Airways, por favor, apresente-se no portão de número 14 imediatamente, pois o embarque está sendo encerrado.

32

Os quatro realizaram uma reunião de diretoria não programada às onze horas da manhã de segunda-feira. Eles se sentaram em torno da mesa quadrada em uma sala apertada normalmente reservada para consultas jurídicas.

Ross Buchanan sentou-se em uma extremidade da mesa com uma pilha de pastas no chão ao seu lado. Hakim Bishara sentou-se à sua frente com Arnold Hardcastle à sua direita e Sebastian à sua esquerda.

— Talvez eu devesse começar informando que pelo menos até o momento as ações do Farthings não perderam tanto valor quanto temíamos que pudesse ocorrer — anunciou Ross.

— Sem dúvida, graças à sua importante declaração — comentou Hakim —, que foi divulgada em todos os jornais de domingo. Na verdade, se alguma coisa terá o poder de impedir que o banco afunde será sua reputação na cidade, Ross.

— E também parece haver uma terceira parte envolvida — informou Seb — que está comprando todas as ações disponíveis.

— Eu me pergunto se é um amigo ou um predador — ponderou Hakim.

— Não tenho certeza, mas informarei a você assim que descobrir.

— E quanto ao valor das ações do Kaufman?

— Surpreendentemente — relatou Seb —, elas sofreram um ligeira alta, apesar de Victor deixar bem claro para todos que o perguntam que, por ele, a fusão ainda está de pé e que o falecido pai era um grande admirador seu.

— É muita generosidade da parte dele — disse Hakim, colocando os cotovelos sobre a mesa. — Mas quantos de nossos clientes importantes encerraram suas contas?

— Muitos ligaram para expressar preocupação sobre as acusações que você está enfrentando e para salientar que as suas empresas não podem se dar ao luxo de ter o nome associado a um traficante de drogas.

— E o que você disse a eles? — perguntou Arnold, antes que Hakim pudesse intervir.

— Eu disse a eles — continuou Ross — que o sr. Bishara não fuma e não bebe e, sendo assim, perguntei-lhes para quem eles imaginam que ele estaria vendendo drogas.

— E quanto aos nossos clientes menores? — indagou Hakim. — Estão encerrando as contas?

— Alguns já transferiram suas contas — informou Seb. — Mas ironicamente eu já tentava me livrar de um ou dois deles havia alguns anos, e sem dúvida todos voltarão rastejando assim que você provar sua inocência.

— E darão com a cara na porta — praguejou Hakim, batendo na mesa com o punho cerrado. — E quanto ao seu detetive particular? — perguntou a Arnold. — Você conseguiu localizá-lo?

— Sim, presidente. Eu o encontrei jogando bilhar em Romford. Ele havia lido sobre o caso no *News of the World* e disse que a opinião geral é de que foi uma armação, mas ninguém parece saber quem mexeu os pauzinhos, e ele está convencido de que não podem ter sido os suspeitos habituais.

— Quando ele virá me ver?

— Às seis horas da tarde. Mas saiba que Barry Hammond não é uma pessoa fácil de lidar. No entanto, se aceitar pegar o seu caso, eu não gostaria de estar na pele de quem armou essa cilada.

— O que você quer dizer com "se"? Quem diabos ele pensa que é?

— Ele despreza traficantes de droga, Hakim — explicou Arnold calmamente. — Acha que todos eles deveriam ser enforcados em Trafalgar Square.

— Se ele sequer sugerir que eu...

Sebastian colocou uma mão sobre o braço de Hakim.

— Nós todos compreendemos o que está passando, presidente, mas você tem que manter a calma, e deixar que Arnold, Ross e eu lidemos com a pressão.

— Sinto muito. É claro, você está certo, Seb. Não pense que não sou grato a todos vocês. Estou ansioso para falar com o sr. Hammond.

— Ele será obrigado a lhe fazer algumas perguntas bem diretas — lembrou Arnold. — Só me prometa que não vai perder as estribeiras.

— Serei a calma em pessoa.

— Como você está passando o tempo? — perguntou Ross, tentando aliviar o clima. — Estar aqui não deve ser uma experiência agradável.

— Passei uma hora na academia, esta manhã, o que me fez perceber como estou fora de forma. Então, li o *Financial Times* inteiro. Fiz uma hora de caminhada em torno do pátio, ontem à tarde, na companhia de outros dois banqueiros que estão presos por manipulação de preços de ações, e à noite joguei algumas partidas de gamão.

— Por dinheiro? — perguntou Seb.

— Uma libra por partida. Há um cara, preso por assalto à mão armada, que conseguiu me arrancar algumas pratas, mas pretendo recuperar tudo esta noite.

Os três visitantes irromperam em gargalhadas.

———

— Consegui mais dois por cento de ações do Farthings — vangloriou-se Sloane —, agora você tem direito a uma vaga no conselho de diretoria.

— Essas ações adicionais acabaram custando mais do que o previsto — comentou Mellor.

— Isso é verdade, mas meu corretor me disse que há alguém comprando ações assim que surgem no mercado.

— Alguma ideia de quem pode ser? — perguntou Knowles.

— Não faço ideia, mas isso não explica por que as ações não têm caído tanto quanto eu tinha previsto. Se você me deixar representá-lo na diretoria, Desmond, descobrirei exatamente o que está acontecendo, e então serei capaz de alimentar a imprensa com migalhas inúteis regularmente. No fim, será de gota em gota que emborcaremos o barco, confie em mim.

— Você ainda está confiante de que nada pode ser rastreado até alguém nesta mesa?

— Tenho certeza. Somos as únicas três pessoas que sabem o que está acontecendo, e sou o único que sabe onde estão enterrados os corpos.

Depois de Sebastian sair da prisão de Wandsworth, ele correu de volta para o banco e encontrou Rachel de pé junto à porta do escritório.

— Trinta e dois clientes querem falar com você pessoalmente, todos eles com urgência.

— Quem é a maior prioridade?

— Jimmy Goldsmith.

— Mas o banco nunca fez qualquer negócio com o sr. Goldsmith.

— Ele é um amigo próximo do sr. Bishara. Eles se encontram no Clermont Club.

— Certo, falarei com ele primeiro.

Rachel voltou para sua sala e alguns minutos depois o telefone de Seb tocou.

— Goldsmith, aqui é Sebastian Clifton, retornando a sua ligação.

— Soube que visitou Hakim na prisão hoje. Como ele está?

— Está aguentando firme.

— Como suas ações.

— O senhor é o grande investidor?

— Vamos apenas dizer que estou comprando qualquer ação sempre que ela cai 10 por cento abaixo do seu ponto médio.

— Mas por que faria isso, sr. Goldsmith? Isso pode acabar lhe custando uma fortuna.

— Por duas razões, sr. Clifton. A primeira, conheço Hakim desde os tempos de universidade e, como eu, ele despreza traficantes de drogas.

— E a segunda?

— Digamos que tenho uma dívida com ele.

— Ainda assim é muito arriscado.

— É uma aposta, admito. Mas, quando Hakim for inocentado, e não tenho nenhuma dúvida de que será, as ações do banco vão se recuperar, e, quando eu as vender, terei feito um excelente negócio.

— Sr. Goldsmith, gostaria de saber se poderia me ajudar a fazer outro negócio excelente.

Goldsmith ouviu Sebastian atentamente.

— Quando será essa reunião de emergência da diretoria? — ele perguntou.

— Terça-feira, às dez horas da manhã.

— Estarei lá.

Sebastian passou o restante do dia tentando retornar todas as ligações. Sentiu-se como o menininho holandês da fábula americana que tentava salvar seu país tapando o vazamento de um dique com o dedo. Será que de repente o dique vai ceder e afogar a todos?

Ele ouviu as mesmas perguntas de novo e de novo, e tentou tranquilizar cada cliente não apenas de que Hakim era inocente, mas de que o banco estava em boas mãos. Seb estava agradavelmente surpreso com o número de pessoas mantendo-se firmes e sentindo-se felizes em apoiar o presidente. Seb fez duas listas, uma delas identificada "amigos da onça" e a outra, "amigos de verdade". Às sete da noite, a lista de "amigos da onça" era muito mais longa que a de "amigos de verdade". Seb estava prestes a encerrar o dia quando o telefone tocou novamente. Ele pensou em ignorá-lo e ir para casa, mas relutantemente atendeu.

— É lorde Barrington na linha — disse Rachel. — Posso transferir?

— Claro.

— Olá, Seb. Desculpe incomodá-lo. Você deve ter tido um dia muito difícil. Mas eu queria saber se tem um tempinho.

— Claro — repetiu Seb.

— Algum tempo atrás, você me perguntou se eu gostaria de integrar o conselho do Farthings. Estou ligando para saber se a oferta continua de pé.

Sebastian estava sem palavras.

— Você ainda está aí, Seb?

— Sim — Seb conseguiu enfim dizer.

— Consideraria uma grande honra trabalhar sob a diretriz de Hakim Bishara — declarou Giles —, se ele ainda achar que posso ser de alguma ajuda.

Quando os telefones finalmente pararam de tocar, Sebastian decidiu ir para casa, embora ainda restasse uma ligação a fazer. No entanto, achou que seria mais fácil fazê-la na privacidade de casa.

A caminho de casa em Pimlico, de repente sentiu fome, pois não conseguira nem mesmo almoçar. Sentia-se cansado demais para comer fora e certamente cozinhar estava fora de cogitação, assim parou para comprar uma pizza grande de pepperoni para comer em casa. Quando estacionou diante do prédio, sua mente se voltou para os problemas que teria de enfrentar na reunião de emergência do dia seguinte, agora que Adrian Sloane estava de volta à diretoria. Em seguida, arrastou-se até Pimlico Mansions e tomou o elevador para seu apartamento no nono andar. Ao abrir a porta, pôde ouvir o telefone tocando.

Hakim Bishara olhou atentamente para o homem sentado à sua frente do outro lado da mesa. Mais uma vez, ele fazia o jogo que seu pai lhe ensinara. O terno azul-escuro do sr. Hammond era muito bem cortado, mas comprado pronto; a camisa branca tinha sido vestida havia menos de uma hora. A gravata continha brasões, provavelmente de um time de rúgbi, e os sapatos só poderiam ter sido polidos por alguém que servira nas forças armadas. Sua cabeça era raspada, o corpo, esguio e ágil, e, embora ele devesse ter mais de quarenta anos, muitos homens de trinta não gostariam de entrar em um ringue com ele. Hakim esperou que o homem falasse. A voz oferece muito mais pistas.

— Só concordei em vê-lo, sr. Bishara, porque você é um amigo do sr. Hardcastle.

Sotaque de Essex, durão e sagaz. Hammond virou-se para sua esquerda e Arnold deu um leve aceno de cabeça.

— E devo a ele. Ele me livrou quando eu era culpado. O senhor é culpado, sr. Bishara? — perguntou, os olhos castanhos profundos encarando Hakim como se ele fosse uma cobra píton olhando para o almoço.

Hakim podia ouvir a voz de Seb em seu ouvido instruindo-o a permanecer calmo.

— Não, não sou culpado, sr. Hammond — ele respondeu, retribuindo o olhar.

— Já consumiu drogas, sr. Bishara?

— Nunca — respondeu Hakim calmamente.

— Então não se importaria de arregaçar as mangas, não é? — Hakim executou o pedido sem questionar. Hammond analisou os braços de Bishara. — E agora as calças. — Ele arregaçou cada uma das pernas da calça. — Abra a boca, quero examinar seus dentes. — Hakim abriu a boca. — Mais. — O homem olhou o interior da boca. — Bem, uma coisa é certa, sr. Hardcastle. Seu amigo nunca consumiu drogas na vida, então passou no primeiro teste. — Hakim se perguntou qual seria o segundo. — Agora vamos descobrir se ele é traficante.

Sebastian fechou a porta, colocou a pizza na mesa de jantar e atendeu o telefone, sendo recebido por uma voz que ele não ouvia havia anos.

— Eu estava prestes a telefonar para você — justificou Seb —, mas achei que seria insensato ligar do escritório, dadas as circunstâncias.

— Circunstâncias? — repetiu Samantha, com a voz gentil que Seb jamais esqueceria.

— É uma longa história.

Seb, em seguida, tentou explicar o que tinha acontecido a Bishara, começando com sua ligação fracassada do Aeroporto de Dulles e, quando finalmente parou de falar, ainda não fazia ideia de como Samantha reagiria.

— Pobre homem. Não posso nem imaginar o que ele está passando.

— É um pesadelo — desabafou Seb. — Espero que você ache que fiz a coisa certa.

— Eu teria feito exatamente o mesmo — informou ela. — Embora deva confessar que estava ansiosa para revê-lo.

— Eu poderia voar de volta para Washington no sábado, pegar meus quadros e levá-la para jantar.

— Seria melhor levar nós duas — sugeriu Sam. — Jessica fez um boneco de massinha seu e o está espetando com alfinetes pelas últimas 24 horas.
— Não mais do que eu mereço. Devo falar com ela ou será que vai desligar na minha cara?
— Não se preocupe. Tenho a sensação de que ela vai acabar ficando sem alfinetes.

— Descreva a pessoa que estava sentada ao seu lado no avião — pediu Hammond.
— Cerca de 40 ou 45 anos, elegante, casada.
— Como você sabia que ela era casada?
— Ela usava uma aliança de casamento e uma de noivado.
— E o que isso prova?
— Que ela não está disponível. Você, por exemplo, se separou recentemente.
— O que faz você dizer isso?
— Tem linha branca meio apagada no dedo anelar da sua mão esquerda, que de vez em quando você tenta girar, como se um anel ainda estivesse lá.
— O que ela estava vestindo?
— Um traje sob medida, sem outras joias, exceto um par de brincos de diamantes e um relógio Cartier Tank.
— Você falou com ela?
— Não, sua linguagem corporal deixou bastante claro que ela não queria ser incomodada.
— Você falou com qualquer outro passageiro no voo?
— Não, fiz uma viagem inútil e desgastante para Lagos e só queria dormir.
— Vou precisar do número do voo, da data e da hora da reserva, porque é possível que ela seja uma passageira regular nessa rota.
Arnold fez uma anotação.
— Não pode ter sido ela — argumentou Hakim com convicção.
— Você se lembra de mais alguma coisa sobre essa mulher?

— Ela estava lendo *A longa jornada* e usava óculos.
— Sua nacionalidade?
— Escandinava. Meu palpite seria sueca.
— O que o faz pensar isso?
— Em nenhum outro país as pessoas têm cabelos loiros tão naturais.
— Agora quero que você pense cuidadosamente antes de responder a minha próxima pergunta, sr. Bishara. — Hakim acenou com a cabeça. — Você consegue imaginar alguém que se beneficiaria com sua prisão?
— Não que eu saiba. Muitas pessoas têm inveja de meu sucesso, mas não as considero inimigas.
— Há alguém que gostaria que a proposta de fusão do Farthings com o Kaufman fracassasse?
— Muitas pessoas. Mas, depois do que passei nos últimos dias, não estou disposto a acusar alguém que, como eu, pode ser totalmente inocente.
Arnold fez outra anotação.
— O sr. Clifton ou o sr. Kaufman, por exemplo? Não se esqueça de que eles frequentaram a escola juntos. Um deles pode aspirar à presidência e isso aconteceria mais cedo do que o esperado caso o senhor estivesse fora do caminho.
— Não há dúvida de que um deles eventualmente assumirá meu lugar como presidente. Mas posso lhe assegurar, sr. Hammond, ambos são cem por cento confiáveis e nos últimos dias só têm provado sua lealdade. Não, sr. Hammond, você vai ter de olhar mais longe do que isso.
— E quanto aos outros membros da diretoria?
— Estão muito velhos, muito ocupados ou sabem muito bem que não estão à altura do cargo.
Arnold Hardcastle se permitiu um sorriso.
— Bem, há alguém por aí que queira vê-lo preso por um bom tempo? Caso contrário, por que ter tanto trabalho para fazer com que fosse preso por um crime que não cometeu?
— Se essas pessoas estivessem no avião, certamente eu as teria reconhecido.
— Elas não estariam no avião — falou Hammond. — Ele ou ela teria usado alguém acima de qualquer suspeita, capaz de embarcar

no voo com trezentos gramas de heroína sem que ninguém suspeitasse. Uma aeromoça ou talvez até mesmo o piloto.

— Mas por quê? — indagou Hakim.

— Ganância ou medo é, normalmente, a resposta a essa pergunta, sr. Bishara. O dinheiro é quase sempre o catalisador. Alguma dívida a pagar, alguma informação que não queriam que fosse revelada. Não se preocupe, sr. Bishara, vou descobrir quem foi. Mas não vai sair barato.

Hakim acenou com a cabeça. A menção ao dinheiro foi suficiente para que se sentisse em terreno seguro.

— Quanto vai me custar?

— Vou precisar de uma equipe pequena. Duas, talvez três pessoas. São especialistas em determinadas áreas e esperam receber em dinheiro, adiantado.

— Quanto?

— Cinco mil.

— Você terá a quantia ainda hoje — informou Hakim, acenando com a cabeça para Arnold. — E quanto ao seu pagamento, sr. Hammond?

— Pensei a esse respeito e prefiro receber pelos resultados.

— O que o senhor tem em mente? — perguntou Hakim, lembrando-se de outra regra de ouro do pai: em qualquer negócio, sempre aguarde que a outra parte faça a oferta inicial.

— Cinco mil libras se eu encontrar a pessoa responsável por plantar a heroína. Dez mil se eles forem presos e processados. Vinte mil se eu descobrir quem está por trás da operação. E outros mil para cada ano de sua pena.

Hakim poderia ter negociado por uma hora e, provavelmente, conseguiria reduzir os valores de Hammond em trinta, quarenta ou até cinquenta por cento, mas, como seu pai lhe dissera uma vez, algumas vezes a oferta inicial é a que você deve aceitar, especialmente quando os riscos forem altos. Nesse caso, as apostas não poderiam ser maiores.

Lentamente, ele se levantou da cadeira, ofereceu a mão estendida e disse:

— Negócio fechado, sr. Hammond.

— Esta reunião emergencial de diretoria foi convocada nas mais infelizes circunstâncias — declarou Ross Buchanan. — Mas primeiro devo lhes dizer que o sr. Bishara me pediu para assumir interinamente a presidência até que ele retorne.

— Isso não deveria ser submetido a votação? — argumentou Adrian Sloane. — Um homem preso por uma séria acusação de tráfico de drogas pode continuar a ditar como uma empresa de capital aberto deve ser administrada?

— Concordo com o sr. Sloane — afirmou Giles. — Uma decisão importante deve ser submetida a votação. Por isso, proponho que o sr. Ross Buchanan, distinto ex-presidente deste banco, assuma a responsabilidade de presidir a diretoria, mais uma vez, até que o sr. Bishara retorne a seu cargo de direito.

— Mas eu também sou ex-presidente deste banco — protestou Sloane.

— Eu disse distinto — alfinetou Giles, sem sequer se dar o trabalho de olhar para Sloane.

Um silêncio sepulcral pairou na sala.

— Alguém está de acordo com a proposta do sr. Barrington de que o sr. Ross Buchanan assuma a presidência até o retorno do sr. Bishara? — perguntou o diretor jurídico-administrativo do banco.

— Apoio, com muito prazer — disse Jimmy Goldsmith.

— Quem é a favor? — perguntou o diretor jurídico-administrativo. Todos ao redor da mesa, exceto Sloane, levantaram a mão.

— Quem é contra?

Sloane levantou a mão e disse:

— Quero que conste em ata que, se Bishara for condenado por tráfico de drogas, espero a renúncia de todos vocês.

— E se ele não for? — perguntou Victor Kaufman.

— Então, naturalmente, terei que reconsiderar a minha posição na diretoria.

— Isso é outra coisa que eu gostaria que constasse na ata — declarou Victor. O diretor jurídico-administrativo prontamente transcreveu a informação.

— Talvez — sugeriu Ross — possamos agora dar seguimento à reunião. Eu gostaria de começar saudando o sr. Barrington e o sr. James Goldsmith como membros do conselho de diretoria, antes de pedir ao nosso diretor-executivo, Sebastian Clifton, que relate os efeitos dos recentes acontecimentos sobre as finanças da empresa e o último posicionamento com relação à fusão.

— Nossas ações sofreram doze por cento de baixa, senhor presidente — informou Sebastian —, mas tenho o prazer de informar que o mercado parece ter se estabilizado, sobretudo pela intervenção do sr. Goldsmith, que claramente não só acredita na inocência do sr. Bishara, mas também no futuro do banco em longo prazo. E posso dizer o quanto me agrada que tenha assumido seu lugar na diretoria e conseguido se juntar a nós hoje.

— Mas, tal qual o sr. Buchanan — disse Goldsmith —, pretendo me retirar como diretor tão logo o sr. Bishara retorne.

— E se ele não voltar? — alfinetou Sloane. — O que o senhor fará, então, sr. Goldsmith?

— Permanecerei na diretoria e farei tudo que estiver ao meu alcance para me certificar de que um merda como você não se torne presidente.

— Senhor presidente — protestou Sloane. — Esta é a reunião de um importante banco da cidade, não um cassino, onde claramente o sr. Goldsmith se sentiria mais em casa.

— Minha razão para não querer que o sr. Sloane retorne à presidência deste banco — relatou Goldsmith — não é só por ele ser um merda, mas, muito mais importante, porque, da última vez que ocupou esse cargo, quase destruiu o Farthings, e suspeito que seja esse o seu propósito.

— Isso é uma vergonhosa calúnia à minha reputação — protestou Sloane. — Não me resta outra alternativa a não ser deixar que meus advogados resolvam essa questão.

— Mal posso esperar — retrucou Goldsmith. — Porque, quando o senhor era presidente do Farthings e o sr. Bishara retirou a oferta dele para a aquisição do banco, o senhor afirmou em uma reunião de diretoria, o que foi devidamente registrado em ata, que havia outra instituição financeira importante disposta a pagar muito mais pelas ações do Farthings do que o sr. Bishara estava oferecendo. Sempre foi um mistério para mim de qual instituição financeira importante se tratava. Talvez o senhor queira nos esclarecer isso agora, sr. Sloane.

— Não tenho que aguentar mais insultos de pessoas de sua laia, Goldsmith. — Sloane se levantou de seu lugar e, como sabia que suas palavras seriam registradas em ata, acrescentou: — Todos vocês terão que renunciar quando Bishara for condenado. Na próxima reunião desta diretoria, eu assumirei a presidência. Bom dia, senhores. — E saiu.

Goldsmith não esperou que a porta fechasse antes de dizer:

— Nunca tenha medo de atacar um valentão, porque, na verdade, eles não passam de covardes e, no momento em que se veem sob qualquer pressão, fogem.

Uma pequena salva de palmas se seguiu. Quando os aplausos cessaram, Giles Barrington se inclinou sobre a mesa.

— Eu me pergunto, Jimmy, se você consideraria se juntar ao Partido Trabalhista? Eu adoraria ver um ou dois membros da oposição pelas costas.

Ross Buchanan esperou que os risos cessassem antes de dizer:

— Sloane estava certo sobre uma coisa. Se Hakim for condenado, todos teremos de renunciar.

HAKIM BISHARA

1975

33

A sala número quatro do Tribunal de Old Bailey estava lotada muito antes das dez horas da manhã de quinta-feira. Os advogados assumiam seus lugares, os assentos reservados para a imprensa estavam abarrotados e a galeria superior parecia a tribuna de honra do West End Theatre em noite de estreia.

Sebastian estivera em todos os dias do julgamento, até mesmo na manhã em que o júri fora selecionado. Ele odiava ter de testemunhar as idas e vindas de Hakim para tomar seu lugar no banco dos réus, com um policial de cada lado como se fosse um criminoso comum. O sistema norte-americano, no qual o réu se senta em uma mesa junto com sua equipe de defesa, parecia muito mais civilizado.

O advogado de Hakim era o sr. Gilbert Gray, enquanto a Coroa foi representada pelo sr. George Carman. Eram como dois gladiadores experientes no Coliseu romano, em duelo de titãs, mas até o momento nenhum deles havia conseguido infligir um golpe mais sério do que um ocasional arranhão. Sebastian não podia deixar de pensar que, se eles invertessem os lados, toda a paixão encenada, os insultos ríspidos e os protestos irritados ainda teriam sido exibidos em igual medida.

Nos discursos de abertura, Gray e Carman haviam mostrado a que vieram, e Sebastian tinha certeza de que o júri não fora influenciado para um lado ou outro. As três primeiras testemunhas, o comandante do voo 207, o comissário de bordo e a sra. Aisha Obgabo, uma aeromoça nigeriana que fornecera algumas evidências por escrito, pouco acrescentaram ao caso, considerando que nenhum deles conseguia se lembrar da mulher sentada na poltrona 3B e certamente não tinham testemunhado alguém colocando algo na mala do sr. Bishara. Então, o caso estava nas mãos da próxima testemunha, o sr. Collier, um alto funcionário da alfândega no Aeroporto de Heathrow, responsável por efetuar a prisão do réu.

— Sr. Collier! — gritou um policial em pé junto à entrada do tribunal.

Sebastian observava com interesse, enquanto o sr. Collier entrava no recinto e caminhava até o banco de testemunhas. Ele tinha pouco mais de 1,80 m de altura, com cabelos espessos e escuros e uma barba que lhe conferia a aparência de um capitão do mar. Seu rosto era franco e honesto, e Barry Hammond escrevera em seu relatório que Collier havia passado o domingo de manhã atuando como árbitro em uma partida de rúgbi mirim. Mas Barry descobriu algo que poderia ser a chance de o sr. Gray infligir um golpe mais sério pela primeira vez. No entanto, isso teria de esperar, porque ele era testemunha da acusação, por isso o sr. Carman seria chamado para inquiri-lo primeiro.

Quando o sr. Collier fez o juramento, não precisou ler o cartão exibido pelo oficial do tribunal. Sua voz era firme e confiante, sem qualquer sugestão de nervosismo. O júri já o encarava com respeito.

O sr. Carman levantou-se lentamente de seu lugar, abriu uma pasta vermelha e começou a fazer perguntas.

— O senhor poderia, por favor, declarar seu nome para registro?

— David Collier.

— E sua ocupação?

— Sou oficial aduaneiro sênior, atualmente trabalho em Heathrow.

— Há quanto tempo o senhor é oficial aduaneiro, sr. Collier?

— Há 27 anos.

— Seria justo dizer que o senhor é uma pessoa que atingiu o topo da carreira que escolheu?

— Penso que sim.

— Deixe-me ir mais longe, sr. Collier, e sugerir...

— O senhor não precisa ir mais longe — interrompeu o juiz Urquhart, olhando para baixo da bancada principal. — O senhor já demonstrou as credenciais do sr. Collier, então sugiro que siga em frente.

— Sou muito grato, milorde — declarou Carman —, por seu reconhecimento das inegáveis qualificações do sr. Collier como testemunha especializada.

O juiz franziu a testa, mas não fez qualquer comentário adicional.

— Sr. Collier, o senhor confirma que era o oficial sênior de plantão na manhã em que o réu, sr. Bishara, foi preso e levado em custódia?

— Sim, senhor.

— Quando o sr. Bishara entrou no corredor verde, indicando que não tinha nada a declarar, o senhor o deteve e pediu para inspecionar sua bagagem?

— Sim, senhor.

— Quanta bagagem ele estava carregando?

— Apenas uma mala de mão, nada mais.

— E essa foi simplesmente uma verificação aleatória?

— Não, senhor. Havíamos recebido uma informação de que um passageiro do voo 207 proveniente de Lagos estaria tentando contrabandear um lote de heroína para o país.

— Como essa informação foi recebida?

— Por telefone, senhor. Cerca de trinta minutos antes de o avião aterrissar.

— O informante forneceu o nome?

— Não, senhor, mas isso é comum, porque os informantes em casos como esse geralmente também são traficantes. Eles podem querer um rival fora do caminho ou punir um parceiro que não pagou por um lote anterior.

— A conversa com o informante foi gravada?

— Todas as conversas são gravadas, sr. Carman, caso seja preciso usá-las como prova em um julgamento em data posterior.

— Suponho, milorde — indagou Carman, olhando para a bancada principal —, que este seja um momento apropriado para o júri ouvir a fita?

O juiz aquiesceu com um gesto de cabeça, e o oficial do tribunal caminhou até uma mesa no centro da sala, onde um gravador Grundig tinha sido montado. Olhou para o juiz, que assentiu mais uma vez, e pressionou o botão *play*.

— *Departamento Aduaneiro, Heathrow* — disse uma voz feminina.

— *Quero falar com o oficial sênior.*

— *Posso perguntar quem está falando?*

— *Não, temo que não possa.*

— *Vou ver se ele está disponível.* — O chiado da fita continuou por algum tempo antes de outra voz surgir na linha.
— *Oficial Collier. Como posso ajudá-lo?*
— *Se você estiver interessado, posso lhe contar sobre uma remessa de drogas que um passageiro tentará contrabandear hoje.*

Sebastian percebeu que o sr. Gray não parava de fazer anotações em seu bloco.

— *Sim, estou interessado* — disse Collier. — *Mas, primeiro, pode me dizer o nome dele?*
— *O nome do passageiro é Hakim Bishara. Ele é bem conhecido no meio e está viajando no voo 207 vindo de Lagos. Ele tem trezentos gramas de heroína na mala.* — Clique, tuuuu.

— O que o senhor fez em seguida, sr. Collier?
— Entrei em contato com um colega no setor de controle de passaportes e lhe pedi que me informasse assim que o sr. Bishara fosse liberado.
— E ele fez isso?
— Sim. Quando o sr. Bishara entrou no corredor verde alguns minutos mais tarde, eu o detive e pedi para inspecionar sua mala, a única bagagem em sua posse.
— E o senhor encontrou algo incomum?
— Uma embalagem de celofane escondida em um bolso lateral da mala contendo trezentos gramas de heroína.
— Como o sr. Bishara reagiu quando o senhor encontrou o pacote?
— Ele olhou surpreso e alegou que nunca o tinha visto antes.
— E isso é incomum, sr. Collier?
— Nunca conheci um traficante que admitisse contrabandear drogas. Eles sempre olham com surpresa e se comportam de forma impecável. É a única defesa caso tenham que responder em um tribunal.
— O que o senhor fez, então?
— Eu prendi o sr. Bishara, li seus direitos na presença de um colega e o conduzi para uma sala de entrevista, onde o entreguei a um oficial do Esquadrão Antidrogas.
— Agora, antes que meu nobre colega, o sr. Gray, nos interrompa para nos dizer que um médico perito examinou o sr. Bishara e constatou que não havia qualquer indicação de que ele já tenha consu-

mido drogas na vida, pergunto-lhe, sr. Collier, com seus 27 anos de experiência como oficial aduaneiro, seria incomum um traficante não ser um usuário de drogas?

— Praticamente não se conhece casos de traficantes que consumam drogas. Eles são empresários de grandes e complexos impérios, utilizando muitas vezes empresas aparentemente legítimas como fachada para suas atividades criminosas.

— Como bancos?

O sr. Gray deu um salto na cadeira.

— Sim, sr. Gray — disse o juiz. — Sr. Carman, isso foi inapropriado. — Virando-se para o júri, o juiz Urquhart acrescentou: — Esse último comentário será retirado dos autos, e os senhores devem desconsiderá-lo.

Sebastian não tinha dúvidas de que a ordem do magistrado quanto à declaração ser mantida fora dos autos seria cumprida, mas estava igualmente certo de que os jurados não desconsiderariam o comentário.

— Peço desculpas, milorde — declarou Carman, mas seu rosto deixava muito claro que não estava sendo sincero. — Sr. Collier, quantos traficantes de drogas o senhor prendeu nesses últimos 27 anos?

— Foram 159.

— E quantos desses 159 foram condenados?

— Foram 155.

— E dos quatro que foram inocentados, quantos foram mais tarde...

— Sr. Carman, aonde pretende chegar?

— Estou apenas tentando esclarecer, milorde, que o sr. Collier não comete erros. Estava simplesmente...

— Pare, imediatamente, sr. Carman. Sr. Collier, o senhor não deve responder à pergunta.

Sebastian percebeu que o júri saberia muito bem o que o sr. Carman estava tentando demonstrar.

— Sem mais perguntas, milorde.

Quando o tribunal se reuniu novamente às duas horas naquela tarde, o juiz convidou o sr. Gray para iniciar sua inquirição. Se o magistrado se surpreendeu com as primeiras palavras do advogado de defesa, não demonstrou.

— Sr. Collier, eu não preciso lembrar a um homem de seu gabarito que o senhor ainda está sob juramento.

O oficial aduaneiro exasperou-se.

— Não, claro que não, sr. Gray. — O juiz levantou uma sobrancelha.

— Eu gostaria de voltar para a gravação, sr. Collier. — A testemunha aquiesceu com um gesto brusco de cabeça. — O senhor não achou sua conversa com o informante anônimo um tanto incomum?

— Não sei se entendi aonde quer chegar — disse Collier, aparentemente assumindo uma postura defensiva.

— O senhor não estranhou o fato de ele parecer um homem instruído?

— O que faz o senhor dizer isso, sr. Gray?

— Ao responder à pergunta da atendente: "Posso perguntar quem está falando", ele respondeu: "Em absoluto." — O juiz sorriu. — E o senhor também não achou curioso que o informante não tenha xingado ou usado palavras de baixo calão durante a conversa?

— Muitas pessoas não xingam oficiais aduaneiros, sr. Gray.

— E não lhe pareceu que ele lia um roteiro?

— Isso é comum. Os profissionais sabem que, se permanecerem na linha por mais de três minutos, temos uma boa chance de rastrear a chamada, então costumam ser curtos e grossos.

— Como em "Não, temo que não possa"? E o senhor não achou a frase "bem conhecido no meio" bastante estranha, dados os fatos?

— Não sei se estou entendendo o que quer dizer, sr. Gray.

— Então permita-me esclarecer, sr. Collier. O senhor é um oficial aduaneiro há 27 anos, como meu nobre colega insistiu em nos lembrar. Devo perguntar, sob juramento, com seu amplo conhecimento do mundo das drogas, alguma vez o senhor já tinha se deparado com o nome de Hakim Bishara?

Collier hesitou por um momento, antes de dizer:

— Não, nunca.

— Ele não estava entre os 159 traficantes que o senhor já prendeu no passado?
— Não, senhor.
— E o senhor não considera um tanto estranho, sr. Collier, que os trezentos gramas de heroína estivessem em um bolso lateral da mala, sem qualquer tentativa de escondê-la melhor?
— O sr. Bishara é claramente um homem confiante — disse Collier, soando um pouco confuso.
— Mas não é burro. Ainda mais inexplicável, a meu ver, é o fato de que o informante, o homem bem-educado, tenha dito, e cito... — Gray fez uma pausa para olhar para seu bloco de notas — "Ele tem trezentos gramas de heroína na mala." E esse era exatamente o peso. Não eram 350 nem 250. E, como prometido, em sua bagagem de mão. Claramente, o contato do informante na Nigéria lhe contou a quantia exata de heroína que havia vendido ao sr. Bishara... ou a quantidade exata que ele tinha arranjado para ser plantada na mala do sr. Bishara? — Collier agarrou os lados da bancada de testemunhas, mas permaneceu em silêncio. Gray continuou: — Deixe-me voltar para a reação do sr. Bishara quando viu pela primeira vez o pacote de heroína e lembrá-lo mais uma vez, sr. Collier, de suas palavras exatas: "Ele olhou surpreso, e alegou que nunca o tinha visto antes."
— Está correto.
— Ele não levantou a voz, nem perdeu a paciência ou protestou?
— Não.
— O sr. Bishara permaneceu calmo e pacífico em toda essa provação extremamente desagradável.
— Não mais do que eu poderia esperar de um traficante profissional — declarou Collier.
— E não mais do que se esperaria de um homem inocente — retorquiu o sr. Gray. Collier não comentou. — Permita-me terminar em um ponto que meu nobre colega tanto queria levar a conhecimento do júri e, na verdade, eu também. O senhor disse ao tribunal que, durante os 27 anos como oficial aduaneiro, prendeu 159 pessoas sob acusação de envolvimento com drogas.
— Está correto.

— E, durante esse tempo, o senhor já cometeu um erro e prendeu uma pessoa inocente? — Collier franziu os lábios. — Sim ou não, sr. Collier?

— Sim, mas só uma vez.

— E, corrija-me se eu estiver errado — disse Gray abrindo uma segunda pasta —, o homem em questão foi preso por posse de cocaína.

— Sim.

— E ele foi condenado?

— Sim — respondeu Collier.

— Qual foi a sentença?

— Oito anos — respondeu Collier, sua voz era quase um sussurro.

— Esse traficante de alta periculosidade cumpriu a pena inteira?

— Não, ele foi libertado após quatro anos.

— Por bom comportamento?

— Não — informou Collier. — Foi após um outro julgamento, anos mais tarde, quando um traficante de drogas condenado admitiu que tinha plantado a cocaína durante um voo vindo da Turquia. — Demorou alguns instantes para que Collier acrescentasse: — O caso ainda me assombra.

— Espero, sr. Collier, que este caso também não volte para assombrá-lo. Sem mais perguntas, milorde.

Sebastian se virou e viu que alguns membros do júri sussurravam entre si, enquanto outros faziam anotações.

— Sr. Carman — chamou o juiz —, o senhor deseja reinquirir a testemunha?

— Tenho apenas uma pergunta, milorde. Sr. Collier, quantos anos o senhor tinha quando cometeu esse lamentável erro?

— Eu tinha 32 anos. Isso foi há quase vinte anos.

— Então, o senhor cometeu apenas um erro em 159 casos? Muito menos do que um por cento.

— Sim, senhor.

— Sem mais perguntas, milorde — encerrou Carman, retomando seu lugar.

— O senhor está dispensado, sr. Collier — anunciou o juiz.

Sebastian observou o oficial sênior enquanto o homem saía do recinto. Então se virou para Hakim, que conseguiu exibir um singelo sorriso. Seb, em seguida, olhou para o júri, que conversava entre si, com exceção de um homem que não tirava os olhos do sr. Collier.

— O senhor está pronto para chamar a próxima testemunha, sr. Carman? — perguntou o magistrado.

— Certamente, milorde — declarou o promotor, levantando-se lentamente do assento. O sr. Carman puxou as lapelas de sua longa beca preta e ajustou a peruca antes de se virar para encarar o júri. Uma vez que estava certo de que todos os olhos na sala de audiências estavam sobre ele, anunciou: — Eu chamo a sra. Kristina Bergström.

Um burburinho irrompeu pelo recinto quando uma elegante mulher de meia-idade entrou na sala. O sr. Gray se virou e percebeu que seu cliente fora pego de surpresa, embora ele a tivesse reconhecido imediatamente. Em seguida, virou-se para olhar atentamente a mulher que todos procuravam incansavelmente nos últimos cinco meses. Então pegou um novo bloco de notas amarelo, tirou a tampa da caneta e esperou para ouvir o depoimento dela.

A sra. Bergström tomou a Bíblia na mão direita e leu o cartão com tanta confiança que era impossível dizer que o inglês não era sua língua materna.

O sr. Carman sequer tentou disfarçar o sorriso de gato de Cheshire do rosto até fazer sua primeira pergunta à testemunha.

— Sra. Bergström, a senhora poderia fazer a gentileza de declarar seu nome para registro?

— Kristina Carla Bergström.

— Qual é a sua nacionalidade?

— Dinamarquesa.

— E sua ocupação?

— Sou arquiteta paisagista.

— Sra. Bergström, para não desperdiçarmos mais o tempo de todos os presentes, o seu inclusive, a senhora reconhece o réu?

Ela olhou diretamente para Hakim e disse:

— Sim, reconheço. Estávamos sentados lado a lado em um voo de Lagos para Londres cerca de quatro ou cinco meses atrás.

— E a senhora tem certeza de que o homem que sentou ao seu lado e o réu são a mesma pessoa?

— Ele é um homem bonito, sr. Carman, e lembro-me de ter ficado surpresa porque ele não estava usando uma aliança de casamento.

A declaração foi recebida com um ou dois sorrisos na sala.

— Durante o voo, a senhora conversou com o réu?

— Pensei em conversar, mas ele parecia exausto. Na verdade, adormeceu alguns minutos depois de o avião decolar, o que me fez invejá-lo.

— Por que a senhora o invejou?

— Eu nunca consegui dormir em um avião, então tenho que passar o tempo vendo um filme ou lendo um livro.

— O que fez dessa vez?

— Eu já havia lido metade de *A longa jornada* no voo para Lagos, e pretendia terminá-lo no caminho de volta para Londres.

— E conseguiu?

— Sim, virei a última página logo antes de o comandante nos avisar que estava prestes a começar nossa descida em Heathrow.

— A senhora se manteve acordada durante toda a viagem?

— Sim.

— Em algum momento a senhora viu outro passageiro ou um membro da tripulação abrir o compartimento de bagagem acima dos assentos e colocar algo na mala do sr. Bishara?

— Ninguém abriu o compartimento durante todo o voo.

— Como a senhora pode ter tanta certeza, sra. Bergström?

— Porque eu tinha fechado um grande negócio quando estava em Lagos, para planejar o paisagismo do jardim do ministro de Energia. — Hakim queria rir. Então era por isso que ele tivera que aguardar cinco horas para ser atendido. — E, para celebrar, comprei uma bolsa Ferragamo no *duty free*. Eu a tinha colocado no mesmo compartimento. Se alguém o tivesse aberto, eu acho que teria notado.

O sr. Carman sorriu para uma mulher no júri, que concordava com a cabeça.

— Houve algum momento durante o voo em que você não esteve sentada ao lado do sr. Bishara?

— Após o comandante anunciar que estávamos a cerca de meia hora do Aeroporto de Heathrow, fui ao banheiro para me refrescar.

— E o sr. Bishara permaneceu em seu assento nesse momento?
— Sim, tinham acabado de servir seu café da manhã.
— Então, enquanto a senhora estava no banheiro, ele teria sido capaz de notar se alguém houvesse aberto o compartimento acima dele e mexido em sua bagagem.
— Presumo que sim, mas só ele pode responder.
— Muito obrigado, sra. Bergström. Por favor, permaneça no banco de testemunhas, pois tenho certeza de que meu nobre colega gostaria de lhe fazer perguntas.

Quando se levantou, o sr. Gray certamente não parecia disposto a fazer qualquer pergunta.

— Milorde, o senhor poderia nos conceder uma breve pausa, pois preciso de algum tempo para consultar meu cliente.
— Claro, sr. Gray — respondeu o juiz Urquhart. Ele então se inclinou para a frente, colocou os cotovelos na bancada e virou-se para o júri. — Acho que esse seria um horário conveniente para encerrarmos o dia. Por favor, estejam de volta em seus lugares às dez horas da manhã de amanhã, quando o sr. Gray poderá inquirir a testemunha, se assim desejar.

— Deixe-me primeiro lhe perguntar, Hakim — disse Gray, assim que se sentaram na privacidade de uma das salas do tribunal —, aquela é a mulher que se sentou ao seu lado no voo de Lagos?
— Sim, com certeza. Ela não é alguém que você esquece facilmente.
— Então, como Carman conseguiu encontrá-la antes de nós?
— Ele não conseguiu — informou Arnold Hardcastle. — Carman ficou muito feliz em me contar que ela leu sobre o caso na imprensa e imediatamente contatou o advogado dela.
— Leu sobre o caso? — indagou Gray em descrença. — No *Copenhagen Gazette*, sem dúvida.
— Não, no *Financial Times*.
— Estaríamos muito melhor caso ela não tivesse feito isso — murmurou Gray.
— Por quê? — perguntou Hakim.

— Sem o testemunho dela, eu poderia semear algumas dúvidas na mente dos jurados sobre o papel que ela desempenhou em toda essa situação, mas agora...

— Então, você não vai nem inquiri-la? — perguntou Arnold.

— Claro que não. Isso só serviria para lembrar o júri da testemunha convincente que ela é. Não, agora tudo está nas mãos da impressão causada por Hakim.

— Ele vai passar a impressão de quem verdadeiramente é — declarou Sebastian. — Um homem decente, honesto. O júri não deixará de perceber isso.

— Eu gostaria que fosse assim tão simples — retorquiu o sr. Gray. — Ninguém pode ter certeza de como será a performance de uma testemunha, especialmente sob tanta pressão, ao se sentar naquela bancada.

— Performance? — repetiu Ross.

— Isso mesmo — confirmou o sr. Gray. — Amanhã será puro teatro.

34

Às dez horas em ponto, o exímio juiz Urquhart adentrou a sala do tribunal. Todos se levantaram, cumprimentaram-no com uma leve reverência e, depois que o juiz retribuiu a saudação, aguardaram que se acomodasse na cadeira de couro vermelho e espaldar alto no centro da tribuna.

— Bom dia — disse o juiz, sorrindo para o júri. Ele, então, voltou a atenção para o advogado de defesa. — Sr. Gray, deseja interrogar a sra. Bergström?

— Não, milorde.

Carman encarou o júri, fingindo um olhar de surpresa.

— Como desejar. Sr. Carman, a acusação tem outras testemunhas?

— Não, milorde.

— Muito bem. Nesse caso, sr. Gray, pode chamar sua primeira testemunha.

— Eu chamo o sr. Hakim Bishara.

Os olhos de todos seguiram o acusado enquanto ele se dirigia ao banco de testemunhas. O homem vestia terno azul-marinho, camisa branca e gravata de Yale, como o sr. Gray lhe recomendara. Ele certamente não parecia um homem com algo a esconder. Na verdade, Sebastian se impressionou com sua boa aparência. Hakim poderia muito bem ter acabado de voltar de férias em Lyford Cay, em vez de ter passado os últimos cinco meses na prisão. Mas, como explicara a Seb em suas muitas visitas a Wandsworth, ele passava uma hora na academia todas as manhãs, depois caminhava ao redor do pátio de exercícios por mais uma hora no período da tarde. Além disso, não frequentava mais almoços de negócios e a prisão não possuía adega.

— O senhor poderia declarar seu nome para registro? — pediu o sr. Gray depois de Hakim ter prestado seu juramento.

— Hakim Sajid Bishara.
— E a sua profissão?
— Banqueiro.
— O senhor poderia dar mais detalhes?
— Eu era presidente do Farthings Bank em Londres.
— Sr. Bishara, poderia nos contar os acontecimentos que o levaram a comparecer hoje diante deste tribunal?
— Eu viajei para Lagos a fim de participar de uma reunião com o ministro de Energia da Nigéria para discutir o financiamento do projeto de um novo porto para atender aos grandes navios petroleiros.
— E qual foi o seu papel nessa operação?
— O governo nigeriano convidou o Farthings para ser o banco gerenciador do financiamento.
— Para um leigo, como eu, o que significa isso?
— Quando governos necessitam de empréstimos de grandes somas de capital, nesse caso vinte milhões de dólares, um banco fornece a maior parte, algo em torno de 25 por cento e, em seguida, outros bancos são convidados para complementar a quantia.
— E quanto o seu banco cobra para administrar uma operação como essa?
— A taxa normal é de um por cento do valor total.
— Então o Farthings receberia duzentos mil dólares nesse negócio.
— Sim, se tivesse sido concluído, sr. Gray.
— Mas não foi?
— Não. Logo depois que fui preso, o governo nigeriano retirou sua oferta e convidou o Barclays para assumir nosso lugar.
— O seu banco perdeu os duzentos mil dólares?
— Nós perdemos muito mais do que isso, sr. Gray.
— Não fique irritado — sussurrou Seb, embora soubesse que Hakim não podia ouvi-lo.
— O senhor saberia estimar quanto o seu banco perdeu pelo fato de o senhor se afastar da presidência?
— As ações do Farthings caíram quase nove por cento, reduzindo o valor da empresa em quase dois milhões de libras. Vários grandes clientes encerraram suas contas, e muitos clientes pequenos seguiram o mesmo caminho. Mas o mais importante, sr. Gray, nossa reputação,

tanto no mercado financeiro quanto entre nossos clientes, podemos nunca mais recuperar, a menos que eu limpe meu nome.

— Certamente. E, após a sua reunião com o ministro de Energia em Lagos, o senhor voltou para Londres. Em que companhia aérea?

— Nigeria Airways. O governo nigeriano organizou toda a minha viagem.

— Quanta bagagem o senhor levou a bordo?

— Apenas uma mala de mão, que coloquei no compartimento acima do meu assento.

— Havia alguém sentado ao seu lado?

— Sim, a sra. Bergström. Embora eu não soubesse o nome dela na ocasião.

— O senhor não conversou com ela?

— Não. Quando me sentei, ela estava lendo. Eu estava exausto e só queria dormir.

— E quando o senhor finalmente acordou, falou com ela?

— Não, ela continuava lendo, e pude ver que faltavam apenas algumas páginas para que terminasse o livro, então não a interrompi.

— Perfeitamente compreensível. O senhor tirou alguma coisa de sua mala durante o voo?

— Não.

— O senhor percebeu alguém mexendo em sua mala em algum momento?

— Não. Mas eu dormi por várias horas.

— O senhor verificou o conteúdo da mala antes de deixar o avião?

— Não, apenas peguei a mala no compartimento. Eu queria ser um dos primeiros a desembarcar do avião. Como não tinha mais bagagem, não precisaria esperar mais nada.

— E, assim que passou pelo controle de passaportes, seguiu diretamente para o corredor verde.

— Sim, porque eu não tinha nada a declarar.

— Mas o senhor foi parado pelo oficial aduaneiro, que lhe pediu que abrisse sua mala.

— Correto.

— O senhor ficou surpreso ao ser parado?

— Não, presumi que se tratava de uma verificação de rotina.

— E o oficial aduaneiro disse ao tribunal que durante toda essa verificação o senhor permaneceu calmo e educado.

— Eu não tinha nada a esconder, sr. Gray.

— Certo. Mas, quando o sr. Collier abriu sua mala, encontrou um pacote de celofane contendo trezentos gramas de heroína, com um valor de venda de 22 mil libras.

— Sim, mas eu não fazia ideia de que estava ali. E com certeza não tinha noção de seu valor de venda.

— Essa foi a primeira vez que o senhor viu o pacote.

— Foi a primeira e única vez na minha vida, sr. Gray, que eu vi heroína.

— Então o senhor não sabe explicar como o pacote foi parar em sua mala?

— Não. Na verdade, por um momento, cheguei a pensar que havia pegado a mala errada, mas então vi minhas iniciais na lateral.

— O senhor está ciente da diferença entre ser apanhado portando heroína e, digamos, maconha, sr. Bishara?

— Naquele momento, não, mas depois fui informado de que a heroína é uma droga de classe A, enquanto a maconha é de classe B, e, embora ambas sejam ilegais, a importação de maconha é considerada um delito menos grave.

— Algo que um traficante de drogas saberia...

— O senhor está induzindo a testemunha, sr. Gray.

— Peço desculpas, milorde. Mas faço questão de que o júri perceba que, por ter sido acusado de tráfico de drogas de classe A, o sr. Bishara pode ser condenado a quinze anos de prisão, enquanto uma pena muito menor seria imposta caso tivesse sido acusado de posse de maconha.

— Eu o ouvi corretamente, sr. Gray? — interrompeu o juiz. — O senhor está admitindo que seu cliente em algum momento contrabandeou drogas para este país?

— De modo algum, milorde. Na verdade, exatamente o oposto. Nesse caso, estamos lidando com um banqueiro importante, extremamente inteligente, que com regularidade fecha grandes negócios que precisam ser calculados até a última casa decimal. Se o sr. Bishara fosse também um traficante de drogas, como a acusação está tentando sugerir, ele estaria bem ciente de que, se fosse apanhado portando trezentos gramas de heroína, ficaria atrás das grades para o resto de sua vida profissional. É difícil imaginar que ele assumiria tamanho risco.

Sebastian se virou para olhar o júri. Um ou dois deles estavam balançando a cabeça, enquanto outros tomavam notas.

— O senhor já consumiu drogas recreativas no passado? Talvez quando era estudante?

— Nunca. Mas sofro de rinite alérgica, então às vezes tomo anti-histamínicos durante o verão.

— O senhor já vendeu algum tipo de droga para alguém em algum momento da vida?

— Não, senhor. Não posso imaginar nada mais cruel do que viver explorando o sofrimento de outras pessoas.

— Sem mais perguntas, milorde.

— Obrigado, sr. Gray. Sr. Carman, pode iniciar sua inquirição.

— O que achou, Arnold? — sussurrou Seb, enquanto a acusação recolhia suas anotações e se preparava para o evento principal.

— Se o júri fosse se reunir agora para o veredito — opinou Arnold —, eu não tenho dúvida de que Hakim seria absolvido. Mas não sabemos o que a acusação tem na manga, e George Carman não é conhecido por jogar limpo. Aliás, você notou que Adrian Sloane está sentado na plateia acompanhando cada palavra?

35

O senhor Carman ficou de pé lentamente, ajustou a peruca velha e puxou a lapela de sua longa beca preta antes de abrir a grossa pasta a sua frente. Então levantou a cabeça e olhou para o réu.

— Sr. Bishara, o senhor se considera alguém que gosta de assumir riscos?

— Não, creio que não — respondeu Hakim. — Sou, por natureza, bastante conservador e tento avaliar cada negócio objetivamente.

— Então, permita-me ser mais específico. O senhor é um jogador?

— Não. Sempre calculo as probabilidades antes de assumir qualquer risco, principalmente quando estou lidando com o dinheiro de outras pessoas.

— O senhor é membro do Clermont Club em Mayfair?

O sr. Gray rapidamente se levantou.

— Qual é a relevância disso, milorde?

— Suspeito que estejamos prestes a descobrir, sr. Gray.

— Sim, sou um membro do Clermont.

— Então, o senhor é um jogador, pelo menos com seu próprio dinheiro?

— Não, sr. Carman, eu só assumo um risco quando estou confiante de que as probabilidades estão a meu favor.

— O senhor nunca joga roleta, *black jack* ou pôquer?

— Não. São todos jogos de azar, sr. Carman, em que a banca acaba inevitavelmente vencedora. Em suma, prefiro ser o banqueiro.

— Então por que o senhor é membro do Clermont Club, se não é um jogador?

— Porque gosto de jogar gamão, ocasionalmente, um jogo que envolve apenas duas pessoas.

— Ora, isso significa que as chances são de cinquenta-cinquenta, certo? Mas o senhor acaba de dizer ao tribunal que só assume riscos quando considera que as probabilidades estão a seu favor.

— Sr. Carman, no Campeonato Mundial de Gamão, em Las Vegas, há três anos, cheguei entre os dezesseis finalistas. Conheço os outros quinze jogadores pessoalmente e tenho a política de evitá-los, o que garante que as probabilidades estejam sempre a meu favor.

Uma onda de riso percorreu a sala de audiências. Sebastian ficou aliviado ao ver que até um ou dois jurados sorriram.

Carman rapidamente mudou de assunto.

— E, antes de sua viagem à Nigéria, o senhor já havia sido parado por um agente aduaneiro?

— Não, nunca.

— Então, o senhor teria calculado se as chances estavam a seu favor antes de...

— Milorde! — interrompeu Gray, saltando do assento.

— Sim, eu concordo, sr. Gray — disse o juiz. — O senhor não precisa apresentar um elemento de especulação, sr. Carman. Apenas se restrinja aos fatos do caso.

— Sim, milorde. Então, vamos nos ater aos fatos, sr. Bishara. O senhor deve se recordar de que perguntei, há apenas alguns instantes, se já tinha sido parado por um agente aduaneiro antes, e o senhor me respondeu que não. Gostaria de reconsiderar essa resposta? Bishara hesitou, apenas o tempo suficiente para Carman acrescentar: — Deixe-me reformular a pergunta, sr. Bishara, para que não reste dúvidas do que estou lhe perguntando, pois tenho certeza de que o senhor não gostaria de acrescentar perjúrio à lista de acusações que já está enfrentando.

O juiz olhou como se estivesse prestes a intervir quando Carman acrescentou:

— Sr. Bishara, esta é a primeira vez que o senhor é preso por contrabando?

O silêncio no tribunal era sepulcral aguardando a resposta de Hakim. Sebastian lembrou, por causa do julgamento de sua mãe, por calúnia, que raramente advogados faziam perguntas capciosas, a menos que já soubessem muito bem a resposta.

— Houve uma outra ocasião, sr. Carman, mas confesso que eu havia me esquecido completamente, talvez porque a acusação tenha sido posteriormente retirada.

— O senhor tinha se esquecido completamente — repetiu Carman. — Bem, agora que o senhor se lembra, talvez queira compartilhar com o tribunal os detalhes de sua prisão na ocasião?

— Certamente. Eu havia fechado um negócio com o emir do Catar para financiar a construção de um aeroporto em seu país e, depois da cerimônia de assinatura, o emir me presenteou com um relógio, que eu estava usando quando retornei à Inglaterra. Quando me pediram para apresentar um recibo do relógio, eu não tinha nenhum.

— Então, o senhor não declarou o relógio.

— Foi um presente do chefe de Estado, sr. Carman — disse Hakim, levantando a voz. — Eu não estaria usando o relógio se pretendesse escondê-lo.

— E qual era o valor do relógio, sr. Bishara?

— Não tenho ideia.

— Então, permita-me esclarecer — disse Morris, virando uma página de sua pasta. — A Cartier avaliou o relógio em catorze mil libras. Ou talvez o senhor tenha convenientemente se esquecido desse detalhe também? — Bishara não esboçou qualquer intenção de responder. — O que aconteceu com o relógio, sr. Bishara?

— A alfândega decidiu que eu poderia ficar com ele se estivesse disposto a pagar cinco mil libras de imposto de importação.

— E o senhor pagou?

— Não — respondeu Bishara, levantando a mão esquerda. — Prefiro o relógio que minha mãe me deu quando me formei em Yale.

— Além dos trezentos gramas de heroína, o que mais o oficial aduaneiro encontrou em sua mala na ocasião mais recente em que foi detido, sr. Bishara? — perguntou Carman, mudando de assunto.

— Produtos de higiene pessoal, um par de camisas, meias... mas minha viagem era só por um fim de semana.

— Mais alguma coisa? — perguntou Carman, escrevendo em seu bloco.

— Um pouco de dinheiro.

— Quanto?

— Eu não me lembro do valor exato.

— Então, permita-me refrescar sua memória, mais uma vez, sr. Bishara. De acordo com o sr. Collier, ele encontrou dez mil libras em dinheiro em sua mala de mão.

Um murmúrio de espanto percorreu a sala do tribunal. O primeiro pensamento de Sebastian foi o de que essa quantia era mais do que a renda anual da maioria das pessoas sentadas no júri.

— Por que um banqueiro importante, com uma reputação impecável, teria a necessidade de levar dez mil libras em dinheiro em sua bagagem de mão quando, segundo suas próprias palavras — disse Carman recorrendo mais uma vez às suas notas —, "minha viagem era só por um fim de semana"?

— Na África, sr. Carman, nem todo mundo tem uma conta bancária ou um cartão de crédito, de modo que o costume local é o pagamento das transações em dinheiro.

— E imagino que também seja o costume de alguém que compra drogas, sr. Bishara? — Gray deu um salto de sua cadeira novamente. — Sim, sim. Retiro a pergunta — interrompeu-se Carman, consciente de que já alcançara seu objetivo. — Eu presumo, sr. Bishara, que o senhor saiba da quantia máxima de dinheiro que é permitido trazer para este país.

— Dez mil libras.

— Está correto. Quanto o senhor tinha na carteira quando foi detido pelo sr. Collier?

— Aproximadamente duzentas libras, talvez.

— Então o senhor devia saber que estava violando a lei. Ou era apenas outro risco calculado? — Bishara não respondeu. — Só pergunto isso, sr. Bishara — argumentou Carman, voltando-se para encarar o júri —, porque meu nobre colega, sr. Gray, foi muito enfático ao descrever o senhor — ele olhou para suas anotações — como: "um banqueiro importante, extremamente inteligente, que com regularidade fecha grandes negócios que precisam ser calculados até a última casa decimal". Se é assim, por que o senhor estava portando pelo menos 10,2 mil libras quando sabia estar violando a lei?

— Com o devido respeito, sr. Carman, se eu tivesse tentado comprar trezentos gramas de heroína quando estava em Lagos, pelos seus cálculos, eu teria precisado de, pelo menos, vinte mil libras em dinheiro.

— Mas como um bom banqueiro — acrescentou Carman —, o senhor conseguiria fechar o negócio por dez mil libras.
— O senhor pode ter razão, sr. Carman, mas, se eu tivesse feito isso, não teria sido capaz de trazer os dez mil de volta, teria?
— Nós só temos a sua palavra que levou apenas dez mil.
— Nós só temos a sua palavra de que eu não levei.
— Então, permita-me sugerir que um homem sem escrúpulos para tentar contrabandear trezentos gramas de heroína para este país não pensaria duas vezes em levar os recursos necessários para, digamos, fechar o negócio.

O sr. Gray abaixou a cabeça. Quantas vezes ele disse a Hakim que não enfrentasse Carman, não importando quanto ele o provocasse, e nunca esquecesse que o astuto advogado estava jogando em casa?

O sorriso de gato de Cheshire reapareceu no rosto de Carman quando ele olhou para o juiz e disse:
— Sem mais perguntas, milorde.
— Sr. Gray, o senhor deseja reinquirir a testemunha?
— Tenho algumas perguntas adicionais, milorde. Sr. Bishara, meu nobre colega se esforçou muito para sugerir que, mesmo sendo um jogador de gamão, o senhor é, por natureza, um apostador. Posso perguntar de quanto são as apostas quando o senhor joga?
— De cem libras por jogo, que, caso o meu adversário perca, terá de doar para uma instituição de caridade de minha escolha.
— E qual seria?
— A Polio Society.
— E se o senhor perder?
— Eu pago mil libras para a instituição de caridade que meu adversário escolher.
— Com que frequência o senhor perde?
— Aproximadamente um jogo a cada dez. Mas é um hobby, sr. Gray, não uma profissão.
— Sr. Bishara, quanto dinheiro o senhor teria ganhado se tivesse sido capaz de vender trezentos gramas de heroína?
— Eu não tinha ideia até ver o registro da ocorrência, que estimou um valor de cerca de 22 mil libras.
— Quanto lucro o seu banco declarou no ano passado?

— Um pouco mais de vinte milhões de libras, sr. Gray.
— E quanto o senhor está prestes a perder se for condenado neste caso?
— Tudo.
— Sem mais perguntas, milorde. — Gray se sentou, exausto. Para Sebastian, ele não parecia acreditar que as probabilidades estavam a seu favor.
— Membros do júri — anunciou o juiz —, vou liberá-los para o fim de semana. Por favor, não discutam este caso com sua família ou amigos, considerando que não são eles, mas vocês, que devem decidir o destino do acusado. Na segunda-feira, os advogados apresentarão suas considerações finais antes do encerramento. E, então, os senhores se retirarão e considerarão todas as evidências antes de chegarem a um veredito. Por favor, certifiquem-se de estar de volta em seus lugares às dez horas da manhã de segunda-feira. Espero que todos tenham um fim de semana tranquilo.

Os quatro se reuniram no escritório de Gilbert Gray.
— O que pretende fazer no fim de semana, sr. Clifton? — perguntou Gray, enquanto despia a beca e removia a peruca.
— Eu pretendia ir ao teatro para ver *Evita*, mas acho que não terei cabeça para isso. Então, vou ficar em casa e esperar pelas ligações a cobrar da minha filha.
Gray riu.
— E o senhor? — perguntou Seb.
— Tenho que escrever minhas considerações finais e me certificar de rebater cada um dos pontos levantados por Carman. E quanto a você, Arnold?
— Ficarei ao lado do telefone, Gilly, para o caso de você precisar de mim. Posso me atrever a perguntar como acha que estamos indo?
— Não importa o que acho, como você bem sabe, Arnold, porque tudo está agora nas mãos do júri, que, devo avisá-lo, ficou muito impressionado com o testemunho da sra. Bergström.
— Como você pode ter tanta certeza disso? — perguntou Ross.

— Antes do depoimento dela, vários membros do júri olhavam regularmente na direção de Hakim, o que geralmente é um bom sinal. Mas, depois de seu testemunho, os olhares cessaram. — Gray soltou um longo suspiro. — Acho que temos de nos preparar para o pior.

— Você vai dizer isso para Hakim? — perguntou Seb.

— Não. Deixe que ele, pelo menos, passe o fim de semana acreditando que homens inocentes nunca são condenados.

36

Seria um longo fim de semana para Sebastian, Ross, Arnold, Victor, Clive, sr. Gray e sr. Carman, bem como para Desmond Mellor e Adrian Sloane — e um fim de semana interminável para Hakim Bishara. Sebastian acordou cedo na manhã de sábado, depois de conseguir apenas alguns momentos de sono intermitente. Embora ainda estivesse escuro lá fora, ele se levantou, colocou sua roupa de ginástica e correu até a banca de jornais mais próxima. As manchetes na estante em frente à banca não eram nada animadoras.

AS PROVAS INÚTEIS DA MULHER MISTERIOSA
(*The Times*)
DEZ MIL LIBRAS ENCONTRADAS EM MALA COM HEROÍNA
(*Daily Mail*)
BISHARA FOI PEGO CONTRABANDEANDO RELÓGIO DE
14 MIL LIBRAS PARA O REINO UNIDO
(*Sun*)

O *Sun* tinha até uma foto do relógio na primeira página. Seb comprou um exemplar de cada jornal e voltou para o apartamento. Depois de se servir de uma xícara de café, afundou na única cadeira confortável em sua sala de estar e leu a mesma história de novo e de novo, ainda que os ângulos fossem ligeiramente diferentes. Ao relatar as palavras acusatórias do sr. Carman entre aspas, os jornalistas conseguiam se livrar de qualquer processo por calúnia. E não era preciso ler as entrelinhas para descobrir o que pensavam sobre o veredito.

Apenas o *Guardian* forneceu um relato imparcial, permitindo que seus leitores tirassem as próprias conclusões.

Seb não esperava que cada membro do júri lesse apenas o *Guardian* e também duvidava que muitos deles cumprissem as instruções do juiz de não ler jornais enquanto o julgamento se desenrolava. "Não esqueçam", advertira o juiz Urquhart, "que ninguém sentado na bancada da imprensa pode decidir o resultado desse julgamento. Esse privilégio é dos senhores e apenas dos senhores." Será que todos os doze cumpririam sua determinação?

Depois que Seb terminou a leitura minuciosa de todas as matérias que faziam qualquer referência, por menor que fosse, a Hakim, deixou cair o jornal no chão. Olhou para o relógio sobre a lareira, mas ainda eram apenas 7h30. Então fechou os olhos.

Ross Buchanan leu apenas o *Times* naquela manhã e, embora achasse que os procedimentos do julgamento tivessem sido relatados com suficiente imparcialidade pelo repórter enviado para acompanhar o caso, um bom jogador não poderia ser recriminado por apostar suas fichas no veredito de culpado. Apesar de não acreditar em orações, ele acreditava na justiça.

Quando discursou na última reunião de diretoria, na semana antes do início do julgamento, Ross disse aos colegas diretores que, na próxima vez que se reunissem, o presidente seria Hakim Bishara ou Adrian Sloane. Em seguida, ele os advertiu de que teriam de reconsiderar suas próprias posições como diretores se Hakim não recebesse um veredito unânime. Acrescentou em tom preocupado: "Se o julgamento terminar em impasse, ou mesmo com um veredito a favor de Hakim por uma maioria de dez a dois, será encarado como nada além de uma vitória pírrica, porque nunca saberemos se ele é de fato inocente ou se simplesmente conseguiu se safar; o equivalente a uma absolvição por falta de provas." Como qualquer presidente responsável, Ross estava se preparando para o pior.

Desmond Mellor e Adrian Sloane já se preparavam para o melhor. Eles se encontraram no clube para almoçar um pouco antes de uma da tarde. O salão estava quase vazio, o que convinha ao propósito da dupla.

Mellor checou a declaração que Sloane havia preparado para a imprensa e planejava divulgá-la assim que o juiz Urquhart proferisse a sentença.

Sloane demandaria a convocação de uma assembleia geral extraordinária de acionistas do Farthings para discutir as implicações da decisão do júri e estava confiante de que Sebastian Clifton não seria capaz de se opor à solicitação. Ele, então, ofereceria seus préstimos como presidente em exercício do banco até que um candidato adequado fosse encontrado. E esse candidato encontrava-se sentado diante dele à mesa.

Os dois discutiram nos mínimos detalhes como assumiriam o controle do Farthings, enquanto retomariam a fusão com o Kaufman. Dessa forma, enterrariam os inimigos em uma única sepultura.

Arnold Hardcastle passou a tarde de sábado considerando duas declarações à imprensa com o relações-públicas do banco, Clive Bingham. Uma era intitulada "Hakim Bishara vai apelar e está confiante de que o veredito será revertido", enquanto a outra mostrava uma fotografia de Hakim sentado atrás de sua mesa no banco, com as palavras: "De volta aos negócios, como de costume."

Nenhum dos dois tinha dúvidas de qual declaração era a mais provável de ser divulgada para a imprensa.

O sr. George Carman ensaiou suas considerações finais durante um banho quente de imersão. Sua esposa o ouviu atentamente do quarto.

— Membros do júri, tendo ouvido as evidências apresentadas neste caso, certamente há apenas um veredito possível. Quero que apaguem da mente a imagem do banqueiro elegantemente vestido que viram no banco de testemunhas e pensem nos pobres coitados que todos os dias sofrem indescritíveis dores como resultado da dependência química. Não tenho dúvida alguma de que o sr. Bishara estava dizendo a verdade quando afirmou nunca ter usado drogas na vida, mas isso não significa que ele não esteja disposto a estragar a vida dos menos afortunados se puder obter um lucro rápido explorando a miséria alheia. Não esqueçamos que ele não conseguiu fechar qualquer outro negócio enquanto estava na Nigéria, então somos obrigados a nos perguntar: por que, para início de conversa, ele levou tanto dinheiro para Lagos? Mas isso, é claro, são vocês quem devem decidir. Assim, quando chegar a hora de entregarem o veredito, membros do júri, os senhores terão de decidir se algum fantasma da imaginação do sr. Bishara colocou trezentos gramas de heroína em sua mala ou se ele, conforme minha alegação, sempre soube que as drogas estavam lá. E, caso esta seja a conclusão, então só há uma sentença a ser considerada: culpado.

Uma pequena salva de palmas emanava do quarto.

— Nada mal, George. Se eu estivesse no júri, certamente estaria convencida.

— Mas eu não sei se estou — desabafou Carman calmamente, abrindo o ralo da banheira.

Gilly Gray não falou com a esposa durante o café da manhã. Ele não era um homem temperamental, mas Susan se acostumara aos silêncios cada vez mais prolongados à medida que um julgamento se aproximava do fim, assim, permaneceu calada quando ele saiu da mesa e retirou-se para o escritório a fim de preparar seu discurso de encerramento ao júri. Quando o telefone tocou na sala, Susan correu para atender, evitando que o marido fosse perturbado.

— Membros do júri, é possível acreditar que um homem da envergadura do sr. Bishara esteja envolvido em um crime tão desprezível? Será que alguém com tanto a perder pensaria por um momento...

De repente, uma batida à porta. Gilly abriu sem hesitar, sabendo que sua esposa não consideraria interrompê-lo a menos que...

— Tem um senhor Barry Hammond ao telefone. Ele diz que é urgente.

Para Hakim Bishara, não foi um longo fim de semana, mas 67 horas insones enquanto ele aguardava para ser conduzido ao tribunal a fim de enfrentar seu destino. Tudo que lhe restava era esperar que, quando o chefe do júri se levantasse, ouvisse a palavra certa.

Enquanto caminhava em círculos no pátio da prisão no domingo à tarde, acompanhado por dois banqueiros que teriam dificuldade em sequer abrir uma conta novamente, diversos presos vieram lhe desejar boa sorte.

— Pena que um ou dois deles não tinham ido testemunhar no julgamento — disse um de seus companheiros.

— Como isso teria me ajudado? — perguntou Hakim.

— Os rumores no pavilhão são de que os barões da droga estão dizendo a todo mundo que você nunca foi traficante ou usuário, porque conhecem seus clientes e fornecedores melhor do que qualquer comerciante. Afinal, eles não podem fazer propaganda nem têm lojas.

— Mas quem acreditaria neles? — indagou Hakim.

37

Sebastian chegou a Old Bailey pouco depois das 9h30 da manhã de segunda-feira. Assim que entrou no tribunal, surpreendeu-se ao encontrar Arnold Hardcastle sentado sozinho na bancada do advogado de defesa. Seb olhou do outro lado da sala e viu que o sr. Carman já ocupava seu lugar, checando seu discurso de encerramento. Sua expressão denunciava que mal podia esperar pelo tiro de largada para sair em disparada em direção à linha de chegada. Para advogados, não existe medalha de prata.

— Algum sinal de nosso estimado líder? — perguntou Seb, sentando-se ao lado de Arnold.

— Não, mas ele deve chegar a qualquer momento — respondeu Arnold, verificando o relógio. — Quando liguei mais cedo, seu assistente disse que ele não deveria ser incomodado em hipótese alguma. Embora eu deva dizer que ele está quase atrasado.

Seb não tirava os olhos da porta, através da qual os funcionários, advogados, jornalistas e outros interessados não paravam de chegar, mas o sr. Gray não estava entre eles. Às 9h45 ainda não havia sinal dele. Às 9h50, o sr. Carman começou a lançar olhares ocasionais em sua direção. Às 9h55, Arnold estava bastante ansioso, pois certamente o juiz lhe perguntaria onde estava o advogado de defesa, e ele não saberia a resposta. Dez horas.

O juiz Urquhart adentrou o recinto, cumprimentou a todos com uma mesura e tomou seu lugar na tribuna elevada. Verificou que o réu estava no lugar e esperou que os doze jurados se acomodassem. Finalmente, olhou para a bancada da acusação e deparou com o sr. Carman impaciente para que os procedimentos começassem. O juiz teria atendido seu desejo, mas não havia qualquer sinal do advogado de defesa.

— Eu chamaria o sr. Carman para seu discurso de encerramento, mas parece que o sr. Gray não está entre nós.

Assim que o juiz Urquhart pronunciou essas palavras, a porta no fundo do tribunal se abriu abruptamente e Gilbert Gray entrou apressado com sua beca esvoaçando e ajustando a peruca enquanto caminhava. Tão logo tomou seu lugar, o juiz lhe disse:

— Bom dia, sr. Gray. O senhor tem alguma objeção ou posso chamar o sr. Carman para as considerações finais? — O juiz não fez qualquer tentativa de esconder o sarcasmo.

— Mil desculpas, milorde, peço sua complacência e permissão para chamar uma testemunha que tem novas provas a apresentar ao tribunal.

O sr. Carman se sentou e fechou a pasta de modo ruidoso. Então se recostou na cadeira e aguardou intrigado pelo nome da testemunha.

— E posso saber quem seria essa nova testemunha, sr. Gray?

— Não vou chamar uma nova testemunha, milorde, mas reinquirir o sr. Collier.

O pedido claramente tomou a todos de surpresa, incluindo o sr. Carman, e demorou alguns instantes para que o burburinho diminuísse o suficiente no recinto a fim de que o juiz fizesse sua próxima pergunta. Ele se inclinou para a frente, olhou para a bancada de acusação e disse:

— O senhor tem alguma objeção, sr. Carman, a que o sr. Collier seja reconvocado a esta altura do julgamento?

Carman queria dizer sim, certamente, milorde, mas não tinha certeza dos motivos pelos quais deveria objetar que a principal testemunha de acusação prestasse outro depoimento.

— Não tenho objeções, milorde, embora esteja curioso para saber que novas provas podem ter surgido durante o fim de semana.

— Vamos descobrir, não é mesmo? — disse o juiz. Em seguida, acenou com a cabeça para o escrivão.

— O tribunal chama o sr. David Collier!

O oficial aduaneiro sênior entrou na sala de audiências e retornou ao banco de testemunhas. Não era possível captar qualquer dica pela expressão no rosto dele. O juiz lembrou-lhe que ele ainda estava sob juramento.

— Bom dia, sr. Collier — disse Gray. — O senhor poderia confirmar que está comparecendo nesta ocasião por um pedido seu, e não como testemunha de acusação?

Sebastian não pôde deixar de notar que o sr. Gray abandonara sua atitude antagônica de antes em relação à testemunha e adotara um tom mais conciliatório.

— Sim, é verdade, senhor.

— E por que o senhor deseja prestar um novo testemunho?

— Eu temia que, se não o fizesse, uma grave injustiça poderia ser cometida.

Mais uma vez, um ruidoso burburinho se espalhou pela sala de audiências. O sr. Gray não fez qualquer menção de continuar antes de o silêncio novamente prevalecer.

— Talvez o senhor deva explicar melhor, sr. Collier.

— Na sexta-feira à noite, recebi uma ligação de um colega de Frankfurt para me informar sobre um caso recente ocorrido naquela cidade sobre o qual, segundo ele, eu deveria tomar conhecimento. No curso da conversa, descobri a razão pela qual a sra. Aisha Obgabo, a aeromoça no voo 207, tinha sido capaz de fornecer provas a este tribunal.

— E qual foi o motivo? — perguntou o sr. Gray.

— Ela está na cadeia, condenada a seis anos por tráfico de drogas de classe A.

Dessa vez, o juiz não fez nenhuma tentativa de acalmar a agitação causada no recinto pela revelação de Collier.

— E por que isso está relacionado a este caso? — perguntou o sr. Gray, uma vez que a ordem tinha sido restaurada.

— Parece que, poucas semanas após a detenção de Bishara, a sra. Obgabo foi presa por posse de 56 gramas de maconha.

— A maconha é considerada uma droga de classe A na Alemanha? — perguntou o juiz, incrédulo.

— Não, milorde. Por esse delito o juiz condenou a sra. Obgabo a seis meses com suspensão condicional da pena e ordenou que ela fosse deportada para a Nigéria.

— E por que ela não foi deportada? — indagou o juiz.

— Porque durante o julgamento descobriu-se que a sra. Obgabo estava tendo um caso com o comandante da aeronave em que trabalhava como comissária. Se ela tivesse sido enviada de volta à Nigéria, milorde, teria sido presa por adultério e, se considerada culpada, condenada à pena de morte, que no país é execução por apedrejamento. No final do julgamento, quando o juiz perguntou se ela desejava que outros delitos fossem levados em consideração antes de ele proferir a sentença, a sra. Obgabo admitiu ter recebido uma grande soma de dinheiro para colocar trezentos gramas de heroína na mala de um passageiro da primeira classe em um voo da Nigeria Airways de Lagos para Londres. A sra. Obgabo não conseguiu recordar o nome do passageiro, mas lembrava que a mala em que colocou a heroína continha as iniciais HB em relevo dourado. E, para esse delito, o juiz condenou a sra. Obgabo a seis anos de prisão, que seu advogado garantiu ser tempo suficiente para ela solicitar asilo como refugiada política.

Dessa vez, o juiz aceitou que teria de esperar um pouco mais antes que a sala de audiências recuperasse minimamente a ordem. Ele se recostou na cadeira, enquanto vários jornalistas saíam apressados do tribunal em busca do telefone mais próximo.

Sebastian percebeu que, pela primeira vez, o júri olhava para o réu, e vários deles até sorriam para Hakim. O que ele não percebeu foi Adrian Sloane se esgueirando calmamente da plateia. O sr. Gray permaneceu de pé, mas não fez qualquer tentativa de falar novamente até que a ordem fosse restaurada.

— Obrigado, sr. Collier, por sua integridade e senso de dever público. Se me permite dizer, o senhor traz grande credibilidade para sua profissão.

O sr. Gray fechou a pasta, olhou para o juiz e disse:

— Não tenho mais perguntas, milorde.

— O senhor tem alguma pergunta para a testemunha, sr. Carman? — perguntou o juiz.

Carman fez uma pequena conferência com a equipe de acusação e, olhando para o juiz, disse:

— Não, milorde. Embora deva confessar que é um tanto irônico que eu mesmo tenha demonstrado ao tribunal que as credenciais da testemunha eram irrepreensíveis.

— Bravo, sr. Carman — disse o juiz, tocando sua longa peruca.

— E, com isso em mente, milorde — continuou Carman —, a promotoria retira todas as acusações contra o réu. — O sr. Carman se sentou e uma explosão de aplausos irrompeu na plateia.

Os jornalistas continuaram escrevendo freneticamente. Os funcionários mais experientes do tribunal tentavam não revelar qualquer emoção, enquanto o réu exibia apenas uma expressão atônita por tudo que ocorria ao seu redor. O juiz Urquhart parecia a única pessoa na sala capaz de manter a calma. Ele voltou a atenção para o homem que ainda estava de pé no banco dos réus e disse:

— Sr. Bishara, a promotoria retirou todas as acusações contra o senhor. Por conseguinte, a prisão está revogada e o senhor está livre para deixar o tribunal, e, devo acrescentar, sem qualquer mácula em sua reputação.

Sebastian deu um salto e abraçou Ross, enquanto os dois advogados se cumprimentavam com uma breve mesura protocolar antes de apertarem as mãos.

— Como parece que teremos o restante do dia de folga, George — disse Gilly Gray —, que tal um almoço e depois uma partida de golfe?

38

— Bem-vindo de volta, presidente.

— Obrigado, Ross — agradeceu Hakim, sentado à mesa da presidência pela primeira vez em cinco meses. — Mas, na verdade, não sei como começar a agradecer a você por tudo que fez, não só por mim, mas, o mais importante, pelo banco.

— Não fiz isso sozinho — declarou Ross. — Você teve uma equipe sensacional aqui no Farthings, liderada por Sebastian, que tem dedicado horas inimagináveis ao banco.

— Arnold me disse que também sou responsável por estragar a vida pessoal de Sebastian.

— Acho que podemos dizer que as coisas não vão muito bem nesse departamento.

— Ajudaria se eu escrevesse para Samantha e explicasse por que Seb teve de deixar Washington de forma tão apressada?

— Ela já sabe. Mas mal não faria.

— Há mais alguém em particular a quem eu deva agradecer?

— Toda a equipe não poderia ter sido mais solidária, mas Giles Barrington, ao decidir integrar a diretoria, transmitiu uma mensagem clara aos nossos amigos, bem como a nossos adversários.

— Devo muito à família Barrington, será quase impossível retribuir tudo que eles têm feito.

— Eles não pensam assim, presidente.

— E essa é a força dessa família.

— E a fraqueza de seus inimigos.

— E, falando de coisas boas, vocês viram como nossas ações abriram esta manhã?

— Quase de volta ao patamar que estavam no dia anterior... — Ross hesitou.

— À minha prisão. E Jimmy Goldsmith me telefonou hoje de manhã para dizer que ele disponibilizará suas ações lentamente no mercado durante os próximos seis meses.

— Ele deve obter um belo lucro.

— E é mais que merecido, tendo em vista o risco que assumiu quando a maioria pensava que seria nossa ruína.

— Adrian Sloane é um excelente exemplo. Infelizmente, ele também vai obter excelentes lucros, mas pelos motivos errados.

— Bem, pelo menos ele não será capaz de reivindicar um lugar no conselho de diretoria, ao vender suas ações. Eu teria pagado um bom dinheiro para estar presente na reunião de diretoria quando Jimmy disse a Sloane exatamente o que pensava dele.

— Acho que você vai encontrar isso registrado com detalhes na ata, presidente.

— Tenho certeza disso, mas gostaria que a conversa tivesse sido gravada, assim eu poderia ouvi-la. — Ele fez uma pausa — Várias e várias vezes.

— Sloane não foi a única pessoa a abandonar o navio quando pensaram que estava naufragando. Não fique surpreso em saber que um ou dois clientes antigos estão tentando retornar a bordo dizendo: "Eu nunca tive qualquer dúvida, velho amigo."

— Espero que você tenha feito esses infelizes caminharem na prancha, um por um — disse Hakim, com rancor.

— Eu não iria tão longe, presidente. No entanto, deixei claro que eles podem não receber os mesmos benefícios de antes.

Hakim irrompeu em risadas.

— Sabe, Ross, há momentos em que eu poderia ter pelo menos um pouco de sua sabedoria e diplomacia. — O tom de voz do presidente mudou. — Posso saber se estamos perto de descobrir quem pagou para que a comissária plantasse a heroína em minha mala?

— Barry Hammond disse que chegou a uma lista de três suspeitos.

— Presumo que um deles seja Desmond Mellor.

— Auxiliado e incentivado por Adrian Sloane e Jim Knowles. Mas Barry me advertiu de que não será nada fácil provar.

— Teria sido impossível sem a ajuda do sr. Collier, que poderia facilmente ter escolhido se calar e lavar as mãos. Sou grato a ele.

Talvez devêssemos presenteá-lo com um cruzeiro para as Bahamas para ele e a esposa em um navio da Barrington.

— Não acho que seja uma boa ideia, presidente. David Collier é um homem muito ético. Mesmo quando Barry o levou para almoçar para lhe agradecer por tudo que tinha feito, ele fez questão de dividir a conta. Sugiro uma carta de agradecimento e, como ele é um grande fã de Dickens, talvez a coleção completa de *Nonesuch*?

— Que ideia brilhante.

— A ideia não é minha. Mais uma vez, você pode agradecer a Barry Hammond por essa informação. Os dois se tornaram melhores amigos e assistem aos Wasps juntos todos os sábados à tarde.

— Wasps? — perguntou Hakim, com um olhar confuso.

— Um time de rúgbi de Londres de que ambos são fãs há anos.

— O que você sugere como agradecimento a Barry?

— Já lhe paguei o bônus que vocês acordaram, caso fosse considerado inocente, e ele ainda está trabalhando para descobrir quem ordenou que as drogas fossem plantadas em sua mala pela aeromoça. Mas se recusa a me dar quaisquer detalhes até que tenha apanhado o desgraçado.

— Típico do Barry.

— Ele também me disse que você lhe pediu que fizesse mais perguntas sobre Kristina Bergström, o que me intrigou, presidente, porque eu estava convencido de que ela falava a verdade e não consigo ver qual seria o propósito de...

— Agora que você não é mais presidente, Ross, quais são seus planos imediatos?

Embora a súbita mudança de assunto não tenha sido nada sutil, Ross entendeu a dica.

— Jean e eu sairemos de férias para a Birmânia, um país que sempre quisemos visitar. E, quando voltarmos para a Escócia, pretendemos passar o resto de nossos dias em um chalé perto de Gullane, que tem uma vista deslumbrante sobre o estuário do rio Forth e, por acaso, é vizinho do campo de golfe Muirfield, onde tenho a intenção de passar muitas horas trabalhando no meu *handicap*.

— Não estou conseguindo acompanhá-lo, Ross.

— Melhor não tentar, presidente, porque senão vai acabar no meio do mato. E, igualmente importante, Gullane fica na margem sul do estuário, onde as trutas estão prestes a descobrir que voltei para minha vingança.

— A única coisa que fui capaz de entender nisso tudo é que não há nada que eu possa dizer para convencê-lo a permanecer na diretoria, certo?

— Sem chance. Você já tinha minha carta de demissão, e, se eu não estiver no *Flying Scotsman* esta noite, não sei qual de nós dois Jean matará primeiro.

— Com você eu me entendo, mas é melhor não provocar Jean. Isso significa que você fechou negócio naquele chalé idílico sobre o qual me falou?

— Quase — respondeu Ross. — Ainda tenho que vender meu apartamento em Edimburgo antes de assinar o contrato.

— Por favor, mande minhas lembranças a Jean e diga a ela que estou muito grato por ter permitido que você deixasse sua aposentadoria por cinco meses. Faça uma viagem maravilhosa para a Birmânia, e, mais uma vez, obrigado. — Ross estava prestes a apertar a mão do presidente quando Hakim lançou os braços em torno dele e lhe deu um abraço de urso, um gesto inusitado para o reservado escocês.

Assim que Ross saiu, Hakim caminhou até a janela e esperou até vê-lo sair do prédio e chamar um táxi. Então, voltou para sua mesa e pediu a sua secretária que ligasse para o sr. Vaughan, da Savills.

— Sr. Bishara, que prazer em falar com o senhor. Tenho um excelente negócio que pode lhe interessar, um apartamento duplex em Mayfair, localização privilegiada, excelente vista para o parque...

— Não, sr. Vaughan, não é do meu interesse. Mas o senhor poderia me vender um apartamento em Edimburgo que sei que está sob sua corretagem há alguns meses.

— Já temos uma oferta para a propriedade do sr. Buchanan em Argyll Street, mas ainda está alguns milhares de libras abaixo do preço pedido.

— Muito bem, então, tire-a dos anúncios, venda para o ofertante e cobrirei a diferença.

— Estamos falando de alguns milhares de libras, sr. Bishara.

— Seria barato ainda que fosse o dobro — afirmou Hakim.

GILES BARRINGTON

1976–1977

39

Estado da Louisiana – União – Justiça e Confiança
Gabinete do governador

12 de junho de 1976

Prezado lorde Barrington

Talvez o senhor não se lembre de mim, mas nos conhecemos há uns doze anos, na viagem inaugural do Buckingham para Nova York. Naquela época, eu era deputado pelo décimo primeiro distrito da Louisiana, mais conhecido como Baton Rouge. Desde então, me tornei governador do estado e recentemente fui reeleito para servir um segundo mandato. Aproveito a oportunidade para oferecer minhas congratulações por seu retorno ao gabinete como líder da Câmara dos Lordes.

Escrevo para informá-lo de que estarei em Londres por alguns dias no fim de julho e gostaria de saber sua disponibilidade para um encontro a fim de tratar de um assunto pessoal, relativo a um amigo próximo, constituinte e grande financiador do meu partido.

Meu amigo teve uma infeliz experiência com uma certa Lady Virginia Fenwick quando visitou Londres há cerca de cinco anos, e posteriormente descobrimos que se tratava de sua ex-esposa. A questão sobre a qual gostaria de buscar seu aconselhamento não reflete bem em Lady Virginia, com quem o senhor ainda pode ter algum relacionamento. Se esse for o caso, naturalmente, compreenderei e procurarei resolver o problema de alguma outra forma.

Aguardo seu retorno.
Atenciosamente,

Governador Hayden Rankin

Giles se lembrava muito bem do governador. Seus conselhos astutos e sua discrição o haviam ajudado a evitar uma catástrofe maior quando o IRA tentou afundar o *Buckingham* em sua viagem inaugural, e ele certamente não se esquecera das palavras finais de Hayden Rankin sobre o assunto: "Você me deve uma."

Giles escreveu imediatamente para dizer que teria muito prazer em encontrar Hayden quando ele estivesse em Londres. O fato não menos importante, e que se absteve de mencionar em sua carta, é que mal podia esperar para descobrir como a ex-esposa poderia ter cruzado o caminho de um amigo íntimo do governador da Louisiana. Talvez conseguisse até desvendar o mistério do pequeno Freddie.

Ele ficou bastante satisfeito com a reeleição de Hayden para um segundo mandato, mas não se sentia tão confiante sobre as próprias chances no partido na próxima eleição — embora não quisesse admitir isso, especialmente para Emma.

Após a surpreendente renúncia de Harold Wilson, em abril de 1976, o novo primeiro-ministro, Jim Callaghan, pediu a Giles que, mais uma vez, assumisse a campanha dos assentos marginais e, durante os últimos dois meses, visitasse distritos eleitorais muito distantes, como Aberdeen e Plymouth. Quando Callaghan pediu a Giles uma avaliação realista de qual seria o resultado da próxima eleição, ele avisou a "Jim Sortudo" que talvez ele não tivesse tanta sorte desta vez.

— Eu poderia falar com Sebastian Clifton, por favor?
— Sou eu.
— Sr. Clifton, estou ligando dos Estados Unidos. O senhor aceita uma ligação a cobrar da srta. Jessica Clifton?
— Sim, claro.
— Oi, Paps.
— Oi, Jessie, como você está?
— Muito bem, obrigada.
— E sua mãe?
— Ainda estou trabalhando nessa questão, mas estou ligando para confirmar se você vai mesmo nos encontrar em Roma no mês que vem.

— Já reservei o hotel Albergo del Senato, na Piazza della Rotonda. Fica bem em frente ao Panteão. Onde vocês se hospedarão?

— Com meus avós na embaixada dos Estados Unidos. Não lembro se você conhece o vovô, ele é superlegal.

— Sim, eu o conheço. Na verdade, visitei seu avô quando ele era o *chef de mission* na embaixada em Grosvenor Square e pedi a mão de sua mãe em casamento.

— Que bonito e antiquado da sua parte, Paps, mas você não precisa se preocupar em pedir a mão da mamãe novamente, porque já tenho a aprovação dele e não consigo imaginar uma cidade mais romântica do que Roma para pedir mamãe em casamento.

— Por favor, não me diga que você telefona para o embaixador em Roma a cobrar!

— Sim, mas apenas uma vez por semana. Mal posso esperar para conhecer vovô Harry e meu tio-avô Giles. Assim posso adicioná-los à minha lista de contatos e contar que você pretende pedir minha mãe em casamento.

— Presumo que você já tenha escolhido a data, a hora e o local, certo?

— Sim, é claro. Vai ter que ser na quinta-feira. Vamos à Borghese Gallery. Sei que mamãe está ansiosa para ver as obras de Bernini e *Paolina Borghese* de Canova.

— Você sabia que a galeria recebeu esse nome em homenagem à irmã de Napoleão?

— Não sabia que você já tinha ido a Roma, Paps.

— Isso pode ser uma surpresa para você, Jessie, mas já tinha gente na Terra antes de 1965.

— Sim, eu sei. Li sobre elas nos meus livros de história.

— Por acaso você não gostaria de administrar um banco?

— Não, obrigada, Paps, eu simplesmente não tenho tempo, com a preparação para a minha próxima exposição e tentando fazer vocês dois darem certo.

— Não consigo imaginar como sobrevivemos antes de você.

— Não muito bem, pelo que estou vendo. Aliás, você conhece um homem chamado Maurice Swann, de Shifnal, em Shropshire?

— Sim, mas certamente ele não deve mais estar vivo.

— Está, sim, e a todo vapor, ao que parece, porque ele convidou a mamãe para inaugurar sua escola de teatro. O que isso quer dizer?

— É uma longa história — respondeu Seb.

Desmond Mellor estava alguns minutos atrasado e, assim que Virginia lhe serviu uísque, foi direto ao ponto.

— Eu cumpri com a minha palavra, e é chegada a hora de você cumprir com a sua. — Virginia não emitiu qualquer comentário. — Ganhei muito dinheiro ao longo dos anos, Virginia, e recentemente recebi uma proposta da Mellor Travel que poderá até me proporcionar uma participação no controle acionário do Farthings Bank.

Virginia reabasteceu seu copo com Glen Fenwick.

— Então, o que posso fazer por você?

— Para resumir, quero aquele título de sir que você prometeu que poderia conseguir quando precisou da minha ajuda para convencer os detetives norte-americanos de que sua história era legítima.

Virginia sabia muito bem que a simples ideia de Desmond Mellor ser indicado para o título de cavaleiro era absurda, mas vislumbrara uma maneira de tirar proveito dessa situação.

— Francamente, Desmond, estou surpresa que você ainda não tenha sido indicado para receber uma honraria.

— Como é que funciona? — indagou Mellor. — É preciso que alguém me indique?

— Sim, o comitê de honrarias, um grupo seleto de pessoas eminentes, recebe recomendações e, quando consideram oportuno, concedem-nas.

— Por acaso, você conhece alguém no comitê?

— Ninguém deve saber quem integra o comitê de honrarias. É um segredo muito bem guardado. Caso contrário, eles seriam incansavelmente importunados por recomendações de pessoas completamente desqualificadas.

— Então posso ter esperanças? — perguntou Mellor.

— Mais que a maioria — declarou Virginia —, porque o presidente do comitê, por acaso, é um velho amigo da minha família.

— Qual é o nome dele?

— Se eu lhe contar, você deve jurar manter essa informação em segredo, porque, se ele sequer desconfiar por um momento que você sabe, isso arruinará suas chances de ser condecorado.

— Você tem a minha palavra, Virginia.

— O duque de Hertford, Peregrine para os amigos, é presidente do comitê faz dez anos.

— Como diabos vou conhecer um duque?

— Como disse, ele é um amigo pessoal, então vou convidá-lo para um coquetel, que será uma oportunidade para ele conhecer você. Mas ainda temos muito trabalho a fazer antes de isso ser possível.

— Como o quê?

— Primeiro você precisará elaborar uma grande campanha se quiser ser levado a sério.

— Que tipo de campanha?

— Artigos sobre sua empresa e como ela foi bem-sucedida ao longo dos anos, com ênfase nos seus registros de exportação, terão de aparecer regularmente nas seções de negócios da imprensa. O comitê de honrarias sempre responde bem à palavra "exportações".

— Isso não deve ser muito difícil de providenciar. A Mellor Travel possui diversas filiais em todo o mundo.

— Eles também gostam da palavra "caridade". Você vai ter que ser visto como um apoiador digno de diversas causas locais e nacionais, divulgando fotos que chamem atenção deles, de forma que, quando seu nome surgir no comitê, alguém diga: "Ele faz muitas obras de caridade."

— Você parece conhecer muito bem o assunto, Virginia.

— E deveria. Estamos nesse meio há mais de quatrocentos anos.

— Você vai me ajudar? Obviamente, eu não seria capaz de me indicar.

— Em circunstâncias normais, eu ficaria muito feliz em ajudar, Desmond, mas, como você sabe melhor do que ninguém, não sou mais uma senhora sem responsabilidades.

— Mas você me deu sua palavra.

— E, de fato, vou honrar meu compromisso. Mas, se é para ser feito corretamente, Desmond, eu teria que passar grande parte do meu tempo me certificando de que você seja convidado para todas as esferas da sociedade, para discursar em conferências de negócios e, ao mesmo tempo, precisaria organizar encontros, sem que ninguém saiba, é claro, com alguns membros do comitê de honraria, incluindo o duque.

— Será que quinhentas libras por mês seriam suficientes para você?

— Além das despesas. Eu teria que jantar com algumas pessoas muito influentes.

— Negócio fechado, Virginia. Vou agendar uma transferência mensal para sua conta hoje mesmo. E, como sempre acreditei em incentivos, você receberá um bônus de dez mil no dia que a espada de Sua Majestade tocar meus ombros.

Um bônus do qual Virginia sabia que jamais poderia desfrutar.

Quando Mellor finalmente partiu, Virginia suspirou aliviada. Embora fosse verdade que era velha amiga do duque de Hertford, ela sabia muito bem que o homem não era membro do comitê de honrarias. Ainda assim, não faria mal algum convidar Peregrine para um coquetel, apresentá-lo a Mellor e alimentar suas esperanças, garantindo, ao mesmo tempo, o recebimento de uma bela quantia mensal, mais despesas.

Virginia começou a pensar em quais outros candidatos adequados para o comitê de honrarias ela poderia apresentar a Mellor. Ficou abismada como alguém normalmente tão astuto e calculista, quando tirado de sua zona de conforto, poderia ser tão ingênuo e crédulo. No entanto, admitiu que não podia se dar ao luxo de exagerar em sua cartada.

40

No momento em que as negociações haviam sido concluídas e os contratos estavam assinados, Sebastian se sentia feliz e exausto na mesma proporção. Os franceses não são as pessoas mais fáceis de fechar negócios, pensou, sobretudo por fingirem que não sabem falar inglês sempre que desejam fugir de uma pergunta embaraçosa.

Quando conseguiu voltar para o hotel, tudo o que queria era uma refeição leve, um banho quente e dormir cedo, pois seu voo partiria do Charles de Gaulle na manhã seguinte. Seb estava estudando o menu do serviço de quarto quando o telefone tocou.

— Serviço de concierge, senhor. Gostaríamos de saber se desejaria aproveitar uma de nossas massagens.

— Não, obrigado.

— Nós oferecemos esse serviço a todos os hóspedes premium, senhor, e não há nenhum custo extra.

— Tudo bem, você me convenceu. Pode enviar o massagista.

— Na verdade, é uma mulher, senhor. Ela é chinesa e excelente massagista, mas receio que seu inglês seja um pouco limitado.

Seb se despiu, vestiu o roupão do hotel e esperou. Poucos minutos depois, ouviu uma batida à porta. Ele a abriu e encontrou uma mulher vestindo um abrigo branco, com uma mesa de massagem portátil em uma mão e uma maleta na outra.

— Mai Ling — disse ela, curvando ligeiramente o corpo.

— Entre, por favor — falou Seb, mas a mulher não respondeu. Ele observou enquanto ela arrumava a mesa de massagem no meio da sala da suíte antes de desaparecer para o banheiro e voltar em seguida com duas grandes toalhas. Ela, então, abriu a maleta e retirou vários frascos de óleos e cremes.

Ela curvou levemente o corpo de novo, e instruiu Seb a ficar com o rosto voltado para baixo sobre a mesa. Ele despiu o roupão, sentindo-se um pouco envergonhado por estar usando apenas cuecas. Após alguns minutos de leves batidinhas em toda a musculatura, a massagista localizou uma antiga lesão de squash na panturrilha esquerda de Sebastian e, logo depois, um estiramento recente no músculo do ombro. Ela fez pressão e Seb logo relaxou, sentindo que estava nas mãos de uma profissional.

Mai Ling trabalhava no pescoço dele quando o telefone tocou. Seb sabia que era o presidente querendo notícias da negociação com os franceses. Estava prestes a se levantar e descer da mesa com relutância para atender à chamada, mas, antes que pudesse se mover, Mai Ling pegou o fone e colocou-o na orelha dele. Seb ouviu a voz da recepcionista:

— Sinto muito por incomodá-lo, senhor, mas o sr. Bishara está na linha.

— Pode passar a ligação, por favor.

— Como foi? — Foram as primeiras palavras do presidente.

— Chegamos a um bônus de 3,8 por cento ao ano — respondeu Seb enquanto Mai Ling pressionava mais seu ombro e encontrava o ponto exato de tensão. — Mas apenas na condição de o franco francês não cair abaixo de sua taxa atual de 9,42 em relação à libra.

— Excelente, Seb, porque, se bem me lembro, você tinha fixado em 3,4 por cento e ainda permitido que a desvalorização do franco chegasse a dez por cento.

— É verdade, mas, depois de um pouco de negociação e várias garrafas de vinho caro, eles cederam. Estou com o contrato em francês e inglês.

— Quando você voltará?

— Pegarei o primeiro voo para Heathrow amanhã de manhã, assim devo chegar ao escritório antes do meio-dia.

— Você poderia passar para me ver assim que chegar? Há algo que preciso discutir com urgência.

— Sim, claro, presidente.

— Mudando para um assunto mais agradável, recebi uma carta encantadora de Samantha dizendo o quanto ficou feliz com o resultado do julgamento.

— Como ela ficou sabendo? — perguntou Seb.

— Obviamente pela Jessica, suponho que tenha contado a ela.

— Sim, Jessie agora me liga duas ou três vezes por semana, sempre a cobrar, é claro.
— Falei com ela algumas vezes também.
— Jessie está ligando a cobrar para você?
— Apenas quando não consegue falar com você.
— Vou matá-la.
— Não, não — tranquilizou-o Hakim. — Não faça isso. Ela é uma agradável trégua de meus outros telefonemas, embora deva dizer que tenho pena do homem que se casar com ela.
— Ninguém nunca será bom o suficiente.
— E Samantha? Você é bom o bastante para ela?
— Claro que não, mas não perdi as esperanças porque Jessie me disse que elas irão para Roma no verão e esperam ver todos os dezenove Caravaggios.
— Suponho que você já tenha reservado suas férias para o mesmo período.
— Você é pior que Jessie. Não me surpreenderia se vocês dois estivessem tramando juntos.
— Vejo você amanhã por volta do meio-dia — disse Hakim, antes de desligar o telefone.

Mai Ling recolocou o telefone em uma pequena mesa no canto da sala antes de começar a massagear o pescoço de Seb. Ele, porém, não conseguiu evitar se perguntar por que o presidente queria vê-lo assim que chegasse e por que ele não estava disposto a discutir o assunto pelo telefone.

Um pequeno zunido no relógio de Mai Ling indicou que a sessão havia terminado. Seb estava tão relaxado que quase adormecera. Ele se levantou, correu até o quarto e pegou uma nota de dez francos na carteira. Ao retornar, a mesa de massagem já tinha sido dobrada, os frascos de óleo estavam organizados na maleta e as toalhas haviam sido depositadas na cesta da lavanderia.

Ele entregou a gorjeta para Mai Ling, que fez uma breve reverência e foi embora. Seb se sentou ao lado do telefone, mas demorou um tempo antes de decidir fazer a ligação.

— Como posso ajudá-lo, sr. Clifton?
— Gostaria de fazer uma chamada para os Estados Unidos.

41

— Você tem alguma ideia do motivo de o presidente querer me ver com tanta urgência?
— Não, sr. Clifton — respondeu Rachel. — Mas Barry Hammond está lá com ele.
— Certo. Envie a cópia do contrato em inglês para o departamento financeiro e lembre-os de que o primeiro pagamento deve ser feito ao fim de cada trimestre, em francos.
— E a via em francês?
— Arquive-a junto aos outros documentos. Converso com você assim que falar com o presidente.

Sebastian saiu do escritório, caminhou apressado pelo corredor e bateu à porta da sala da presidência. Ao entrar, encontrou Hakim absorto em uma conversa com Barry Hammond e alguém que ele pensou reconhecer.

— Bem-vindo de volta, Seb. Você conhece Barry Hammond, é claro, e acho que recentemente conheceu sua colega, Mai Ling.

Sebastian olhou para a mulher sentada ao lado de Barry, mas demorou alguns instantes para perceber de quem se tratava. Ela se levantou e apertou a mão de Seb, a reverência e a timidez haviam desaparecido.

— Que prazer vê-lo novamente, sr. Clifton.

Seb decidiu sentar-se na cadeira mais próxima antes que suas pernas cedessem.

— Parabéns pela sua vitória, Seb — parabenizou-o Hakim —, e pelo contrato que conseguiu com os franceses. Bravo! Apenas me lembre dos detalhes. Aliás, por que não me explica, Mai Ling?

— Pagamentos de 3,8 por cento ao ano, enquanto a taxa de câmbio permanecer em 9,42 francos por libra.

Seb apoiou a cabeça entre as mãos, sem saber se ria ou chorava.

— E, se me permite acrescentar, sr. Clifton, acho encantador que sua filha Jessica telefone para o senhor dos Estados Unidos, duas a três vezes por semana, e o senhor sempre lhe permita ligar a cobrar.

Hakim e Barry caíram na gargalhada. Seb podia sentir as bochechas queimando.

— Ora, não foi nada — disse Hakim. — Barry, por que não explica a razão de armarmos essa farsa?

— Embora tenhamos quase certeza de que Adrian Sloane ou Desmond Mellor, ou possivelmente os dois trabalhando juntos, foram os responsáveis por plantar a droga na mala do sr. Bishara, não estamos nem perto de conseguir provar. Sloane, como você provavelmente sabe, tem um apartamento em Kensington, e a residência principal de Mellor é em Gloucester, embora ele também tenha uma segunda residência em cima de seu escritório em Bristol. E recentemente descobrimos que sempre que vem a Londres fica hospedado no mesmo hotel. O Swan, em St. James's.

— O porteiro-chefe, que prefiro manter no anonimato — completou Mai Ling, retomando o fio da meada —, trabalhava na Polícia Metropolitana, assim como Barry e eu. Recentemente, ele indicou a Mellor o serviço gratuito de massagem oferecido pelo hotel exclusivamente para seus clientes regulares.

— Ele parece gostar em especial das habilidades de Mai Ling — continuou Hammond —, porque agora agenda as sessões com ela com bastante antecedência. E por isso sabemos que vai se hospedar no Swan na próxima terça-feira à noite. Ele pediu uma sessão de massagens para as 4h30 da tarde. Reservei um quarto para um dia antes, o que me dará tempo mais do que suficiente para instalar as escutas, assim poderemos ouvir as conversas entre ele e Sloane.

— Mas o que faz vocês pensarem que Sloane ligará para ele justamente naquele momento?

— Ele não precisa ligar. Mellor sempre aproveita as sessões para fazer ligações, e a pessoa com quem sempre fala é Sloane.

— Mas certamente Sloane é cauteloso sobre o que diz ao telefone.

— Ele geralmente é, mas às vezes Mellor o provoca, e Sloane sempre cai na dele. E ele provavelmente pensa que Mellor está ligando do escritório, e, portanto, que a linha é segura.

— Mas eles podem discutir coisas que não tenham qualquer utilidade para nós — observou Seb.

— Pode ser que tenha razão, sr. Clifton, porque essa será a quarta sessão de Mai Ling com Mellor, e, apesar de certas palavras-chave surgirem regularmente sempre que ele e Sloane falam ao telefone, como Farthings, Bishara, Clifton, Barrington e ocasionalmente Hardcastle e Kaufman, eles ainda não falaram nada muito significativo. Mas, agora que ouvi as três fitas anteriores, sou capaz de reconhecer a voz de Mellor e a de Sloane ao ouvi-las. Isso é relevante porque David Collier me deu uma cópia da gravação da fita da denúncia anônima. Escutei a gravação ontem à noite e posso afirmar foi Adrian Sloane.

— Excelente, Barry — disse Hakim. — Mas como podemos provar que Mellor também estava envolvido?

— É aí que entra Mai Ling — explicou Barry. — Com o tempo, tenho certeza de que ela vai fazer sua mágica, assim como fez com o senhor, sr. Clifton. A menos que tenham mais perguntas, temos de voltar ao trabalho.

— Apenas uma — disse Seb, voltando-se para Mai Ling. — Enquanto estava sentado aqui, acho que dei um pequeno mau jeito no pescoço, será que...

Mai Ling montou a mesa de massagem, enquanto Desmond Mellor foi ao banheiro e se despiu. Ao retornar, vestia apenas calças. Ele deu um leve tapinha nas costas de Mai Ling enquanto subia na mesa, satisfeito por ver que ela já colocara o telefone próximo da cabeceira.

Mellor pegou o aparelho e começou a discar antes mesmo de ela começar em seus pés. O homem gostava de receber massagem nos pés e na cabeça mais do que em qualquer outra parte do corpo. Ou quase. Mas Mai Ling havia deixado bem claro desde o início que isso estava fora de cogitação, ainda que ele a pagasse em dinheiro.

Sua primeira chamada foi para o gerente do banco, e o único ponto de interesse que surgiu na conversa foi ele ter concordado com o pagamento da última solicitação de reembolso de despesas apresentada por Lady Virginia Fenwick no valor de 92,75 libras, quantia que parecia aumentar a cada mês. Teria que falar com ela sobre isso. Ele também enviou uma doação de mil libras para o fundo de restauração do órgão da Catedral de Bristol, um prédio onde jamais entrou.

A segunda chamada foi para a secretária da Mellor Travel em Bristol. Ele gritou com a pobre garota por cerca de vinte minutos, e nesse momento Mai Ling já estava massageando os ombros de Mellor. Ela começava a temer que essa seria outra sessão desperdiçada até que de repente ele bateu o telefone e começou a discar novamente.

— Quem está falando?

— Des Mellor.

— Ah, oi, Des — continuou Sloane, sua voz mudou de intimidadora para bajuladora em um segundo. — O que posso fazer por você?

— Você se livrou de todas as minhas ações do Farthings? Notei que elas estavam em alta novamente essa manhã.

— Você está com um déficit em relação aos últimos cinquenta mil, mas já cobriu seu investimento original e até teve um pequeno lucro. Então pode aguardar mais um pouco para ver se o valor subirá ainda mais ou vendê-las.

— Sempre saia do jogo quando está ganhando, Adrian. Pensei que tinha lhe ensinado essa lição.

— Não teríamos que fazer isso — disse Sloane, claramente irritado com a reprimenda — se aquela estúpida cadela nigeriana tivesse mantido a boca fechada. Poderíamos estar no controle do banco agora. Ainda assim, eu pego aquele canalha da próxima vez.

— Não vai ter uma próxima vez — retrucou Mellor —, a menos que seja absolutamente infalível.

— É melhor do que infalível — retorquiu Sloane. — Dessa vez, ele vai ser apanhado por uso de informações privilegiadas e perderá a licença bancária.

— Bishara nunca se envolveria em algo tão irresponsável.

— Mas talvez um de seus corretores. Alguém que costumava trabalhar para mim quando eu era presidente do Farthings.

— O que você tem contra ele?

— Ele é viciado em jogo. Se houvesse um prêmio por apostar no pior cavalo em todas as corridas, ele estaria milionário. Infelizmente, seus agentes de apostas estão pressionando-o para quitar sua dívida.

— E daí? No momento em que Bishara descobrir, vai demitir o sujeito e ninguém vai acreditar sequer por um minuto que ele estava envolvido.

— Seria difícil para Bishara negar seu envolvimento se tivéssemos toda a conversa gravada.

— Como isso seria possível? — gritou Mellor.

— Bishara está o tempo todo ao telefone com a sala de corretagem onde quer que esteja, e é incrível o que um hábil engenheiro eletrônico pode fazer com a ajuda de equipamentos de última geração. Ouça essas quatro fitas. — Houve um momento de pausa, antes de Mellor ouvir um clique e, em seguida, as palavras: *Não compre Amalgamated Wire, porque estamos em negociação com eles, e isso seria considerado uso de informação privilegiada.* — E agora a segunda — disse Sloane. Outra pausa. *Compre um presente especial para sua secretária, Gavin. Ela prestou excelentes serviços ao banco ao longo dos anos. Ponha na minha conta, mas não deixe que ninguém saiba que autorizei.* — E a terceira: *Você teve um excelente ano, Gavin, continue o bom trabalho, e tenho certeza de que isso refletirá em seu bônus anual.* Um silêncio ainda maior se seguiu, quando Mellor começou a se perguntar se a ligação tinha caído.— Agora, depois de um trabalho de edição profissional, — disse Sloane — a gravação está assim: *Compre Amalgamated Wire, mas não deixe que ninguém saiba que autorizei, porque isso seria uso de informação privilegiada. Continue o bom trabalho, Gavin, e tenho certeza de que isso refletirá em seu bônus anual.*

— Muito bom — elogiou Mellor. — Mas o que acontece se as outras fitas forem descobertas?

— Ao contrário de Richard Nixon, eu me encarregarei de destruí-las pessoalmente.

— Mas seu contato pode muito bem ser de novo o elo fraco da corrente.

— Não dessa vez. As pessoas com quem Gavin lida não são muito amáveis com apostadores que deixam de pagar suas dívidas. Eles já ameaçaram quebrar as pernas dele.

— Mas o que o impedirá de mudar de ideia depois que nós pagarmos os agentes de apostas?

— Não vou entregar dinheiro algum até que ele entregue a fita para o Banco Central, com uma carta do tipo: *É com grande pesar que sou obrigado a informá-los de que...*

— Quanto isso vai me custar?

— Um pouco mais de mil libras.

— E não há qualquer chance de alguém descobrir que estou envolvido?

— Houve da última vez? — questionou Sloane.

— Não, mas há muito mais em jogo desta vez.

— O que você quer dizer?

— Cá entre nós, Adrian, existe a possibilidade de que eu esteja na lista de honrarias do Ano-Novo. — Ele hesitou. — Para o título de cavaleiro.

— Meus parabéns — disse Sloane. — Tenho a sensação de que o Banco Central da Inglaterra aprovaria que sir Desmond Mellor assumisse a presidência do Farthings.

— Quando o homem vai entregar a fita para o Banco Central?

— Em algum momento na próxima semana.

O alarme do relógio de Mai Ling começou a soar.

— Sincronia perfeita — declarou Mellor, que desligou o telefone, desceu da mesa de massagem e entrou no banheiro.

Mai Ling concordou. Enquanto Mellor entrou no banho, ela desenroscou o bocal do telefone e removeu o dispositivo de gravação. Então dobrou a mesa de massagem, guardou os frascos de volta na maleta e jogou as toalhas sujas no cesto da lavanderia.

No momento em que Mellor saiu do banheiro, segurando uma nota de dez libras, Mai Ling já estava em um carro estacionado em frente ao Swan Hotel. Ao entregar a fita para Barry Hammond, ela desabafou:

— Graças a Deus nunca mais terei que ver esse homem novamente.

— Sir Desmond — cumprimentou Virginia, quando o mordomo conduziu seu pupilo até a sala de estar.

— Ainda não — disse Mellor.

— Mas tenho a sensação de que não demorará muito agora. Ah! — exclamou Virginia, olhando sobre o ombro de Mellor. — Miles, que gentileza sua aparecer, considerando o quanto deve estar ocupado. Vocês dois já se conhecem? Desmond Mellor é um dos maiores empresários do país. Desmond, esse é sir Miles Watling, presidente da Watling Brothers.

— Acredito que nos conhecemos em Ascot, sir Miles — respondeu Mellor, enquanto os dois homens apertavam as mãos. — Mas não há qualquer razão para lembrar. — Ser sempre respeitoso com aqueles que já têm um título era uma das regras de ouro de Virginia.

— Como eu poderia esquecer? — observou sir Miles. — Você estava no camarote de Virginia e me deu a dica do único vencedor em que apostei a tarde toda. Como está, meu caro?

— Muito bem, obrigado — agradeceu Desmond, no momento em que Virginia retornava à sala de braço dado com um senhor alto de cabelos grisalhos.

— Que bom que veio, Vossa Excelência — disse Virginia, enfatizando as duas últimas palavras.

— Quem em seu juízo perfeito sequer consideraria faltar a uma de suas festas, minha querida?

— Que gentileza sua dizer isso, Peregrine. Permita-me lhe apresentar Desmond Mellor, o famoso filantropo.

— Boa noite, Vossa Excelência — cumprimentou Mellor, seguindo a dica de Virginia. — Muito prazer em conhecê-lo.

— Que pena que a duquesa não pôde estar presente — comentou Virginia.

— Ela está um pouco adoentada, pobrezinha — disse o duque. — Mas tenho certeza de que ficará bem logo — acrescentou, enquanto Bofie Bridgwater atravessava a sala para se juntar a eles, como se tivessem ensaiado.

— Boa noite, Desmond — saudou Bofie, ao mesmo tempo em que aceitava uma taça de champanhe. — Ao que me consta, devo lhe dar os parabéns, certo?

— É um tanto prematuro de sua parte, Bofie — respondeu Mellor, colocando um dedo sobre os lábios. — Embora eu acredite que é seguro dizer que estamos na reta final.

O duque e sir Miles apuraram os ouvidos.

— Devo comprar mais ações da Mellor Travel antes que a notícia da aquisição se torne pública?

— Mas lembre-se de que é preciso manter sigilo, Bofie — disse Desmond com uma piscadela conspiratória.

— Pode confiar em mim, meu caro. Não contarei a ninguém.

Depois de uma longa conversa com o duque, Virginia tomou Desmond pelo braço e o conduziu pela sala para conhecer os outros convidados.

— Dame Eleanor, acredito que ainda não teve a oportunidade de conhecer Desmond Mellor, que...

— Não, ainda não — confirmou Dame Eleanor. — Mas agora tenho a oportunidade de agradecer ao sr. Mellor por sua generosa doação aos doentes do Children's Trust.

— Estou muito feliz em apoiar o incrível trabalho que a senhora faz — afirmou Desmond. A resposta-padrão de Virginia ao lidar com o presidente de qualquer instituição de caridade.

Depois de falar com todos os presentes, Desmond estava exausto. Conversa fiada e etiqueta social não faziam parte de sua definição de como passar uma sexta-feira à noite. Ele estava ficando impaciente para partir e encontrar Adrian Sloane para jantar, momento em que descobriria se a fita e a carta haviam sido entregues ao Banco Central. Mas aguentou firme até que o último convidado de Virginia fosse embora e pudesse falar com ela a sós.

— Muito bem, Desmond! — Foram as primeiras palavras de Virginia quando voltou para a sala. — Você certamente impressionou um monte de pessoas influentes esta noite.

— Sim, mas alguma delas é membro do comitê de honrarias? — resmungou Mellor, retornando à sua personalidade habitual.

— Não, mas estou confiante de que posso conseguir que tanto sir Miles quanto Dame Eleanor assinem os documentos de nomeação, o que não será nada mau, já que ambos são amigos do duque.

— Quanto tempo tenho de esperar antes de ter notícias do Palácio?

— Não dá para apressar as coisas — advertiu Virginia. — Você precisa compreender que não se pode pressionar o comitê.

— Enquanto isso, você está me custando uma pequena fortuna, Virginia. Já deve ter jantado com metade da aristocracia.

— E por um bom motivo, porque gradualmente eles estão começando a ver as coisas do meu modo — retrucou Virginia, enquanto o mordomo ajudava Mellor a vestir o sobretudo. — Você precisa ser um pouco mais paciente, Desmond — acrescentou ela, antes de permitir que o homem se curvasse e a beijasse em ambas as bochechas. — Adeus, sir Desmond — zombou Virginia, mas somente depois de o mordomo fechar a porta.

Compre Amalgamated Wire, mas não deixe que ninguém saiba que autorizei, porque isso seria uso de informação privilegiada. Continue o bom trabalho, Gavin, e tenho certeza de que isso refletirá em seu bônus anual.
Hakim pressionou o botão *stop*.
— O que mais poderíamos querer? Assim que a Comissão de Ética ouvir todas as quatro fitas, Mellor e Sloane nunca mais poderão dar as caras no mercado financeiro.
— Mas se você apresentar essas fitas para o Banco Central como prova — lembrou Arnold —, eles serão obrigados a perguntar como as obteve. E, quando lhes contar, podem pensar que você não é melhor que os dois patifes que quer ver atrás das grades.
— Por quê? — argumentou Hakim. — As fitas provam que Sloane planejou plantar a droga e que Mellor arcou com todas as despesas. E, não satisfeitos com isso, estão agora tentando armar uma cilada contra mim uma segunda vez, usando uma fita adulterada para dar a impressão de que eu estava usando informações privilegiadas.
— É verdade, mas a comissão pode entender que, ao grampear secretamente as ligações deles, você também infringiu a lei. E certamente não perdoariam isso.
— Você está sugerindo que eu não use as fitas para limpar meu nome?
— Sim, porque, nesse caso, os meios não justificam o fim. Qualquer um que ouvir as fitas saberá que foram obtidas sem o conhecimento dos envolvidos, o que as tornaria inaceitáveis em um tribunal. Na verdade, você pode muito bem acabar sendo encaminhado ao procurador-geral.
— Mas se eles apresentarem essa fita adulterada me incriminando à comissão e eu não for capaz de provar o que estavam tramando, na melhor das hipóteses terei de passar mais um ano me defendendo, e na pior, vou acabar perdendo minha licença bancária.
— É um risco que eu estaria disposto a assumir se a alternativa fosse ser comparado a esses dois canalhas — argumentou Arnold. — E, se vale de alguma coisa, esse é o meu conselho. Naturalmente, você está livre para ignorá-lo. Mas, se decidir ir por esse caminho, receio não

ser capaz de representá-lo dessa vez. Agora, se me dá licença, tenho que retornar ao tribunal em dez minutos.

Hakim permaneceu em silêncio até que Arnold tivesse fechado a porta atrás de si.

— Para que pago esse homem, afinal?

— Para lhe dar uma opinião profissional — respondeu Sebastian. — Que poderá não ser sempre aquela que você quer ouvir.

— Mas certamente você deve concordar comigo, Seb, que eu deveria ser capaz de me defender.

— Esse não era o argumento que Arnold estava defendendo. Ele apenas acha que a maneira pela qual obteve a fita o deixa vulnerável a uma acusação de não ser melhor do que Sloane e Mellor.

— E você concorda com ele?

— Sim, concordo, porque só preciso me perguntar o que Cedric teria feito se ainda estivesse sentado na sua cadeira.

— Então o que esperam de mim é que me resigne a sofrer mais um ano de humilhação?

— Eu tenho sofrido por quinze anos porque não ouvi os conselhos de Cedric, então só posso recomendar que você ouça o filho dele.

Hakim empurrou a cadeira para trás, levantou-se e começou a andar inquieto ao redor da sala. Até que finalmente parou diante de Seb.

— Se vocês dois estão contra mim...

— Nenhum de nós está contra você. Estamos do seu lado e só queremos o seu bem. Mas pode ligar para Ross e obter uma terceira opinião.

— Não preciso ligar para Ross para saber qual é a opinião dele. Mas o que esperam que eu faça quando um membro de minha equipe fornecer uma fita para o Banco Central e informar à comissão que achava que era seu dever me denunciar?

— Pense como Cedric e aceite os conselhos de Arnold, e no final você vai derrotar os desgraçados.

Um cavalheiro idoso caminhou lentamente para fora da coxia, com uma bengala em cada mão. Parou no centro do palco e olhou para baixo, em direção à plateia lotada.

— Senhor prefeito, senhoras e senhores — começou ele —, este é um dia que aguardei ansiosamente por mais de quarenta anos. Quarenta e dois, para ser exato, e houve momentos em que não achei que viveria para ver isso. Aleluia! — ele gritou, olhando para o céu, e recebeu risos e aplausos. — Mas, antes de eu pedir a Samantha Sullivan que inaugure o teatro que leva o nome dela, gostaria de dizer o quanto me alegra Sebastian Clifton estar presente hoje. Porque, sem o seu incansável apoio e encorajamento, este teatro nunca teria sido construído.

A audiência irrompeu em aplausos uma segunda vez, enquanto Maurice Swann olhava para seu benfeitor, sentado na primeira fila.

— Por que você não me contou que honraria sua promessa? — sussurrou Samantha, tomando a mão de Seb na sua.

Sebastian imaginara inúmeras vezes como se sentiria em relação a Samantha após os anos que ficaram afastados. Teriam as memórias dos bons tempos vividos se evaporado? Ou será que ele... Ele não devia ter se preocupado, pois se apaixonou por ela ainda mais na "segunda vez". Sam não havia perdido o encanto, a ternura, inteligência ou beleza. O único medo de Seb era que ela não sentisse o mesmo por ele. Jessica não ajudava em nada com suas dicas pouco sutis de que já era hora de seus pais se casarem.

— Agora convido Samantha a se juntar a mim no palco para a cerimônia de inauguração.

Samantha subiu as escadas até o palco e apertou a mão do ex-diretor. Então se virou para encarar o público, esperando que eles não percebessem o quanto estava nervosa.

— Estou muito honrada por ter um teatro com o meu nome — começou —, especialmente porque nunca fui uma boa atriz e tenho medo de falar em público. Mas devo dizer que me sinto orgulhosa do homem que tornou tudo isso possível, Sebastian Clifton.

Quando os aplausos finalmente cessaram, o sr. Swann entregou a Samantha uma grande tesoura. Ela cortou a fita que se estendia por todo o palco e a plateia inteira aplaudiu de pé.

Durante a hora seguinte, Samantha, Sebastian e Jessica foram cercados por professores, pais e alunos que queriam agradecer por tudo que o sr. Clifton fizera. Sam olhou para Seb e percebeu por que se apaixonara por ele uma segunda vez. Os traços de ganância se foram, substituídos pela compreensão do que o outro lado tinha o direito de esperar. Seb não parava de dizer a ela a sorte que tivera de ter recebido uma segunda chance, desde que ela sentisse...

— Você pode ver o quanto isso significa para toda a comunidade — interrompeu o sr. Swann. — Se houver qualquer coisa que eu possa fazer para mostrar meu agradecimento, é só...

— Engraçado o senhor mencionar isso — interveio Jessica. — Paps me disse que o senhor era diretor de teatro.

— Sim, mas isso foi há muito tempo.

— Então, eu terei que interromper sua aposentadoria para pregar uma pequena peça.

— Esse foi um trocadilho horrível, minha jovem. O que tem em mente?

— Quero que você coloque minha mãe e meu pai de novo no palco.

O velho virou-se e caminhou lentamente até as escadas, voltando ao palco.

— O que ela está aprontando? — sussurrou Samantha.

— Não tenho a menor ideia — respondeu Seb. — Mas talvez seja mais fácil simplesmente entrar na dela. — Ele pegou a mão de Sam e levou-a para o palco.

— Agora, quero que você fique no centro do palco, Seb — ordenou o sr. Swann. — Samantha, você deve ficar de frente para ele. Sebastian, agora vai se ajoelhar, olhar com adoração para a mulher que ama e dizer a fala de abertura.

Seb imediatamente se ajoelhou.

— Samantha Ethel Sullivan. Eu amo você e sempre amarei, — declarou — e, mais do que qualquer coisa no mundo, quero que seja minha esposa.

— Agora você responde, Samantha — comandou Swann.

— Com uma condição — disse ela, com firmeza.

— Não, isso não está no script — interveio Jessica. — Você deveria dizer: "Levante-se, seu idiota. Estão todos olhando para nós."

— E nesse momento você pega a caixinha — instruiu Swann. — Samantha, você deve olhar surpresa quando ele a abrir.

Sebastian tirou uma pequena caixa vermelha do bolso do casaco e abriu-a para revelar uma requintada safira azul rodeada de diamantes que Sam não via havia dez anos. Sua expressão foi de genuína surpresa.

— E agora sua fala final, mamãe, se você puder se lembrar.

— É claro que quero me casar com você. Eu o amei desde o dia em que me fez ser presa.

Seb se levantou e colocou o anel no dedo anelar da mão esquerda de Sam. Ele estava prestes a beijar a noiva quando ela deu um passo para trás e disse:

— Vocês andaram ensaiando um bocado pelas minhas costas, não é?

— É verdade — admitiu Swann. — Mas você sempre vai ser a nossa atriz principal.

Seb tomou Samantha nos braços e lhe beijou suavemente os lábios, e ambos foram saudados com uma explosão espontânea de aplausos do público que acompanhava ansioso pelo desfecho.

— Cortinas! — disse o sr. Swann.

Sir Piers Thornton, o presidente do Banco Central da Inglaterra, escreveu ao presidente do Banco Farthings para convidá-lo a comparecer perante a Comissão de Ética. Ele informou que o Banco Central gostaria de conversar sobre uma gravação, bem como sobre o depoimento por escrito fornecido por um dos corretores do banco, de forma sigilosa. A comissão concedeu ao sr. Bishara quatro semanas para preparar sua defesa e recomendou que ele fosse acompanhado de um advogado.

Arnold Hardcastle respondeu por carta que seu cliente preferiria comparecer perante a comissão assim que fosse possível. E uma data foi marcada.

No carro de volta para Londres, Sebastian contou a Samantha sobre o conteúdo da fita adulterada incriminando Hakim e o problema que o amigo enfrentava.

— Cedric teria concordado com seu conselho — assegurou Sam —, assim como eu. Sloane e Mellor são obviamente dois criminosos, e o sr. Bishara não deve se rebaixar aos seus métodos para provar que é inocente.

— Vamos esperar que tenha razão — disse Seb, entrando no acesso para a nova autoestrada. — Hakim comparecerá perante a comissão de Ética na próxima quarta-feira e não tem muito em sua defesa além da boa reputação.

— Isso deve ser mais do que suficiente — afirmou Sam. — Afinal, ficará óbvio que ele está dizendo a verdade.

— Gostaria que fosse assim tão fácil. Mellor e Sloane quase conseguiram se safar da última vez, e, se Hakim não provar que a fita foi adulterada, as coisas podem dar muito errado para ele. E é ainda pior, pois as quatro fitas que provam a inocência de Hakim, de alguma forma, desapareceram.

— Então há alguém de dentro trabalhando para eles.

— Um corretor de commodities chamado Gavin Buckland, que foi quem forneceu as provas para a comissão. Ele contou a eles que...

— Mamãe?

— Pensei que você estava dormindo — respondeu Sam olhando para a filha deitada no banco de trás.

— Como eu poderia conseguir dormir com vocês dois tagarelando sem parar? — Ela se sentou. — Deixe-me ver se eu entendi direito a situação, porque está claro para mim, mamãe, que você não está prestando atenção.

— Da boca das crianças... — disse Seb.

— O que você acha que deixei passar, Jessie?

— Para começar, por que você não conta para o papai sobre o professor Daniel Horowitz?

— Quem é ele? — perguntou Seb.

— Um colega meu no Smithsonian que... Claro, como sou tola.

— Às vezes me pergunto se você é realmente minha mãe — concluiu Jessica.

42

Os quatro se sentaram diante da comissão em uma sala escura, com as paredes recobertas por painéis de carvalho, a qual ninguém que trabalhava no centro financeiro desejava jamais conhecer. Para a maioria daqueles que se sentavam do lado errado da longa mesa de carvalho, significava o fim da carreira.

Do outro lado da mesa, sentaram-se o presidente da comissão, sir Piers Thornton, um ex-corregedor do distrito financeiro. À sua direita, Nigel Foreman da NatWest, e à sua esquerda, sir Bertram Laing da Price Waterhouse. No entanto, talvez a mais importante figura presente fosse Henrique VIII, cujo retrato pendurado na parede revestida de veludo vermelho atrás do presidente lembrava a todos quem concedera a essa venerável instituição o selo real de aprovação.

Sir Piers ofereceu um sorriso amistoso antes de iniciar os procedimentos.

— Bom dia, senhores. Gostaria de começar agradecendo a todos por comparecerem ao presente inquérito. — Ele só se absteve de mencionar as consequências caso não tivessem comparecido. — Como sabem, o sr. Gavin Buckland, que trabalhou como corretor no Farthings Bank durante os últimos onze anos, apresentou uma grave denúncia contra o sr. Hakim Bishara, presidente do banco. Ele alega que o sr. Bishara ordenou-lhe que comprasse um grande número de ações da Amalgamated Wire quando sabia que a empresa estava envolvida em uma oferta pública de aquisição por outra empresa. Para complicar a questão, a empresa era representada pelo Farthings Bank.

"Buckland disse à comissão que ele se recusou a executar a ordem, pois sabia que era ilegal e, usando suas próprias palavras, 'com profundo pesar' — declarou sir Piers, olhando para o depoimento escrito à sua frente —, decidiu denunciar a questão a esta comissão, fornecendo-nos uma fita de sua conversa com o sr. Bishara. O objetivo do presente inquérito, sr. Bishara, é lhe oferecer a oportunidade de se defender dessas acusações."

O presidente recostou-se na cadeira e ofereceu o mesmo sorriso amistoso para demonstrar que concluíra a declaração de abertura.

Arnold Hardcastle se levantou de seu assento do outro lado da mesa.

— Meu nome é Arnold Hardcastle e sou o assessor jurídico do banco, posição que exerço ao longo dos últimos 22 anos. Gostaria de começar dizendo que esta é a primeira vez, desde a sua fundação em 1866, que alguém do Farthings é convidado a comparecer perante esta comissão.

O sorriso amistoso surgiu novamente.

— Hoje, sir Piers, venho acompanhado pelo presidente do Farthings, sr. Hakim Bishara, e seu diretor-executivo, sr. Sebastian Clifton, os quais o senhor deve conhecer. O outro membro da nossa equipe, com quem o senhor não deve estar familiarizado, é o professor Daniel Horowitz, do Smithsonian Institute, em Washington, D. C. Ele vai explicar a presença do quinto membro de nossa equipe, Matilda, também do Smithsonian.

"Começarei falando um pouco sobre o papel que o sr. Bishara tem desempenhado desde que se tornou presidente do Farthings, há quatro anos. Não me deterei sobre os inúmeros prêmios que recebeu de respeitadas instituições governamentais e organizações de todo o mundo, mas ao simples e indiscutível fato de que, sob a sua liderança, o Farthings abriu filiais em sete países, emprega 6.412 pessoas, e o preço de suas ações triplicou. O sr. Bishara está plenamente ciente de que a acusação contra ele é grave porque atinge diretamente o princípio mais caro à atividade bancária: sua reputação.

"Não serei eu, nem o próprio sr. Bishara, quem o defenderá dessas acusações. Não, ele deixará isso por conta de uma máquina, o que acredito ser inédito nesta comissão em seus quinhentos anos de história. O inventor dessa máquina, professor Horowitz, pode não ser conhecido pelos senhores, mas, como ele será nosso único advogado nesta ocasião, talvez eu devesse contar um pouco sobre sua experiência. O jovem Daniel Horowitz fugiu da Alemanha com os pais em 1937. Eles se estabeleceram no bairro de Queens, em Nova York, onde seu pai se tornou penhorista. Daniel deixou Nova York aos dezessete anos para frequentar a Universidade de Yale, onde estudou Física.

"Ele obteve o bacharelado antes de ter idade suficiente para votar. Frequentou o MIT, onde concluiu o doutorado com uma tese sobre o impacto do som em um mundo cada vez mais barulhento. O doutor Horowitz, em seguida, se juntou ao Smithsonian como palestrante, onde nove anos mais tarde foi nomeado o primeiro professor de Som. Em 1974, foi premiado com a prestigiada Medalha de Ciência do Congresso, a 14ª pessoa a receber tamanha honraria na história do país. — Arnold fez uma pausa. — Com a permissão da comissão, sir Piers, pedirei ao professor Horowitz que conduza nossa defesa."

O professor levantou-se da cadeira, embora isso não tenha ficado imediatamente óbvio, pois ele permanecia da mesma altura que os membros da comissão sentados. No entanto, não era a diminuta estatura física que chamaria a atenção de um observador casual, mas a enorme cabeça careca que repousava sobre minúsculos ombros, o que tornava muito fácil negligenciar o fato de que as calças pareciam não ter visto um ferro de passar desde o dia em que foram compradas ou de que a camisa estava puída no colarinho. Uma gravata pendia frouxamente ao redor do pescoço, como se tivesse sido colocada na última hora. Foi só quando o professor abriu a boca que a comissão percebeu que estava na presença de um gigante.

— Que figura estranha e incongruente eu devo parecer, senhor presidente, diante desta venerável e ancestral instituição, para falar de um assunto ao qual dediquei minha vida inteira: o som. Sou fascinado por sons, seja o badalar do Big Ben ou o ruído de um ônibus londrino trocando de marchas. Ontem passei um tempo considerável gravando o som dos sinos da igreja de St. Mary-le-Bow. Os senhores podem estar se perguntando como é que isso pode ter alguma relevância para a defesa de um homem acusado de uso de informações privilegiadas. Para responder a essa pergunta, vou precisar da ajuda da minha criação, Matilda, que, como eu, nunca esteve em Londres antes.

O professor caminhou até uma mesa lateral em que havia colocado um cubo branco, com cerca de 0,2 m, com o que parecia ser o fone de um telefone conectado a uma das laterais. No lado voltado para a comissão, havia um grande mostrador circular com números pretos em toda sua borda, que iam de 0 a 120. Uma grossa seta vermelha repousava sobre o número zero. Pelo olhar no rosto dos membros da comissão, Matilda tinha conseguido prender sua atenção.

— Agora, com a sua permissão, senhor, pedirei ao sr. Bishara que repita as palavras exatas que foi acusado de dizer ao sr. Buckland. Mas, por favor, não olhem para o sr. Bishara, concentrem-se em Matilda.

Os membros da comissão não tiraram os olhos da máquina enquanto Hakim se levantava, pegava o fone e dizia: *Compre Amalgamated Wire, mas não deixe que ninguém saiba que autorizei, porque isso seria uso de informação privilegiada. Continue o bom trabalho, Gavin, e tenho certeza de que isso refletirá em seu bônus anual.* — Hakim pousou o fone no aparelho e voltou para seu lugar.

— Gostaria agora de perguntar aos cavalheiros — solicitou o professor educadamente — o que perceberam enquanto observavam Matilda.

— Enquanto o sr. Bishara estava falando — declarou sir Piers —, a seta subiu até 76, então oscilou entre 74 e 78 até que ele desligasse o fone, quando voltou para o zero.

— Obrigado, presidente — agradeceu o professor. — A voz de um homem da idade do sr. Bishara tem um volume médio entre 74 e 78. Uma mulher com voz suave terá uma média entre 67 a 71, enquanto a de um homem mais jovem pode alcançar picos de 85, ou até 90. Mas, seja qual for o volume da voz, ele permanece constante. Se me permite, gostaria agora que Matilda analisasse a fita em que se baseiam as acusações contra o sr. Bishara. Mais uma vez, peço-lhes que observem cuidadosamente a seta.

No momento em que o professor colocou a fita na máquina, todos os membros da comissão se inclinaram para a frente e observaram atentamente. Ele pressionou o botão *play*, e todos na sala ouviram as mesmas palavras uma segunda vez, mas dessa vez Matilda registrou um resultado muito diferente.

— Como isso é possível? — perguntou sir Piers.

— É possível — explicou o professor — porque a fita fornecida para esta comissão não é a gravação de uma conversa, mas de quatro, como demonstrarei agora. — Ele rebobinou a fita e mais uma vez pressionou o *play*.

— *Compre Amalgamated Wire.* — Ele pausou a fita. — Setenta e seis, o nível normal do sr. Bishara. — Então apertou o *play* novamente. — *Mas não deixe ninguém saber que autorizei.* Oitenta e quatro. Porque isso seria uso de informação privilegiada. Setenta e seis, de volta ao normal. *Continue o bom trabalho, Gavin.* Oitenta e um.

— Como o senhor explica essa diferença? — perguntou o sr. Foreman.

— Como sugeri, senhor, a fita fornecida a esta comissão é uma compilação de quatro conversas diferentes, as gravações originais foram cortadas e compiladas. Cheguei à conclusão de que duas das ligações partiram do telefone do escritório do sr. Bishara, pois seus níveis de volume estão entre 74 e 76; uma foi feita do exterior, quando as pessoas têm tendência a falar mais alto, e, nesse caso, o nível aumentou para 84; e a outra, da residência de campo do sr. Bishara, quando o nível é 81, e na qual é possível ouvir o som de pássaros ao fundo, chapins-azuis e pardais, creio eu.

— Mas — argumentou o sr. Foreman — ele de fato disse: "Compre Amalgamated Wire."

— Sim, é verdade — concordou o professor. — Mas, se o senhor escutar atentamente esse trecho da fita, acredito que chegará à mesma conclusão que eu: uma palavra foi cortada. E aposto minha reputação e minha experiência que se trata da palavra "não". Em fitas manipuladas, essa é a palavra mais comumente excluída. Então, as verdadeiras palavras do sr. Bishara foram: "Não compre Amalgamated Wire." O senhor poderá testar minha teoria de maneira mais apurada quando tomar o depoimento do sr. Buckland novamente.

— Com isso em mente, professor — declarou o presidente —, podemos contar com seus serviços ao reinquirir o sr. Buckland?

— Será um prazer ajudá-lo — disse o professor —, mas minha esposa e eu ficaremos na Inglaterra apenas por uma semana, para a realização de novas pesquisas.

— Sobre o quê? — perguntou sir Piers, incapaz de resistir.

— Pretendo gravar o resultado sônico dos ônibus de Londres, especialmente os de dois andares, e passar algum tempo no Aeroporto de Heathrow gravando decolagens e aterrissagens de aeronaves 707. Também pretendemos ver o show dos Rolling Stones em Wembley, ocasião em que o pequeno mostrador de Matilda pode atingir o seu nível máximo de 120 pela primeira vez.

O presidente se permitiu uma risada antes de dizer:

— Nós agradecemos o seu tempo, professor, e estamos ansiosos para rever o senhor e Matilda em breve.

— E tenho que confessar — declarou Horowitz, colocando uma capa plástica sobre sua criação e fechando um zíper. — O momento não poderia ser mais oportuno.

— Por que o senhor diz isso? — perguntou sir Piers.

— A Scotland Yard me propôs um enigma interessante para decifrar, e Matilda não conseguiu dar conta sozinha. No entanto, estou na fase final de aperfeiçoamento de um odioso namorado para ela, chamado Harvey, mas ele ainda não está pronto para conhecer o mundo.

— E o que Harvey será capaz de fazer? — indagou o presidente, atendendo à curiosidade de todos os presentes.

— Ele é um equalizador, portanto, não demorará muito para eu ser capaz de pegar uma fita cortada e adulterada e reproduzi-la em um nível constante de 74 a 76. Se a pessoa que adulterou a fita do sr. Buckland tivesse conhecimento de Harvey, o sr. Bishara não conseguiria provar sua inocência.

— Agora me recordo de onde conheço seu nome — disse sir Piers. — O sr. Hardcastle nos disse que o senhor foi condecorado com a Medalha de Ciência do Congresso, mas ele não nos disse a razão. O senhor poderia contar aos presentes, sr. Hardcastle?

Arnold se levantou novamente, abriu a pasta do arquivo Horowitz e leu uma passagem.

— Na época do impeachment do presidente Nixon, o professor Horowitz foi convidado pelo Congresso para estudar as fitas de Nixon e determinar se haviam sofrido qualquer supressão ou adulteração em seu conteúdo.

— E foi exatamente o que fiz — afirmou o professor. — Como um republicano leal, foi um triste dia para mim quando o presidente foi cassado. Cheguei à conclusão de que Matilda deve ser democrata.

Todos caíram no riso.

— No entanto, se eu tivesse aperfeiçoado Harvey um pouco antes, o presidente ainda poderia ter exercido seus dois mandatos na íntegra.

Adrian Sloane atendeu o telefone em sua mesa, curioso para saber quem estaria ligando para sua linha privada.

— Adrian Sloane? — perguntou uma voz que ele não reconheceu.

— Depende de quem quer saber. — Houve uma longa pausa.

— Inspetor-chefe Mike Stokes. Trabalho junto ao esquadrão antidrogas da Scotland Yard.

Sloane sentiu o corpo gelar.

— Como posso ajudá-lo, sr. Stokes?

— Eu gostaria de agendar uma reunião com o senhor.

— Qual é o motivo? — perguntou Sloane sem rodeios.

— Não posso discutir o assunto por telefone, senhor. Posso ir ao seu encontro ou o senhor pode comparecer à Scotland Yard, o que lhe for mais conveniente.

Sloane hesitou.

— Eu irei até o senhor.

43

O mestre de cerimônias esperou que os aplausos cessassem antes de bater o martelo algumas vezes e anunciar:

— Vossas Excelências, senhoras e senhores, peço silêncio para o discurso do noivo, sr. Sebastian Clifton.

Aplausos calorosos receberam Sebastian enquanto ele se levantava de seu lugar à mesa principal.

— Discursos de padrinhos costumam ser terríveis, e Victor, obviamente, não é um homem que goste de quebrar as tradições. — Ele se virou para o velho amigo. — Se eu tivesse uma segunda chance para escolher entre você e Clive... — O salão irrompeu em aplausos e risadas.

"Gostaria de começar agradecendo ao meu sogro por permitir de maneira tão generosa que Samantha e eu nos casássemos nesta magnífica embaixada com um passado tão romântico. Eu não sabia, até ser informado por Jessica, que o palácio dispunha de uma capela, e não consigo imaginar um local mais idílico para me casar com a mulher que amo. Gostaria também de agradecer aos meus pais, de quem sinto profundo orgulho. Eles continuam a definir padrões que acredito jamais ser capaz de superar, então devo agradecer o fato de ter me casado com uma mulher com essa capacidade. E, claro, quero agradecer a todos vocês que viajaram de diferentes partes do mundo para estar conosco hoje em Roma e celebrar um evento que deveria ter ocorrido há dez anos. Prometo a vocês que passarei o resto da vida compensando todos os anos perdidos.

"Meu último agradecimento vai para minha precoce, adorável, talentosa e impetuosa filha, Jessica, que, de alguma forma, conseguiu trazer a mãe de volta para mim, e por isso lhe serei eternamente grato. Espero que todos aproveitem este dia especial e tenham uma estada memorável em Roma."

Sebastian sentou-se sob aplausos acalorados, e Jessica, que estava sentada ao seu lado, entregou-lhe o menu de sobremesas. Ele começou a analisar as diferentes opções.

— Do outro lado — disse ela, tentando não parecer exasperada.

Seb virou o menu e encontrou um desenho a carvão de si mesmo fazendo o discurso.

— Você está cada vez melhor — derreteu-se, colocando um braço ao redor do ombro de Jessica. — Será que poderia me fazer um favor?

— Qualquer coisa, Paps. — Jessica ouviu o pedido do pai, sorriu e calmamente saiu da mesa.

— Que trabalho fascinante, ser um embaixador — observou Emma, enquanto um garçom lhe servia um *affogato*.

— Especialmente quando se é designado para Roma — declarou Patrick Sullivan. — Mas sempre me pergunto como deve ser administrar um grande hospital, com tantas questões complexas e diferentes todos os dias, não apenas os pacientes, médicos, enfermeiros e...

— O estacionamento — completou Emma. — Suas habilidades diplomáticas teriam sido muito úteis quando precisei lidar com esse problema específico.

— Nunca tive que lidar com um problema de estacionamento — admitiu o embaixador.

— Nem eu, até decidir cobrar pelo estacionamento do hospital, ocasião em que os jornais locais lançaram uma campanha para que eu mudasse de ideia e me descreveram como uma bruxa sem coração!

— E você mudou de ideia?

— É claro que não. Autorizei o gasto de mais de um milhão de libras de dinheiro público para construir aquele estacionamento, e não esperava que o público em geral o utilizasse de graça sempre que desejasse ir às compras. Então decidi cobrar a mesma taxa que o estacionamento municipal mais próximo, salvo para a equipe do hospital e para os pacientes, assim ele seria usado apenas pelas pessoas para as quais foi construído. Resultado: protestos, passeatas e queima de efígies! Isso tudo apesar de uma paciente em estado terminal precisar perambular em círculos por mais de uma hora no estacionamento porque o marido não conseguia uma vaga para estacionar. E, como se não fosse suficiente, quando encontrei o editor do jornal e expliquei por que isso fora necessário, tudo o que ele disse foi: naturalmente você está certa, Emma, mas os protestos sempre vendem jornais.

O sr. Sullivan riu.

— Pensando bem, acho que prefiro ser o embaixador dos Estados Unidos em Roma.

— Vovó — chamou uma jovem voz atrás dela. — Uma pequena recordação do dia de hoje. — Jessica lhe entregou um desenho de Emma defendendo suas ideias para o embaixador.

— Jessica, é maravilhoso. Eu definitivamente vou mostrar isso para o editor do jornal e explicar por que estou apontando o dedo enquanto falo.

— Giles está gostando da Câmara dos Lordes? — perguntou Harry.

— Na verdade, não — respondeu Karin. — Ele preferiria voltar para a Câmara dos Comuns.

— Mas Giles é um membro do gabinete.

— Ele não tem certeza de que será por muito tempo. Agora que os conservadores elegeram Margaret Thatcher como líder, Giles acredita que eles têm grandes chances de vencer as próximas eleições. E confesso que votaria nela — sussurrou Karin, antes de rapidamente acrescentar: — Quais as novidades em sua campanha pela libertação de Anatoly Babakov?

— Receio que não tenha havido muito progresso. Os russos sequer nos informam se ele ainda está vivo.

— E como vai a sra. Babakova?

— Ela se mudou para Nova York e alugou um pequeno apartamento em Lower West Side. Sempre a visito quando vou aos Estados Unidos. Yelena continua uma eterna otimista e acredita que eles estão prestes a libertar Anatoly. Não tenho coragem de dizer a ela que isso não vai acontecer tão cedo, se é que um dia acontecerá.

— Deixe-me ver — disse Karin. — Depois de passar tantos anos atrás da Cortina de Ferro, eu consigo pensar em algo capaz de irritar os russos o suficiente para reconsiderarem sua posição.
— Você também poderia consultar seu pai sobre meu impasse. Afinal, ele odeia os comunistas tanto quanto você — disparou Harry, observando cuidadosamente as reações de Karin. Mas ela se manteve impassível.
— Boa ideia. Vou discutir essa questão quando for a Cornwall — retrucou Karin, parecendo realmente sincera, embora Harry duvidasse que ela sequer mencionaria o nome de Anatoly Babakov ao seu contato.
— Karin — chamou Jessica, entregando-lhe uma cópia do menu. — Um pequeno presente para marcar o nosso primeiro encontro.
— Guardarei com todo o carinho — disse Karin, dando-lhe um abraço caloroso.

— Você tem notícias de Gwyneth ou Virginia? — perguntou Grace.
— De Gwyneth, ocasionalmente — respondeu Giles. — Acredito que você ficará feliz em saber que ela está ensinando inglês na Monmouth School e recentemente ficou noiva de um dos professores.
— Você está certo, fico realmente feliz — disse Grace. — Ela era uma boa professora. E Virginia?
— Apenas o que leio nas colunas de fofocas. Você deve saber que o pai dela faleceu há alguns meses. Aquele velho excêntrico, mas confesso que gostava dele.
— Você foi ao funeral?
— Não, achei que não seria apropriado, mas escrevi para Archie Fenwick, que herdou o título, dizendo que esperava que ele desempenhasse um papel ativo na Câmara Superior. Recebi uma resposta muito cortês.
— Mas você certamente não concorda com o sistema hereditário, certo?
— Não. Mas, enquanto continuarmos perdendo votos para os conservadores na Câmara dos Comuns, a reforma do sistema da Câmara dos Lordes terá de ser engavetada até depois das próximas eleições.

— E, caso a sra. Thatcher vença a eleição, a reforma do sistema da Câmara dos Lordes não será engavetada, será enterrada. — Grace tomou o último gole de sua taça de champanhe antes de acrescentar: — Tocando em um assunto mais delicado, sinto muito que você e Karin não tenham conseguido ter filhos.

— Deus sabe que tentei de tudo, até mesmo sexo. — Grace não riu. — Nós dois visitamos uma clínica de fertilidade. Parece que Karin tem um distúrbio sanguíneo e, depois de dois abortos espontâneos, o médico acha que o risco seria grande demais.

— Que pena — lamentou Grace. — Não haverá alguém para seguir seus passos na Câmara dos Lordes.

— Ou, o mais importante, ser rebatedor na seleção de críquete da Inglaterra.

— Vocês já pensaram em adoção?

— Sim, mas preferimos esperar até depois das eleições.

— Não esperem tempo demais. Sei que você vai achar isso difícil de acreditar, Giles, mas há coisas mais importantes do que a política.

— Peço desculpas por interromper você, tia Grace, mas posso lhe dar essa pequena recordação? — perguntou Jessica, entregando outro retrato. Grace analisou o desenho por algum tempo antes de oferecer um parecer.

— Embora eu não seja uma especialista, você, sem dúvida, tem muito talento, minha querida. Não o desperdice.

— Vou tentar, tia Grace.

— Quantos anos você tem?

— Onze.

— Ah, a mesma idade que Picasso quando realizou sua primeira exposição pública em... que cidade, minha jovem?

— Barcelona.

Grace retribuiu com uma leve reverência.

— Vou emoldurar meu retrato e pendurá-lo em meu escritório em Cambridge, e dizer aos meus colegas e alunos que você é minha sobrinha-neta.

— Meus parabéns — elogiou Giles. — Onde está o meu?

— Não posso encaixá-lo na minha agenda hoje, tio Giles. Talvez em uma próxima oportunidade.

— Certamente vou lhe cobrar isso. Você gostaria de se hospedar comigo em Barrington Hall enquanto seus pais estão viajando em lua de mel? Em troca, poderia pintar um belo retrato meu e de Karin. E, enquanto estiver conosco, poderia visitar seus avós, que moram a apenas alguns quilômetros, em Manor House.

— Eles já me convidaram para ficar. E não tentaram me subornar.

— Nunca se esqueça, minha querida, de que seu tio-avô é político.

— Você teve notícias do Banco Central? — perguntou Hakim.

— Nada de oficial — respondeu Arnold Hardcastle. — Mas, extraoficialmente, sir Piers me telefonou na sexta-feira à tarde para informar que Gavin Buckland não apareceu para o segundo depoimento e que a Comissão decidiu não dar prosseguimento à questão.

— Eu mesmo poderia ter lhes avisado que era improvável que Gavin comparecesse, pois sua carta de demissão estava em minha mesa antes mesmo de eu retornar da nossa reunião com a Comissão de Ética.

— Ele nunca conseguirá outro emprego no mercado financeiro — acrescentou Arnold. — Gostaria de saber o que fará agora.

— Ele foi para o Chipre — informou Hakim. — Barry Hammond o seguiu até Nicósia; ele aceitou um emprego no departamento de commodities de um banco turco local. Ele era um bom profissional, então só nos resta esperar que não existam muitas pistas de corrida de cavalos no Chipre.

— Alguma notícia de Sloane ou Mellor?

— Desapareceram, de acordo com Barry. Mas ele tem certeza de que reaparecerão em breve, como toda criatura sórdida e desprezível, e então certamente descobriremos o que andaram tramando.

— Eu não estaria tão certo disso — argumentou Arnold. — Na semana passada, eu estava em Bailey e um sargento da polícia me disse que...

— Um pequeno presente para o senhor, sr. Bishara, em nome do meu pai.

Hakim se virou, apreensivo, pensando que alguém poderia ter ouvido sua conversa.

— Que surpresa maravilhosa!
— Sempre admirei o desenho de sua mãe que está na sala de seu pai e certamente vou colocar este na minha.
— Espero que você faça um retrato meu também — pediu Arnold, admirando o desenho.
— Eu ficaria encantada, sr. Hardcastle, mas devo avisá-lo de que cobro por hora.

Foi possível ouvir o alto estalido de um martelo vindo da mesa principal. Os convidados ficaram em silêncio quando Victor Kaufman se levantou mais uma vez.
— Não é outro discurso, prometo. Achei que vocês gostariam de saber que os noivos partirão em alguns minutos, por isso, se fizerem a gentileza de se dirigir até a entrada, poderemos todos nos despedir.
Os convidados começaram a se levantar e caminhar em direção à entrada do salão.
— Onde será a lua de mel? — perguntou Harry.
— Não faço ideia, mas conheço alguém que deve saber. Jessica!
— Sim, vovó — respondeu a menina, correndo para se juntar a eles.
— Onde seus pais vão passar a lua de mel?
— Amsterdã.
— Uma cidade encantadora — disse Emma. — Algum motivo em particular?
— Foi lá que papai pediu mamãe em casamento pela primeira vez, onze anos atrás.
— Que romântico — observou Emma. — Eles vão se hospedar no Amstel?
— Não, Paps reservou um quarto no sótão da Pensão De Kanaal, onde eles ficaram da última vez.
— Outra lição aprendida — acrescentou Harry.
— E eles finalmente decidiram em que país vão morar? — perguntou Emma.
— Eu decidi — declarou Jessica. — Na Inglaterra.

— E eles já estão sabendo?

— Não se pode esperar que Paps administre o Farthings morando em Washington e, em todo caso, mamãe foi pré-selecionada para um trabalho no Tate.

— Estou muito feliz que tenha conseguido tudo que planejou — disse Emma.

— Tenho que ir — interrompeu Jessica. — Sou encarregada da distribuição de confete.

Poucos minutos depois, Samantha e Sebastian desceram a majestosa escadaria de braços dados, o claudicar de Seb já era quase imperceptível. Eles caminharam lentamente através de um túnel de convidados entusiasmados que lançavam confete na direção dos noivos e emergiram sob o sol de fim de tarde no pátio, cercados por amigos e familiares.

Samantha olhou para uma dezena de jovens ávidas e, então, se virou e lançou o buquê de rosas cor de salmão para trás. Ele aterrissou nos braços de Jessica, o que foi recebido com risos e aplausos.

— Deus ajude o pobre homem — murmurou Sebastian, enquanto o motorista abria a porta de trás do carro que os aguardava.

O embaixador abraçou a filha e parecia relutante em deixá-la ir. Quando finalmente a soltou, ele sussurrou para Seb:

— Por favor, cuide bem dela.

— Pelo resto da minha vida, senhor — assegurou-lhe Seb, antes de se juntar à esposa no banco de trás.

O carro partiu vagarosamente pelo pátio, atravessou os portões ornamentados e seguiu pela estrada principal, acompanhado por uma pequena horda de jovens convidados.

O sr. e a sra. Clifton olharam para trás e continuaram acenando até que todos desaparecessem de vista. Sam pousou a cabeça no ombro de Seb.

— Você se lembra da última vez que estivemos em Amsterdã, querido?

— Como eu poderia esquecer?

— Foi quando esqueci de mencionar que eu estava grávida.

44

Os dois homens apertaram as mãos, o que ajudou Sloane a relaxar.

— Gentileza sua atender minha solicitação tão prontamente, sr. Sloane — disse o inspetor-chefe Stokes. — Quando um policial visita alguém como o senhor em seu escritório, pode gerar fofocas desnecessárias entre os funcionários.

— Asseguro-lhe, inspetor-chefe, que não tenho nada a esconder de ninguém, incluindo meus funcionários — declarou Sloane, sentando-se e deixando o policial de pé. Sloane encarou o grande gravador Grundig sobre a mesa entre eles. Sua mente começou a trabalhar a todo vapor tentando antecipar o que poderia haver na fita.

— Eu não estava sugerindo que o senhor tem algo a esconder — retrucou Stokes, sentando-se diante de Sloane. — Mas o senhor pode me ajudar, respondendo uma ou duas perguntas sobre o caso em que estou trabalhando no momento.

Sloane cerrou os punhos debaixo da mesa, mas não respondeu.

— Será que o senhor poderia fazer a gentileza de ouvir esta fita? Stokes se inclinou para a frente e pressionou o *play* do gravador.

— *Departamento Aduaneiro, Heathrow.*

— *Quero falar com o oficial sênior.*

— *Posso perguntar quem está falando?*

— *Não, temo que não possa.*

— *Vou ver se ele está disponível.* — Houve uma pausa antes que outra voz surgisse. — *Oficial Collier. Como posso ajudá-lo?*

— *Se você estiver interessado, posso lhe contar sobre uma remessa de drogas que um passageiro tentará contrabandear hoje.*

— *Sim, estou interessado* — disse Collier. — *Mas, primeiro, pode me dizer o nome dele?*

— *O nome do passageiro é Hakim Bishara. Ele é bem conhecido no meio e está viajando no voo 207 vindo de Lagos. Ele tem trezentos gramas de heroína na mala.*

Sloane permaneceu em silêncio depois que a fita chegou ao fim. O inspetor-chefe removeu o rolo da fita e o substituiu por outro. Mais uma vez pressionou o *play*. E mais uma vez não disse nada.

— Adrian Sloane?
— *Depende de quem quer saber.*
— Inspetor-chefe Mike Stokes. Trabalho junto ao esquadrão antidrogas da Scotland Yard.
— *Como posso ajudá-lo, sr. Stokes?*
— Eu gostaria de agendar uma reunião com o senhor.
— *Qual é o motivo?*
— Não posso discutir o assunto por telefone, senhor. Posso ir ao seu encontro ou o senhor pode comparecer à Scotland Yard, o que lhe for mais conveniente.
— *Eu irei até o senhor.*

Sloane encolheu os ombros.

— Pedi a um especialista norte-americano em sons que analisasse as duas fitas — declarou Stokes —, e ele confirmou que não só as ligações foram feitas pela mesma pessoa, mas a partir do mesmo telefone.
— Isso é ridículo.
— Tem certeza? — perguntou o interrogador, sem tirar os olhos de Sloane.
— Sim, tenho, porque a chamada para o agente aduaneiro durou menos de três minutos e, portanto, é impossível de ser rastreada.
— Como o senhor poderia saber disso, sr. Sloane, se não foi o senhor quem fez a chamada?
— Porque compareci a todos os dias do julgamento de Hakim Bishara e ouvi todas as provas apresentadas em primeira mão.
— Sim, de fato o senhor compareceu. E confesso que ainda estou intrigado com o motivo.
— Senhor Stokes, como tenho certeza de que é de seu conhecimento, eu fui presidente do Farthings Bank, e um de meus clientes na época era um grande acionista, assim não estava fazendo mais do que meu dever de procurador. O senhor vai precisar de algo um pouco mais convincente para provar que eu estava envolvido.

— Antes de discutirmos o papel que o senhor desempenhou em nome de seu grande acionista e como vocês estavam envolvidos, talvez seja melhor ouvirmos a primeira fita novamente. Peço que o senhor ouça com mais atenção desta vez.

Sloane sentia as palmas das mãos suando. Enxugou-as nas calças enquanto o gravador era novamente acionado.

— *Departamento Aduaneiro, Heathrow.*
— *Quero falar com o oficial sênior.*
— *Posso perguntar quem está falando?*
— *Não, temo que não possa.*
— *Vou ver se ele está disponível.*

Stokes pressionou o botão *stop*.

— Ouça bem, sr. Sloane.

O inspetor-chefe pressionou o *play* novamente, e dessa vez Sloane podia ouvir o fraco som de sinos ao fundo. Stokes interrompeu a reprodução.

— Dez horas — falou, os olhos ainda fixos em Sloane.
— E daí?
— Agora eu gostaria que o senhor ouvisse a segunda fita novamente — declarou Stokes enquanto trocava as fitas. — Porque eu telefonei para seu escritório quando faltava um minuto para as dez horas.

— *Adrian Sloane?*
— *Depende de quem quer saber.*

Houve uma longa pausa, e dessa vez Sloane não pôde deixar de notar as dez badaladas. Sentiu gotas de suor escorrendo na testa e, apesar de sempre carregar um lenço no bolso do paletó, não fez nenhuma tentativa de enxugá-las.

O inspetor apertou o botão *stop*.

— Posso lhe assegurar, sr. Sloane, os badalos vieram do mesmo relógio, que nosso especialista norte-americano confirmou se tratar dos sinos da St. Mary-le-Bow, em Cheapside, a menos de cem metros de seu escritório.

— Isso não prova nada. Deve haver milhares de escritórios nas redondezas, como o senhor bem sabe.

— Tem razão, e é por isso que solicitei um mandado judicial para acessar seus registros telefônicos para esse dia em especial.

— Mais de uma centena de pessoas trabalham no prédio — argumentou Sloane. — Pode ter sido qualquer uma delas.

— Em uma manhã de sábado, sr. Sloane? Acredito que não. Em todo caso, não telefonei para o número do banco, e sim para sua linha privativa, e o senhor atendeu. O senhor não começa a ter uma nítida sensação de que são coincidências demais?

Sloane olhou desafiadoramente para ele.

— Talvez seja a hora — provocou Stokes — de examinarmos mais outra coincidência. — Ele abriu uma pasta à sua frente e estudou uma longa lista de números de telefone. — Pouco antes de o senhor telefonar para o Departamento Aduaneiro de Heathrow.

— Eu nunca telefonei para o Departamento Aduaneiro de Heathrow.

— O senhor fez uma chamada para o número 698 337, de Bristol — continuou Stokes, ignorando o rompante —, que é o escritório do sr. Desmond Mellor, pelo que me consta, o cliente com participações substanciais no Farthings Bank a quem o senhor representou na época do julgamento Bishara. Mais outra coincidência?

— Isso não prova nada. Eu faço parte da diretoria da Mellor Travel, da qual ele é presidente, então nós sempre temos muito a discutir.

— Tenho certeza que sim, sr. Sloane. Então talvez o senhor possa me explicar por que fez uma segunda chamada para Mellor logo após a ligação para o sr. Collier.

— É possível que eu não tenha conseguido falar com Mellor na primeira vez e tenha feito uma segunda tentativa.

— Se o senhor não conseguiu falar com ele da primeira vez, por que essa chamada durou 28 minutos e 3 segundos?

— Pode ter sido a secretária de Mellor quem atendeu ao telefone. Sim, agora me lembro. Tive uma longa conversa com a srta. Castle naquela manhã.

Stokes olhou para seu bloco de notas.

— A secretária de Mellor, srta. Angela Castle, nos informou que estava visitando a mãe em Glastonbury naquele sábado de manhã, quando ambas foram a uma feira local de antiguidades.

Sloane lambeu os lábios estranhamente secos.

— A sua segunda chamada para o escritório do sr. Mellor durou 6 minutos e 18 segundos.

— Isso não prova que falei com ele.

— Achei que poderia dizer isso. E por esse motivo pedi ao sr. Mellor que viesse me ver hoje. Ele admitiu que falou com o senhor por duas vezes naquela manhã, mas disse que não consegue se lembrar dos detalhes de ambas as conversas.

— Essa investigação é totalmente especulativa e infundada — disparou Sloane. — Até agora tudo que me apresentou foram suposições e coincidências. Porque uma coisa é certa, Mellor jamais cairia nessa armadilha.

— O senhor pode até ter razão, sr. Sloane. No entanto, tenho a sensação de que não gostaria que esse caso chegasse aos tribunais. Talvez seus colegas no centro financeiro comecem a pensar que são coincidências demais para que considerem fazer negócios com o senhor novamente.

— Você está me ameaçando, Stokes?

— De modo algum, senhor. Na verdade, confesso que tenho um problema. — Sloane sorriu pela primeira vez. — Não consigo decidir qual dos dois devo prender e qual devo liberar das acusações.

— Você está blefando.

— Pode ser, mas pensei em oferecer primeiro ao senhor a oportunidade de ser testemunha da acusação. E, caso recuse...

— Nunca — esbravejou Sloane desafiadoramente.

— Então não tenho outra escolha senão ir até a sala ao lado e fazer a mesma oferta ao sr. Mellor. — O suor agora escorria pelas bochechas carnudas de Sloane. O inspetor-chefe fez uma ligeira pausa antes de dizer: — Devo lhe dar alguns minutos para pensar a respeito, sr. Sloane?

45

— Estou começando a acreditar que a sra. Thatcher vencerá a próxima eleição — afirmou Emma depois de regressar de uma reunião distrital.
— Incluindo no distrito da zona portuária de Bristol?
— É quase certo. Escolhemos um candidato impressionante e ele está se saindo muito bem.
— Giles não ficará nada feliz.
— Ele ficaria ainda menos se soubesse o resultado da pesquisa na região sudoeste, e, caso as coisas sejam semelhantes em âmbito nacional, a residência de Margaret será o nº 10 da Downing Street em um futuro não muito distante. Saberei mais após a reunião do presidente nacional, no Escritório Central, quando ela fará um pronunciamento.
— Isso parece muito divertido — provocou Harry.
— Não zombe ou eu mandarei que o prendam na Torre.
— Você seria uma bela Governadora da Torre.
— E você e Giles seriam os primeiros na câmara de tortura.
— E quanto a Seb?
— Ele sempre votou nos conservadores — disse Emma.
— A propósito, isso me lembra de que ele ligou ontem à noite para dizer que agora é preciso marcar uma reunião para conseguir falar com você, então só Deus sabe como será depois das eleições. Isso supondo que Thatcher vença.
— Na verdade, será muito mais fácil depois das eleições, pois não poderei exercer um segundo mandato como chefe de distrito. Então, conseguirei dedicar mais tempo ao hospital e estou bastante esperançosa de que Seb esteja disposto a assumir a presidência da Barrington. A empresa precisa de ares novos se quisermos concorrer

com as novas linhas de cruzeiros de luxo. — Emma deu um beijo no marido.

— Preciso correr, senão vou me atrasar. Tenho que presidir um subcomitê no hospital em uma hora.

— Você vai se encontrar com Giles quando estiver em Londres? Porque se você...

— Claro que não. Não vou confraternizar com o inimigo até depois da eleição, quando ele estará de volta à oposição.

— Podemos ter um traidor em nosso meio — declarou Pengelly, assim que saíram da estrada e ele teve certeza de que ninguém os ouvia. Karin tentou não demonstrar o quanto se sentia nervosa. Ela vivia em constante receio de que Pengelly descobrisse que a traidora, na verdade, era ela. Frequentemente, compartilhava sua ansiedade com a baronesa Forbes-Watson, que não era mais apenas seu contato, já havia se tornado uma amiga e confidente.

— Tenho permissão para saber quem é o suspeito, camarada diretor?

— Sim, porque nossos mestres em Moscou querem que você faça parte do plano para desmascará-lo. Um de nossos agentes na Ucrânia passará uma informação particularmente importante para o agente Julius Kramer, com instruções de que a transmita a você. Se ele não o fizer, saberemos que ele está trabalhando para o outro lado.

— E, se isso se confirmar, o que acontece em seguida?

— Kramer será ordenado a retornar a Moscou e será a última vez que teremos notícias dele.

— E se ele não se apresentar em Moscou?

— Nós o caçaremos e ele sofrerá a punição que todos os traidores que mudam de lado devem esperar.

Eles continuaram caminhando por um tempo em silêncio até que Pengelly falou:

— O marechal Koshevoi tem um outro trabalho para você, camarada. A inesperada renúncia de Harold Wilson do cargo de primeiro--ministro gerou especulações, e o partido quer tirar proveito disso.

— Barrington me disse que o médico de Wilson detectou os primeiros sintomas de Alzheimer e o aconselhou a renunciar antes que se tornassem óbvios.

— Mas na ocasião não foi essa a razão apresentada. Sem dúvida disseram-lhe para não divulgar. Então, nós desenvolvemos nossa própria teoria.

— E qual seria?

— De que ele sempre trabalhou para os russos. O MI6 descobriu e o ameaçou com a exposição pública caso não renunciasse.

— Mas isso é um absurdo, e o marechal Koshevoi deve saber disso.

— Tenho certeza de que ele sabe, mas há um número suficiente de pessoas em ambos os lados do parlamento mais do que dispostas a acreditar.

— O que você espera que eu faça?

— Diga a Barrington que ouviu um boato e pergunte se há alguma chance de isso ser verdade. Ele vai negar, é claro, mas você terá plantado a ideia em sua mente.

— Mas certamente o público nunca engolirá essa história.

— Nas memoráveis palavras de Stalin, camarada, "uma mentira repetida mil vezes se torna verdade".

— Alô, Ginny, Buck Trend falando.

Virginia detestava ser chamada de Ginny, achava vulgar demais. Mas quando a pessoa que faz isso também lhe envia um cheque de 7,5 mil libras todo mês, você aprende a sorrir e suportar.

— Estou telefonando para avisar — continuou Buck — que o nosso estimado governador da Louisiana, Hayden Rankin, está planejando uma visita a Londres em julho. E, de acordo com minhas fontes, ele tem um encontro marcado com seu ex-marido, lorde Barrington.

— O que aqueles dois poderiam ter em comum? — perguntou Virginia.

— Eu esperava que você soubesse.

— Suas fontes não têm ideia do que possa ser?

— A única coisa que foram capazes de informar é que Cyrus T. Grant III é amigo íntimo do governador, bem como um de seus principais financiadores de campanha. Portanto, acredito que seja prudente que você e o pequeno Freddie estejam fora da cidade quando o governador cruzar o Atlântico.

— Não se preocupe, Freddie passará as férias na Escócia, e eu estarei nas Bahamas gozando o merecido descanso.

— Muito bem. Mas, se você descobrir o motivo da visita do governador ao seu ex-marido, me ligue. Porque preciso saber se ele está tentando descobrir uma maneira de cancelar os pagamentos mensais, e nós não queremos isso, não é mesmo, Ginny?

Elas nunca discutiam algo sério antes que uma xícara de chá e dois bolinhos levemente queimados fossem servidos.

— Giles estará sob considerável pressão à medida que as eleições se aproximem.

— Ele visita um distrito diferente a cada semana — disse Karin.

— Será que ele ainda acredita na possibilidade de outra vitória do Partido Trabalhista?

— Ele me garante que sim todos os dias durante o café da manhã, e eu acreditaria caso ele não falasse disso até dormindo.

A baronesa sorriu.

— Então é melhor nos prepararmos para a era da filha do merceeiro.

— Dois chás e dois bolinhos levemente queimados, milady.

— Obrigada, Stanley.

— E como está Pengelly? — Sua voz mudou assim que o garçom as deixou.

— Moscou pensa que Júlio Kramer pode ser um agente duplo.

— É mesmo? — perguntou a baronesa enquanto punha o terceiro torrão de açúcar em sua xícara de chá. — E o que eles pretendem fazer a respeito?

— Kramer será encarregado de transmitir algumas informações altamente confidenciais para mim, e, se não o fizer, eles o mandarão de volta a Moscou.

— Caso ele cumpra com a missão, isso significa que não estão testando Kramer, e sim você. Mas, se ele não cumprir, isso significa que você poderá ficar tranquila, e nesse caso a vida de Kramer estará em risco e teremos de tirá-lo da linha de frente imediatamente. Você não deve permitir que seu disfarce seja comprometido, Karin, por mais confidencial que seja a mensagem. Então, assim que passá-la para mim, você deve transmiti-la para Pengelly o mais rápido possível. — A baronesa comeu um pedaço do bolinho.— Pengelly disse mais alguma coisa que eu deva saber?

— Todos os agentes estão sendo instruídos a espalhar um boato de que a verdadeira razão da renúncia de Harold Wilson ao cargo de primeiro-ministro foi a descoberta pelo MI6 de que ele estava trabalhando com os russos.

— Então é melhor ele comprar um novo Gannex com todo o dinheiro que deve ter recebido. — Ela deu outra mordida no bolinho antes de adicionar: — Seria engraçado, e o pior é que alguns tolos realmente acreditariam nisso.

— Ele também me pediu para dizer a Giles que ouvi o boato para ver como ele reagiria.

— Pedirei a sir John que informe a Giles a verdadeira razão da renúncia de Harold. No entanto, teria sido muito mais fácil se o primeiro-ministro admitisse que estava com Alzheimer na época.

— Você tem alguma mensagem para eu transmitir?

— Sim, acho que é chegada a hora de seu "pai" inconveniente ser chamado de volta para a Alemanha Oriental. Então por que não diz a ele que...

46

— Milorde.
— Governador.
— Quer trocar?
— Ora, é engraçado você mencionar isso — respondeu Giles. — Apesar de nunca ter desejado ser governador, sempre fantasiei ser senador.
— E, se exercesse o equivalente ao seu cargo no senado, você seria o Líder da Maioria Barrington.
— Líder da Maioria Barrington. Gostei da sonoridade.
— Então, quanto eu precisaria arrecadar para me tornar lorde Rankin da Louisiana?
— Nem um centavo. Seria um compromisso político, assumido por meio de minha recomendação para o primeiro-ministro.
— Não há dinheiro envolvido e você não precisa sequer ser eleito.
— Isso mesmo.
— E a Grã-Bretanha ainda não tem uma constituição nem uma carta de direitos?
— Que ideia terrível — respondeu Giles. — Não, nós trabalhamos com base na jurisprudência.
— E nem a chefe de Estado é eleita!
— Claro que não, ela é uma monarca por hereditariedade, nomeada pelo Todo-Poderoso.
— E vocês têm a coragem de alegar que são uma democracia.
— Sim, nós somos. E pense em quanto dinheiro poupamos, e vocês desperdiçam, para eleger todos os cargos políticos, dos mais insignificantes até o presidente, apenas para provar o quanto são democráticos.
— Agora você está querendo fugir da responsabilidade, Giles.

— Tudo bem, então me diga quanto você teve que arrecadar de fundos antes de sequer pensar em concorrer para governador?
— Cinco, seis milhões de dólares. E fica mais caro a cada eleição.
— Em que são gastos esses recursos?
— A maior parte em publicidade negativa. Para dizer ao eleitorado por que não devem votar no outro cara.
— Isso é outra coisa que nunca fazemos. Outro motivo para o nosso sistema ser mais civilizado do que o seu.
— Você pode até ter razão, milorde, mas vamos voltar ao mundo real — declarou Hayden. —Porque preciso de seu conselho.
— Pois diga logo, Hayden. Fiquei intrigado com sua carta e mal posso esperar para descobrir como um de seus constituintes conheceu minha ex-esposa.
— Cyrus T. Grant III é um dos meus amigos mais antigos, e também tem sido um dos meus maiores financiadores ao longo dos anos, então sou extremamente grato a ele. É um bom homem, gentil e decente, e, embora eu não saiba o que o T significa, poderia muito bem ser "transparente".
— Se ele é assim tão transparente, como fez fortuna?
— Ele não fez. Deve essa sorte ao avô, que fundou a empresa de conservas que leva seu nome. O pai de Cyrus a transformou em uma empresa de capital aberto, e seu filho, agora, vive confortavelmente dos dividendos.
— E você tem coragem de criticar o sistema hereditário. Mas isso não explica como esse homem gentil, digno e confiável cruzou o caminho de Virginia.
— Há cerca de cinco anos, Cyrus viajou a Londres e foi convidado para um almoço organizado por alguém com o improvável nome de Bofie Bridgwater.
— Receio que lorde Bridgwater não seja um exemplo convincente em defesa do sistema hereditário. Ele faz Bertie Wooster parecer sagaz e decidido.
— Durante o almoço, Cyrus sentou-se ao lado de Lady Virginia Fenwick e claramente foi enfeitiçado por sua ladainha sobre ser "membro da família real" e "sobrinha distante da rainha-mãe". Depois, ela o acompanhou à Bond Street para comprar um anel

de noivado para a ex-namorada de colégio de Cyrus, Ellie May Campbell, com quem mais tarde se casou. Depois que Cyrus comprou o anel, convidou Lady Virginia para um chá em sua suíte no Ritz, e a próxima coisa que ele se lembra é de acordar na cama ao lado dela, com lady Virginia usando nada além do anel de noivado.

— É impressionante, até mesmo para os padrões da Virginia — salientou Giles. — E o que aconteceu depois?

— Foi então que Cyrus cometeu um grande erro. Em vez de pegar o anel de volta e mandá-la embora, ele tomou o primeiro voo de volta para os Estados Unidos. Por um tempo, imaginou que o pior dos males fora ter perdido o anel, até que Lady Virginia apareceu em seu casamento aparentando estar grávida de sete meses.

— Não é o tipo de presente de casamento que ele estava esperando.

— E ainda embalado. No dia seguinte, Buck Trend, um dos advogados mais sagazes e poderosos do oeste do Mississippi, ligou para o advogado de Cyrus, e mais uma vez meu amigo entrou em pânico. Ele instruiu seu advogado a fazer um acordo antes que ele e Ellie May voltassem da lua de mel. Trend conseguiu arrancar mais do que tinha direito e Cyrus acabou pagando um milhão de dólares adiantado, mais dez mil por mês até que a criança conclua sua educação.

— Nada mau para uma aventura de uma noite.

— Se é que realmente houve uma aventura. Mas Virginia não contava com Ellic May Campbell, agora Ellie May Grant, e elas têm muito em comum. Quando Cyrus finalmente confessou o que ocorrera em Londres, Ellie May não acreditou em uma palavra da história de Virginia. Ela contratou um detetive da agência Pinkerton e enviou-o para o outro lado do Atlântico, com instruções de não retornar até que descobrisse a verdade.

— E ele descobriu algo? — perguntou Giles.

— Ele relatou que não estava convencido de que Lady Virginia tivera um filho, e que, mesmo que fosse o caso, não havia razão para crer que Cyrus fosse mesmo o pai do ilustre Frederick Archibald Iain Bruce Fenwick.

— Um exame de sangue poderia resolver a questão.

— Ou não. Mas, em todo caso, como o menino frequenta a pré-escola na Escócia, Cyrus dificilmente conseguiria simplesmente entrar e pedir ao diretor uma amostra de sangue.

— Mas, se ele contestar a paternidade em um tribunal, o juiz deverá solicitar um exame de sangue.

— Acontece que, mesmo que ambos tenham de fato o mesmo tipo sanguíneo, o resultado ainda não seria absolutamente conclusivo.

— Como eu bem sei — afirmou Giles, sem maiores explicações. — Então, como posso ajudar?

— Tendo em vista que Lady Virginia é sua ex-esposa, Cyrus e eu queríamos saber se poderia nos dar alguma ideia do que possa ter tramado durante o tempo em que ele esteve em Londres.

— Tudo que consigo lembrar é que ela andava com problemas financeiros e tinha desaparecido por algum tempo. Mas, quando voltou, mudou-se para um apartamento muito maior e, mais uma vez, contratou um mordomo e uma governanta, bem como uma babá. E, quanto ao filho, Freddie, ele raramente é visto em Londres. O garoto passa até as férias escolares em Fenwick Hall, na Escócia.

— Bem, pelo menos isso confirma as informações de nosso detetive — avaliou o governador. — E, de acordo com o relatório dele, a babá, a sra. Crawford, é uma senhora elegante de pouco mais de um metro e meio de altura e cerca de quarenta quilos. E, embora pareça que um leve sopro seja capaz de derrubá-la, o detetive disse que prefere lidar com a máfia a ter de encará-la novamente.

— Se a babá não está ajudando — ponderou Giles —, e quanto a todos os ex-empregados de Virginia ao longo dos anos? Mordomos, motoristas, governantas? Certamente, um deles deve saber algo e estar disposto a falar.

— Nosso detetive já rastreou vários dos ex-funcionários de Virginia, mas nenhum deles quer dizer uma palavra contra ela, seja porque foram pagos para manter a boca fechada ou simplesmente por puro pavor.

— Eu também tinha pavor dela — admitiu Giles. — Não posso culpá-los. Mas não desista dessa frente. Ela demitiu muitas pessoas nos tempos difíceis e certamente não é adepta de presentes de despedida.

— Cyrus também tem medo dela. Mas Ellie May, não. Ela está tentando convencê-lo a cancelar a pensão e pagar para ver o blefe de Virginia.
— Não será fácil pegá-la. Ela é astuta, manipuladora e tão teimosa quanto uma mula. Uma combinação perigosa, que a faz acreditar que está sempre certa.
— Mas que diabos deu em você para se casar com essa mulher?
— Ah, eu esqueci de mencionar. Ela é belíssima, e, quando quer uma coisa, pode ser irresistivelmente encantadora.
— Como você acha que ela reagirá se os pagamentos de repente cessarem?
— Ela vai lutar como um gato selvagem. Mas se Cyrus não for o pai de Freddie, ela não será capaz de assumir o risco de acioná-lo judicialmente. Virginia sabe muito bem que poderia acabar na prisão por estelionato.
— Acredito que o conde não ficaria nem um pouco satisfeito com isso — comentou Hayden. — E quanto ao pobre Freddie?
— Não sei — admitiu Giles. — Mas posso lhe garantir que o pequeno Freddie e a incrível sra. Crawford não têm sido vistos em Londres recentemente.
— Mas, se Cyrus cortar os pagamentos de Virginia, você acha que Freddie vai sofrer?
— Acredito que não. Mas tenho uma palestra na Escócia, na próxima semana, e, caso descubra algo de seu interesse, lhe avisarei.
— Obrigado, Giles. Se estará na Escócia, por que não vai até Fenwick Hall, bate na porta da frente e pede o voto do conde?
— Condes não têm direito a voto.

— Por que nao recebi o pagamento deste mês? — exigiu Virginia.
— Porque eu não recebi o meu — respondeu Trend. — E, quando telefonei para o advogado de Cyrus, ele me disse que você não receberá mais um tostão. E em seguida bateu o telefone.
— Então, vamos processar o desgraçado! — gritou Virginia. — E, se ele não pagar, você pode dizer ao advogado dele que Freddie e eu vamos nos mudar para Baton Rouge, veremos se ele gostará disso.

— Antes de reservar o seu voo, Ginny, preciso lhe dizer que liguei de volta para ameaçá-los com toda espécie de procedimentos legais. A resposta foi curta e grossa. "É melhor que sua cliente seja capaz de provar que Cyrus T. Grant III é o pai de Freddie e que ela é mesmo a mãe do menino."

— Ora, isso é muito simples de comprovar. Tenho a certidão de nascimento e ainda estou em contato com o médico que fez o parto de Freddie.

— Eu disse tudo isso a eles, e a resposta que recebi não fez sentido algum para mim. No entanto, eles me garantiram que você entenderia muito bem.

— Do que você está falando?

— Eles disseram que Ellie May Grant contratou um mordomo e uma governanta para sua casa na Louisiana, o sr. e a sra. Morton.

—•—

O camarada Pengelly foi conduzido até o imponente escritório ornamentado com painéis de carvalho do marechal Koshevoi. O chefe da KGB não se levantou para cumprimentá-lo, apenas acenou com a cabeça indicando que se sentasse.

Pengelly estava compreensivelmente nervoso. Só se é convocado para a sede da KGB quando se está prestes a ser demitido ou promovido, e ele não tinha certeza de qual das alternativas seria.

— A razão para eu ter convocado você, camarada comandante — falou Koshevoi, com o olhar de um touro prestes a investir sobre o toureiro —, é que descobrimos um traidor entre seus agentes.

— Julius Kramer? — perguntou Pengelly.

— Não, Kramer foi apenas uma cortina de fumaça. Ele é de inteira confiança e totalmente comprometido com a nossa causa. Embora os britânicos ainda acreditem que esteja trabalhando para eles.

— Então, quem é? — indagou Pengelly, que julgava conhecer cada um dos seus 31 agentes.

— Karin Brandt.

— Mas ela vem passando algumas informações muito úteis recentemente.

— E agora descobrimos a fonte dessas informações. O que de fato entregou Brandt foi uma dica recebida de uma fonte improvável. — Pengelly não o interrompeu. — Eu instruí o agente Kramer a informar a Brandt que queríamos que você viesse a Moscou.
— E ela entregou a mensagem.
— Mas não antes de transmiti-la a outra pessoa.
— Como pode ter certeza?
— Qual foi o trajeto que fez até Moscou?
— Dirigi de minha casa em Cornwall para Heathrow. Peguei um avião para Manchester, um ônibus para Newcastle...
— E de lá voou para Amsterdã, onde pegou um barco e seguiu pelos rios Reno, Meno e Danúbio até Viena. — Pengelly remexeu-se inquieto no assento. — Em seguida, você viajou de trem de Viena até Varsóvia, antes de finalmente embarcar em um avião para Moscou. E foi seguido a cada centímetro do caminho por uma sucessão de agentes britânicos, o último dos quais o acompanhou no seu voo até Moscou. Ele nem sequer se preocupou em descer do avião antes de voltar para Londres porque já sabia exatamente aonde você estava indo.
— Mas como isso é possível?
— Porque Brandt informou ao seu contato britânico que eu o convocara de volta a Moscou, antes mesmo de lhe transmitir a informação. Camarada, eles literalmente sabiam antes de você.
— Então toda a minha operação foi pelos ares e não há motivo para que eu retorne à Inglaterra.
— A menos que nós invertamos a situação a nosso favor.
— Como pretende fazer isso?
— Você vai retornar para a Inglaterra por uma rota igualmente tortuosa, para que eles pensem que não faz a menor ideia de que Brandt nos traiu. Então, vai voltar ao seu trabalho habitual, mas, no futuro, os britânicos terão certeza de que interceptaram todas as mensagens que enviarmos por Kramer para Brandt.
— Será interessante ver quanto tempo levará até que o MI6 comece a se perguntar de que lado ela está afinal — salientou Pengelly.
— No momento em que perceberem, será a hora de nos livrarmos dela, e então você poderá voltar para Moscou.
— Como você descobriu que ela mudou de lado?

— Um golpe de sorte, camarada comandante, o qual por pouco não passou despercebido. Há um membro da Câmara dos Lordes chamado visconde Slaithwaite. Um membro por hereditariedade que não seria de qualquer interesse para nós, exceto pelo fato de ser contemporâneo de Burgess, Maclean e Philby em Cambridge. Depois que ele se filiou ao Partido Comunista da universidade, deixamos de considerar seu recrutamento como agente, embora ele goste de pensar que é nosso sexto homem em quadra. Ao longo dos anos, Slaithwaite vem regularmente transmitindo informações para a nossa embaixada, as quais, na melhor das hipóteses, estavam desatualizadas, e, na pior, eram plantadas para nos enganar. Mas então, sem ter qualquer ideia do que significava, ele finalmente encontrou ouro. Enviou um bilhete para dizer que a esposa de lorde Barrington, que ele não fazia ideia de que se tratava de uma de nossas agentes, era vista regularmente no salão de chá da Câmara dos Lordes na companhia da baronesa Forbes-Watson.
— Cynthia Forbes-Watson?
— Em pessoa.
— Mas pensei que o MI6 a havia aposentado anos atrás.
— Nós também. Mas parece que ela ressuscitou para atuar como contato de Brandt. E que melhor disfarce do que tomar chá na Câmara dos Lordes, enquanto lorde Barrington labuta no palco principal?
— A baronesa Forbes-Watson deve ter oitenta e...
— Oitenta e quatro anos.
— Ela não será capaz de trabalhar por muito mais tempo.
— Concordo, mas manteremos a contraoperação enquanto ela continuar na ativa.
— E quando ela morrer?
— Você só terá mais um trabalho a executar, camarada comandante, antes de retornar a Moscou.

HARRY E EMMA CLIFTON

1978

47

Houve uma batida hesitante na porta da biblioteca. A segunda nos últimos sete anos.

Harry largou a caneta. Como Emma estava no hospital e Jessica tinha voltado para Londres, só lhe restava se perguntar quem consideraria interrompê-lo enquanto escrevia. Ele girou a cadeira para encarar o invasor.

A porta se abriu lentamente. Markham apareceu na porta, mas não entrou.

— Sinto muito incomodá-lo, senhor, mas é uma ligação do gabinete do primeiro-ministro e, aparentemente, é urgente.

Harry levantou-se rapidamente da cadeira. Ele não tinha certeza de por que permanecia de pé ao atender o telefone.

— Aguarde um momento, por favor, senhor, vou transferir a ligação para o chefe de gabinete.

Harry se manteve de pé.

— Clifton, aqui é Alan Redmayne.

— Boa tarde, sir Alan.

— Estou telefonando pois tenho uma notícia maravilhosa e gostaria que o senhor fosse o primeiro a saber.

— Não me diga que Anatoly Babakov foi libertado.

— Ainda não, mas não vai demorar muito. Acabo de falar com nosso embaixador em Estocolmo, que me informou que o primeiro-ministro sueco anunciará em cerca de uma hora que o sr. Babakov foi laureado com o Prêmio Nobel de Literatura.

Após alguns instantes de o anúncio ser feito, o telefone começou a tocar, e Harry descobriu o verdadeiro significado de "sem parar".

Ele passou a hora seguinte respondendo às perguntas de jornalistas de todo o mundo.

— O senhor acha que os russos finalmente libertarão Babakov?

— Eles deveriam ter feito isso anos atrás — respondeu Harry —, mas pelo menos agora o sr. Brezhnev tem a desculpa perfeita para fazê-lo.

— O senhor pretende ir a Estocolmo para a cerimônia?

— Espero estar na plateia quando Anatoly receber o prêmio.

— O senhor vai viajar para a Rússia a fim de acompanhar seu amigo até Estocolmo?

— Ele precisa ser libertado da prisão antes que alguém possa acompanhá-lo a qualquer lugar.

Markham reapareceu na porta, o mesmo olhar ansioso estampado no rosto.

— O rei da Suécia está na outra linha, senhor. — Harry desligou o telefone e atendeu a outra linha. Surpreendeu-se ao descobrir que não era um secretário particular na linha, mas o próprio rei.

— Espero que você e a sra. Clifton estejam presentes na cerimônia como meus convidados.

— Com o maior prazer, Vossa Majestade — afirmou Harry, esperando ter usado a forma correta de tratamento.

Em meio a uma maratona de respostas às mesmas perguntas de vários outros jornalistas, Harry fez uma pausa para fazer uma ligação.

— Acabei de ouvir a notícia — exultou Aaron Guinzburg. — Liguei para você imediatamente, mas seu telefone estava sempre ocupado. Mas não se preocupe, já fui até a gráfica e pedi mais um milhão de cópias de *Tio Joe*.

— Não estou ligando para perguntar quantos exemplares mandou imprimir, Aaron — disparou Harry. — Vá imediatamente até Lower West Side e cuide de Yelena. Ela não tem a menor ideia de como lidar com a imprensa.

— Você tem razão, Harry. Que descuido da minha parte, me desculpe. Vou agora mesmo.

Harry desligou o telefone e novamente percebeu Markham espreitando à porta.

— A BBC está solicitando uma declaração.

— Diga que sairei em alguns minutos.

Ele sentou-se à mesa, ignorou o telefone tocando, empurrou o inspetor Warwick para o lado e começou a pensar na mensagem que gostaria de transmitir. Sabia muito bem que poderia não ter outra oportunidade como essa novamente.

Quando pegou a caneta, as palavras fluíram facilmente, pois ele aguardava essa oportunidade havia doze anos. Leu sua declaração, fez algumas correções e, em seguida, verificou se já sabia de cor. Harry se levantou, respirou fundo, ajeitou a gravata e caminhou até a entrada. Markham, que claramente desfrutava de cada momento do acontecimento, abriu a porta da frente e se pôs de lado.

Harry esperava encontrar alguns repórteres locais, mas, ao sair pela porta, uma multidão de jornalistas e fotógrafos disparou em sua direção, todos gritando ao mesmo tempo. Ele estava no degrau mais alto e esperou pacientemente até que todos percebessem que não diria nada antes de ter a total atenção do grupo.

— Este não é um dia de comemoração — começou ele calmamente. — Meu amigo e colega de profissão, Anatoly Babakov, continua a definhar em uma prisão russa, pelo único crime de ter a coragem de escrever a verdade. O Comitê Nobel o honrou com o prêmio, muito merecido, mas não descansarei até que ele seja libertado e reencontre sua esposa Yelena, para que passem o resto de seus dias desfrutando da liberdade a que nós nem sempre damos o devido valor.

Harry se virou e entrou, deixando os jornalistas a gritar mais perguntas. Markham fechou a porta.

Era a primeira vez que Virginia visitava uma prisão, embora, ao longo dos anos, um ou dois de seus comparsas tivessem sido presos, e vários outros certamente deveriam ter sido.

Na verdade, ela não ansiava pela experiência. No entanto, isso resolveria um de seus problemas. Virginia não precisava mais fingir que Desmond Mellor tinha alguma chance de ser condecorado como cavaleiro. "Sir" Desmond permaneceria a fantasia que sempre fora.

Infelizmente, isso também significava que uma fonte regular de renda havia secado. Virginia não teria considerado visitar Mellor na prisão se o gerente de seu banco não tivesse lembrado a ela que sua conta estava a descoberto. Ela só podia esperar que Mellor ainda fosse capaz de transformar vermelho em azul, apesar de estar atrás das grades.

Virginia não sabia ao certo quais eram as acusações contra Mellor, mas não se surpreenderia se descobrisse que Adrian Sloane estava envolvido de alguma forma. Ela dirigiu até Arundel logo depois do almoço, pois não queria que ninguém a visse no trem ou tomando um táxi para a prisão de Ford. Estava ligeiramente atrasada quando chegou ao estacionamento, mas, na verdade, não tinha a menor intenção de ser pontual. Passar uma hora cercada por criminosos não era sua ideia de entretenimento para uma tarde de domingo. Ela estacionou o Morris Minor e caminhou até a portaria, onde foi atendida por um guarda na recepção. Depois de ser revistada, pediram-lhe que fornecesse uma prova de identidade. Ela entregou a habilitação, para mostrar que era de fato Lady Virginia Fenwick, apesar da foto um tanto desatualizada. O guarda assinalou seu nome na lista de visitantes autorizados e, em seguida, entregou-lhe uma chave pedindo que depositasse todos os seus objetos de valor em um pequeno armário, antes de advertir educadamente que qualquer tentativa de passar dinheiro para um prisioneiro durante a visita era crime e que ela poderia ser presa e condenada a uma pena de seis meses. Virginia não disse ao policial que esperava que a situação fosse exatamente o oposto.

Assim que recebeu a chave e colocou a bolsa e as joias no pequeno armário cinzento, acompanhou uma funcionária por um longo corredor fortemente iluminado, antes de chegar a uma sala parcamente mobiliada com cerca de dez mesas, cada uma cercada por uma cadeira vermelha e três azuis.

Virginia viu Desmond sentado em uma cadeira no canto mais distante da sala. Caminhou até ele com sua primeira frase já preparada.

— Lamento que tenha chegado a este ponto — solidarizou-se Virginia, sentando-se em frente a Desmond. — E logo agora que acabo de saber de Sua Alteza, o Duque de Hertford, que seu título de cavaleiro...

— Pare com a ladainha, Virginia. Nós só temos 43 minutos, então vamos dispensar as futilidades e ir logo ao motivo de eu pedir que viesse até aqui. O que você sabe sobre o motivo da minha prisão?

— Quase nada — respondeu Virginia, tão aliviada quanto Desmond pelo fato de o caso não ter sido divulgado na imprensa nacional.

— Fui preso e acusado de obstruir o curso da justiça, mas só depois que Sloane entregou provas para a acusação, me deixando sem alternativa a não ser me declarar culpado de um delito menor. Acabei com uma sentença de um ano e meio, que deve ser reduzida para sete meses na apelação, então devo estar livre em algumas semanas. Mas não pretendo ficar esperando até ser libertado para começar minha vingança contra aquele desgraçado do Sloane, e é por isso que eu precisava ver você.

Virginia se concentrou em tudo que ele tinha a dizer, pois obviamente não poderia tomar notas.

— Este lugar não é só uma prisão — continuou Mellor —, mas também uma universidade, sendo o crime a única disciplina do currículo. E posso lhe garantir que vários dos meus colegas detentos já são pós-graduados, portanto, Sloane não vai se safar dessa. Mas não consigo fazer muita coisa enquanto ainda estiver trancafiado aqui.

— Vou fazer o que puder para ajudar — afirmou Virginia, farejando uma nova forma de receber seu pagamento.

— Muito bem, porque não vai ocupar muito do seu tempo, e você será muito bem recompensada.

Virginia sorriu.

— Você encontrará um pequeno pacote em...

Apenas Harry parecia surpreso com a cobertura da imprensa na manhã seguinte. Todos os jornais estampavam a única fotografia que tinham de Babakov, de pé ao lado de Stalin. As páginas internas lembravam aos leitores a campanha de Harry em nome do PEN Club da Inglaterra ao longo da última década, e os editoriais deixaram muito claras as suas exigências para que Brejnev libertasse o vencedor do Prêmio Nobel.

Harry, porém, temia que os russos protelassem a questão, convictos de que, com o tempo, a história perderia força assim que fosse substituída por outra estrela cadente que chamasse atenção da imprensa volúvel. No entanto, a história não perderia força, pois o primeiro-ministro guardara as brasas até que inflamassem novamente quando informou à imprensa mundial que trataria do assunto da prisão de Babakov com o líder soviético na próxima conferência de cúpula em Moscou.

Ao mesmo tempo, Giles elaborou várias perguntas por escrito para o ministro das Relações Exteriores e deu início a um debate no dia da oposição na Câmara dos Lordes. Mas advertiu Harry de que, nas conferências de cúpula internacionais, o alto escalão do governo providenciaria a pauta com muita antecedência; as perguntas que deveriam ser feitas, as respostas que seriam dadas e até mesmo o texto do comunicado final já teriam sido acordados muito antes de os dois líderes posarem para as fotografias no dia de abertura.

No entanto, Giles recebeu uma ligação do velho amigo Walter Scheel, ex-ministro de Relações Exteriores da Alemanha Ocidental, para lhe informar que os russos haviam se surpreendido pelo interesse mundial em Babakov e estavam começando a se perguntar se sua libertação não seria o caminho mais fácil, considerando que poucos de seus conterrâneos ainda tinham ilusões sobre quanto o regime de Stalin havia sido opressor. E, com ou sem prêmio, *Tio Joe* nunca seria publicado na União Soviética.

Quando o primeiro-ministro retornou de Moscou, quatro dias depois, não falou sobre o novo acordo comercial entre os dois países ou as propostas de redução dos mísseis nucleares estratégicos, ou mesmo sobre o empolgante intercâmbio cultural que incluiu o Teatro Nacional e o Ballet Bolshoi. Em vez disso, as primeiras palavras de Jim Callaghan à imprensa que o aguardava ao desembarcar do avião foram para anunciar que o líder russo concordara com a libertação de Anatoly Babakov dentro de algumas semanas, bem a tempo de comparecer à cerimônia de premiação na Suécia.

Um funcionário do Ministério de Relações Exteriores telefonou para a casa de Harry na manhã seguinte a fim de informá-lo de que os russos se recusaram a lhe emitir um visto para que pudesse voar para Moscou e acompanhar Babakov até Estocolmo. Impassível, Harry reservou um assento em um voo com destino ao Aeroporto de Arlanda, que pousaria pouco antes da chegada do jato russo, assim eles poderiam se encontrar quando Anatoly desembarcasse do avião.

Emma se deleitou com o triunfo de Harry e quase se esqueceu de dizer a ele que a *Health Services Journal* escolhera o Bristol Royal Infirmary como o hospital do ano. Na matéria, a revista destacava o papel desempenhado pela sra. Emma Clifton, presidente do conselho de administração, em especial sua compreensão dos problemas do Sistema Nacional de Saúde, bem como seu comprometimento tanto com os pacientes quanto com os funcionários. O artigo terminava dizendo que não seria fácil substituí-la.

Isso só serviu para lembrar a Emma que seu tempo como presidente aproximava-se do fim, pois não era permitido exercer um cargo em um órgão público por mais de cinco anos. Ela começava a se perguntar o que faria com seu tempo agora que Sebastian finalmente concordara em assumir a presidência da Barrington Shipping.

Na manhã seguinte, Virginia embarcou em um trem até a estação Temple Meads. Ao chegar a Bristol, tomou um táxi e, no momento em que o motorista parou diante do escritório de Desmond Mellor, poucos minutos depois, era evidente que a esperavam.

A srta. Castle, a secretária e saco de pancadas preferido de Mellor, a conduziu até o escritório do presidente. Assim que saiu e fechou a porta e Virginia ficou sozinha, ela cumpriu à risca as instruções de Mellor. Na parede atrás de sua mesa, havia uma grande pintura a óleo com silhuetas abstratas. Virginia tirou o quadro para revelar um pequeno cofre embutido na parede, no qual inseriu o segredo de oito dígitos que havia anotado logo depois de sair da prisão, então extraiu um pequeno pacote exatamente onde Desmond dissera que estaria.

Virginia colocou o pacote na bolsa, trancou a porta do cofre, girou o botão várias vezes e pendurou o quadro de volta na parede. Ela, então, voltou para a sala de Angela, mas recusou a oferta de um café e lhe pediu que chamasse um táxi. Estava de volta à rua, menos de quinze minutos depois de entrar no prédio. O táxi a conduziu de volta a Temple Meads, onde ela pegou o primeiro trem para Londres, a fim de comparecer a um compromisso no Soho mais tarde naquela noite.

Harry teve de abandonar William Warwick e qualquer pensamento com relação a cumprir o prazo de seu editor, pois agora passava cada minuto de seu dia preparando-se para a viagem à Suécia. Aaron Guinzburg acompanhou Yelena na viagem dos Estados Unidos até a Inglaterra para que ela se hospedasse com Harry e Emma em Manor House, antes de viajar para a Suécia.

Harry ficou feliz em ver que Yelena ganhara um pouco de peso e agora parecia ter mais do que um vestido. Ele também notou que, cada vez que o nome de Anatoly era mencionado, seus olhos se iluminavam.

Durante a última semana antes da partida para a Suécia, Harry passou um tempo considerável explicando a Yelena todos os detalhes da cerimônia. Ela, porém, parecia interessada em apenas uma coisa, rever o marido.

Quando eles finalmente partiram de Manor House de carro em direção ao Aeroporto de Heathrow, um comboio de veículos da imprensa os seguiu durante todo o percurso. Assim que Yelena e Harry entraram no terminal, os passageiros que aguardavam os voos se levantaram e aplaudiram.

Após a cerimônia do Nobel, Anatoly e Yelena voariam para a Inglaterra, onde passariam alguns dias em Manor House antes que Aaron Guinzburg os acompanhasse de volta aos Estados Unidos. Aaron já avisara Yelena de que a imprensa norte-americana estaria ávida por saudar o novo ganhador do Prêmio Nobel e o prefeito Ed Koch pretendia realizar um desfile em carro aberto em homenagem a Anatoly.

Virginia não gostava nem um pouco do Soho, com seus bares lotados, casas de apostas barulhentas e boates vulgares de *striptease*, mas não fora ela quem escolheu o local. Seu contato havia proposto que se encon trassem em Onslow Gardens, mas, quando ouviu o modo de falar do sujeito, pensou melhor. O telefone é muito cruel em questões de classe.

Ela chegou em frente ao King's Arms na Brewer Street, pouco antes das 7h30 da noite, e pediu ao motorista que a aguardasse, pois não tinha a menor intenção de se demorar mais do que o estritamente necessário.

Assim que abriu a porta e entrou no pub barulhento e cheio de fumaça, foi impossível não reconhecê-lo. Um homem baixinho e atarracado que não usava gravata. Ele estava de pé no fim do balcão, segurando uma destoante sacola da Harrods. Enquanto caminhava em direção a ele, vários pares de olhos a seguiram. Ela não era o tipo usual de mulher que frequentava aquele pub. Virginia parou diante do homem robusto e forçou um sorriso. Ele retribuiu a gentileza, deixando claro que não visitava um dentista havia algum tempo. Virginia acreditava que não nascera para se misturar à ralé, muito menos com criminosos, mas outra carta do gerente de seu banco naquela manhã ajudara a convencê-la a executar as instruções de Mellor.

Sem uma palavra, ela removeu o pequeno pacote pardo da bolsa e, como acordado, trocou-o pela sacola da Harrods. Então, virou-se e saiu do pub sem dizer uma palavra. Só começou a relaxar quando o táxi se misturou ao tráfego noturno.

Virginia não olhou o que havia dentro da sacola até entrar em casa, em Onslow Gardens, e trancar a porta. Ela tirou um pacote maior, mas o deixou fechado. Depois de uma refeição leve, foi se deitar cedo, porém não dormiu.

Depois que o avião taxiou e estacionou no Aeroporto de Arlanda, um emissário do Palácio Real aguardava para recepcioná-los aos pés da escada, com uma mensagem pessoal do rei Carl Gustaf, da Suécia. Sua Majestade esperava que a sra. Babakova e o marido se hospedassem no palácio como seus convidados.

Harry, Emma e a sra. Babakova foram escoltados até a Sala Real do aeroporto, onde o reencontro ocorreria. Uma televisão no canto da sala exibia a cobertura ao vivo das equipes de cinegrafistas, jornalistas e fotógrafos reunidos na pista aguardando para saudar o mais novo ganhador do Prêmio Nobel.

Embora várias garrafas de champanhe tenham sido abertas durante a hora seguinte, Harry se limitou a uma taça, enquanto Yelena, que não conseguia se sentar quieta, não tomou sequer uma gota. Harry explicou a Emma que queria estar "totalmente sóbrio" quando Anatoly desembarcasse do avião. Ele checava o relógio o tempo todo. Os longos anos de espera, finalmente, chegariam ao fim.

De repente irrompeu uma agitação, e, quando Harry olhou pela janela, avistou o Aeroflot 707 aproximando-se através das nuvens. Todos ficaram de pé junto à janela para ver enquanto a aeronave pousava, taxiava e finalmente estacionava diante deles.

As escadas foram posicionadas e um tapete vermelho foi desenrolado. Logo depois, a porta da cabine se abriu. Uma aeromoça apareceu no degrau mais alto e ficou de lado para permitir o desembarque dos passageiros. As câmeras de televisão começaram a rodar, fotógrafos se acotovelavam em busca de uma visão clara de Anatoly Babakov, quando ele finalmente saísse do avião, e os jornalistas mantinham as canetas em prontidão.

Foi então que Harry avistou uma repórter solitária, que se retirara do burburinho ao redor das escadas e se virara de costas para a aeronave. Ela falava diretamente para a câmera, sem demonstrar qualquer interesse no desembarque dos passageiros. Harry caminhou até o outro lado da sala e aumentou o volume da televisão.

— Acabamos de receber um boletim urgente da agência de notícias russa Tass. A informação é de que o ganhador do Prêmio Nobel, Anatoly Babakov, foi conduzido às pressas para o hospital mais cedo esta manhã, depois de sofrer um acidente vascular cerebral. Ele morreu há poucos minutos. Repito...

48

Yelena Babakova entrou em colapso, mental e fisicamente, quando ouviu a notícia da morte do marido. Emma correu para seu lado e amparou a mulher nos braços.

— Preciso de uma ambulância, rápido — solicitou Emma ao camarista, que prontamente pegou o telefone mais próximo.

Harry se ajoelhou ao lado da esposa.

— Que Deus a ajude! — exclamou ele, enquanto Emma verificava o pulso.

— Seu coração está fraco, mas suspeito que o problema real é que ela não tenha mais razão alguma para viver.

A porta se abriu e dois paramédicos entraram na sala carregando uma maca, sobre a qual acomodaram gentilmente a sra. Babakova. O camarista sussurrou algo a um deles.

— Eu os instruí a levar a sra. Babakova direto para o palácio — informou a Harry e Emma. — Lá tem uma ala médica particular, com um médico e duas enfermeiras sempre à disposição.

— Obrigada — agradeceu Emma, enquanto um dos paramédicos colocava uma máscara de oxigênio sobre o rosto de Yelena antes de suspenderem a maca e a carregarem para fora da sala. Emma segurou a mão dela conforme seguiam lentamente pelo corredor até o lado de fora do aeroporto, onde uma ambulância os aguardava com as portas já abertas.

— Sua Majestade gostaria de saber se a sra. e o sr. Clifton desejariam se hospedar no palácio, assim poderiam estar com a sra. Babakova quando ela recobrar a consciência.

— É claro. Obrigada — agradeceu Emma novamente, enquanto ela e Harry se juntavam a Yelena na parte de trás da ambulância. Emma não soltou a mão da mulher durante os trinta minutos de viagem, acompanhados por batedores da polícia que eles sequer notaram. Os portões do palácio se abriram para permitir a entrada da ambulância, que seguiu até um grande pátio, de onde um médico guiou os paramédicos até a ala hospitalar. Yelena foi tirada da maca e transferida para uma cama normalmente ocupada apenas por pacientes que haviam derramado sangue azul.

— Eu gostaria de ficar com ela — pediu Emma, ainda sem soltar a mão de Yelena.

O médico assentiu.

— Ela sofreu um choque grave e seu coração está muito fraco, o que não é de surpreender. Aplicarei uma injeção para que ela possa, ao menos, dormir um pouco.

Emma notou que o camarista havia se juntado a eles no quarto, mas permaneceu calado enquanto Yelena era examinada.

— Sua Majestade a aguarda na sala de estar quando puder — informou o camarista.

— Não há muito mais que a senhora possa fazer no momento — salientou o médico, assim que a paciente caiu em um sono profundo.

Emma concordou com um aceno de cabeça.

— Depois de conversar com o rei, eu gostaria de voltar imediatamente.

O silencioso camarista conduziu Harry e Emma para fora da ala hospitalar, percorrendo dezenas de salas douradas cujas paredes eram recobertas por pinturas que ambos normalmente desejariam parar e admirar. Por fim, o camarista parou diante de um conjunto de portas duplas pintadas de azul da Prússia, ricamente ornamentadas, que se estendiam até o teto. Ele bateu, e as portas foram abertas por dois empregados de uniforme. O rei se levantou assim que os convidados entraram.

Emma se recordou da ocasião em que a rainha-mãe visitara Bristol para a inauguração do *Buckingham*; espere até que o rei se dirija a você, nunca faça uma pergunta. Ela fez uma reverência, enquanto Harry curvou a cabeça respeitosamente.

— Sr. e sra. Clifton, lamento que tenhamos nos conhecido em circunstâncias tão infelizes. Mas devo dizer que a sra. Babakova é uma mulher de sorte por contar com amigos tão queridos ao seu lado.

— A equipe médica chegou muito rápido — comentou Emma — e não poderia ter feito um trabalho melhor.

— Isso é realmente um elogio, vindo da senhora, sra. Clifton — respondeu o rei, indicando duas poltronas confortáveis. — E que golpe cruel o infligiu, sr. Clifton, depois de tantos anos fazendo campanha para seu amigo, ver a vida dele ceifada logo quando estava prestes a receber o maior dos lauréis definitivo.

A porta se abriu e um empregado surgiu carregando uma grande bandeja de prata com chá e bolos.

— Pedi um chá, espero que seja de seu agrado. — Emma se surpreendeu quando o próprio rei pegou o bule e começou a servir. — Leite e açúcar, sra. Clifton?

— Apenas leite, Majestade.

— E o senhor?

— O mesmo, Majestade.

— Agora, devo confessar — revelou o rei, depois de se servir. — Eu tinha um motivo secreto para querer vê-los em particular. Tenho um problema que, francamente, apenas vocês podem resolver. A cerimônia do Prêmio Nobel é um dos destaques do calendário, e gozo do privilégio de presidir as premiações, assim como meu pai e meu avô o fizeram antes de mim. Sra. Clifton, devemos ter esperança de que a sra. Babakova se recupere o suficiente até amanhã à noite para ser capaz de aceitar o prêmio em nome do marido. Acho que precisaremos de toda a sua notável habilidade para convencê-la de que é capaz. Mas eu não gostaria que ela passasse o resto de seus dias alheia ao carinho e respeito que o povo da Suécia tem por Babakov.

— Se ela estiver em condições, Majestade, tenha certeza de que farei o melhor que puder. — Emma se arrependeu assim que as palavras saíram de sua boca.

— Suspeito que seu melhor seja formidável, sra. Clifton. — Ambos riram. — E, sr. Clifton, preciso de sua ajuda com um desafio ainda mais exigente, que estou disposto a lhe pedir de joelhos se preciso for. — Ele fez uma pausa para tomar um gole de chá. — O destaque da cerimônia de amanhã teria sido o discurso de aceitação de Babakov. Não consigo pensar em ninguém mais bem qualificado, ou mais adequado, para substituí-lo na ocasião e tenho a sensação de que ele seria o primeiro a concordar comigo. No entanto, admito que tal pedido seja um tanto oneroso ainda que as circunstâncias fossem ideais e, naturalmente, compreenderei se o senhor não puder me atender dado o tempo tão escasso.

Harry não respondeu imediatamente. Então se recordou dos três dias que passou em uma cela com Anatoly Babakov e dos vinte anos em que não esteve lá.

— Eu me sentirei honrado em representá-lo, Majestade, embora ninguém jamais seria capaz de substituí-lo.

— Belas palavras, sr. Clifton, e agradeço imensamente, pois, sendo eu mesmo um orador medíocre, que conta com três pessoas para escrever os discursos, estou ciente do desafio que lhe imponho. Com isso em mente, não os deterei mais. Imagino que precisará de cada minuto até amanhã à noite para se preparar.

Harry se levantou, deixando o chá intocado. Então curvou a cabeça novamente, antes de acompanhar Emma para fora da sala. Quando as portas se abriram, encontraram o camarista esperando por eles. Dessa vez, o homem os conduziu em uma direção diferente.

— Sua Majestade reservou este quarto para os senhores — informou ao parar diante de uma porta que foi aberta por outro empregado, revelando uma grande suíte. Eles entraram e depararam com uma mesa e uma enorme pilha de papéis, bem como uma dezena das canetas prediletas de Harry, uma cama de casal já preparada e uma segunda mesa posta para o jantar.

— O rei parece não ter duvidado que eu aceitaria seu pedido — salientou Harry.

— Eu me pergunto quantas pessoas recusariam o pedido de um rei — observou Emma.

— O senhor terá à sua disposição duas secretárias, sr. Clifton — acrescentou o camarista —, e, se precisar de mais alguma coisa, um empregado estará do lado de fora da porta com a única função de atender a todos os seus desejos. E agora, se não há mais nada que possa fazer pelo senhor, acompanharei a sra. Clifton até a ala hospitalar.

Durante as 24 horas seguintes, Harry encheu três cestos de papéis com material descartado, devorou diversos pratos de almôndegas e uma quantidade excessiva de pãezinhos frescos, dormiu por algumas horas, tomou uma ducha fria e, finalmente, conseguiu concluir o primeiro rascunho de seu discurso.

Nesse ínterim, o criado pessoal do rei levou o terno, a camisa e os sapatos de Harry, que foram devolvidos uma hora mais tarde, parecendo ainda mais impecáveis e limpos do que no dia do casamento do filho. Por um momento, e apenas um momento, Harry experimentou como era ser um rei.

Secretárias apareceram e desapareceram conforme cada novo rascunho era produzido e, assim como seus livros, cada página era trabalhada durante pelo menos uma hora, então, às quatro horas da tarde ele estava no décimo segundo rascunho, trocando apenas uma palavra ou outra. Depois que virou a última página, desabou na cama e adormeceu.

Quando Harry acordou, podia ouvir o som de uma banheira sendo preparada. Levantou-se da cama, colocou um roupão e chinelos, caminhou até o banheiro e deparou com Emma testando a água.

— Como está Yelena? — Foram suas primeiras palavras.

— Não tenho certeza de que ela vai se recuperar totalmente. Mas acho que finalmente consegui convencê-la a participar da cerimônia. E você? Já terminou seu discurso?

— Sim, mas não tenho certeza de que está bom.

— Você nunca tem, querido. Eu li o último rascunho enquanto você estava dormindo, e acho que está inspirado. Tenho a sensação de que repercutirá muito além dos muros deste castelo.

Quando Harry entrou na banheira, perguntou-se se Emma tinha razão ou se deveria eliminar o último parágrafo e substituí-lo por um fim mais tradicional. No momento em que terminou de se barbear, ainda não havia se decidido.

Ele voltou para a mesa e analisou o último rascunho, mas fez apenas uma pequena alteração, substituindo "magnífica" por "heroica". Então destacou as últimas duas palavras de cada parágrafo com o intuito de lembrá-lo de olhar para o público e em seguida poder rapidamente localizar onde havia parado. Harry temia enfrentar o mesmo problema ocorrido no funeral de sua mãe. Acabou acrescentando a palavra "mandato" na última frase, mas ainda se questionou se o fim era muito ousado e se não seria melhor cortá-lo. Em seguida, caminhou até a porta, abriu-a e pediu à secretária de prontidão que datilografasse o discurso novamente, mas dessa vez em cartões A5, com espaço duplo e letras grandes o bastante para que não precisasse dos óculos. Ela saiu correndo antes mesmo de ele ter tempo de agradecer.

— Sincronia perfeita — disse Emma, virando-se de costas para Harry quando ele retornou para o quarto. Ele caminhou até ela e subiu o zíper do longo vestido de gala vermelho que nunca vira antes.

— Você está deslumbrante — elogiou.

— Obrigada, meu querido. Se você não tem a intenção de discursar vestindo um roupão, sugiro que vá se vestir também.

Harry se vestiu lentamente, ensaiando alguns dos trechos principais do discurso. Mas, quando chegou a hora de dar o nó na gravata-borboleta branca, Emma teve que auxiliá-lo. Ela parou atrás dele enquanto ambos fitavam o espelho e conseguiu na primeira tentativa.

— Como estou? — perguntou Harry.

— Parecendo um pinguim — brincou Emma, dando-lhe um abraço. — Mas um lindo pinguim.

— Onde está meu discurso? — indagou Harry nervosamente, checando o relógio.

Como se tivesse ouvido sua pergunta, uma secretária bateu à porta e entregou-lhe a versão final do discurso.

— O rei está à sua espera, senhor.

Naquela mesma manhã, Virginia pegou o trem das 8h45 de Paddington até Temple Meads, chegando a Bristol aproximadamente duas horas depois. Ela ainda não fazia ideia do conteúdo do pacote e estava impaciente para concluir a parte que lhe cabia no acordo e retomar sua vida normal. Mais uma vez, a srta. Castle destrancou o escritório do presidente para que ela entrasse. Virginia retirou a pintura a óleo de que não gostava muito, inseriu o segredo do cofre e colocou o grande pacote onde antes estava o pequeno.

Ela pensara em abrir ambos os pacotes, ignorando as instruções de Mellor, mas desistiu por três razões. O pensamento de qual seria a vingança de Mellor depois de ser libertado, em algumas semanas; a possibilidade de receber ainda mais benesses uma vez que Mellor retornasse à diretoria; e, talvez a mais convincente, Virginia odiava Sloane ainda mais do que desprezava Mellor.

Ela trancou o cofre, pendurou o quadro na parede e se juntou à srta. Castle na sala da recepção.

— Quando o sr. Sloane deve chegar?

— Nunca sei ao certo — respondeu a secretária. — Muitas vezes ele aparece sem avisar, permanece por algumas horas e sai em seguida.

— Ele já lhe pediu o segredo do cofre particular do sr. Mellor?

— Várias vezes.

— E o que você respondeu?

— A verdade. Eu nem sabia que o sr. Mellor tinha um cofre particular.

— Se ele lhe perguntar novamente, diga que sou a única pessoa que sabe o segredo.

— Sim, milady.

— Acho que você tem algo para mim, srta. Castle.

— Ah, sim. — A secretária abriu a primeira gaveta da mesa, tirou um grosso envelope branco e o entregou para Lady Virginia.

Ela abriu o pacote só depois de se trancar no banheiro da primeira classe do trem para Paddington. Como prometido, havia mil libras em dinheiro. Tudo que ela esperava era que Desmond lhe pedisse para visitá-lo novamente, e em um futuro não muito distante.

49

Quatro batedores da escolta real lideraram os veículos para fora dos portões do palácio em direção ao centro da cidade. O rei Carl Gustaf e a rainha Silvia viajavam no primeiro carro, o príncipe Philip e as duas princesas, no segundo, Yelena, Harry e Emma, no terceiro.

Uma grande multidão se reunia em frente à prefeitura e uma ovação calorosa teve início assim que o carro do rei foi avistado. O camarista e um jovem militar assistente saltaram do quarto carro antes mesmo de o primeiro veículo parar e já estavam em posição de sentido assim que o rei pisou na calçada. O rei Carl Gustaf foi saudado nas escadas da prefeitura por Ulf Adelsohn, prefeito de Estocolmo, que acompanhou Suas Majestades até o interior do prédio. Quando o rei entrou no grande salão, seis trompetistas posicionados nas passagens em arco no alto do prédio começaram a tocar, e trezentos convidados, os homens usando fraques, e as mulheres, vestidos longos de cores vibrantes, se levantaram para saudar a comitiva real. Yelena, Emma e Harry foram conduzidos para as três cadeiras centrais na fileira logo atrás do rei.

Assim que Harry se acomodou, começou a estudar o salão. Havia uma plataforma elevada à frente, com um púlpito de madeira ao centro. Olhando para baixo a partir do púlpito, o orador teria a visão de onze cadeiras de veludo azul e espaldar alto dispostas em semicírculo, nas quais os laureados do ano estariam sentados. Hoje, no entanto, uma das cadeiras ficaria vazia.

Harry olhou para o balcão superior lotado, sem um assento vazio sequer. Essa não era uma dessas ocasiões em que se escolhe não comparecer em razão de um convite melhor.

Os trompetes soaram uma segunda vez para anunciar a chegada dos laureados do Nobel, que adentraram o salão sob calorosos aplausos e assumiram seus assentos no semicírculo.

Assim que todos se acomodaram, Hans Christiansen, o presidente da Academia Sueca, caminhou até o palco e se posicionou atrás do púlpito. Então olhou para a frente e deparou com uma cena, para ele familiar, antes de começar seu discurso, saudando os vencedores e convidados.

Harry olhou nervosamente para seus cartões, apoiados no colo.

Ele relia o parágrafo de abertura e sentia a mesma emoção primitiva que sempre experimentava antes de um discurso: o desejo de estar em qualquer outro lugar que não ali.

— Infelizmente — continuou Christiansen —, o vencedor do Prêmio Nobel de Literatura deste ano, o poeta e escritor Anatoly Babakov, não pôde estar conosco esta noite. Ele sofreu um grave AVC ontem de manhã e morreu tragicamente a caminho do hospital. No entanto, temos o privilégio da presença do sr. Harry Clifton, amigo e colega do sr. Babakov, que aceitou falar em seu nome. Por favor, deem as boas-vindas ao ilustre autor e presidente do PEN Club da Inglaterra, sr. Harry Clifton.

Harry se levantou e caminhou lentamente até o palco. Colocou o discurso sobre o púlpito e esperou que os generosos aplausos cessassem.

— Vossas Majestades, Vossas Altezas Reais, eminentes laureados do Nobel deste ano, senhoras e senhores, de pé diante dos senhores está um rústico artesão que não tem o direito de tão ilustre companhia. Hoje, porém, uma brochura tem o privilégio de representar uma edição de luxo que recentemente alcançou a mais elevada distinção.

"Anatoly Babakov era um homem único, que estava disposto a sacrificar a vida para criar uma obra-prima, reconhecida pela Academia Sueca com a concessão da maior honraria da literatura. *Tio Joe* já foi publicado em 37 idiomas, em 123 países, mas ainda não pôde ser lida na língua nativa do autor ou em sua pátria.

"Conheci o drama de Anatoly Babakov quando era estudante universitário em Oxford e fui apresentado à sua poesia lírica, capaz de transportar a imaginação de todos a novos e impensados horizontes. Seu perspicaz romance *Moscou revisitada* evoca uma percepção daquela fantástica cidade de uma maneira que nunca vivenciei antes ou desde então.

"Alguns anos se passaram até que meu caminho, novamente, se cruzasse com o de Anatoly Babakov, como presidente do PEN Club da Inglaterra. Anatoly havia sido preso e condenado a vinte anos de prisão. O seu crime? Escrever um livro. O PEN Club organizou uma campanha mundial para que esse gigante literário fosse libertado de um longínquo, mas não ignorado, gulag na Sibéria, a fim de que se reunisse com sua esposa, Yelena, que, tenho o prazer de dizer, está presente conosco esta noite e receberá o prêmio em nome do marido."

Uma explosão de aplausos prolongados permitiu que Harry relaxasse, olhasse para a frente e sorrisse para a viúva de Anatoly.

— Quando visitei Yelena pela primeira vez no pequeno apartamento de três cômodos em Pittsburgh no qual vivia em exílio, ela me disse que havia escondido a única cópia sobrevivente de *Tio Joe* em uma loja de antiguidades na periferia de Leningrado. Ela me confiou a responsabilidade de recuperar o livro do esconderijo e trazê-lo de volta para o Ocidente, de modo que fosse finalmente publicado.

"Assim que pude, voei para Leningrado e fui em busca de uma loja de antiguidades escondida nas ruelas daquela bela cidade. Encontrei *Tio Joe* escondido dentro da sobrecapa de uma edição portuguesa de *Um conto de duas cidades*, próximo a um exemplar de *Daniel Deronda*. Companheiros dignos. Ao me apossar de meu tesouro, retornei ao aeroporto, pronto para voar para casa triunfante.

"No entanto, subestimei a determinação do regime soviético em impedir que alguém lesse *Tio Joe*. Encontraram o livro em minha bagagem e fui imediatamente jogado na prisão. O meu crime? Tentar contrabandear uma obra subversiva e caluniosa para fora da Rússia. Para me convencer da gravidade do crime, fui colocado na mesma cela de Anatoly Babakov, que recebera a ordem de me persuadir a assinar uma confissão afirmando que o livro dele era uma obra de ficção, que ele jamais trabalhara no Kremlin como intérprete pessoal de Stalin e que não passava de um humilde professor nos subúrbios de Moscou. Ele era humilde, mas nunca um apologista do regime. Se conseguisse me convencer a confirmar essa fantasia, as autoridades prometiam abater um ano de sua pena.

"O restante do mundo agora reconhece que Anatoly Babakov não apenas trabalhou ao lado de Stalin por treze anos, mas que cada palavra que ele escreveu em *Tio Joe* foi um relato fiel e preciso daquele regime totalitário.

"Tendo destruído o livro, os herdeiros do regime tentavam destruir o homem que o escrevera. A concessão do Prêmio Nobel de Literatura a Anatoly Babakov mostra como fracassaram terrivelmente e garante que ele jamais será esquecido."

Durante os longos aplausos que se seguiram, Harry olhou para a frente e deparou com Emma sorrindo para ele.

— Passei quinze anos tentando conseguir a libertação de Anatoly e, quando finalmente consegui, acabou se tornando uma vitória pírrica. No entanto, mesmo quando estávamos trancados em uma cela de prisão, Anatoly não desperdiçou um precioso segundo tentando conquistar minha compaixão, mas, em vez disso, preocupou-se em recitar todo o conteúdo de sua obra-prima, enquanto eu, como um aluno voraz, devorava cada palavra.

"Quando nos separamos, ele voltou para a miséria de um gulag na Sibéria, e eu, para o conforto de um solar na região campestre da Inglaterra e, novamente, possuía uma cópia do livro. Dessa vez, porém, ele não foi guardado em uma mala, mas na minha mente, onde as autoridades não poderiam confiscá-lo. Assim que as rodas do avião deixaram o solo russo, comecei a escrever as palavras do mestre. Primeiro no papel timbrado da BOAC, depois nos versos dos menus de bordo e finalmente em rolos de papel higiênico, que era tudo que ainda havia disponível."

Risos irromperam no salão, algo que Harry não havia previsto.

— Mas permitam-me contar um pouco sobre o homem. Quando Anatoly Babakov saiu da escola, ganhou a principal bolsa de estudos para o Instituto de Línguas Estrangeiras de Moscou, onde estudou inglês. Em seu último ano, foi condecorado com a Medalha de Lenin, o que ironicamente selou o seu destino, pois proporcionou a Anatoly a oportunidade de trabalhar no Kremlin. Essa não é uma oferta de emprego que se possa recusar a menos que se pretenda passar o resto de seus dias desempregado, ou algo pior. Em um ano, ele inesperadamente se viu trabalhando como o principal tradutor do líder russo. Não demorou muito para Anatoly perceber que a imagem genial de Stalin retratada em todo o mundo era apenas uma máscara ocultando a realidade cruel de que o ditador soviético não passava de um assassino, que alegremente sacrificaria a vida de dezenas de milhares de pessoas do próprio povo caso isso servisse ao propósito de perpetuar sua posição de presidente do partido e presidente do Presidium.

"Para Anatoly, não havia escapatória, exceto quando ele retornava toda noite para casa para estar com sua amada esposa, Yelena. Em segredo, ele começou a trabalhar em um projeto o qual se tornaria uma proeza que exigiria resistência física e disciplina rigorosa, do tipo que poucos de nós poderiam sequer compreender. Trabalhava no Kremlin durante o dia e à noite contava suas experiências no papel. Ele decorou o texto e, então, destruiu qualquer prova de que suas palavras tivessem existido. Os senhores são capazes de imaginar quanta coragem foi necessária para abandonar seu sonho de ser um autor publicado para se tornar autor de um livro anônimo que só existia em sua cabeça?

"E, então, Stalin morreu, um destino que não poupa nem mesmo os ditadores. Finalmente, Anatoly voltava a acreditar que o livro em que trabalhara por tantos anos poderia ser publicado, e o mundo, enfim, descobriria a verdade. No entanto, as autoridades soviéticas não quiseram que o mundo descobrisse a verdade, portanto, antes mesmo de *Tio Joe* chegar às livrarias, todos os exemplares foram destruídos. Até a máquina de impressão em que o livro tinha sido impresso foi estraçalhada em pedaços. Em seguida, ocorreu um julgamento de fachada, em que o autor foi condenado a vinte anos de trabalho forçado e transportado para as profundezas da Sibéria a fim de garantir que nunca mais causasse qualquer tipo de constrangimento ao regime. Graças a Deus, Samuel Beckett, John Steinbeck, Hermann Hesse e Rabindranath Tagore, todos vencedores do Prêmio Nobel de Literatura, não nasceram na União Soviética, ou provavelmente nunca teríamos conhecido suas obras-primas.

"Que oportuno a Academia Sueca ter escolhido Anatoly Babakov como laureado do prêmio este ano, pois seu fundador, Alfred Nobel — Harry parou por um momento para reverenciar a estátua adornada de Nobel que repousava sobre uma coluna atrás dele —, escreveu em seu testamento que o prêmio não deveria ser concedido apenas pela excelência literária, mas para as obras que 'incorporarem um ideal'. Só me pergunto se algum dia existiu uma obra mais adequada para receber esse prêmio. E assim nos reunimos esta noite para honrar um homem notável, cuja morte não diminuirá sua realização em vida, pelo contrário, só ajudará a garantir que ela se perpetue. Anatoly Babakov possuía um dom a que nós, meros mortais, só podemos aspirar. Um autor cujo heroísmo certamente sobreviverá ao redemoinho do tempo e que agora se junta a seus imortais compatriotas, Dostoievski, Tolstói, Pasternak e Solzhenitsyn, como seu igual."

Harry parou, encarou a plateia e aguardou por aquele momento, antes do qual ele sabia que o feitiço seria quebrado. E então, quase em um sussurro, disse:

— É preciso uma figura heroica para rescrever a história a fim de que as futuras gerações conheçam a verdade e se beneficiem de seu sacrifício. Anatoly Babakov simplesmente cumpriu a antiga profecia: Chegada a hora, mostra-se o homem.

A plateia se levantou toda de uma vez, presumindo que o discurso havia terminado. Embora Harry continuasse a se apoiar nas laterais do púlpito, demorou um longo tempo até perceberem que ele tinha mais a dizer. Um a um, todos retornaram aos assentos até que a ovação foi substituída por um silêncio ávido. Só então Harry pegou uma caneta no bolso interno do paletó, tirou a tampa e ergueu a caneta para o alto.

— Anatoly Babakov Yuryevich, você provou a todos os ditadores que governaram sem um mandato legítimo do povo que a caneta é mais poderosa que a espada.

O rei Carl Gustaf foi o primeiro a se levantar, pegar sua caneta-tinteiro e erguê-la para o alto, repetindo:

— A caneta é mais poderosa que a espada. — Após instantes, o restante do público repetiu o gesto, enquanto Harry saía do palco e retornava a seu lugar, ensurdecido com os prolongados aplausos e elogios que o acompanhavam. Ele finalmente teve que se curvar em agradecimento e implorar que o rei se sentasse.

Uma segunda aclamação, tão ruidosa quanto a primeira, irrompeu quando Yelena Babakov se levantou para receber a medalha Nobel em nome do marido e a condecoração do rei.

Harry não dormira na véspera temendo o fracasso. E não dormiria naquela noite por causa do triunfo do sucesso.

50

Na manhã seguinte, Harry, Emma e Yelena juntaram-se ao rei para o café da manhã.

— A noite de ontem foi triunfante — disse Carl Gustaf —, e a rainha e eu gostaríamos de saber o que vocês acham de passar alguns dias em Estocolmo como nossos hóspedes. Garanto que é o melhor hotel da cidade.

— É muita gentileza, Majestade — respondeu Emma —, mas infelizmente preciso voltar para a administração do hospital e os negócios da família.

— E já é hora de eu voltar para William Warwick — revelou Harry.— Isto é, se eu ainda tiver esperanças de cumprir meu prazo.

Houve uma batida leve na porta e, logo depois, o camarista adentrou o salão de refeições. Ele curvou ligeiramente a cabeça antes de se dirigir ao rei.

Carl Gustaf levantou a mão.

— Acredito, Rufus, que nos poupará tempo se você falar em inglês.

— Como desejar, Majestade. — Ele se virou para Harry. — Acabo de receber uma ligação de sir Curtis Keeble, o embaixador britânico em Moscou, para informar que os russos concederam ao senhor, à sua esposa e à sra. Babakova um visto de 24 horas para que compareçam ao funeral do sr. Babakov.

— Que notícia maravilhosa — exultou Emma.

— Mas, como de costume com os russos, há certas condições — acrescentou o camarista.

— E quais seriam? — indagou Harry.

— Ao desembarcar, os senhores serão recebidos pelo embaixador e conduzidos diretamente para a igreja St. Augustine, nos arredores de Moscou, onde ocorrerá o funeral. Assim que a missa fúnebre terminar, os senhores precisam se dirigir, sem desvios, para o aeroporto e deixar o país imediatamente.

Yelena, que não havia se pronunciado até o momento, simplesmente declarou:

— Nós aceitamos os termos.

— Então os senhores precisam partir agora — salientou o camarista —, pois o único voo para Moscou parte daqui a uma hora e meia.

— Mande preparar um carro para levá-los ao aeroporto — ordenou Carl Gustaf. E, virando-se para Yelena, acrescentou: — Seu marido não poderia ter sido mais bem representado, sra. Babakova. Por favor, retorne a Estocolmo como minha convidada sempre que desejar. Sr. e sra. Clifton, serei eternamente grato a vocês. Eu faria um discurso, mas, como precisam embarcar nesse avião, não seria oportuno. *Não se atenham ao protocolo, e adeus.*

Harry sorriu e curvou a cabeça, mas por um motivo diferente.

Os três voltaram para os quartos, onde encontraram as malas feitas, e poucos minutos depois já eram escoltados até o carro.

— Eu poderia me acostumar com isso — disse Emma.

— Não comece — retrucou Harry.

Quando Yelena entrou no aeroporto de braços dados com Harry, os passageiros pegaram canetas e lápis e a ergueram para o alto à medida que ela passava.

Durante o voo para Moscou, Harry se sentia tão exausto que finalmente adormeceu.

Virginia não se surpreendeu com a ligação de Adrian Sloane. Ele não perdeu tempo e foi direto ao ponto.

— Provavelmente é de seu conhecimento que a diretoria me pediu que assumisse a presidência da Mellor Travel enquanto Desmond está... ausente, se me permite o eufemismo.

Não com a bênção dele, Virginia estava prestes a dizer, mas preferiu guardar para si.

— A srta. Castle me informou que você é a única pessoa que conhece o segredo do cofre de Desmond.

— É verdade.

— Preciso pegar alguns documentos antes da próxima reunião de diretoria. Quando visitei Desmond na prisão na semana passada, ele me disse que os papéis estavam no cofre e que você poderia me passar o segredo.

— Por que ele mesmo não lhe disse? — perguntou Virginia, fingindo inocência.

— Ele não queria arriscar. Disse que, na cela, havia escutas capazes de gravar cada palavra que ele dissesse.

Virginia sorriu com a pequena gafe.

— Ficarei feliz em fazê-lo, Adrian, mas só depois que você me pagar as 25 mil libras que prometeu para ajudar a cobrir minhas despesas quando processei Emma Clifton. Uma gota no oceano, se me recordo de suas palavras exatas.

— Se me der o segredo, transfiro o valor para sua conta imediatamente.

— É muito amável de sua parte, Adrian, mas acho que prefiro não arriscar uma segunda vez. Eu lhe direi o segredo, mas somente depois que você transferir 25 mil libras para minha conta no Coutts.

Quando o banco confirmou que o dinheiro fora transferido, Virginia cumpriu sua parte do acordo. Afinal, foi exatamente o que Desmond Mellor havia instruído.

Tudo era muito diferente em relação à última visita de Harry à capital russa, ocasião em que eles não quiseram deixá-lo entrar e mal podiam esperar para colocá-lo para fora.

Dessa vez, assim que pisou fora do avião, foi recebido pelo embaixador britânico.

— Bem-vinda ao lar, sra. Babakova — cumprimentou sir Curtis Keeble, enquanto o motorista abria a porta de trás de um Rolls-Royce para que Yelena embarcasse. Antes que Harry se juntasse a ela, o embaixador sussurrou: — Parabéns pelo discurso, sr. Clifton. Mas esteja avisado, os russos só concederam seu visto sob a condição de que não haja atos de heroísmo desta vez.

Harry sabia muito bem ao que sir Curtis se referia.

— Mas então por que me permitiram comparecer ao funeral?

— Porque eles consideram que é o menor de dois males. Se não permitissem, temeriam que você começasse a falar que Babakov nunca foi de fato libertado. Mas, se quiserem, podem alegar até que ele jamais foi preso e sempre atuou como professor, e que está sendo enterrado em sua igreja local.

— Quem é que eles esperam enganar com essa impostura descarada?

— Eles não se importam com o que o Ocidente pensa, estão interessados apenas em como isso será divulgado na Rússia, onde controlam a imprensa.

— Quantas pessoas são esperadas no funeral? — perguntou Emma.

— Só alguns amigos e parentes terão coragem de comparecer — revelou Yelena. — Eu ficaria surpresa se houvesse mais do que meia dúzia de pessoas.

— Acho que pode ser um pouco mais do que isso, sra. Babakova — discordou o embaixador. — Todos os jornais matutinos estão estampando fotos da senhora recebendo o Prêmio Nobel em nome de seu marido.

— Estou surpreso que tenham permitido — confessou Harry.

— Tudo isso faz parte de uma campanha orquestrada, conhecida como "história instantânea". Anatoly Babakov nunca esteve na prisão, ele vivia pacificamente nos subúrbios de Moscou e o prêmio foi concedido pelas suas poesias e pelo brilhante romance *Moscou revisitada*. Nenhum jornal menciona *Tio Joe* ou o discurso que proferiu ontem à noite.

— Então, como você sabe disso? — perguntou Harry.

— As informações chegam de toda parte. Temos até uma foto sua erguendo a caneta.

Emma pegou a mão de Yelena.

— Anatoly derrotará os desgraçados no fim — afirmou.

Foi Harry quem os viu primeiro. De início, pequenos agrupamentos de pessoas amontoadas nas esquinas, erguendo canetas e lápis, conforme o carro passava. No momento em que estacionaram em frente à igreja, a multidão havia crescido, muitas centenas, talvez milhares, todas em um protesto silencioso.

Yelena adentrou a igreja lotada de braço dado com Harry, e os três foram levados até os lugares reservados na primeira fila. O caixão foi carregado nos ombros de um irmão, um primo e dois sobrinhos, parentes que Yelena não encontrava havia muito tempo. Na verdade, um dos sobrinhos, Boris, sequer era nascido quando Yelena fugiu para os Estados Unidos.

Harry nunca havia participado de um funeral ortodoxo russo. Embora seu russo estivesse um tanto enferrujado, ele traduziu as palavras do padre para Emma. Quando a missa fúnebre chegou ao fim, a congregação saiu da igreja em fila e caminhou até se reunir em torno de uma cova recém-aberta.

Emma e Harry permaneceram cada um de um lado de Yelena, enquanto o marido era enterrado. Como parente mais próxima, ela foi a primeira a lançar um punhado de terra sobre o caixão. Então se ajoelhou ao lado da sepultura aberta. Harry suspeitava que nada a teria feito se mover se o embaixador não tivesse se inclinado e sussurrado:

— Precisamos ir, sra. Babakova.

Harry a ajudou a se levantar.

— Não partirei com vocês — afirmou calmamente.

Emma estava prestes a protestar, mas Harry limitou-se a dizer:

— Tem certeza?

— Ah, sim — respondeu ela. — Eu o deixei uma vez. E nunca mais vou deixá-lo.

— Onde vai morar? — perguntou Emma.

— Com o meu irmão e a esposa. Agora que seus filhos já saíram de casa, eles têm um quarto vago.

— A senhora tem certeza mesmo? — indagou o embaixador.

— Diga-me, sir Curtis — rebateu Yelena, olhando para o embaixador —, o senhor será enterrado na Rússia? Ou há alguma cidadezinha em sua verdejante e agradável pátria? — Ele não respondeu.

Emma abraçou Yelena.

— Nós jamais a esqueceremos.

— Nem eu a vocês. E como eu, Emma, você se casou com um homem extraordinário.

— Precisamos partir — interrompeu o embaixador com um pouco mais de firmeza.

Harry e Emma abraçam Yelena pela última vez antes de relutantemente partirem.

— Nunca a vi tão feliz — confessou Harry enquanto embarcava ao lado de Emma na parte de trás do Rolls-Royce do embaixador.

Do lado de fora do cemitério, a multidão crescera ainda mais, todos brandiam canetas. Harry estava prestes a sair do carro e se juntar a eles quando Emma pousou a mão em seu braço.

— Tenha cuidado, querido. Não faça nada que prejudique as chances de Yelena viver pacificamente.

Com relutância, Harry tirou a mão da maçaneta da porta, mas desafiadoramente acenou para a multidão enquanto o carro se afastava.

No aeroporto, a polícia esperava por eles. Dessa vez, não para prender Harry e jogá-lo atrás das grades, mas para acompanhá-los até o avião o mais rapidamente possível. Harry estava prestes a subir as escadas quando um homem de aparência distinta se aproximou e tocou-lhe o cotovelo. Harry se virou, mas demorou alguns instantes até reconhecer o coronel.

— Não estou aqui para prendê-lo, desta vez — declarou o coronel Marinkin. — Mas queria que ficasse com isso. — Ele entregou a Harry um pequeno pacote e partiu apressado. Harry subiu as escadas até o avião e sentou-se ao lado de Emma, sem, no entanto, abrir o pacote até que o avião decolasse.

— O que é? — perguntou Emma.

— É a única cópia sobrevivente de *Tio Joe* em russo, a que Yelena escondeu na loja de antiguidades.

— Como você conseguiu isso?

— Um senhor me entregou. Ele deve ter decidido que eu deveria ficar com ela, mesmo tendo declarado no tribunal que havia sido destruída.

EPÍLOGO

1978

— Hoje é sábado, não é? — perguntou Emma.

— Sim. Por quê? — quis saber Harry, sem tirar os olhos do jornal matinal.

— Uma van do correio acaba de atravessar o portão. Mas Jimmy não costuma fazer entregas aos sábados de manhã.

— A menos que seja um telegrama.

— Eu odeio telegramas. Sempre presumo o pior — revelou Emma, levantando-se da mesa e saindo apressada da sala. Ela abriu a porta da frente antes que Jimmy tocasse a campainha.

— Bom dia, sra. Clifton — saudou o carteiro, tocando o quepe. — Fui instruído pelo escritório central a lhe entregar esta carta.

Ele estendeu um longo e fino envelope creme dirigido ao ilustríssimo sr. Harry Clifton. A primeira coisa que Emma notou foi que o envelope não tinha carimbo postal, apenas uma insígnia real vermelha em relevo acima das palavras Palácio de Buckingham.

— Deve ser um convite para a festa no jardim do palácio.

— Dezembro parece uma época estranha para uma festa ao ar livre — salientou Jimmy, que tocou o quepe novamente, retornou para a van e partiu.

Emma fechou a porta da frente e rapidamente voltou para a sala de jantar.

— É para você, querido — anunciou, entregando o envelope a Harry. — Do palácio — acrescentou casualmente, permanecendo atrás do marido.

Harry largou o jornal e estudou o envelope, antes de pegar uma faca e abri-lo lentamente. Puxou a carta e desdobrou-a. Então leu o conteúdo e, em seguida, lentamente olhou para Emma.

— E aí?

Ele entregou a carta a Emma, que leu apenas a frase de abertura. *Em cumprimento às ordens de Sua Majestade*, antes de dizer:

— Meus parabéns, querido. Só queria que sua mãe ainda estivesse viva para ver isso. Ela adoraria acompanhá-lo ao palácio. — Harry não respondeu. — Ora, diga alguma coisa.

— Esta carta deveria ter sido endereçada a você. Você merece essa honraria muito mais do que eu.

— Excelente fotografia de Harry na primeira página do *Times*, brandindo a caneta — declarou Giles.

— Sim, e você já leu o discurso que ele proferiu na cerimônia do Prêmio Nobel? — acrescentou Karin. — Difícil de acreditar que o escrevera em apenas 24 horas.

— Alguns dos discursos mais memoráveis já escritos foram elaborados em um momento de crise. "Sangue, trabalho, lágrimas e suor" de Churchill, por exemplo, e o discurso do "dia da infâmia" de Roosevelt ao Congresso, um dia depois do ataque a Pearl Harbor, foram ambos feitos de última hora — lembrou Giles, servindo-se de outra xícara de café.

— Realmente louvável — elogiou Karin. — Você deveria telefonar para Harry e parabenizá-lo. Ele ficaria especialmente contente em ouvir isso de você.

— Tem razão. Vou lhe telefonar depois do café da manhã — declarou Giles, virando a página do jornal. — Ah, que notícia triste — lamentou, a voz mudando subitamente quando viu a fotografia na página de obituários.

— Triste? — repetiu Karin, servindo-se de café.

— Sua amiga Cynthia Forbes-Watson faleceu. Eu não fazia ideia de que ela tinha sido vice-diretora do MI6. Ela nunca mencionou isso para você?

Karin congelou.

— Não, não, nunca.

— Sempre soube que ela tinha exercido algum cargo no Ministério das Relações Exteriores, e agora sei que cargo era esse. Ainda assim,

85 anos, ela teve uma vida plena. Você está bem, querida? — indagou Giles, olhando para a esposa. — Você está branca como cera.

— Vou sentir falta dela — respondeu Karin. — Ela foi muito gentil comigo. Gostaria de comparecer ao funeral.

— Nós dois devemos ir. Descobrirei os detalhes quando chegar à Câmara dos Lordes.

— Por favor. Talvez eu devesse cancelar minha viagem a Cornwall.

— Não, ela não ia querer isso. E, de qualquer modo, seu pai deve estar ansioso por sua visita.

— E o que você fará hoje? — indagou Karin, tentando se recuperar.

— Tenho uma votação sobre um projeto de lei da educação, então não acredito que estarei de volta muito antes da meia-noite. Telefono para você assim que acordar amanhã.

Os últimos anos tinham sido um pesadelo para Virginia.

Depois que Buck Trend lhe avisou que Ellie May havia localizado o sr. e a sra. Morton, ela sabia que o jogo tinha chegado ao fim e, relutantemente, aceitou que não adiantava insistir em tentar arrancar mais dinheiro de Cyrus. Para piorar, Trend deixara bem claro que não estava mais disposto a representá-la, a menos que ela pagasse honorários mensais antecipadamente. Sua maneira de dizer que a causa era perdida.

E, se isso não fosse suficiente, o gerente do banco entrou em cena novamente. Sob o pretexto de prestar as condolências pela morte do pai de Virginia, logo em seguida sugeriu que poderia ser mais prudente, dadas as circunstâncias — sua maneira de lembrar que o subsídio mensal do conde havia cessado —, que ela considerasse vender o apartamento de Onslow Gardens, retirar Freddie de sua cara pré-escola e despedir o mordomo, a governanta e a babá.

O que o gerente do banco não sabia era que seu pai prometera deixar para ela a Destilaria Glen Fenwick e seu lucro anual de mais de cem mil libras. Virginia viajara até a Escócia na noite anterior para assistir à leitura do testamento e estava ansiosa para dizer ao sr. Fairbrother que, no futuro, ele só deveria contatá-la por meio de um procurador.

No entanto, ainda havia o problema do que fazer a respeito de Freddie. Esse não era o momento adequado para dizer ao irmão, o décimo conde, que ela não era a mãe da criança e, pior ainda, que o projeto de lhe dar um pai tinha ido por água abaixo.

— Você está esperando alguma surpresa? — perguntou Virginia, enquanto caminhavam de volta para Fenwick Hall.

— Parece improvável — respondeu Archie. — Papai detestava surpresas quase tanto quanto detestava impostos, e foi por isso que transferiu suas propriedades para mim há quase vinte anos.

— Todos nós fomos beneficiados — comentou Fraser, jogando outro graveto para seu Labrador. — Fiquei com Glencarne, e Campbell, com a casa de Edimburgo, tudo graças a papai.

— Acredito que papai sempre planejou partir deste mundo do mesmo modo que chegou — disse Archie. — Nu e sem um tostão.

— Exceto pela destilaria — lembrou-lhes Virginia —, que ele prometeu deixar para mim.

— E, como você foi a única de nós que lhe deu um neto homem, acho que pode esperar receber bem mais do que apenas a destilaria.

— A Glen Fenwick ainda é lucrativa? — perguntou Virginia, de maneira despretensiosa.

— Um pouco mais de noventa mil libras no ano passado — respondeu Archie. — Mas sempre achei que ela poderia faturar muito mais. Papai se manteve irredutível todas as vezes que sugeri que substituísse Jock Lamont por alguém mais jovem. Mas Jock se aposenta em setembro, e acho que encontrei a pessoa ideal para substituí-lo. Sandy Macpherson trabalha nesse ramo há quinze anos e está cheio de ideias brilhantes sobre como melhorar os negócios. Eu esperava que você arranjasse um tempo para conhecê-lo enquanto estiver na Escócia, Virginia.

— É claro — concordou Virginia, quando um dos cães se aproximou com a cauda abanando trazendo um graveto na esperança de mais brincadeira. — Eu gostaria de resolver o futuro da Glen Fenwick antes de regressar a Londres.

— Muito bem. Então ligarei para Sandy mais tarde e o convidarei para uma bebida.

— Estou ansiosa para conhecê-lo — disse Virginia. Ela sentia que esse não era o momento mais adequado para contar aos irmãos que fora procurada pelo presidente da Johnnie Walker, e que, na manhã seguinte, tomaria café da manhã com o diretor-executivo da Teacher's. Havia rumores de uma cifra em torno de um milhão de libras, e Virginia especulava quanto mais conseguiria arrancar com sua lábia. — A que horas partiremos para Edimburgo? — perguntou ela, enquanto atravessavam a ponte em direção ao pátio.

Adrian Sloane juntou-se à fila para comprar passagens, mas não percebeu os dois homens que se esgueiraram atrás dele. Quando chegou ao guichê, pediu uma passagem de ida e volta na primeira classe para a estação de Temple Meads, em Bristol, e entregou três notas de cinco libras. O atendente lhe entregou a passagem e 2,70 libras de troco. Ao se virar, Sloane deparou com dois homens bloqueando seu caminho.
— Sr. Sloane — disse o mais velho —, o senhor está preso por posse e utilização de dinheiro falso com conhecimento prévio.
O oficial subalterno rapidamente puxou os braços de Sloane para trás e o algemou. Eles então marcharam com o prisioneiro para fora da estação e o colocaram no banco traseiro de um carro de polícia que os aguardava.

Emma sempre prestava atenção em qualquer navio hasteando a bandeira canadense na popa. Ela, então, verificava o nome no casco e só então sua pulsação voltava ao normal.
Dessa vez, quando leu o nome, seus batimentos cardíacos quase dobraram e suas pernas quase esmoreceram. Checou novamente; aquele não era um nome que se poderia esquecer. Emma se levantou e observou os dois pequenos rebocadores navegando pelo estuário, lançando ondulações de fumaça negra pelas chaminés, enquanto manobravam o velho cargueiro enferrujado até o destino final.
Ela mudou de direção, mas, ao caminhar até a área de ferro-velho do estaleiro, não conseguiu evitar se perguntar quais as possíveis consequências de tentar descobrir a verdade, depois de todos esses anos.

Certamente seria mais razoável apenas voltar para seu escritório em vez de remexer no passado... um passado distante.

No entanto, Emma não desistiu, e, assim que chegou ao ferro--velho, foi direto para o escritório do administrador, como se estivesse apenas realizando suas habituais rondas matinais. Entrou no antigo vagão de trem e sentiu-se aliviada ao descobrir que Frank não estava lá, apenas uma secretária sentada à máquina de escrever. A mulher se levantou assim que viu a presidente.

— Infelizmente, o sr. Gibson não está, sra. Clifton. A senhora quer que eu vá procurá-lo?

— Não, isso não será necessário — respondeu Emma. Ela espiou o grande gráfico de reservas na parede, e seus piores medos se confirmaram. O navio a vapor *Maple Leaf* estava reservado para o desmonte, e o trabalho deveria começar na terça-feira da próxima semana. Pelo menos isso lhe dava algum tempo para decidir se deveria alertar Harry ou fazer vista grossa. No entanto, se Harry descobrisse que o *Maple Leaf* estava de volta para ser enviado ao cemitério e perguntasse se ela sabia disso, Emma não seria capaz de mentir para ele.

— Estou certa de que o sr. Gibson estará de volta em poucos minutos, sra. Clifton.

— Não se preocupe, não é importante. Mas a srta. poderia pedir a ele que vá me ver quando passar pelo escritório?

— Poderia adiantar o assunto?

— Ele saberá.

Karin observava os campos passando rapidamente pela janela do trem durante o trajeto até Truro. Sua cabeça, porém, estava em outro lugar, tentando se conformar com a morte da baronesa.

Ela não falava com Cynthia havia vários meses, e o MI6 não fez qualquer menção de colocar outra pessoa como seu contato. Será que ela não era mais de interesse para eles? Havia algum tempo que Cynthia não lhe passava qualquer informação significativa para transmitir a Pengelly, e as reuniões no salão de chá tinham se tornado cada vez menos frequentes.

Pengelly havia insinuado que não demoraria muito até que fosse chamado de volta a Moscou, o que para ela já não era sem tempo, pois estava cansada de enganar Giles, o único homem que amou, e não aguentava mais viajar para Cornwall com a desculpa de visitar o pai. Pengelly não era seu pai, e sim seu padrasto. Ela o detestava, e sua intenção sempre fora usá-lo para escapar do regime que ela tanto desprezava, a fim de que pudesse estar com o homem por quem havia se apaixonado. O homem que se tornou seu amante, seu marido e seu melhor amigo.

Karin odiava não poder dizer a Giles a verdadeira razão dos frequentes encontros com a baronesa no salão de chá da Câmara dos Lordes. Agora que Cynthia estava morta, ela não precisaria mais viver uma mentira. No entanto, quando Giles descobrisse tudo, será que acreditaria que ela havia escapado da tirania da Berlim Oriental só porque queria ficar com ele? Será que a mentira seria demais para Giles?

Quando o trem parou em Truro, ela rezou para que fosse a última vez.

— Então, pelo que entendi — afirmou o advogado de Sloane —, a sua defesa é que você não tinha a menor ideia de que o dinheiro era falso. Você o encontrou no cofre da sala da presidência da sede da Mellor Travel, em Bristol, e naturalmente presumiu que era legítimo.

— Sr. Weatherill, isso não é apenas minha defesa, mas o que de fato ocorreu.

Weatherill olhou para o documento de acusação.

— E também é verdade que, mais cedo na manhã de sua prisão, o senhor comprou três camisas na Hilditch and Key na Jermyn Street, a um custo de dezoito libras, e pagou por elas usando quatro notas de cinco libras, todas falsas? E, em seguida, o senhor tomou um táxi para Paddington, usando mais uma nota falsa de cinco libras, e comprou um bilhete de primeira classe para Bristol, com mais três notas falsas de cinco libras?

— Todas vieram do mesmo pacote — defendeu-se Sloane. — Que eu encontrei no cofre da empresa no escritório de Mellor.

— A segunda acusação — continuou Weatherill calmamente — diz respeito à posse ilegal de mais 7.320 libras encontradas em um cofre em seu apartamento, em Mayfair, que você também sabia que eram falsas.

— Isso é ridículo — retrucou Sloane. — Eu não tinha ideia de que o dinheiro era falso quando o encontrei no cofre de Mellor.

— Então é apenas um infeliz acaso que o senhor tenha transferido o dinheiro do escritório de Mellor, em Bristol, para seu apartamento em Londres.

— Eu só transportei o dinheiro para lá por segurança. Não é viável me deslocar até Bristol toda vez que precisar de dinheiro para resolver problemas da empresa de Mellor.

— E ainda há o problema dos dois depoimentos escritos obtidos pela polícia — acrescentou Weatherill. — Um da srta. Angela Castle e outro do próprio sr. Mellor.

— Um criminoso condenado.

— Então, vamos começar com o depoimento de Mellor. Ele diz que nunca manteve mais do que mil libras em dinheiro no cofre em Bristol.

— Ele é um mentiroso.

— De acordo com o depoimento da srta. Castle, Mellor sacava mil libras em dinheiro da conta da empresa a cada trimestre, para uso pessoal.

— Ela obviamente o está acobertando.

— O banco de Mellor, o Nat West, na Queen Street, em Bristol — continuou Weatherill — forneceu à polícia cópias dos extratos de todas as suas contas, pessoais e da empresa, dos últimos cinco anos. Eles confirmam que nunca foram sacadas mais de mil libras em dinheiro por trimestre, seja da conta pessoal ou da empresa.

— Isso é uma armação — acusou Sloane.

— Há uma terceira acusação — emendou Weatherill — segundo a qual o senhor vem, por muitos anos, utilizando os serviços do sr. Ronald Boyle, um conhecido falsificador. O sr. Boyle assinou uma declaração na qual alega que o senhor o encontrava regularmente no King's Arms, um pub no Soho, onde trocava mil libras em notas legítimas por dez mil libras em notas falsas.

Sloane sorriu pela primeira vez. Se tivesse saído do jogo quando estava ganhando, Desmond teria conseguido me trancafiar por uma década, disse a si mesmo. Mas você precisava ir até as últimas consequências, não é mesmo?

Giles estava cochilando quando o mensageiro lhe entregou um pedaço de papel. Ele o desdobrou, leu e subitamente se encontrava totalmente desperto: *Por favor, entre em contato com o chefe de gabinete com urgência.*

Giles não conseguia se lembrar da última vez que sir Alan lhe pedira que ligasse para ele no gabinete com urgência. Ele não saiu imediatamente, honrando a convenção da Câmara de não se retirar durante o discurso de um colega. Mas, assim que o sr. Barnett terminou de explicar sua proposta para a Escócia e retornou ao lugar, Giles saiu sorrateiramente da câmara e se dirigiu para o telefone mais próximo.

— Gabinete.

— Sir Alan Redmayne, por favor.

— Quem gostaria de falar, por favor?

— Giles Barrington.

A voz que ouviu em seguida era inconfundível.

— Giles — ele nunca o chamara assim antes —, você poderia vir até o gabinete imediatamente?

O advogado de Sloane agiu rapidamente e a polícia não pôde rejeitar seu pedido.

Outros cinco homens foram escolhidos para participar do reconhecimento. Todos tinham aproximadamente a mesma idade e vestiam ternos semelhantes ao de Sloane, camisas brancas e gravatas listradas. Como o sr. Weatherill explicara ao investigador encarregado, se seu cliente realmente tivesse visitado o pub King's Arms em diversas ocasiões para trocar notas legítimas por falsas, não deveria ser difícil para o sr. Boyle identificar seu cúmplice em uma fila de reconhecimento.

Uma hora mais tarde, Sloane foi libertado e todas as acusações contra ele retiradas. Boyle, que não tinha o menor desejo de retornar a Ford e encarar Mellor, se tornou testemunha de acusação, confessou a armação e foi enviado à prisão de Belmarsh para aguardar o julgamento das acusações de falsificação, fornecimento de provas falsas e obstrução do curso da justiça.

Um mês depois, Desmond Mellor compareceu diante da Comissão de Condicional, com um pedido para ter a pena reduzida pela metade em razão do bom comportamento. O pedido foi negado, e ele soube não apenas que cumpriria a pena integral, como também que havia novas acusações sendo preparadas pela promotoria.

Quando Sloane foi novamente interrogado pela polícia, estava mais do que feliz em fornecer provas adicionais para incriminar Mellor.

— O senhor deseja acrescentar algo mais ao seu depoimento? — perguntou o investigador encarregado.

— Só mais uma coisa — acrescentou Sloane. — O senhor deveria investigar o papel de Lady Virginia Fenwick em toda essa operação. Tenho a sensação de que o sr. Boyle poderá ajudá-lo.

— O sr. Mellor na linha três — informou Rachel.

— Diga a ele que vá para o inferno — respondeu Sebastian.

— Ele disse que só tem três minutos.

— Certo, pode transferir — disse Seb, com relutância, curioso para saber o que o maldito homem poderia querer.

— Bom dia, sr. Clifton. Muita gentileza de sua parte atender minha ligação, tendo em vista as circunstâncias. Como não tenho muito tempo, vou direto ao ponto. Você estaria disposto a me visitar na prisão Ford no domingo? Há algo que eu gostaria de discutir com você, que pode ser de mútuo benefício.

— Que diabos eu poderia querer discutir com você? — perguntou Sebastian, mal conseguindo manter a calma. Ele estava prestes a bater o telefone quando Mellor disse:

— Adrian Sloane.

Sebastian hesitou por um momento e, então, abriu sua agenda.

— Este domingo não é possível, pois é aniversário da minha filha. Mas estou livre no domingo seguinte.
— Será tarde demais — afirmou Mellor, sem maiores explicações.
Seb hesitou novamente.
— Qual é o horário de visitação? — perguntou Seb depois de uma pausa, mas a ligação já havia sido encerrada.

— Há quantos anos você trabalha para a empresa, Frank? — perguntou Emma.
— Quase quarenta, senhora. Servi ao seu pai e, antes dele, ao seu avô.
— E já ouviu a história do *Maple Leaf*?
— Isso foi antes de minha época, senhora, mas todos no estaleiro estão familiarizados com a história, embora poucos comentem sobre ela.
— Tenho um favor a lhe pedir, Frank. Você pode reunir um pequeno grupo de homens de sua confiança?
— Tenho dois irmãos e um primo que nunca trabalharam em outra empresa senão a Barrington.
— Eles precisam vir em um domingo, quando o estaleiro estiver fechado. Vou pagar o dobro pela hora, em dinheiro, e haverá um bônus de incentivo no mesmo valor dentro de doze meses, mas apenas se eu não ouvir qualquer comentário sobre o trabalho que realizarem nesse período.
— Uma oferta muita generosa, senhora — respondeu Frank, tocando o chapéu.
— Quando eles poderão começar?
— No próximo domingo à tarde. O estaleiro estará fechado até terça-feira, pois segunda é feriado.
— Você reparou que ainda não me perguntou qual é o trabalho?
— Não precisa, senhora. E, caso a senhora encontre o que está procurando no casco duplo, o que fará?
— Meu único pedido é que os restos de Arthur Clifton tenham um sepultamento cristão.
— E se não encontrar nada?
— Então isso será um segredo que nós cinco levaremos para o túmulo.

Archibald Douglas James Iain Fenwick, o décimo conde de Fenwick, estava entre os últimos a chegar. Ao entrar na sala, todos se levantaram, reconhecendo que o título tinha sido passado para a próxima geração. Ele se juntou aos dois irmãos mais novos, Fraser e Campbell, na primeira fileira, onde uma cadeira permanecia desocupada.

Naquele momento, Virginia acabava de sair do Caledonian Hotel, depois de desfrutar do café da manhã na companhia do diretor-executivo da Teacher's Scotch Whisky. O preço fora acordado, e tudo que faltava era a elaboração do contrato pelos advogados.

Ela decidiu caminhar a curta distância até Bute Street, confiante de que ainda dispunha de alguns minutos. Quando chegou em frente ao escritório Ferguson, Ferguson e Laurie, encontrou a porta da frente aberta. Entrou e foi recebida por um advogado novato que não parava de olhar para o relógio.

— Bom dia, milady. A senhora poderia se dirigir ao primeiro andar, por favor, pois a leitura do testamento está prestes a começar.

— Acho que você vai descobrir que eles não começarão sem mim — provocou Virginia antes de subir as escadas para o primeiro andar. O som de um burburinho apreensivo indicou a direção que deveria tomar.

Quando entrou na sala lotada, ninguém se levantou. Ela caminhou até a primeira fileira e se sentou na cadeira vazia entre Archie e Fraser. Virginia mal tinha se acomodado quando a porta à sua frente se abriu e três senhores vestindo casacas pretas e calças cinza risca de giz idênticas entraram na sala e tomaram seus lugares atrás de uma longa mesa. Virginia se perguntou se alguém ainda usava colarinhos quebrados engomados em 1978. Sim, os sócios do escritório de advocacia Ferguson, Ferguson e Laurie, ao ler o testamento de um conde escocês.

Roderick Ferguson, o sócio sênior, serviu-se de um copo de água. Virginia pensou tê-lo reconhecido, mas depois percebeu que ele deveria ser o filho do homem que a representara no seu divórcio de Giles havia mais de vinte anos. O mesmo cocuruto careca cercado por uma fina auréola de cabelos grisalhos, o mesmo nariz aquilino e os mesmos óculos meia-lua. Virginia até questionou se não era o mesmo par de óculos.

Quando seu relógio indicou nove horas em ponto, o sócio sênior olhou para o conde e, depois de receber um aceno de cabeça, voltou sua atenção aos demais. O homem tossiu, outra afetação herdada do pai.

— Bom dia — começou ele, com uma voz clara e autoritária e um leve sotaque de Edimburgo. — Meu nome é Roderick Ferguson, sou o sócio sênior do Ferguson, Ferguson e Laurie. Hoje estou acompanhado de meus dois sócios. Tive o privilégio — prosseguiu —, assim como meu pai antes de mim, de representar o falecido conde como seu consultor jurídico, e recaiu sobre mim a tarefa de administrar sua declaração de última vontade e testamento. — Ele tomou um gole de água e depois tossiu. — O testamento final do conde foi firmado há cerca de dois anos, na presença do procurador fiscal e do Visconde Younger de Leckie.

A mente de Virginia divagava, mas ela rapidamente focou a atenção no sr. Ferguson quando ele virou a primeira página do testamento e começou a distribuir os bens que ainda restavam do espólio de seu pai.

Archie, o décimo conde, que administrava as propriedades principais pelos últimos vinte anos, ficou comovido porque o pai lhe deixava um par de espingardas de caça Purdey, sua vara de pesca favorita e uma bengala que William Gladstone esquecera depois de passar a noite em Fenwick Hall. Ele também lhe deixou Logan, seu fiel Labrador, mas o cão morreu no dia seguinte ao enterro do dono.

O segundo filho, Fraser, um mero lorde, vinha administrando a propriedade de Glencarne, com seus amplos direitos de caça, pesca e tiro, durante praticamente o mesmo período. Ele recebeu uma pintura a óleo da avó, a duquesa viúva Katherine, pintada por Munnings, e a espada que Collingwood empunhou na Batalha de Trafalgar.

O terceiro filho, Campbell, que morava na propriedade de número 43 de Bute Square ao longo dos últimos quinze anos, desde seus dias como médico residente no Edinburgh Royal Infirmary, terminou com o velho Austin 30 e um conjunto de tacos de golfe antigos. Campbell não tinha carteira de habilitação e nunca jogara uma partida de golfe na vida. No entanto, nenhum dos irmãos ficou surpreso ou desapontado com seu quinhão. O velho os deixara orgulhosos, pois não haveria muitos impostos sobre herança a pagar por uma vara de pesca ou um Austin 30, ano 1954. Quando o sr. Ferguson virou a página, Virginia empertigou-se na cadeira. Afinal, ela era a próxima. No entanto, o próximo legatário a ser citado foi a irmã do conde, Morag, que herdou várias peças de joias de família e um chalé dentro da propriedade isento de aluguel, bens que deveriam ser revertidos ao décimo conde na ocasião da morte da tia. Então, foram citados diversos primos, sobrinhos e sobrinhas, assim como alguns velhos amigos, antes que o sr. Ferguson passasse a nomear os empregados, criados, ajudantes de caça e jardineiros que haviam servido ao conde por uma década ou mais.

O sócio sênior, em seguida, virou o que para Virginia pareceu a última página do testamento.

— E, finalmente — acrescentou —, deixo a propriedade de quinhentos acres, situada a oeste de Carley Falls, incluindo a Destilaria Glen Fenwick — ele não conseguiu resistir a uma pausa para tossir —, para o meu único neto, Frederick Archibald Iain Bruce Fenwick. — Um suspiro audível reverberou pela sala, mas Ferguson o ignorou. — E nomeio meu filho mais velho, Archibald, como administrador da destilaria até que Frederick complete 25 anos.

O décimo conde parecia tão surpreso quanto todos os demais presentes, pois o pai nunca mencionara os planos para a destilaria. No entanto, se isso era o que o velho queria, ele se certificaria de que seus últimos desejos fossem atendidos de acordo com o lema da família: "Sem temor ou benesse."

Virginia estava prestes a sair furiosa da sala, mas ficou claro que o sr. Ferguson não havia terminado. Um burburinho baixo podia ser ouvido enquanto ele reabastecia o copo com água antes de retomar a tarefa.

— E por último e certamente menos importante — revelou Fergunson, que com isso criou o silêncio que pretendia —, minha única filha, Virginia. Para ela, deixo uma garrafa de uísque Maker's Mark, na esperança de que isso lhe sirva de lição, embora eu tenha minhas dúvidas.

O padrasto de Karin abriu a porta da frente e a saudou com um sorriso caloroso.

— Tenho boas notícias para compartilhar com você — disse ele, assim que ela entrou na casa —, mas terá que esperar até mais tarde.

Seria possível, pensou Karin, que esse pesadelo finalmente estivesse chegando ao fim? Então ela viu um exemplar do *Times* sobre a mesa da cozinha, aberto na página de obituários. Olhou para a fotografia familiar da baronesa Forbes-Watson e se perguntou se era apenas uma coincidência ou se ele deixara o jornal aberto simplesmente para provocá-la.

Durante o café, eles falaram de trivialidades, mas Karin não deixou de notar as três malas ao lado da porta, que pareciam anunciar sua partida iminente. Mesmo assim, tornava-se mais ansiosa a cada minuto, pois Pengelly continuava descontraído e amigável demais para seu gosto. Qual era mesmo a antiga expressão do exército, "alegria de desmobilização"?

— É hora de falarmos de assuntos mais sérios — ponderou ele, colocando um dedo sobre os lábios. Então foi até o corredor e tirou o pesado casaco de um gancho ao lado da porta. Karin pensou em fugir correndo, mas, caso o fizesse, e ele só estivesse prestes a lhe contar que retornaria para Moscou, seu disfarce seria descoberto. Ele a ajudou com o casaco e a acompanhou para fora da casa.

Karin se surpreendeu quando Pengelly agarrou seu braço com firmeza e quase a arrastou pela rua deserta. Normalmente, eles caminhavam de braços dados, de modo que qualquer estranho passando presumiria que eram pai e filha em um passeio, mas não hoje. Ela decidiu que, se cruzassem com qualquer pessoa, até mesmo com o velho coronel, ela pararia para conversar, pois sabia que Pengelly não arriscaria arruinar seu disfarce na presença de uma testemunha.

Pengelly continuou com a provocação infantil. Isso era tão fora do normal que Karin ficou ainda mais apreensiva, os olhos explorando atentamente todas as direções, mas ninguém parecia disposto a uma caminhada terapêutica naquele dia gélido e cinzento.

Assim que chegaram perto da floresta, Pengelly olhou em volta, como sempre fazia, para checar se alguém os seguira. Caso visse alguém, eles caminhariam de volta para o chalé. Mas não aquela tarde. Embora ainda fossem quatro horas da tarde, a luz já começava a desvanecer e escurecia um pouco mais a cada minuto. Pengelly segurou o braço de Karin com mais firmeza quando ambos deixaram a estrada principal e entraram na pequena trilha que levava à floresta. Sua voz se alterou, combinando com o ar frio da noite.

— Sei que você ficará feliz em saber, Karin — ele nunca a chamava assim —, que fui promovido e em breve retornarei a Moscou.

— Parabéns, camarada. Uma promoção muito merecida.

Ele não afrouxou a mão.

— Este será o nosso último encontro — continuou. Será que ainda haveria esperança... — Mas o marechal Koshevoi me confiou uma missão final. — Pengelly não se importou em explicar, quase como se quisesse que ela se demorasse um tempo imaginando qual seria. Conforme se embrenhavam mais fundo na floresta, ficava tão escuro que Karin mal podia ver um metro a sua frente. Pengelly, no entanto, parecia saber exatamente aonde estava indo, como se cada passo tivesse sido ensaiado. — O chefe de contravigilância — acrescentou ele, calmamente — finalmente descobriu quem é a pessoa que ao longo dos anos vem traindo nossa pátria. E fui escolhido para executar a devida punição.

Sua empunhadura firme finalmente relaxou e ele a soltou. O primeiro instinto de Karin foi de correr, mas Pengelly tinha escolhido muito bem o local. Havia um amontoado de árvores atrás dela, uma mina de estanho abandonada à sua direita, uma trilha estreita que ela mal podia identificar em meio à escuridão à sua esquerda e, diante dela, Pengelly, que não poderia parecer mais calmo e alerta.

Ele lentamente retirou uma pistola do bolso do casaco e a empunhou ameaçadoramente ao lado do corpo. Será que estava esperando Karin correr, para que fosse preciso mais que um único tiro para matá-la? Ela, porém, permaneceu imóvel.

— Você é uma traidora — acusou Pengelly — que prejudicou nossa causa muito mais do que qualquer outro agente no passado. Então deve morrer como uma traidora. — Ele olhou na direção do fosso da mina. — Estarei de volta a Moscou muito antes de descobrirem seu corpo, se é que um dia descobrirão.

Pengelly levantou a arma lentamente até estar na altura dos olhos de Karin. O último pensamento dela antes de o homem puxar o gatilho foi em Giles.

O som do tiro ecoou pela floresta, e um bando de estorninhos voou para longe enquanto o corpo de Karin tombava no chão.

Impresso no Brasil pelo
Sistema Cameron da Divisão Gráfica da
DISTRIBUIDORA RECORD DE SERVIÇOS DE IMPRENSA S.A.
Rua Argentina, 171 – Rio de Janeiro, RJ – 20921-380 – Tel.: (21)2585-2000